SKANDAR

Y EL LADRÓN DEL UNICORNIO

A.F. STEADMAN

SKANDAR
Y EL
LADRÓN DEL
UNICORNIO

Traducción del inglés de
Irene Oliva Luque

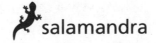

salamandra

Skandar y el ladrón del unicornio

Título original: *Skandar and the Unicorn Thief*

Primera edición en España: mayo, 2022
Primera edición en México: junio, 2022

Publicado por acuerdo con Simon & Schuster UK Ltd
1st Floor, 222 Gray's Inn Road, London, WC1X 8HB
A CBS Company

D. R. © 2022, De Ore Leonis, por el texto
D. R. © 2022, Two Dots, por las ilustraciones

D. R. © 2022, Penguin Random House Grupo Editorial, S. A. U.
Travessera de Gràcia, 47-49, 08021, Barcelona

D. R. © 2022, derechos de edición mundiales en lengua castellana:
Penguin Random House Grupo Editorial, S. A. de C. V.
Blvd. Miguel de Cervantes Saavedra núm. 301, 1er piso,
colonia Granada, alcaldía Miguel Hidalgo, C. P. 11520,
Ciudad de México

penguinlibros.com

D. R. © 2022, Irene Oliva Luque, por la traducción

ISBN: 978-607-381-532-1

Impreso en México – *Printed in Mexico*

Para Joseph,
cuyo altruismo,
amor y bondad infinita
dieron alas a estos unicornios

LA ISLA

TIERRA SALVAJE

ZONA DEL FUEGO

ESTADIO

EL NIDAL

CÁRCEL

CUATROPUNTOS

ZONA DEL AIRE

Índice

Prólogo

El camarógrafo oyó a los unicornios antes de verlos.

Alaridos agudísimos, gruñidos asesinos, el rechinar de dientes ensangrentados.

El camarógrafo olió a los unicornios antes de verlos.

Aliento rancio, carne putrefacta, el hedor de la muerte inmortal.

El camarógrafo presintió a los unicornios también antes de verlos.

En lo más profundo de su ser tronaban sus pútridas pezuñas y el pánico empezaba a invadirlo, hasta que todos los nervios, todas las células, le ordenaron que echara a correr. Pero tenía un trabajo por hacer.

El camarógrafo divisó a los unicornios surgir sobre la cima de la colina.

Eran ocho. Gules malignos galopando por la pradera, alas esqueléticas desplegándose y alzando el vuelo.

Como el ojo de un huracán tenebroso, el humo negro se arremolinó alrededor de ellos, un estruendo resonó a su paso y los rayos hicieron blanco en la lejana tierra bajo sus horripilantes patas.

Ocho cuernos fantasmagóricos rasgaron el aire mientras los monstruos bramaban su grito de guerra.

Los aldeanos se pusieron a gritar; algunos intentaron huir corriendo. Pero ya era tarde, demasiado tarde.

El camarógrafo aguardaba de pie en la plaza del pueblo cuando aterrizó el primer unicornio.

Echó chispas al bufar y piafó sembrando el caos y la confusión con cada descomunal resoplido.

El camarógrafo siguió grabando pese al temblor en las manos. Tenía un trabajo por hacer.

El unicornio agachó la gigantesca cabeza, el afiladísimo cuerno apuntó directo a la lente.

Los ojos inyectados en sangre se toparon con los del camarógrafo y en ellos sólo vio destrucción.

Ya no había esperanza para aquel pueblo. Ni para él.

Pero bueno, siempre había sabido que no sobreviviría a una estampida de unicornios salvajes.

Sólo esperaba que las imágenes llegaran al Continente.

Porque, en cuanto ves a un unicornio salvaje, ya estás muerto.

El hombre bajó la cámara con la esperanza de haber hecho su trabajo.

Porque los unicornios no habitan los cuentos de hadas, sino las pesadillas.

1

El robo

Skandar Smith contemplaba el unicornio del póster colgado enfrente de su cama. Fuera ya había suficiente luz para distinguir las alas del unicornio extendidas en pleno vuelo: una brillante armadura plateada recubría casi todo su cuerpo y sólo dejaba al descubierto sus ojos rojos enloquecidos, una enorme quijada y un afilado cuerno gris. Escarcha de la Nueva Era había sido el unicornio favorito de Skandar desde que hacía tres años su jinete, Aspen McGrath, se había clasificado para la Copa del Caos. Y el muchacho creía que ese día, en la carrera anual, a lo mejor tenían posibilidades de ganar.

Le habían regalado aquel póster el día en que cumplió trece años, hacía tres meses. Se había quedado mirándolo un buen rato en el escaparate de la librería, imaginando que él era el jinete de Escarcha de la Nueva Era y que estaba allí de pie, junto al marco del póster, listo para competir. Se había sentido muy mal al pedírselo a su padre. Desde que tenía memoria, siempre habían estado justos de dinero y por lo general no pedía nada. Pero Skandar deseaba aquel póster con toda el alma...

Se oyó un gran estruendo en la cocina. Cualquier otro día se habría levantado de la cama de un salto, aterrado por que pudiera haber un desconocido en el departamento. Normalmente, él o su hermana, Kenna, que dormía en la cama de enfrente, se encargaban de preparar el desayuno. No era que el padre de Skandar fuera un vago, no era eso, era sólo que casi siempre le costaba muchísimo levantarse, sobre todo cuando no tenía un trabajo al que ir. Y ya llevaba una buena temporada sin trabajar. Sin embargo, aquél no era un día cualquiera. Era el día de la carrera. Y para su padre, la Copa del Caos era aún mejor que los cumpleaños, era incluso mejor que la Navidad.

—¿Cuándo vas a dejar de mirar embobado ese estúpido póster? —refunfuñó Kenna.

—Papá está preparando el desayuno —dijo Skandar con la esperanza de que aquello la alegrara.

—No tengo hambre. —Le dio la espalda y se volteó hacia la pared, el pelo oscuro le asomaba por debajo del edredón—. Y, por cierto, es imposible que Aspen y Escarcha de la Nueva Era ganen hoy.

—Pensaba que no te interesaba.

—Y no me interesa, pero... —Kenna se dio de nuevo la vuelta para mirarlo con los ojos entornados a causa de la luz de la mañana—. No tienes más que fijarte en las estadísticas, Skar. Los aleteos por minuto de Escarcha están más o menos en la media de los veinticinco competidores. Y luego tiene el problema de que su elemento aliado sea el agua.

—¿Qué problema?

El muchacho estaba loco de contento, aunque Kenna insistiera en que Aspen y Escarcha no ganarían. Su hermana llevaba tanto tiempo sin hablar así, de unicornios, que casi había olvidado cómo era. Cuando eran más pequeños se pasaban el día discutiendo sobre cuál sería su elemento si lograban convertirse en jinetes de unicornio. Kenna siempre decía que sería diestra en fuego, pero Skandar nunca se decidía.

—¿Ya olvidaste tus clases de Cría? Aspen y Escarcha están aliados con el agua, ¿no? Y entre los favoritos hay dos jinetes diestros en aire: Ema Templeton y Tom Nazari. ¡Los dos sabemos que el aire tiene ventaja sobre el agua!

La hermana de Skandar estaba apoyada en un codo, la cara delgada y pálida le ardía de la emoción, tenía el pelo castaño revuelto y los ojos soltaban chispas. Kenna era un año mayor que Skandar, pero se parecían tanto que a menudo los tomaban por gemelos.

—Ya lo verás —dijo él sonriendo—. Aspen ha aprendido de sus anteriores Copas del Caos. No usará sólo el agua, no es tan tonta como para eso. El año pasado combinó los elementos. Si yo fuera el jinete de Escarcha de la Nueva Era, optaría por los rayos y los ataques remolino...

A Kenna le cambió la cara de inmediato. Los ojos se le apagaron; la sonrisa se le borró de la comisura de los labios. El codo se le derrumbó y ella se volteó de nuevo hacia la pared arropándose los hombros con el edredón color coral.

—Perdona, Kenn. No quería...

El olor a tocino y a pan tostado quemado se coló por debajo de la puerta. Las tripas de Skandar sonaron en medio del silencio.

—¿Kenna?

—Déjame en paz, Skar.

—¿No vas a ver la Copa con papá y conmigo?

De nuevo ninguna respuesta. Aquella mañana Skandar se había vestido a media luz con un nudo en la garganta, mezcla de la decepción y la culpa. No tenía que haber dicho «si yo fuera el jinete...». Habían estado charlando como antes, antes de que Kenna se presentara al examen de Cría, antes de que todos sus sueños se rompieran en mil pedazos.

Entró en la cocina al son de los huevos que chisporroteaban y el principio de la retransmisión de la Copa a todo volumen. Su padre tarareaba inclinado sobre la sartén. Al ver a Skandar, le dedicó una enorme sonrisa. El muchacho no recordaba la última vez que lo había visto sonreír.

El rostro de su padre se ensombreció un instante.

—¿Kenna no viene?

—Sigue dormida —mintió el chico, que no quería estropearle el buen humor.

—Imagino que este año va a resultarle difícil. Es la primera carrera desde que...

No hacía falta que acabara la frase. Era la primera Copa del Caos desde que Kenna había reprobado el examen de Cría el año anterior y hubiera perdido toda posibilidad de convertirse en jinete de unicornios.

El problema era que su padre jamás había actuado como si aprobar el examen de Cría supusiera algo fuera de lo común. Le gustaban tanto los unicornios que se moría de ganas de que uno de sus hijos llegara a ser jinete. Decía que eso lo solucionaría todo: sus problemas de dinero, su futuro, su felicidad, hasta los días en los que era incapaz de salir de la cama. Al fin y al cabo, los unicornios eran mágicos. Así que desde que Kenna era pequeña, su padre había insistido en que aprobaría el examen y se marcharía a la Isla para abrir la puerta del Criadero, en que su destino era el huevo de unicornio que había encerrado dentro, en que sería el orgullo de su madre. Tampoco había ayudado el hecho de que, en la escuela secundaria Christchurch, Kenna siempre hubiera sido la mejor de su clase de Cría. Si alguien iba a lograr entrar en la Isla, decían sus profesores, ese alguien era Kenna Smith. Sin embargo, había reprobado.

Y en aquel momento el padre de Skandar llevaba meses repitiéndole a él lo mismo. Que era posible, probable, incluso inevitable que llegara a ser jinete. Y pese a saber lo difícil que era, pese a haber visto la gran decepción de Kenna el año anterior, Skandar deseaba más que nada en el mundo que fuera cierto.

—Pero este año te toca a ti, ¿eh? —Su padre le alborotó el pelo con la mano llena de grasa—. Veamos, la mejor forma de preparar el pan frito...

Mientras su padre le daba órdenes, Skandar asentía cuando había que asentir, fingiendo que aún no sabía hacerlo. A otros niños aquello les habría parecido un fastidio, pero él no sintió más que alegría cuando su padre le chocó los cinco porque el pan le había quedado crujiente, en su punto óptimo.

Kenna no salió de la habitación para desayunar, aunque, mientras se comían las salchichas, el tocino, los huevos, los frijoles y el pan tostado, a su padre no pareció importarle mucho. Skandar dejó de preguntarse de dónde habría sacado el dinero para aquella comida especial. Era el día de la carrera. Estaba claro que su padre quería olvidarse de todo, y Skandar también. Sólo por un día. Así que agarró el bote de mayonesa recién abierto y lo apretó para repartirla por toda la comida, sonriendo de gusto con el plaf de la salsa.

—Entonces, ¿tus favoritos siguen siendo Aspen McGrath y Escarcha de la Nueva Era? —preguntó su padre con la boca llena—. Se me olvidó decirte que si quieres invitar a algún amigo para ver la carrera, por mí, ningún problema. Es lo que hacen muchos chicos, ¿verdad? No quiero que tú seas menos.

Skandar clavó la vista en el plato. ¿Cómo podía tan siquiera empezar a explicarle que no tenía amigos a quienes invitar? ¿Ni, lo que era peor, que en parte era por culpa suya, de su padre?

El problema era que cuidar de él cuando no se sentía bien, o no estaba muy contento, significaba que Skandar se perdía un montón de las cosas «normales» que se suponía que había que hacer para tener amigos. Nunca podía quedarse a pasar un rato en el parque al salir de clase; no tenía mesada semanal para gastársela en las maquinitas o escaparse a comer *fish and chips* en la playa de Margate. Para empezar, Skandar no se había dado cuenta, pero ésos eran en realidad los momentos en los que la gente hacía amigos, no en clase de inglés ni comiendo galletas de vainilla rancias durante el recreo. Y cuidar de su padre significaba que a veces Skandar no tenía ropa limpia ni tiempo de lavarse los dientes. Y la gente se fijaba en eso. Siempre se fijaba... y se acordaba.

Por alguna razón a Kenna no le había ido tan mal. Skandar pensaba que en parte se debía a que ella era más segura que él. Cada vez que él intentaba decir algo inteligente o divertido, el cerebro se le bloqueaba. Acababa ocurriéndosele unos minutos después, pero, cara a cara frente a un compañero del salón, en su cabeza no había lugar más que para un zumbido extraño: se quedaba en blanco. Su hermana no tenía ese problema, una vez la había visto enfrentarse a un grupo de chicas que murmuraban lo raro que era su padre. «Mi padre es asunto mío —les había dicho muy tranquila—. Métanse en sus asuntos o lo lamentarán.»

—Cada uno lo verá con su familia, papá —musitó el chico al fin, notando cómo se ruborizaba, algo que le pasaba siempre que no decía toda la verdad.

En cualquier caso, su padre no se dio cuenta: había empezado a apilar los platos, una imagen tan insólita que Skandar tuvo que parpadear dos veces para asegurarse de que era real.

—¿Y Owen? Son buenos amigos, ¿verdad?

Owen era el peor. Su padre creía que era su amigo porque una vez había visto cientos de notificaciones suyas en el teléfono de su hijo. Skandar no había mencionado que los mensajes eran de todo menos amables.

—Sí, claro, le encanta la Copa del Caos. —Se levantó para ayudar—. Pero está viéndola con sus abuelos, que viven lejísimos.

Aquello ni siquiera lo había inventado, había oído de pasada a Owen quejándose de eso con su pandilla, justo antes de que le arrancara tres páginas del libro de matemáticas, las arrugara y se las tirara a la cara.

—¡Kenna! —gritó de repente su padre—. ¡Está a punto de empezar!

Al no obtener respuesta, se dirigió al dormitorio, y Skandar se sentó en el sofá delante del televisor, que cubría el acontecimiento sin reparar en gastos.

Un periodista entrevistaba a un antiguo jinete de la Copa del Caos en la pista principal, justo delante de la línea de salida. Subió el volumen.

—¿... y crees que hoy presenciaremos más de una encarnizada batalla de elementos? —El periodista tenía la cara roja de la emoción.

—Seguro —contestó el jinete—. Hay una mezcla de habilidades fantástica entre los competidores, Tim. La gente está obsesionada con la fuerza del fuego de Federico Jones y Sangre del Ocaso, pero ¿qué me dices de Ema Templeton y Miedo de la Montaña? Puede que estén aliadas con el aire, pero también tienen muchas otras dotes. La gente se olvida de que los mejores jinetes de la Copa del Caos destacan en los cuatro elementos, no sólo en su aliado.

Los cuatro elementos. Eran el meollo del examen de Cría. Skandar había pasado horas y horas estudiando qué famosos unicornios y jinetes estaban aliados con el fuego, el agua, la tierra o el aire, qué estrategias de defensa y ataque preferían en las batallas aéreas. Se le hizo un nudo en el estómago por los nervios; no podía creer que faltaran tan sólo dos días para el examen.

Su padre regresó con un gesto de preocupación en el rostro.

—Ahora viene —dijo sentándose al lado de Skandar en el sofá viejo y maltrecho.

—A ustedes les cuesta comprenderlo, chicos. —Suspiró con la mirada fija en la pantalla—. Hace trece años, cuando mi generación vio la Copa del Caos por primera vez, nos bastaba con saber que la Isla existía. Yo ya era demasiado mayor para ser jinete. Pero la carrera, los unicornios, los elementos... para nosotros era magia... para mí, para mamá.

El chico se quedó muy quieto, sin atreverse a apartar la mirada de la pantalla mientras los unicornios accedían a la pista. Su padre sólo hablaba de la madre de Skandar y Kenna el día de la Copa del Caos. Antes de cumplir los siete años había dejado de preguntarle por ella en cualquier otro momento tras darse cuenta de que su padre se enojaba y se disgustaba, de que después pasaba días encerrado en su habitación.

—Nunca he visto a su madre tan emocionada como el día de la primera Copa del Caos —prosiguió—. Estaba sentada justo aquí, donde estás tú ahora mismo, sonriendo y llorando, contigo en brazos. Tenías un par de meses, no más.

Skandar ya había oído aquella historia, pero no le importaba lo más mínimo. Él y Kenna siempre se morían de ganas de que alguien les hablara de su madre. La abuela, la madre de su padre, solía contarles cosas sobre ella, pero les gustaban más las historias que les contaba su padre, que era quien más la había querido. Y, a veces, cuando se repetía, se le escapaban detalles nuevos, como que Rosemary Smith siempre lo llamaba «Bertie», nunca «Robert». O cómo le gustaba cantar en el baño, o que sus flores favoritas eran los pensamientos, o que el agua era el elemento con el que más disfrutó en la primera y última Copa del Caos que había visto.

—Siempre recordaré —continuó su padre mirándolo a los ojos— cómo, cuando esa primera Copa del Caos terminó, tu madre tomó tu diminuta manita, te hizo un dibujo en la palma y susurró bajito, como si rezara: «Te prometo que un día tendrás un unicornio, chiquitín».

Skandar tragó saliva con esfuerzo. Era la primera vez que su padre le contaba aquella historia. Puede que se la hubiera guardado para el año de su examen de Cría. Tal vez ni siquiera fuera cierta. Skandar nunca sabría si Rosemary Smith de verdad le había prometido un unicornio, porque, sin avisar, tres días después de que el Continente viera a los unicornios competir por primera vez, su madre había muerto.

Skandar jamás se lo habría confesado a su padre, ni siquiera a Kenna, pero, en parte, la razón por la que le gustaba tanto la Copa del Caos era porque lo hacía sentirse cerca de su madre. Se la imaginaba contemplando a los unicornios con una emoción que no le cabía en el pecho, igual que le pasaba a él, y era como si ella estuviera allí a su lado.

Kenna entró ruidosamente en la habitación con un plato de cereal en equilibrio en la palma de la mano.

—¿En serio, Skar? ¿Mayonesa para desayunar? —Señaló el plato embadurnado que había en lo alto de la pila—. Ya te lo he dicho varias veces, hermanito: no cuenta como comida favorita.

El muchacho se encogió de hombros y ella se echó a reír mientras se apretujaba a su lado en el sofá.

—Miren todo el espacio que ocupan. ¡El año que viene me toca sentarme en el suelo! —dijo su padre entre risas.

A Skandar se le encogió el corazón. Si el examen iba bien, al año siguiente ya no estaría allí. Asistiría a la Copa del Caos en persona, en la Isla, y tendría su propio unicornio.

—Kenna, ¡las cartas sobre la mesa! ¿Favoritos? —preguntó su padre inclinándose por delante de Skandar.

Ella miró fijamente el televisor masticando con aire taciturno.

—Antes dijo que Aspen y Escarcha de la Nueva Era no van a ganar —saltó Skandar para provocarla.

Funcionó.

—Puede que Aspen lo consiga otro año, pero éste la carrera no se ve bien para una jinete diestra en agua.

La chica se recogió un mechón de pelo suelto detrás de la oreja, un gesto tan familiar para Skandar que lo hacía sentirse seguro. Que le decía que su hermana estaría bien aunque él la dejara sola en el sofá con su padre al año siguiente.

El muchacho negó con la cabeza.

—Ya te lo dije, Aspen no va a apostar sólo por el elemento agua. Es demasiado inteligente para hacer algo así: seguro que también usa los ataques de aire, fuego y tierra.

—Pero un jinete siempre es mejor con su elemento aliado, Skar. Por eso se llama «aliado», ¿lo entiendes? Pongamos que sí, que use un ataque de fuego: no tendrá ni punto de comparación con uno de alguien que de verdad sea diestro en fuego, ¿no?

—De acuerdo, pero, entonces, ¿quién crees tú que va a ganar?

El chico se incorporó en el sofá mientras su padre subía el volumen: los comentaristas se exaltaron en el momento en que los competidores, ataviados con sus armaduras, se disputaban los puestos detrás de la línea de salida.

—Ema Templeton y Miedo de la Montaña —dijo Kenna en voz muy baja—. Décimos el año pasado, gran resistencia, valientes, inteligentes. Yo habría sido una jinete como ella.

Era la primera vez que Skandar oía a su hermana admitir que ya nunca sería jinete. Quiso decir algo, pero no supo qué, y luego ya era tarde. Así que escuchó al comentarista intentar llenar los segundos previos al comienzo de la carrera.

—Para los recién llegados que presencian el espectáculo por primera vez, estamos en directo desde Cuatropuntos, la capital de la Isla. Y dentro de unos instantes estos unicornios saldrán volando de este famoso estadio para iniciar el recorrido de la pista aérea: los dieciséis kilómetros extenuantes de esta prueba de resistencia y de habilidad para combatir en el aire. Si no quieren ser eliminados, los jinetes deben evitar las marcas flotantes durante el recorrido, algo nada fácil cuando otros veinticuatro competidores intentan atacarte con la magia de los elementos y hacerte perder velocidad a cada zancada... ¡Ah! Comienza la cuenta atrás: cinco, cuatro, tres, dos... ¡Y allá van!

Skandar observó a los veinticinco unicornios, cuyo tamaño doblaba el de un caballo, salir disparados en el instante en que la línea de salida se alzó por encima de sus cuernos. Las piernas acorazadas de los jinetes chocaron a ambos lados con las de sus rivales mientras animaban a sus monturas a avanzar, a ponerse a la cabeza desde el primer momento, agazapados sobre ellas, ganando velocidad. Y entonces llegó la parte favorita de Skandar. Los unicornios empezaron a desplegar las enormes alas emplumadas y a alzar el vuelo, dejando bajo ellos, a lo lejos, la arena de la pista. Los micrófonos captaban los gritos de los jinetes dentro del casco. Y también registraban otra cosa: un sonido que a Skandar, pese a llevar oyéndolo año tras año el día de la carrera, le daba escalofríos: unos bramidos guturales desde lo más hondo del pecho de cada unicornio, más aterradores que el rugido de un león, más arcaicos y primitivos que cualquier otra cosa que hubiera oído en el Continente. Uno de esos sonidos que te hacían querer salir corriendo.

Los unicornios chocaban en el aire unos con otros para alcanzar las mejores posiciones entre el estrépito y el chirriar de las placas metálicas. Las puntas de los cuernos emitían destellos a la luz del sol al tratar de cornear a sus rivales. La espuma se les acumulaba en la boca, rechinaban los dientes y resoplaban encolerizados por la nariz. En el momento en que emprendieron el vuelo, la magia de los elementos iluminó el cielo: bolas de fuego, tormentas de polvo, rayos, paredes de agua. Las encarnizadas batallas aéreas se sucedían ante el telón de fondo de unas nubes blancas y mullidas. La palma derecha de los jinetes resplandecía gracias al poder de los elementos mientras luchaban con desesperación por abrirse paso en la pista.

Y no era nada agradable de ver. Los unicornios se daban coces unos a otros, se arrancaban la carne de las ijadas y arremetían a quemarropa contra sus rivales. Al cabo de tres minutos, la cámara captó a una unicornio y una jinete, con el pelo en llamas y un brazo destrozado colgando, precipitándose en espiral y estrellándose contra el suelo, en una nube de humo que salía del ala de la unicornio y la cabeza rubia de la joven.

—Y así acaba la Copa del Caos de este año para Hilary Winters y Lirio Afilado. Parece que tenemos un brazo roto, unas cuantas quemaduras feas y una herida en el ala de Lirio —lamentó el comentarista.

La cámara regresó al grupo que iba a la cabeza. Federico Jones y Sangre del Ocaso estaban enzarzados en una batalla aérea con Aspen McGrath y Escarcha de la Nueva Era. Aspen había hecho aparecer un arco de hielo y disparaba una flecha tras otra a la espalda acorazada de Federico, tratando de hacerle perder velocidad. Éste empuñaba un escudo en llamas para derretir las flechas, sin embargo Aspen tenía buena puntería y su montura estaba alcanzándolos. Pero Federico no había acabado. Mientras Aspen incitaba a Escarcha a acercarse a ellos, las llamas estallaban en el cielo por encima de la cabeza de McGrath.

—Vaya ataque de fuego arrasador de Federico. —El comentarista parecía impresionado—. Muy complicado a esa altura y esa velocidad. Pero... ¡Vaya! ¡No se pierdan esto!

Unos cristales de hielo tejían una red en torno a Escarcha de la Nueva Era, en torno a Aspen, hasta encerrarlos en un capullo de hielo tan grueso que impedía que el fuego arrasador de Federico los tocara; Skandar vio a Federico gritar de decepción al ver cómo él y Sangre del Ocaso retrocedían por el esfuerzo de su ataque de fuego, y Aspen hizo estallar su caparazón de hielo para tomar la delantera.

—Ahora van a la cabeza Tom Nazari y Lágrimas del Diablo, seguidos por Ema Templeton y Miedo de la Montaña. En tercer lugar tenemos a Alodie Birch a lomos de Príncipe Junco y, después de ese extraordinario combo de aire y agua, Escarcha de la Nueva Era y Aspen McGrath se ponen en cuarta posición con... ¡Pero parece que Aspen tiene preparada una nueva jugada! —se interrumpió el comentarista alzando la voz—. Está ganando velocidad.

El pelo rojo de Aspen revoloteó a su espalda mientras Escarcha de la Nueva Era preparaba una increíble explosión de velocidad con las alas desdibujándose, abriéndose paso delante de Príncipe Junco, virando bruscamente cuando un rayo estuvo a punto de hacer blanco en la jinete. Luego las grandes alas grises de Escarcha adelantaron a un ritmo vertiginoso a la favorita de Kenna, Miedo de la Montaña, y a continuación al unicornio negro de Tom Nazari, Lágrimas del Diablo. Y Aspen se puso a la cabeza.

—¡Eso es! —Skandar lanzó un puñetazo al aire, un gesto nada típico en él, pero lo que acababa de ocurrir era algo extraordinario... increíble.

—¡Jamás he visto nada parecido! —gritó el comentarista—. ¡Miren toda la distancia que le saca al resto!

A Kenna se le escapó un grito ahogado, con los ojos fijos en los unicornios, que se acercaban a la meta.

—¡No lo puedo creer!

—¡Va a ganar por cien metros! —gritó otro comentarista.

Skandar observó boquiabierto cómo las pezuñas de Escarcha de la Nueva Era tocaban la arena de la pista. Aspen lo obligó a avanzar, con una feroz determinación en la mirada al pasar por debajo del arco de la línea de meta.

Skandar dio un salto gritando de la emoción.

—¡Ganaron! ¡Ganaron! ¿Lo ves, Kenna? ¡Te lo dije! ¡Lo adiviné, lo adiviné!

Kenna se reía, los ojos le brillaban y aquello hacía que la victoria fuera aún mejor.

—De acuerdo, Skar. Estuvo increíble. Lo reconozco. Esos cristales de hielo, ¡tremenda jugada! Nunca he visto nada...

—Esperen. —Su padre observaba la pantalla de cerca—. Pasa algo.

El muchacho se acercó a él por un lado y Kenna por el otro. Skandar oía los gritos de la multitud, pero ya no eran de entusiasmo, sino de miedo. Los unicornios habían dejado de cruzar el arco para acabar la carrera. Los comentaristas se habían quedado mudos, la imagen se había congelado y encuadraba un único punto de la pista, como si los operadores de cámara hubieran abandonado su puesto.

Un unicornio aterrizó en el centro del estadio. No se parecía a los demás, ni a Sangre del Ocaso ni a Escarcha de la Nueva Era ni a Miedo de la Montaña, cuyo desfile de la victoria había interrumpido. Las alas de este unicornio casi no tenían plumas, parecían las de un murciélago, y estaba esquelético, medio muerto de hambre. Sus ojos eran unas hendiduras rojas y atormentadas. Tenía sangre seca en torno a la quijada y enseñaba los dientes a los participantes, como si los desafiara a atacar.

Skandar no cayó en cuenta hasta que se fijó en el cuerno transparente.

—Es un unicornio salvaje —musitó—. Como los de aquel antiguo video que la Isla mostró al Continente con el que hace muchos años convenció a sus habitantes de que los unicornios eran reales. Aquel en el que atacaban una aldea...

—Pasa algo —repitió su padre.

—No puede ser un unicornio salvaje —susurró Kenna—. Lo monta un jinete.

Skandar no se había fijado en la persona (o en lo que por lo menos él creía que era una persona) que iba encima. El jinete iba envuelto en un manto negro que flotaba y ondeaba por la brisa, con la parte de abajo rota y hecha jirones. Una franja ancha pintada de blanco le ocultaba el rostro desde la base del cuello hasta lo alto de la cabeza, adentrándose en el pelo corto y oscuro.

El animal se empinó, piafando en el aire con las pezuñas, escupiendo un denso humo negro. Su jinete fantasma dejó escapar un aullido triunfal, el unicornio chilló y el estadio se llenó de humo. Skandar vio al unicornio avanzar hacia los participantes de la Copa del Caos, con chispas revoloteando alrededor de las pezuñas, y un chorro blanco que salía de la palma de su jinete iluminó la pantalla. Justo antes de que la imagen desapareciera por completo entre el humo negro, el jinete se dio la vuelta y, lenta y deliberadamente, levantó un dedo largo y huesudo para señalar a la cámara.

Luego sólo les llegó el sonido. Explosiones de magia de los elementos, chillidos de unicornio. Más gritos desde la muchedumbre y el estruendo inconfundible de las pisadas de los isleños intentando huir de sus lugares. Mientras éstos, al pasar, chocaban con la cámara y sus voces, presas del pánico, se entremezclaban, Skandar percibió dos palabras que se repetían una y otra vez.

«El Tejedor.»

Era la primera vez que Skandar oía hablar de él, pero cuanto más susurraba, gritaba y chillaba su nombre la multitud, más miedo empezaba a darle.

Se volteó hacia su padre, que seguía con la mirada fija, sin dar crédito, en las volutas de humo negro de la pantalla del televisor. Kenna se adelantó a su hermano con la pregunta:

—Papá —dijo en voz baja—, ¿quién es el Tejedor?

—Shhh. —La acalló con un gesto de la mano—. Está pasando algo.

La imagen se volvió más nítida a medida que el humo se disipaba. Medio sollozando, medio gritando, llegaba la voz de una figura arrodillada en la arena. Todavía llevaba puesta la armadura, con la palabra «McGrath» pintada de azul en el dorso, y los demás jinetes la rodeaban.

—Por favor —el gemido de Aspen se oyó por toda la pista—, por favor, ¡que me lo devuelvan!

Federico Jones, olvidando la virulencia de la competencia, logró poner de pie a Aspen, que seguía desgañitándose:

—Se lo llevó el Tejedor. Ya no está. Ganamos y el Tejedor... —A Aspen se le atragantó la última palabra, las lágrimas le cayeron rodando por la cara manchada de tierra.

Una voz severa chasqueó como un látigo.

—¡Fuera esas cámaras! ¡Ahora mismo! El Continente no puede ver esto. ¡Fuera, ahora mismo!

Los unicornios empezaron a chillar y a bramar con un sonido ensordecedor. Los jinetes se subieron a las monturas, tratando de calmarlas mientras éstas se encabritaban y echaban espuma por la boca, con un aspecto más monstruoso del que Skandar jamás había visto.

De los veinticinco jinetes sólo una quedó de pie en la arena: Aspen McGrath, la vencedora y diestra en agua. Pero su unicornio, Escarcha de la Nueva Era, no se veía por ninguna parte.

—¿Quién es el Tejedor? —preguntó de nuevo Kenna con voz apremiante.

Pero nadie le contestó.

2

De patitas en la calle

—Señorita Buntress, ¿puede decirnos quién es el Tejedor?

—¿Por qué se llevó el Tejedor a Escarcha de la Nueva Era?

—¿Cómo es que el Tejedor iba en un unicornio salvaje?

—¿El Tejedor puede venir al Continente?

—¡Silencio! —gritó la señorita Buntress masajeándose la frente con la mano.

El grupo entero se calló; era la primera vez que Skandar oía gritar a la señorita Buntress.

—Son mi cuarta clase de Cría de hoy —empezó, apoyándose con el codo en el pizarrón blanco—. Y les voy a decir lo mismo que a los demás. No sé quién es el Tejedor. No sé cómo es posible que el Tejedor fuera en un unicornio salvaje. Y, como se imaginarán, no tengo ni la más remota idea de dónde está Escarcha de la Nueva Era.

La Copa del Caos era el único tema del que podía hablarse aquel día, lo cual no era raro, dado que se trataba del mayor acontecimiento del año. Pero esta vez era distinto: la gente estaba preocupada, sobre todo los niños de la edad de Skandar de todo el país, que al día siguiente se presentarían al examen de Cría.

—Señorita Buntress —Maria levantó la mano—, mis padres no quieren que me presente al examen. Les preocupa que la Isla no sea segura.

Unos cuantos más asintieron.

La profesora se irguió y los escudriñó desde debajo de su flequillo rubio rojizo.

—Con independencia de que la ley obligue a presentarse al examen, ¿quién puede decirme qué ocurriría si Maria estuviera predestinada a un unicornio del Criadero y no respondiera a la llamada?

Cualquiera de ellos podría haber contestado, pero Sami se adelantó al resto.

—Si Maria no estuviera allí cuando rompiera el cascarón, su unicornio no se vincularía con la jinete que tiene predestinada. Se criaría salvaje.

—Exacto —dijo la señorita Buntress—. Y se parecería a esa criatura espantosa que vieron en la Copa del Caos.

—¡Yo no dije que esté de acuerdo con mis padres! —protestó Maria—. Digan lo que digan...

La profesora no le prestó atención.

—Hace quince años, la Isla nos pidió ayuda porque faltaban jinetes. Entiendo que todos estén disgustados por lo ocurrido... Yo también lo estoy. Pero no voy a permitir que ningún alumno mío eluda su responsabilidad. Y en este momento, con ese... ese Tejedor... suelto, es más importante que nunca que si están predestinados a un unicornio, lo críen. Tienen una sola oportunidad en la vida. Y éste es su año.

—Pues yo creo que todo esto no es más que una gran patraña —intervino Owen, arrastrando las palabras, desde el fondo del aula—. Para mí, eso no era un unicornio salvaje... sino sólo alguien haciéndose pasar por uno. Lo leí en internet, y además...

—Sí, gracias, Owen —lo interrumpió la señorita Buntress—. Es una posibilidad. Pero ahora será mejor que repasemos algunas de las preguntas, ¿de acuerdo?

Skandar frunció el ceño y bajó la vista a su libro de texto de Cría. No podía ser verdad. Si había sido alguien haciéndoles una broma, ¿por qué se habían asustado tanto todos los isleños? ¿Cómo se había enfrentado aquel jinete envuelto en un manto negro a todo un grupo de los unicornios más poderosos de la Isla y había robado a Escarcha de la Nueva Era? ¿Y quién, o qué, era el Tejedor?

Skandar deseó tener un amigo o una amiga con quien cuchichear al fondo del salón, así podría preguntarle qué opinaba de todo aquello. Pero como no lo tenía, se puso a dibujar al misterioso unicornio salvaje en el margen de su cuaderno de ejercicios. Además de con los unicornios, dibujar era lo único con lo que Skandar disfrutaba de verdad. Era una forma de imaginarse que estaba en la Isla. Su cuaderno de bocetos estaba repleto de dibujos de unicornios luchando o de crías rompiendo el cascarón, aunque a veces también dibujaba marinas o caricaturas ridículas de Kenna, y, en raras ocasiones, a su madre, a la que copiaba de una vieja fotografía.

No era la primera vez que se preguntaba qué pensaría ella de todo aquello.

Después de las clases, Skandar esperó solo a su hermana en la puerta del colegio, como siempre, hojeando y repasando sus apuntes de la clase de Cría. De repente oyó un sonido que reconocería en cualquier parte: la risa de Owen. Siempre intentaba reírse con un tono muy grave para parecer mayor, más adulto. Aunque él pensaba que en realidad lo hacía parecerse más a una vaca estreñida con tos perruna.

—¡Acabo de conseguirlos! —gritaba una voz de un tono más agudo—. Y tengo que compartirlos con mi hermano pequeño. Por favor, no me los quites...

—¡Agárralos, Roy! —ordenó Owen gritando.

Roy era uno de los amigos de siempre de Owen.

Habían acorralado a un niño de sexto contra un muro del patio. Tenía la piel clara y pecosa, y era muy pelirrojo; a Skandar le recordaba a Aspen McGrath.

—¡Eh! —Skandar se acercó corriendo.

Era consciente de que iba a arrepentirse, puede que incluso acabara recibiendo un puñetazo en la cara, pero lo que no podía hacer era dejar que aquel chico se las arreglara con Owen él solo. Además, aquel abusivo le había pegado a Skandar infinidad de veces, así que ya estaba más o menos acostumbrado.

Al llegar donde ellos estaban, se fijó en que Roy le había quitado al chico un puñado de tarjetas del Caos.

—¿Qué me dijiste? —Owen dio un paso hacia Skandar.

Él le hizo rápidamente un gesto al chico pelirrojo para que se escondiera. La cabeza del muchacho desapareció detrás del muro.

—Este... Me preguntaba si querrías que te prestara mis apuntes —improvisó Skandar, y toda la valentía se le esfumó en un instante.

No podías decirle «eh» a Owen e irte como si nada. ¿En qué pensaba?

Owen se mofó y le arrebató los apuntes de Cría de las manos, luego se los pasó a Roy. Con la mano que le quedaba libre, le asestó un puñetazo en el hombro a Skandar, por si acaso.

—Son cosas de Cría —masculló Roy hojeando los apuntes.

—Genial. Pues yo ya me iba —dijo Skandar dando un paso a un lado.

Pero Owen le agarró la camiseta blanca con un puño. Skandar podía oler el gel fijador que Owen usaba para darle un aire más descuidado a su pelo negro.

—No creerás en serio que vas a aprobar el examen de Cría, ¿verdad? —dijo Owen fingiendo sorpresa—. ¡Ah, ¿sí?! ¡Oh, qué tierno!

—Sí, sí. Son sus apuntes para repasar —asintió el otro como un bobalicón.

—¿Cuántas veces te lo he dicho? —Owen se plantó justo delante de la cara de Skandar—. Los de tu calaña jamás llegan a ser jinetes. Eres demasiado débil, demasiado enclenque, demasiado patético. Serías incapaz de controlar algo tan peligroso como un unicornio; a ti te queda mejor un poodle. Eso, Skandar, búscate un poodle y vete por ahí a cabalgarlo. ¡Así nos reímos todos un rato!

Owen estaba tomando impulso para propinarle un puñetazo de despedida cuando alguien le agarró el puño por detrás y lo jaló con fuerza.

Era obvio que a la fuerza de gravedad Owen le gustaba todavía menos que Skandar. Empezó a caer, a caer, y... ¡pum!... directo al asfalto.

Kenna miró a Owen desde arriba.

—Piérdete o acabarás llorando por algo más que un moretón en el trasero.

Sus ojos color café refulgieron peligrosamente, y Skandar sintió cómo se henchía de orgullo. Su hermana era la mejor del mundo.

Owen se levantó como pudo, dio media vuelta y se echó a correr. Roy le pisaba los talones, sin soltar los apuntes. Kenna se dio cuenta.

—¡Oye, tú! ¿Ésa es la letra de Skandar? ¡Ven aquí! —Y los persiguió mientras se dirigían a la puerta del colegio.

Skandar se asomó por encima del muro, el corazón le latía deprisa.

—Ya puedes salir de ahí.

El niño pelirrojo fue a sentarse junto a Skandar con cara de asustado.

—¿Cómo te llamas? —le preguntó Skandar con tono amable.

—George Norris —respondió el chico, sorbiéndose la nariz y secándose una lágrima—. Ojalá no se hubiera llevado mis tarjetas.

Tomó impulso para propinar dos patadas de frustración al muro.

—De acuerdo, George Norris, pues hoy estás de suerte, porque... —Skandar metió la mano en su mochila y sacó su propia colección de tarjetas de unicornios y jinetes—. Estoy dispuesto a dejar que escojas cinco a precio de ganga, te las doy a cambio de... nada.

A George se le iluminó la cara.

Skandar formó un abanico con las tarjetas.

—Vamos, elige las que quieras.

El borde brillante de un ala de unicornio destelló al sol.

George tardó un buen rato en decidirse. Skandar intentó no hacer ninguna mueca cuando parte de su preciada colección desapareció en el bolsillo de aquel niño más pequeño.

—Ah, y la próxima vez que Owen te amenace —Skandar se levantó—, dile que conoces a mi hermana, Kenna Smith.

—¿Fue ella quien lo tiró al suelo? —preguntó George con los ojos muy abiertos—. Daba bastante miedo.

—¡Un miedo espantoso! —bramó Kenna, que apareció por detrás de Skandar, encima del muro.

—¡¿Aaahporquéhicisteeso?! —Skandar se agarró el pecho.

George se despidió con la mano, contento.

—¡Adiós, Skandar!

Kenna le devolvió los apuntes a su hermano.

—¿Otra vez anda molestándote Owen? Si las cosas se ponen feas, tienes que contármelo. ¿Está obligándote a hacerle la tarea? ¿Por eso tenía tus apuntes?

A diferencia de su padre, Kenna sabía que Owen llevaba años acosando a Skandar. Pero últimamente él intentaba no darle mucha lata con aquello. La disgustaba, y ya pasaba mucho tiempo triste de por sí.

—No estoy haciéndole la tarea a nadie, no te preocupes.

—Ya, es sólo que, bueno, en casa hay mucho por hacer. Ya sabes que desde la Copa del Caos papá anda muy triste. No para de decir que el Tejedor le robó su único día feliz de todo el año. Aunque, bueno, siempre se siente mal después de la Copa, pero esta vez es...

—Peor —Skandar acabó la frase—. Sí, lo sé, Kenn.

Su padre había estado viendo una y otra vez las imágenes grabadas de la Copa del Caos, rebobinándolas, deteniéndolas y obsesionándose. Y luego se acostaba sin cenar ni dirigirle la palabra a ninguno de los dos.

—Y sé que mañana tienes tu... —respiró hondo antes de decirlo— examen de Cría, pero el mundo no puede pararse por eso, ¿sabes? Porque...

—Lo sé. —Skandar suspiró.

No era capaz de soportar que su hermana le dijera lo improbable que era que lograra entrar en la Isla. No, no era capaz, sobre todo después de lo de Owen y Roy. La esperanza de que las cosas cambiaran, de una vida lejos de allí, era lo único que lo ayudaba a sobrellevar todo aquello. Los unicornios lo eran todo. Kenna los había perdido, pero Skandar no quería dejar escapar aquel sueño, aún no. No hasta que...

—¿Estás bien, Skar?

Ella lo miraba. Se había quedado parado en medio de la acera y un niño pequeño con una camiseta de unicornios había tenido que rodearlo.

Echó a andar, pero su hermana no le dio tregua:

—¿Es porque la gente está diciendo que ahora mismo la Isla no es segura?

—Eso no va a impedirme que intente abrir la puerta del Criadero —respondió el muchacho con obstinación.

Kenna le dio un empujoncito.

—Vaya, mira quién se pone ahora en plan guerrero. Cuando te encontraste aquella araña patilarga en la cama no eras tan valiente.

—Si consigo criar un unicornio, me aseguraré de que se meriende a todos los bichos asquerosos que odio —bromeó Skandar.

Pero a su hermana se le torció el gesto, como cada vez que se adentraban demasiado en el terreno de los unicornios.

Él aún no podía creer que su hermana no hubiera aprobado. Habían planeado hacerlo todo juntos: Kenna iría primero y luego, un año después, él partiría a la Isla en su busca. Su padre recibiría el dinero que les daban a todas las familias del Continente en compensación por que su hijo o su hija se mudara a la Isla, y además estaría orgulloso de ellos. Gracias a ellos, su padre mejoraría.

—Si quieres, esta noche preparo yo la cena —se ofreció él porque se sentía culpable.

Mientras, Kenna marcaba el código de acceso a su edificio. Subieron las escaleras. El ascensor llevaba varios meses estropeado, pero nadie había ido a arreglarlo, pese a que Kenna se había quejado al menos doce veces.

El décimo piso olía a humo rancio y a vinagre, como siempre, y una de las barras de luz emitía un zumbido delante del número 207. Kenna metió la llave en la puerta, pero no se abría.

—¡Papá volvió a echar el cerrojo!

Kenna le marcó al celular. Y le marcó de nuevo. Nada.

Tocó con los nudillos en la puerta... Y tocó de nuevo. Skandar llamó a su padre a gritos por la rendija de abajo de la puerta, rozando con la mejilla la alfombra de color gris charco del pasillo. Sin respuesta.

—No sirve de nada. —Con la espalda pegada a la puerta, la muchacha se dejó caer hasta el suelo—. Tendremos que esperar a que se despierte y se dé cuenta de que no estamos en casa. Lo deducirá. No es la primera vez que pasa.

Skandar se apoyó en la puerta junto a ella.

—¿Repasamos? —propuso Kenna—. Te pregunto.

Él frunció el ceño.

—¿Segura que quieres...?

Kenna se recogió un mechón de pelo detrás de la oreja, repitiendo el gesto para asegurarse de que no se le escapaba, y se giró para mirar a su hermano. Soltó un suspiro.

—A ver, sé que me he portado fatal desde que no me convocaron para ir a la Isla.

—No te has por... —empezó a decir Skandar.

—Sí —insistió Kenna—. Me he portado fatal de los fatales, he sido lo peor, una popó de hermana, de las que apestan, de las que huelen peor que un montón de estiércol caliente, peor que una pocilga de cerdos hediondos.

Skandar se echó a reír.

Ella sonreía.

—Y no es justo, lo cierto es que no lo es. Porque, si fuera al contrario, sé que tú me habrías ayudado con la tarea, que no habrías dejado de hablarme de unicornios. Una vez papá dijo que mamá tenía un gran corazón... y, si eso es verdad, tú te pareces a ella mucho más que yo. Eres mejor persona que yo, Skar.

—¡No es cierto!

—Mi corazón, en cambio, huele a perro muerto. ¡Vaya! ¡Rima y todo! Así que, a ver, ¿quieres que te ayude o no?

Le arrancó la mochila y rebuscó en ella hasta dar con su libro de Cría, con los símbolos de los cuatro elementos en la cubierta. Pasó las páginas y se detuvo en una al azar.

—Empecemos con una tanda rápida de preguntas fáciles. ¿Por qué la Isla reveló al Continente que los unicornios eran reales?

—Kenn... ¡vamos! Ahora en serio.

—Es en serio, Skar. Crees que lo sabes todo, pero seguro que al final caes en lo más fácil, ¿qué apuestas?

La barra de luz sobre las cabezas de ambos emitió un fuerte zumbido. Skandar no estaba acostumbrado a que Kenna estuviera de tan buen humor, sobre todo si se trataba de la Isla, así que le siguió la corriente.

—Está bien, está bien. No había suficientes isleños de trece años predestinados a criar unicornios, es decir, que lograran abrir la puerta del Criadero, lo que significaba que esos animales estaban criándose salvajes, sin vínculo, y la Isla corría el riesgo de que se convirtieran en una plaga. Necesitaban que los niños del Continente también probaran suerte con la puerta.

—¿Cuál fue el obstáculo principal al que se enfrentó la Isla al contárselo al Continente? —preguntó Kenna sin dejar de pasar las páginas del libro.

—El primer ministro y sus asesores pensaron que era una broma, porque en el Continente se tenía la idea de que los unicornios eran criaturas mitológicas, inofensivas, tiernas...

—¿Y? —lo provocó Kenna.

—Y hacían popó del color del arcoíris.

Se sonrieron. Ellos, igual que todos los niños del Continente, habían oído aquellas historias de la época en que se creía que los unicornios eran una leyenda. La señorita Buntress les había dicho que la gente se habría reído de ellos en la cara si hubieran ido por ahí diciendo que los unicornios existían de verdad. Durante su primera clase de Cría, la profesora había repartido algunas muestras de artefactos relacionados con los unicornios: un unicornio de juguete rosa y blando de pestañas rizadas y cara sonriente, una cinta para el pelo centelleante con un cuerno plateado, y una tarjeta de cumpleaños en la que se leía: «Sé siempre tú mismo, a menos que puedas ser un unicornio; en ese caso, sé siempre un unicornio».

Y de repente, hacía quince años, todo había cambiado. En cuanto las imágenes de los sanguinarios unicornios salvajes empezaron a difundirse por las pantallas del Continente, todos los productos relacionados con esos animales desaparecieron de las tiendas. Su padre contaba que todos estaban aterrorizados ante la posibilidad de que una oscura manada de aquellas bestias salvajes llegara volando al Continente y matara todo lo que se cruzara en su camino, con los dientes, las pezuñas o los cuernos. Debido al miedo, la gente había desterrado a los unicornios de su hogar: los libros ilustrados, los peluches, los llaveros, los adornos para fiestas... y lo había amontonado todo en las altísimas hogueras que ardían con virulencia en los parques.

Como era de esperar, a los padres no les había hecho demasiada gracia la idea de enviar a sus hijos a un lugar en el que aquellas criaturas vagaban a su antojo. Skandar había visto antiguos artículos de prensa sobre protestas en Londres y debates en el Parlamento. Pero la respuesta a todas las quejas había sido la misma: si no colaboramos, nacerán más unicornios salvajes y nos liquidarán a todos. La población exigió que el

Continente declarara la guerra a la Isla y acabara con todos los ejemplares, pero el primer ministro contestó que era imposible matar con armas a un unicornio, ya fuera salvaje o vinculado.

Había mostrado mucho interés en hacer hincapié en que, si el Continente accedía a colaborar, todos saldrían ganando. «Los unicornios vinculados son distintos —había intentado tranquilizar a los escépticos—. Imaginen qué honor. ¿No quieren que sus hijos e hijas sean héroes?»

Su padre les había contado que, pasado un tiempo, la gente había ido calmándose. Las familias del Continente extrañaban a sus hijos, pero éstos no morían ni ningún unicornio salvaje atacaba a nadie. Los padres de los jinetes visitaban la Isla una vez al año para pasar un día con ellos; ningún jinete pidió nunca volver a casa. A los jinetes que se clasificaban para la Copa del Caos los idolatraban niños y mayores; eran más famosos que la realeza. Convertirse en jinete era el deseo que pedían casi todos los niños cuando soplaban las velas. Poco a poco, los unicornios acabaron convirtiéndose en parte de la vida cotidiana y a los ejemplares salvajes rara vez los mencionaba nadie.

Hasta el momento. Hasta que había aparecido el Tejedor.

—¿Crees que en el examen habrá algo sobre el Tejedor? —le preguntó Skandar a Kenna, que se había puesto a dar vueltas por el pasillo—. ¿Crees que el Tejedor estaba realmente vinculado con ese unicornio salvaje? Es imposible, ¿no? Digo que la definición completa de «unicornio salvaje» hace referencia al hecho de que perdiera la oportunidad de vincularse con su jinete predestinado y saliera del cascarón solo...

Kenna dejó de dar vueltas y Skandar se quedó mirando sus calcetines grises.

—Deja de preocuparte. Te va a ir bien —lo tranquilizó su hermana.

—¿De verdad crees que yo podría ser jinete? —preguntó, y su voz fue poco más que un susurro.

No dependía de ella que él aprobara, y mucho menos que, al llegar a la Isla, pudiera abrir la puerta del Criadero, pero para Skandar seguía siendo importante que ella creyera que él podía hacerlo.

—¡Pues claro! —Kenna le sonrió.

Pero él intuyó las lágrimas que le ardían detrás de los ojos y amenazaban con brotar, y no le creyó.

Skandar posó la vista en su regazo.

—Ya lo sé. No soy especial, ni me parezco a ninguno de los jinetes que salen en la tele. Todos son glamurosos y tienen un aire interesante. En cambio, yo, pues bueno... ¡ni siquiera se sabe de qué color es mi pelo!

—No seas ridículo... Es castaño, como el mío.

—Ah, ¿sí? —suspiró desconsolado—. ¿No lo ves más bien de color lodo? Y mis ojos son... turbios; la gente no sabe si son azules, verdes o color café. Y sí, me dan miedo las arañas patilargas, y las avispas, y a veces hasta la oscuridad... o por lo menos cuando está tan oscuro que no te ves ni las manos. ¿Qué unicornio iba a querer vincularse conmigo?

—Skandar.

Su hermana se arrodilló junto a él, como solía hacer cuando eran pequeños y él se disgustaba. Sólo se llevaban un año, pero Kenna siempre había parecido varios años mayor que él, justo hasta el año anterior, cuando había reprobado el examen. En ese momento él había tenido que ser fuerte mientras ella se había hundido y, durante meses, se había quedado dormida llorando. Algunas noches aún la oía. Era un sonido que a él le daba más miedo que los bramidos de mil unicornios sanguinarios.

—Skandar —repitió ella—, ¡cualquiera puede convertirse en jinete! Eso es lo más increíble de criar a un unicornio. No importa de dónde vengas ni lo negados que sean tus padres ni cuántos amigos tengas ni qué cosas te den miedo. Si la Isla te llama, tienes la posibilidad de responder. Surge una nueva oportunidad. Una nueva vida.

—Pareces la señorita Buntress —murmuró Skandar devolviéndole la sonrisa.

Sin embargo, mientras contemplaban juntos la puesta de sol por la ventana que había al fondo del pasillo, Skandar no pudo evitar pensar que a esa misma hora, al día siguiente, ya habría acabado el examen de Cría y su futuro estaría decidido.

3

El examen de Cría

A Skandar lo despertó el sonido de alguien que hurgaba. Abrió un ojo y vio a su hermana sentada encima de la cama con las piernas cruzadas y una vieja caja de zapatos sobre las rodillas. No era una caja cualquiera; estaba llena de objetos que habían pertenecido a su madre: un pasador color café para el pelo, un unicornio en miniatura, una fotografía de sus padres impecables para ver la Copa del Caos, una tarjeta de cumpleaños dirigida a ella, una pulsera de nácar a la que le faltaba el cierre, una bufanda negra con rayas blancas en los extremos, un llavero del vivero, un separador de libros de la librería del pueblo. A Kenna le gustaba mucho más que a Skandar echarle un vistazo de vez en cuando a la caja, sobre todo cuando algo le preocupaba. Decía que los objetos le servían para tener la sensación de recordar a su madre: su sonrisa, su olor, su risa.

Sin embargo, él no tenía ningún recuerdo de ella. Intentaba que no se le notara que aquello lo entristecía: la cuestión era que, casi siempre, la tristeza de su padre era tan grande que parecía ocupar todo el espacio del departamento, del pueblo, del mundo entero. Y a veces Kenna también se sentía mal, y entonces ya no quedaba libre ni una esquinita para que él pudiera extrañar a su madre. A veces era más fácil encerrar sus sentimientos en la caja, junto con las cosas de ella, e intentar olvidar. Aunque alguna que otra vez, cuando su hermana estaba dormida, él también sacaba los objetos, igual que Kenna estaba haciendo justo en ese momento. Y buscaba su propio rinconcito donde poder estar triste. Para extrañarla. Y para desear que su madre estuviera allí y le diera un abrazo antes del día más importante de su vida.

—¿Kenn? —susurró Skandar muy bajito, para que no diera un brinco.

Las mejillas de su hermana se encendieron mientras se apresuraba a tapar de nuevo la caja y esconderla debajo de la cama.

—¿Qué?

—Es hoy, ¿verdad?

Kenna se echó a reír, aunque sus ojos tenían un aire un tanto triste.

—Sí, Skar. —Ahuecó las manos delante de la boca, emitió un sonido de trompeta, y anunció—: ¡Skandar Smith se presenta hoy al examen de Cría!

—¡Kenna! ¡Ayúdame a preparar un desayuno sorpresa para Skandar! —La voz de su padre tronó a través de las paredes del departamento.

Kenna sonrió.

—¡No puedo creer que se haya acordado! —exclamó ella.

—No puedo creer que esté despierto —dijo él.

Al final, la noche anterior su padre los había dejado entrar, aunque apenas había sido capaz de mirarlos a la cara.

Kenna se vistió a toda prisa.

—Hazte el sorprendido, ¿de acuerdo? —La mirada se le iluminó con aquella luz que se encendía cada vez que su padre, de improviso, tenía un día bueno.

El chico sonrió, de pronto un poco más convencido de que era posible que en el examen de Cría acabara yéndole bien.

—Sabes que lo haré.

Una hora más tarde, después de unos cuantos huevos duros y varios panes quemados que Skandar había insistido en que eran los más deliciosos que había probado en su vida, su padre los acompañó, peldaño a peldaño, desde el décimo piso hasta el final de las escaleras. Skandar no recordaba que hubiera hecho aquello antes, ni siquiera la mañana del examen de Kenna. Si bien era cierto que llevaba toda la mañana comportándose de una forma extraña. Feliz, entusiasmado... aunque también un tanto agitado. Se le habían caído tres huevos al suelo y se le había derramado un vaso de leche en la mesa de la cocina. Mientras bajaban las escaleras, se había tropezado con el último escalón y por poco no había acabado de bruces en el suelo.

—¿Estás bien, papá? —Kenna le puso una mano en el brazo.

—Esta mañana estoy un poco torpe, ¿verdad? —Su padre intentó fingir una risa mientras se limpiaba el sudor de la frente. Luego jaló a Skandar para darle un abrazo—. Puedes hacerlo, hijo —le susurró en el pelo por encima de la oreja—. Y si alguien intenta impedirte que hagas el examen...

El chico hizo un movimiento con la cabeza.

—¿Por qué iba alguien a impedírmelo?

—Sí, bueno, en caso de que alguien lo haga. Tienes que presentarte, hijo. Por tu madre, es lo que ella habría querido, pase lo que pase. Soñaba con que llegaras a ser jinete.

Skandar notó en el hombro cómo temblaba la mano de su padre.

—Lo sé. —Clavó la mirada en sus ojos, en busca de una pista—. Por supuesto que voy a presentarme al examen, papá. ¿A qué viene esto? Estás tan histérico... ¡que me estás poniendo todavía más nervioso!

—Buena suerte, hijo. —Su padre le habló de un modo nada típico en él—. Sé que hoy a medianoche la Oficina de Enlace con los Jinetes tocará a nuestra puerta.

Con los pelos de punta, el chico volteó la vista atrás mientras su padre se despedía con los pulgares levantados. Intentó concentrarse en sus palabras. Ese día a medianoche era el momento en que recogerían a los posibles jinetes para que se presentaran en la puerta del Criadero al alba, durante el solsticio de verano.

Bajo el sol de aquella mañana de finales de junio, los dos hermanos caminaron juntos hasta la entrada del colegio. Kenna empezó a desearle suerte a Skandar, pero a él de repente le entró el pánico. Aún no le había hecho la pregunta que llevaba días queriendo hacerle.

—Kenna. —Skandar la agarró del brazo—. No me odiarás, ¿verdad? ¿No me odiarás si llego a ser jinete?

Antes de que ni siquiera pudiera mirarla a la cara, su hermana lo atrajo hacia sí y lo abrazó con un solo brazo, con la mochila colgándole y casi haciéndole perder el equilibrio.

—Jamás podría odiarte, Skar. Eres mi hermano. —Le alborotó el pelo—. Yo ya tuve mi oportunidad y no salió bien. Quiero que tú lo consigas todo, hermanito. Además —añadió soltándolo—, si te haces famoso, yo también seré famosa y podré conocer a tu unicornio. Así todos salimos ganando. ¿No crees?

Mientras le devolvía la sonrisa, el muchacho se incorporó a la fila que estaba formándose delante del gimnasio, donde se celebraría el examen. Todos se aferraban a sus tarjetas para repasar, musitando para sus adentros, ataques con fuego o ganadores de ediciones anteriores de la Copa del Caos. Otros parloteaban nerviosos mientras esperaban a que la señorita Buntress abriera la gran puerta metálica.

—¡No puedo creer que vayamos a ver a un jinete de verdad! —gritó entusiasmado Mike a su amiga Farah, un par de cabezas detrás de Skandar—. ¡De carne y hueso!

—Ya verás como a nuestra escuela no viene ninguno de los jinetes buenos —se lamentó Farah suspirando—. Hay tantísimas que, con la suerte que tenemos, nos mandarán a algún jinete de pacotilla jubilado o a uno que ni siquiera logró superar la formación.

Jubilado o no, el jinete que los visitaba, procedente de la Isla, causaba cada año un gran revuelo en la escuela secundaria Christchurch. Parecía increíble que una persona que iba en unicornio y sabía manejar la magia de los elementos hubiera recorrido aquel pasillo hacía sólo unos instantes, con los horribles *Girasoles* de Van Gogh que habían pintado los niños de sexto a un lado y una lista para las clases de trompeta al otro.

¡Buena suerte, Skandar! —le gritó George, el niño pelirrojo, mientras entraba en su clase.

Skandar le sonrió débilmente, tratando de no prestar atención a los retortijones que sentía en el estómago.

Conforme avanzaban a paso lento, por toda la fila se oía el zumbido de los murmullos de emoción. La señorita Buntress iba permitiendo la entrada del alumnado al gimnasio, de uno en uno, a la vez que marcaba los nombres en la lista. Sin embargo, al llegar el turno de Skandar, le cambió la cara, su expresión fue casi de terror.

—¿Qué estás haciendo aquí, Skandar? —musitó ella con los lentes resbalándosele hasta la punta de la nariz.

El chico se limitó a mirarla fijamente.

—No tendrías que estar hoy aquí—insistió ella.

—Pero si es el examen de Cría... —repuso él medio riendo.

Sabía que a la señorita Buntress le caía bien: siempre le ponía buenas calificaciones y en su última boleta había escrito que tenía muchísimas posibilidades de entrar en la Isla. Debía de estar haciéndole una broma.

—Vete a casa, Skandar —lo exhortó—. No tendrías que estar aquí.

—Claro que sí —insistió él—. Lo dice el Tratado. —Y por si acaso era una prueba para entrar en la sala donde se celebraba el examen, recitó—: «El Continente accede a someter a todos sus habitantes de trece años a una prueba, bajo la supervisión de un jinete, y a entregar a los candidatos aprobados a la Isla durante el solsticio de verano».

Pero la señorita Buntress negó con la cabeza.

A Skandar le volvieron a la memoria las palabras de su padre. «Si alguien intenta impedir que hagas el examen...» Sintió una extraña sensación en el pecho, como si algo en su interior le arrebatara el final de cada respiración. Dio una zancada hacia el gimnasio; el jinete enviado para vigilar el examen debía de estar allí dentro. Si la señorita Buntress se negaba a dejarlo entrar, estaría violando la ley. Podía intentar explicarle...

Sin embargo, la señorita Buntress reaccionó más rápido. Se interpuso cuan larga era y apoyó las palmas de las manos a ambos lados de la puerta. El muchacho oía cómo la gente detrás de él se impacientaba.

—No puedo permitirte que hagas el examen, Skandar.

Él pensó que parecía apenada, aunque no lo miraba a los ojos.

—¿Por qué? —Fue todo lo que se le ocurrió decir. Tenía la mente en blanco, vacía, estaba confundido.

—Es una orden de la Oficina de Enlace con los Jinetes. Viene de muy arriba. No sé por qué, no nos lo dijeron, pero no puedo dejarte entrar; me juego el trabajo y no puedo excederme en mis funciones. Llamaron a tu padre, yo misma lo llamé también. Se suponía que no podía dejarte salir de casa.

Las voces impacientes de los compañeros de Skandar se oían cada vez más fuerte:

—¡Son casi las nueve y media, señorita Buntress!

—¿No tenemos que empezar todos a la vez?

—¿Qué pasa?

—¿Qué hace ese inútil bloqueando la fila?

—Por favor —dijeron a la vez Skandar y la señorita Buntress.

Y entonces ésta pareció recordar que la profesora era ella.

—Apártate, Skandar, o tendré que llamar a la directora. Te aconsejo que te marches a casa, hables con tu padre y vuelvas mañana.

Seguro que se había dado cuenta de que el chico intentaba echar un vistazo detrás de ella, al gimnasio, con los pupitres dispuestos en filas y los exámenes de Cría relucientes al sol.

—Ese jinete no te va a decir otra cosa, así que ni se te ocurra.

La señorita Buntress siguió pasando lista y llamó a Mike, que apartó a Skandar de un empujón. Otros estudiantes avanzaron en dirección a la puerta al darse cuenta de que el atasco se había disuelto.

Después de registrar al último candidato de trece años, la señorita Buntress entró en el gimnasio y se dio la vuelta para cerrar la puerta.

—Skandar, vete a casa, por favor. Te será más fácil si te vas.

Luego cerró de un portazo la puerta metálica y desapareció.

Desesperado, el muchacho alzó la vista hacia el reloj del pasillo, con el corazón latiéndole muy fuerte. Eran justo las nueve y media. Los niños de trece años de todo el país abrían en ese momento el examen que podría cambiarles la vida. Y él no estaba entre ellos. Estaba solo en un ridículo pasillo de la escuela y acababa de perder para siempre su oportunidad de convertirse en jinete de unicornios.

Las lágrimas le quemaban en los ojos, listas para brotar, pero no quiso moverse de allí. ¿Y si la señorita Buntress se daba cuenta de que había cometido un terrible error? ¿Y si el jinete salía en busca del alumno que faltaba y él se había ido a casa? No podía arriesgarse. Y, de todas formas, en última instancia le suplicaría al jinete que le diera una oportunidad y exigiría hacer el examen. Skandar no era uno de esos chicos que solían exigir las cosas; se lo pediría con educación, probablemente en un susurro. Pero si tenía que armar un escándalo por algo, sería por aquello. Ya no tenía nada que perder. Aquello era su sueño, todo su futuro.

Cada treinta y cinco minutos, el pasillo se llenaba del alumnado que cambiaba de clase: de Matemáticas a Biología, de Inglés a Español, de Artes Plásticas a Historia. Luego, por fin, se abrió la puerta del gimnasio y todos sus compañeros empezaron a salir en fila, pluma en mano y charlando animadamente. Ninguno de ellos se fijó en que él seguía allí esperando. Y esperando. Hasta que apareció la señorita Buntress... sola.

—¿Dónde está el jinete? —preguntó Skandar, que nunca había hablado con tanta brusquedad a una profesora.

Notaba que la garganta se le cerraba por el pánico, que la respiración se le aceleraba cada vez más. Era imposible que el jinete se hubiera marchado, lo habría visto...

—¿Qué haces aquí todavía?

Ahora que el examen había terminado, la señorita Buntress parecía haberse liberado de todo el estrés y sonrió a Skandar con tristeza.

—¿Estabas esperando para hablar con la jinete?

Él asintió rápidamente, mirando por todas partes alrededor de ella.

—Me temo que se fue por la puerta de atrás. La que da al estacionamiento. Tenía prisa por regresar a la Isla. —Sin duda, la señorita Buntress intuyó la incredulidad de Skandar—. Puedes entrar al gimnasio a buscarla si quieres. Y luego espero que te marches a casa, como te pedí.

El muchacho entró disparado. Los pupitres estaban dispuestos en filas y había un gran reloj en precario equilibrio encima de un aro de basquetbol. Pero no quedaba nadie. Skandar se hundió en uno de los pupitres de madera y rompió a llorar.

No era consciente de cuánto tiempo había pasado allí sentado, con la cabeza apoyada entre las manos. Pero, al cabo de un rato, alguien le pasó la mano por los hombros y lo abrazó por la espalda. Un mechón de pelo castaño se le pegó a la mejilla mojada.

—Ven, Skar —dijo Kenna con delicadeza—. Vámonos a casa.

Horas más tarde, Skandar se despertó en la oscuridad del dormitorio que compartía con su hermana. Por un instante, no entendió por qué se notaba los ojos tan secos e irritados, por qué todavía estaba vestido. Luego recordó su llanto. Recordó que no había hecho el examen de Cría. Y recordó que, aunque hubiera estado predestinado a un unicornio, ya jamás lo criaría. Saldría del cascarón solo, salvaje, sin vínculo, y se convertiría en un auténtico monstruo. Eso era casi lo peor.

Encendió la lámpara, pero se arrepintió de inmediato. Su póster de Escarcha de la Nueva Era resplandecía en la claridad: armadura reluciente, músculos tensos, la amenaza en los ojos. Skandar ya nunca averiguaría qué había ocurrido en realidad en la Copa del Caos. Y a menos que la Isla decidiera informar al Continente, tampoco sabría nada del Tejedor. O si Escarcha de la Nueva Era estaba sano y salvo.

Kenna y su padre conversaban en voz baja. Era raro oírlos dirigirse el uno al otro con tanta delicadeza. Supuso que hablaban de él, de lo que había ocurrido. No se había sentido precisamente bien cuando Kenna lo había sacado a la fuerza del gimnasio, pero todo le había parecido mucho peor al llegar a casa. Kenna y Skandar le habían preguntado a su padre —o más bien le habían exigido que les contara— por qué no le había dicho que le habían prohibido presentarse al examen, por qué ni siquiera le había advertido de lo que le esperaba en la escuela.

Su padre bajó la vista al suelo y respondió que no había sabido qué decirles, que había intentado hablar con Skandar por la mañana, que aunque la Oficina de Enlace con los Jinetes no le había dado una verdadera razón, no parecía que hubiera otra opción, que sentía no haber tenido el valor suficiente para contarles la verdad. Luego se había echado a llorar, y Kenna también; Skandar no había dejado de hacerlo en ningún momento, así que los tres se quedaron allí, en el pasillo, entre sollozos.

El chico miró el reloj, eran las once. Creyó oír a Kenna caminando por el pasillo, así que se apresuró a apagar la luz de nuevo. No quería hablar. No quería nada. Salvo a su madre. De algún modo, aunque ni siquiera pudiera recordarla, la necesitaba más que nunca. Tal vez, si hubiera estado viva, ella le habría dicho qué hacer, ya que en su futuro no habría unicornios. Pero no iba a acudir. Nunca acudía. Lo único que había tenido era el sueño de convertirse en jinete de unicornios, y acababa de esfumarse. Así que dejó que los ojos se le cerraran porque ya no podía hacer nada más.

A Skandar lo despertaron cinco golpes fuertes en la puerta. Se incorporó en la cama y vio que la silueta de Kenna hacía lo mismo en la que estaba frente a la suya.

—¿Eso fue la puerta? —susurró él.

Era raro que alguien tocara directamente, en la entrada del edificio había un portero automático.

—Será un vecino al que se le olvidaron las llaves —respondió Kenna en otro susurro.

De nuevo, cinco golpes fuertes.

—Voy yo.

La chica bajó de la cama y se puso una sudadera con capucha encima de la piyama.

—¿Qué hora es? —gruñó él.

—Casi las doce —susurró Kenna, saliendo de puntillas al pasillo.

¿Casi medianoche? ¿La medianoche después del examen de Cría? ¿La misma medianoche en que muchísimas familias de todo el país esperaban despiertas para saber si su hijo o su hija lo había hecho lo bastante bien como para que la Isla lo reclamara e intentara abrir la famosa puerta del Criadero?

—¡Kenna! ¡Espera!

Skandar la oyó retirando los cerrojos, tarareando para sí misma, como hacía siempre que estaba nerviosa o un poquito asustada. Bajó de un salto de la cama, todavía con el uniforme puesto, y salió corriendo en busca de su hermana.

No estaba sola.

Había una mujer en la puerta, iluminada por las luces fluorescentes del pasillo. Lo primero en lo que se fijó Skandar fue en las quemaduras blancas que le cruzaban las mejillas. Le quedaba tan poca piel que casi se le veían los pómulos y los músculos que había debajo. Lo segundo en lo que se fijó fue en lo grande y aterradora que parecía su silueta allí recortada, abarcándolo todo muy rápido con la mirada, con el pelo canoso recogido en un chongo alto y apretado que la hacía parecer aún más alta. El pensamiento inmediato del chico fue que tenía el aspecto de un temible pirata. Casi le sorprendió que en la mano no llevara un sable.

—¿Podemos ayudarla? —preguntó Kenna armándose de valor y con la voz temblándole ligeramente.

Pero la mujer no la miraba a ella. Tenía la vista fija en su hermano.

Cuando habló, su voz sonó áspera y forzada, como si llevara mucho tiempo sin pronunciar palabra.

—¿Skandar Smith?

Él asintió.

—¿Qué es lo que quiere? —preguntó él—. ¿Tiene algún problema? Son las doce de la noche. —Los nervios lo hacían hablar deprisa.

La mujer negó con la cabeza.

—No sólo son las doce de la noche, sino que es medianoche. —Y acto seguido hizo algo de lo más inesperado: guiñó un ojo. Luego pronunció aquellas palabras, las palabras que Skandar había dejado de anhelar—: La Isla te llama, Skandar Smith.

Casi ni se atrevía a respirar. ¿Estaba soñando?

Su hermana rompió el silencio:

—Es imposible. Skandar no se presentó al examen de Cría, por lo que no puede haberlo aprobado. La Isla no puede estar llamándolo. Debe de haber algún error.

Se cruzó de brazos, ya sin el menor rastro de miedo.

El chico deseó que se callara. Si se trataba de un error, no le importaba lo más mínimo. Si gracias a ese error llegaba a la Isla, ¿qué más daba? Por una vez en su vida no le interesaban la justicia ni la honradez. Quería una oportunidad para intentar abrir la puerta del Criadero, y le daba igual cómo conseguirla.

La mujer habló de nuevo, en voz tan baja que parecía preocupada por que alguien la oyera.

—La Oficina de Enlace con los Jinetes está al corriente de que Skandar no hizo el examen esta mañana. Y lamenta la confusión. Verán, llevamos meses observándolo, solicitando muestras de su trabajo; a veces procedemos así con los candidatos fuertes, y no vimos la necesidad de que hiciera el examen.

Skandar notaba que la incredulidad de Kenna prácticamente vibraba en el pequeño espacio entre ambos.

—Pero si yo... —objetó la chica—. Yo saqué mejores calificaciones que él el año pasado y sí hice el examen. Y ni siquiera aprobé. Esto no tiene ningún sentido.

—Lo siento —dijo la mujer, y el muchacho pensó que lo decía de corazón—. Pero Skandar es especial. Fue seleccionado.

—No lo creo —repuso Kenna en voz muy baja.

Skandar conocía a su hermana lo bastante bien para darse cuenta de que estaba luchando por no llorar.

—¿Para qué fue seleccionado? —Se oyó una voz detrás de ellos, ronca de sueño.

La desconocida le tendió la mano a su padre.

—Me alegro de conocerlo en persona. Robert, ¿verdad?

Él gruñó frotándose un ojo.

—¿Puedo ayudarla?

—Hablamos por teléfono —apuntó la mujer retirando la mano.

Y, al hacerlo, el muchacho se fijó en algo que provocó que el corazón le diera un vuelco. ¡Tenía un tatuaje de jinete en la palma de la mano derecha! Los había visto antes, también en la televisión, cuando los jinetes saludaban a la multitud. Un círculo oscuro en el centro de la palma del que salían cinco líneas que serpenteaban hasta la punta de cada uno de los dedos de aquella mujer. Pero los jinetes no trabajaban para las Oficinas de Enlace.

—Así que es usted quien me dijo que mi hijo no podía presentarse al examen de Cría... —respondió el padre de Skandar—. Sí, recuerdo su voz.

Skandar pensó que su padre estaba enojado.

No pareció que la desconocida se percatara de la cara de pocos amigos del hombre. O, si lo hizo, le dio igual.

—Me gustaría entrar un momento. Skandar y yo tendremos que irnos pronto.

—Ah, conque le gustaría entrar, ¿verdad? —El padre de Skandar se cruzó de brazos—. Claro, claro. Pues sepa que mi hijo no va a ir a ninguna parte con ninguno de ustedes.

—Papá, por favor —murmuró él—. Dijo que me han convocado en la Isla.

—Se lo explicaré todo dentro. —Mechones de pelo suelto ondearon sobre las mejillas de la desconocida al volver la vista atrás—. No puedo explicárselo aquí fuera... es extremadamente confidencial.

Aquello pareció convencer a su padre de que al menos debía permitir que aquella mujer cruzara el umbral.

—Vaya desastre... —musitó él haciéndola pasar a la cocina—. Primero me llama para decirme que Skandar no puede presentarse al examen y ahora, después de todo, ¿resulta que puede ir a la Isla? Alguien debería poner orden en esa oficina de ustedes.

Se sirvió un vaso de leche sin ofrecerle nada a la mujer. De no ser por Kenna, ni siquiera habrían encendido la luz.

—Lamentamos no haber sido más claros. —La mujer habló deprisa, sin sentarse, agarrando el respaldo de una de las sillas, con los nudosos nudillos blancos sobre la madera color café—. A Skandar no le hizo falta presentarse al examen porque ya había demostrado su valía. Como le dije, se trata de un caso especial.

La mujer recorrió la cocina con la mirada a toda velocidad, como si tuviera mucha prisa por marcharse... como si estuviera localizando la salida más cercana.

—Sabía que tenía que ser un error. —De repente el padre de Skandar sonrió—. Siempre he dicho que tenía madera de jinete. —Se volteó hacia él—. ¿Verdad, hijo?

El chico intentó cruzar la mirada con su hermana, pero Kenna estaba mordiéndose furiosamente las uñas sin mirar a nadie.

—¿Tienes la maleta hecha? —preguntó la mujer con vehemencia, dirigiéndose a Skandar.

—Eh, no —respondió él con voz ronca—. No creí que hubiera ninguna posibilidad de que...

—No tenemos mucho tiempo —saltó la mujer, y Skandar detectó un dejo de pánico en su voz—. Será mejor que tomes unas cuantas cosas. Ni teléfono ni computadora, ¿recuerdas? Ya conoces las reglas.

—De acuerdo —asintió Skandar, y salió corriendo de la habitación, con el corazón latiendo a mil por hora.

Estaba prohibido que los continentales se llevaran cualquier tipo de aparato tecnológico a la Isla. La comunicación con los suyos tendría qué ser por carta, a través de las Oficinas de Enlace con los Jinetes: una en el Continente y otra en la Isla. A Skandar aquello no le importaba en absoluto. Para él el teléfono sólo era la manera de que la soledad de la escuela lo siguiera hasta casa y tenía claro que no quería llevárselo a la Isla. Así que lo lanzó alegremente dentro un cajón.

Tras él, oyó los pasos de su hermana en el linóleo; mientras, su padre parloteaba en la cocina:

—Entonces, ¿ahora irán rumbo a Uffington? Ese unicornio de caliza tallado en la colina siempre me puso los pelos de punta. Es fantasmagórico, ¿sabe? Aunque supongo que en algún sitio tienen que aterrizar sus helicópteros. ¿Se estacionó por aquí cerca?

—Más o menos —oyó Skandar que contestaba la mujer.

—¿Sabe? Me resulta usted familiar. ¿Es de por aquí? Me da la impresión de haberla visto...

Kenna cerró la puerta del dormitorio y sus voces dejaron de oírse. Se quedó mirando a su hermano, que sacaba ropa rápidamente de un cajón y la embutía como fuera en su mochila de la escuela.

—Skar, creo que no deberías irte con ella —susurró mientras él recogía su cuaderno de bocetos y una pila de libros sobre la Isla—. ¡Esto no tiene ningún sentido! Todos los chicos de trece años tienen que presentarse al examen para que los convoquen en la Isla... ¡es lo que dice el Tratado! No creo que sea ninguna representante de la Oficina de Enlace. ¿Te fijaste en las quemaduras de las mejillas, en los arañazos de los nudillos? ¡Da la impresión de que acaba de salir de una pelea!

Skandar cerró la cremallera de la mochila.

—Deja de preocuparte, ¿de acuerdo? ¡Está pasando de verdad! Me han llamado; tengo la oportunidad de intentar abrir la puerta del Criadero...

—A un montón de gente la mandan de vuelta. Es probable que tú no logres abrirla, sobre todo porque ni siquiera hiciste el examen. Al final todo quedará en nada.

Las hirientes palabras de su hermana se le clavaron en el pecho y se enfureció.

—¿Es que no puedes alegrarte por mí, Kenn? ¿De verdad? Es lo que siempre he querido...

—¡Es lo que yo siempre he querido! —respondió ella casi gritando—. ¡No es justo! Yo me quedo aquí encerrada y...

—Tú lo has dicho, es probable que ni siquiera logre abrir la puerta. Así que volveré y podrás decirme: «Te lo dije».

Skandar notó que estaba al borde de las lágrimas. Se cambió de ropa furioso, quitándose el uniforme de la escuela para ponerse unos jeans y una sudadera negra con capucha.

—Skar, no pretendía...

—Claro que lo pretendías —dijo él suspirando y colgándose la mochila al hombro—. Pero no pasa nada, lo entiendo.

Kenna corrió hacia él. Lo rodeó con los brazos, mochila incluida, y empezó a sollozar.

—Me alegro mucho por ti, Skar. De verdad. Pero ojalá pudiera ir yo también. Y no quiero que te vayas, no quiero quedarme aquí sin ti.

No supo qué responder a aquello. Él también deseaba que ella pudiera ir con él; sin Kenna no sabía quién era, no del todo. Se tragó las lágrimas.

—Si consigo abrir la puerta, te escribiré en cuanto llegue. Me llevo mi cuaderno de bocetos; te haré dibujos de todo. Te lo prometo. Sé que no es lo mismo, pero...

De repente ella se zafó de él y se puso a rebuscar en la caja de zapatos de su madre.

—¡Kenn, tengo que irme! —dijo con voz ronca—. No hay tiempo.

—Quédate con esto.

Le tendió la bufanda negra.

—No hace falta.

Skandar sabía que Kenna se la ponía a escondidas para dormir, sobre todo cuando estaba triste. Hasta le había cosido una etiqueta en la que se leía PROPIEDAD DE KENNA E. SMITH, por si acaso alguna vez se perdía.

Como Skandar no tendió la mano para tomarla, ella se la colocó alrededor del cuello.

—Mamá habría querido que te la llevaras a la Isla. —Kenna sonrió, aunque las lágrimas seguían resbalándole por la cara—. Imagina lo contenta que se pondría si supiera que la ibas a usar a lomos de un unicornio. Qué orgullosa va a estar de ti.

La última palabra fue más bien un sollozo, así que el chico se limitó a abrazarla muy fuerte y a decirle «gracias» en el pelo.

Instantes después, Skandar abrazaba también a su padre para despedirse.

—Mejórate, papá —le susurró al oído—. Hazlo por Kenna, ¿de acuerdo?

El muchacho notó que su padre asentía contra su mejilla.

La desconocida observó que la chica no paraba de arreglarle a su hermano la bufanda negra que llevaba en el cuello, como si no quisiera separarse de ninguna de las dos cosas. Kenna seguía llorando cuando Skandar dijo adiós con la mano y se dio la vuelta, y éste se sintió tan triste y tan culpable, y al mismo tiempo tan feliz y emocionado, que deseó no moverse de allí hasta averiguar si estaba haciendo lo correcto. Pero la desconocida ya había desaparecido por los infinitos tramos de escaleras y él no quería perderla de vista, así que, dándole la espalda al departamento 207, la siguió.

—Usted no es quien dice que es, ¿verdad? —preguntó en cuanto estuvieron en la calle.

—Ah, ¿no?

La mujer se dio la vuelta y la luz intermitente de una farola hizo que las cicatrices de su rostro brillaran.

—No —insistió Skandar mientras iba tras ella y doblaban la esquina del edificio de departamentos—. Es una jinete.

—¿Eso crees?

Al llegar a la entrada del jardín comunitario la mujer soltó una carcajada. Era la primera vez que Skandar la veía esbozar una sonrisa; ahora que estaban en la calle parecía más relajada. Entró en el jardín detrás de ella, confundido.

—¿No tendríamos que ir en coche hasta el unicornio blanco? ¿Hasta Uffington? ¿No es allí donde aterrizan los helicópteros que llevan a los nuevos jinetes a la Isla?

La mujer le sonrió y el muchacho se dio cuenta de que le faltaban varios dientes. Había algo en su sonrisa torcida que lo ponía todavía más nervioso.

—Haces un montón de preguntas, ¿no crees, Skandar Smith?

—Bueno, es que...

La mujer se rio entre dientes y le dio una palmadita en el hombro.

—No te preocupes. Lo tengo estacionado justo ahí detrás.

—¿Se estacionó en el jardín de la comunidad? No creo que esté...

—No es exactamente un coche —lo interrumpió ella señalando justo delante.

Y allí, entre los viejos columpios destartalados y un banco del parque lleno de grafitis, había un unicornio.

4

Los Acantilados Espejo

Skandar casi se dio la vuelta para salir corriendo. Casi. Los unicornios estaban total y terminantemente prohibidos en el Continente. Desde siempre. Lo decía el Tratado y era una de las normas más importantes. Y, sin embargo, allí había uno, dentro de los jardines comunitarios de los bloques de departamentos de Sunset Heights, en Margate. La mujer —la jinete— avanzó con paso seguro hacia aquella criatura. El unicornio parecía mucho más grande visto de cerca y tenía cara de pocos amigos. Resoplaba, piafaba con una pezuña gigantesca y meneaba la cabeza blanca de un lado a otro; el cuerno en lo alto de la cabeza, afilado como un cuchillo, tenía un aspecto más letal que en la pantalla de cualquier televisor. Para añadir virulencia a la imagen, tenía sangre fresca alrededor de la quijada.

—¿Qué te tengo dicho sobre comerte a la fauna local? —gruñó la mujer mientras apartaba los restos de algo que Skandar confiaba en que no fuera el gato anaranjado del departamento 211.

El miedo y el asombro lucharon en la mente del chico al ver un unicornio auténtico por primera vez.

—¿Puede, por favor, explicarme qué está pasando? Usted... él... ese... —señaló el unicornio, incapaz de contenerse— en teoría no puede estar aquí.

El unicornio entornó los ojos de párpados enrojecidos al oír a Skandar y un rugido grave escapó de las profundidades de su panza. La mujer acarició el cuello de la enorme bestia.

—Digo... —el chico bajó la voz hasta susurrar— ni siquiera sé cómo se llama.

La mujer suspiró.

—Me llamo Agatha. Y te presento a Canto del Cisne Ártico, aunque yo lo llamo Cisne. Y, no, no soy ninguna continental de la Oficina de Enlace con los Jinetes.

Agatha se alejó de su unicornio para acercarse a Skandar. El chico dio un paso atrás.

Ella abrió los brazos.

—No confías en mí y es lógico.

Skandar ahogó algo a mitad de camino entre una tos y una risa.

—¡Pues claro que no confío! Primero llama por teléfono a mi escuela para que no haga el examen, ¿y ahora viene y me dice que de todas formas iré al Criadero? ¿Por qué no me dejó hacer el examen y punto? Está claro que habría sido más sencillo que... —señaló a Canto del Cisne Ártico— todo esto.

—Habrías reprobado el examen, Skandar.

Sintió que le faltaba el aliento.

—¿Y cómo puede usted saberlo?

Agatha suspiró de nuevo.

—Sé que no es fácil de entender. Pero te prometo... —sus ojos oscuros brillaron— que no quiero hacerte daño. Lo único que quiero es llevarte al Criadero esta noche para que intentes abrir la puerta al alba. Igual que los demás.

—Pero ¿para qué molestarse? —insistió él—. Si de todos modos habría reprobado el examen, no podré abrir la puerta del Criadero, ¿no? Ha violado todas las normas al traer a su unicornio hasta aquí... Y total ¿para qué?

—El examen no funciona exactamente como crees —murmuró Agatha—. Olvida lo que te han enseñado, a ti no te incumben esas normas. Tú eres... especial.

¿Especial? No lo creía, no. Jamás había sido especial, en toda su vida, así que ¿por qué iba a empezar a serlo ahora?

Y, sin embargo, ahí estaba, con un unicornio delante de él y una oportunidad de llegar al Criadero. Si aquella tal Agatha lo llevaba a la Isla y él acababa abriendo la famosa puerta, ¿qué más daba todo aquello? En cuanto empezara el entrenamiento para convertirse en jinete, a nadie le importaría que no hubiera caminado sobre la caliza del unicornio blanco junto con los demás aspirantes del Continente, que no hubiera llegado volando a la Isla por la vía «normal». Tal vez aquélla fuera la oportunidad para ellos, pero, para él, era ésta... y pensaba aprovecharla. Después de todo, se había pasado la vida entera intentando ser como los demás y, hasta la fecha, no le había salido precisamente bien.

Así que Skandar hizo una pregunta distinta, una que sólo alguien valiente podría hacer:

—¿Iremos cabalgando sobre Canto del Cisne Ártico?

—Cisne es lo bastante fuerte para cargar con los dos.

Agatha alzó la vista al cielo. Si se había percatado del cambio en Skandar, no lo mencionó.

—Y, a propósito, tenemos que marcharnos ya. Camina a mi lado, así no le importará.

Agatha condujo a Skandar hasta el unicornio blanco. La criatura lo observó con curiosidad, haciendo con la garganta ruidos y gruñidos que no presagiaban nada bueno. Ahora que estaba más cerca, el valor de Skandar se esfumó en un abrir y cerrar de ojos. Tragó saliva dos veces, tres veces. Aquello no podía estar ocurriendo. No podía ser real.

—Primero me subiré yo y luego te jalaré para que te montes detrás de mí, ¿de acuerdo? Preocúpate sólo de llevar las piernas bien pegadas; Cisne tiene debilidad por morder las rodillas de vez en cuando.

Al apoyarse en la verja de hierro para lanzarse a lomos de Cisne, a Agatha se le escapó una risa gutural, no muy distinta de los gruñidos de su unicornio.

Mientras trepaba por la verja tras ella, Skandar notó la garganta seca, la frente bañada en sudor pese al aire fresco de la noche. Se había imaginado a lomos de un unicornio prácticamente todos los días de su vida, pero nunca había sido de aquella forma. No de madrugada, ni detrás de su edificio de departamentos, ni con una mujer que sólo le había dicho su nombre de pila. Y lo de que Cisne le pegara un mordisco en las rodillas ¿había sido una broma o una advertencia? No obstante, pese a todo, cuando Agatha lo jaló para que se montara en Canto del Cisne Ártico, notó en el estómago un subidón de adrenalina.

Sintió los cálidos costados del unicornio en contacto con sus jeans; cada vez que respiraba le vibraba la cara interna de las piernas. Todo estaba yendo bastante bien hasta que

Canto del Cisne Ártico empezó a moverse... y a punto estuvo Skandar de caer de lado. Por suerte, en el último momento, consiguió agarrarse de la chamarra de cuero de Agatha para recobrar el equilibrio.

—¡En este jardín no hay mucho espacio! —gritó la mujer mirando hacia atrás—. Tendremos que despegar con un ángulo de inclinación considerable. Asegúrate de agarrarte con fuerza a mi cintura; no podré hacer gran cosa si caes en pleno vuelo... ¡y no quiero que todo este lío al final no sirva para nada! —Su brusca carcajada resonó en los edificios.

El unicornio retrocedió hasta la esquina más alejada del jardín comunitario. Y, de repente, empezaron a avanzar al galope, los cascos de Cisne golpeaban cada vez más deprisa la tierra reseca por el verano. Skandar era plenamente consciente de que no paraba de botar sobre el lomo del unicornio: no habría culpado a Canto del Cisne Ártico si lo hubiera tirado en señal de protesta. Pero ésa era la menor de sus preocupaciones, porque sabía lo que vendría después. O debería: era su parte favorita de la Copa del Caos.

Se obligó a mantener los ojos abiertos cuando las alas de plumas blancas del unicornio se desplegaron y golpearon el aire a un ritmo que iba acelerándose con cada sacudida. Pero aún no habían despegado del suelo y Skandar se fijó en que las rejas del otro extremo del jardín estaban cada vez más cerca. No las tenía todas consigo, hasta que...

Con una fuerte sacudida que le revolvió el estómago, emprendieron el vuelo, elevándose por encima de la valla, dejando el banco y los columpios —y la casa de Skandar— muy lejos a sus pies. Canto del Cisne Ártico apuntó con el cuerno hacia la luna y el chico se agazapó sobre el lomo del unicornio, aferrándose a Agatha como si su vida dependiera de ello. Las alas del unicornio sonaban como si se movieran bajo el agua mientras Canto del Cisne Ártico luchaba por elevarlos, enfrentándose a unas corrientes de aire que el muchacho no veía. El viento ululaba en sus oídos y en su pelo.

Tan pronto como el unicornio detuvo su ascenso a través del cielo nocturno, su aleteo se volvió tan suave que casi resultaba cómodo ir sentado detrás de la misteriosa Agatha. Skandar no era capaz de descifrarla: parecía amable, con su risa fácil y sus disculpas entre guiños, pero ocultaba algo, algo peligroso, y él sabía que era más que probable que estuviera metiéndolos en algún lío. Pero esas preocupaciones se le quitaron de la cabeza en cuanto sus ojos captaron las luces de la costa de Margate, que parpadeaban bajo sus pies mientras desaparecían a lo lejos. Skandar quiso gritar de alegría, de miedo... a cada aleteo cambiaba de opinión.

No tardó en perder la noción del tiempo. Sólo existían la oscuridad, el viento y los músculos del unicornio, que se tensaban contra sus piernas.

—¡Mira ahí abajo! —gritó Agatha mientras descendían en picado y salían de una nube.

Y era muchísimo más abajo, pero él sabía exactamente lo que estaba viendo. El unicornio blanco de Uffington brilló con intensidad a la luz de la luna, sobre la ladera de la colina. A Skandar todavía le costaba creer que durante siglos los habitantes del Continente lo hubieran tomado por un caballo blanco. El verdadero origen del animal de caliza no salió de nuevo a la luz hasta que se desveló la existencia de la Isla.

Aunque Agatha obligaba a Cisne a entrar y salir de entre las nubes para evitar que los detectaran, Skandar pudo ver que la caliza era un hervidero de actividad. Los faros de los coches iluminaban la carretera más cercana, las linternas titilaban en la ladera y las figuras proyectaban su sombra sobre el unicornio blanco. Habría representantes de la Oficina de Enlace, policías, superfans de los unicornios, periodistas a la caza de una entrevista a alguno de los nuevos aspirantes a jinete. Y también estarían los propios chicos y chicas de trece años aguardando el amanecer del solsticio y su turno en la puerta del Criadero. Skandar se había imaginado aquel momento muchísimas veces: la caliza blanqueando la suela de sus zapatos mientras esperaba a volar hasta el Criadero.

—¡Los helicópteros no han aterrizado todavía! —gritó Agatha sin darse la vuelta—. Eso es bueno; llegaremos a los Acantilados Espejo antes que ellos.

Skandar no sabía qué eran los Acantilados Espejo. Pero cuando la silueta espectral del unicornio blanco desapareció detrás de ellos, sintió una punzada de tristeza. No le daba tristeza ir a lomos de un auténtico unicornio —¡obviamente, era mil veces mejor que despertarse para ir a la escuela al día siguiente!—, pero la culpa se apoderó de él al pensar en Kenna, que se había quedado en el departamento 207. Le escribiría, se lo contaría todo. Si se convertía en jinete, si lograba abrir la puerta...

Siguieron volando, el viento soplaba ahora con demasiada fuerza sobre el mar como para poder hablar. Skandar tenía las manos entumecidas por el frío, pero se alegraba mucho de llevar la bufanda de su madre bien anudada al cuello. Además del calor que le daba, lo hacía sentir que de algún modo ella iba con él y lo protegía.

Sin avisar, Cisne descendió hacia las olas. Skandar entornó los ojos en la penumbra en busca de alguna señal de tierra, pero no había más que oscuridad, espuma del mar y olor a sal. Apretó los brazos en torno a Agatha todavía con más fuerza, sin entender qué sucedía. ¿Iban a zambullirse en el mar? No era posible que Agatha se hubiera tomado todas aquellas molestias sólo para ahogarlo, ¿verdad? Margate estaba junto al mar... ¡allí habría tenido agua de sobra! Cerró los ojos y se preparó para el impacto.

Pero nunca llegó. A juzgar por el crujido de los cascos del unicornio, habían aterrizado sobre algún tipo de grava. La única luz procedía de un farol al final de un diminuto embarcadero de madera, a pocos metros de distancia. El muchacho bajó la vista más allá del ala extendida de Cisne y distinguió una playa de rocas; mientras tanto, el tórax del unicornio subía y bajaba contra su zapato por el esfuerzo del vuelo.

Agatha desmontó.

—Tú también, Skandar... Déjalo que descanse —le ordenó jalándolo bruscamente para que se bajara.

El chico aterrizó en la playa con un golpe.

Agatha avanzó entre crujidos hacia el oscuro mar, las rocas resonaban con fuerza frente al sonido de fondo de las olas que rompían en la orilla, y de un jalón la jinete arrancó el farol de su soporte, al final del embarcadero. Conforme ella y la luz se le acercaban, Skandar creyó distinguir otras figuras que titilaban más adelante... otra Agatha, otro Skandar y otro Canto del Cisne Ártico justo enfrente de ellos.

Agatha vio el movimiento de la cabeza de Skandar y rio entre dientes.

—Éstos son los Acantilados Espejo, y a esta playa la llaman la Cala del Pescador. Es muy complicado amarrar una barca aquí si no sabes lo que buscas... da la impresión de que el mar te devuelve tu reflejo. Y, por supuesto, las corrientes ponen todo de su parte para impedir que las embarcaciones se acerquen. Los marineros de la Isla se entrenan durante años para dominar la técnica. A los continentales les gusta pensar que conocen todos nuestros secretos, pero, la verdad sea dicha, sólo conocen los que queremos compartir con ellos. No tardarás en darte cuenta.

Un nuevo sonido llegó a sus oídos por encima del estruendo de las olas. A la luz del farol, vio que los músculos del rostro de la jinete se tensaban por la preocupación.

—Son los helicópteros. No nos queda mucho tiempo. Ahora escúchame bien. Haz lo que te digo y no te pasará nada. Sígueme.

El repentino miedo en la voz de Agatha hizo que a Skandar se le revolviera el estómago... No parecía ni de lejos que ella pensara que todo fuera a salir bien.

Canto del Cisne Ártico le gruñó cuando se cruzaron. Era desconcertante caminar hacia tu propio reflejo, así que el muchacho no le quitó ojo a la espalda de Agatha mientras se abrían paso hasta el mismísimo pie de los acantilados.

La mujer se puso en cuclillas y Skandar hizo lo propio para distinguir sus palabras con el ruido del mar de fondo.

—¿Lo oyes? —susurró ella.

Se quedaron en silencio para que él prestara atención. Y entonces lo oyó: un leve murmullo de voces que provenía de lo alto.

—Ahí arriba está el Criadero —murmuró Agatha—. Dentro de unos instantes, esos helicópteros aterrizarán en la cima del acantilado y descargarán a los continentales.

Skandar asintió.

—Tienes que llegar hasta la cima, preparado para unirte a ellos. Tienes que mezclarte con los demás, ¿lo entiendes? —le ordenó con brusquedad—. Si alguien te hace alguna pregunta, llegaste hasta aquí volando a bordo de Relámpago.

—¿Relámpago?

—La Oficina de Enlace con los Jinetes les puso a los helicópteros el nombre en clave del reno de Santa Claus. Una especie de broma, supongo. Pero bueno, lo que importa es que la piloto de Relámpago es amiga mía. Incluirá tu nombre en la lista.

—De acuerdo —asintió él con voz ronca; pero su valiente determinación empezaba a flaquear—. ¿Cisne me llevará volando hasta allí arriba?

—No digas tonterías. Tengo que largarme de aquí. Mi visita al Continente no fue exactamente autorizada.

Dio la impresión de que, con el runrún cada vez más cercano de los helicópteros, Agatha empezaba a perder la paciencia, pero el chico necesitaba respuestas antes de que lo abandonara.

—Pero ¿por qué me trajo? ¡Sigo sin entenderlo!

Agatha cerró los ojos una milésima de segundo.

—Tu madre me pidió que cuidara de ti.

A Skandar le dio un vuelco el corazón.

—¿Cómo? Mi madre está... está muerta. Murió justo después de que yo naciera.

Sabía que ya tendría que haberse acostumbrado, pero seguía odiando decirlo en voz alta.

—Me lo pidió hace muchísimo tiempo. —Agatha sonrió con tristeza—. En una época en que las cosas eran distintas.

—Pero ¿cómo es que la conocías? —preguntó el chico con urgencia—. Tú eres isleña... ¿no? Y si es cierto lo que dices, ¿por qué no viniste por Kenna el año pasado?

Un helicóptero les sobrevoló la cabeza y aterrizó en lo alto del acantilado. Agatha siguió hablando como si no hubiera oído las preguntas de Skandar.

—Hay unos peldaños de metal incrustados en la roca.

Agatha acercó el farol al acantilado y dio un golpecito sobre uno, y luego sobre otro encima de él.

—Por aquí se sube.

El muchacho tragó saliva. «Está bien. La puerta del Criadero.»

—Verás, Skandar. —Agatha le habló muy deprisa, sin dejar de voltear la vista al cielo cada dos segundos—. ¿Viste al Tejedor en la Copa del Caos? ¿Lo viste?

—Sí —murmuró él—. Todo el mundo ve la carrera.

—La Isla está intentando restarle importancia al asunto, como siempre, pero algo ha cambiado en el Tejedor. Hay algo distinto. ¿Dejarse ver así como si nada? ¿Arriesgándose a que lo capturen? No sé qué estará tramando, pero de una cosa estoy segura: con el unicornio más poderoso del mundo en su poder, el ganador de la Copa del Caos, nadie está a salvo.

Las cejas de Agatha se unieron cuando frunció el ceño y se le ensombreció la cara.

—Y si alguien te dice que el Tejedor no se molestará en atacar el Continente, se engaña a sí mismo. Ya viste cómo apuntaba a la cámara. Aquello no fue por casualidad. Aquello fue una amenaza.

—Pero ¿cómo sabes todo esto? ¿Y por qué me lo cuentas a mí? —suplicó él—. Si ni siquiera había oído hablar del Tejedor antes de la Copa.

—Porque creo que a ti no se te olvidará preocuparte del Continente, ni siquiera cuando seas jinete. He estado observándote y creo que ése es el tipo de persona que eres, el hombre en el que te convertirás. Eres diferente, Skandar, y tienes buen corazón. Un corazón mejor que el mío.

—Pero ¡yo no soy valiente! —exclamó—. Si buscabas un héroe de gran corazón, tenías que haber traído a Kenna; ella es...

La cabeza de Agatha se movió hacia el cielo, donde las luces de los helicópteros iluminaban la noche.

—Tengo que irme... No puedo permitir que me capturen. Lo siento. Espero que algún día volvamos a vernos.

—Y yo —dijo Skandar, y lo dijo de corazón, por muy equivocada que estuviera ella con el tipo de chico que era.

Sin Agatha, en ese momento habría estado durmiendo en el departamento 207.

—Ah, casi me olvidaba. —La jinete rebuscó en su bolsillo y sacó un bote de cristal—. A lo mejor no lo necesitas, pero más vale prevenir que lamentar. Escóndelo —añadió mientras el chico intentaba ver qué había dentro.

A simple vista parecía una especie de engrudo negro y espeso. Se lo metió en el bolsillo.

Un helicóptero zumbó sobre sus cabezas y los dos se agacharon aún más, apoyándose en la pared del acantilado.

—Vete —la exhortó Skandar al ver un destello de miedo en su cara—. No me pasará nada.

—No lo dudo.

Agatha le guiñó un ojo, luego se dio la vuelta y salió corriendo por la playa, llevándose consigo la luz del farol. Tras montarse de un salto en Canto del Cisne Ártico, levantó una mano a modo de despedida y luego lanzó el farol al mar, sumiendo la playa en la oscuridad.

Otro helicóptero zumbó en lo alto y aterrizó en la cima de los Acantilados Espejo. Skandar no perdió ni un segundo. Respiró hondo y empezó a escalar.

Sólo había logrado subir unos cuantos peldaños cuando se oyeron unos gritos que venían de abajo, furiosos e insistentes.

—¡Desmonta y manos arriba!

La playa de repente resplandeció. Agatha y Canto del Cisne Ártico estaban rodeados de unicornios, cuyos jinetes llevaban el rostro oculto tras unas máscaras plateadas. Skandar se quedó paralizado por el pánico, indefenso, mientras Agatha y Cisne trataban de atravesar el círculo.

Tres de los jinetes enmascarados desmontaron, de un jalón bajaron a Agatha del unicornio y la sometieron en el suelo. Mientras el animal no paraba de chillar por su jinete, la magia iluminó la cala bajo el acantilado: ataques de fuego, agua, aire y tierra, todos dirigidos al pecho de la mujer. La jinete y el unicornio se estrellaron contra las rocas, donde quedaron inmóviles.

El chico ahogó un grito de terror. Quería ayudarlos, pero sabía que no tenía nada que hacer ni siquiera contra uno solo de aquellos jinetes con máscara plateada. Siguió trepando cada vez más deprisa, hasta que por fin alcanzó el último peldaño, con la esperanza desesperada de que Agatha y Canto del Cisne Ártico tan sólo estuvieran heridos y no... Ni siquiera podía pensar en la idea. Skandar se lanzó bocabajo, como un pingüino, sobre el pasto verde y esponjoso.

Se levantó y se sacudió la ropa lo más rápido que pudo, para que no se le notara mucho que acababa de llegar volando desde el Continente en un unicornio ilegal, que había presenciado una detención y que había escalado la pared de un acantilado. Tuvo suerte. Había gente absolutamente por todas partes y la fila para la puerta del Criadero se distinguía con facilidad en el resplandor que precedía al alba; serpenteaba hasta el centro de la cima cubierta de pasto. Con la sensación de que todo aquello era demasiado fácil, Skandar se dirigió con rapidez hacia el final de la fila.

—¡Quieto ahí!

Se le encogió el corazón. Una mujer joven, toda vestida de negro salvo por una chamarra corta amarilla, caminaba hacia él. Era el uniforme oficial de todos los jinetes: pantalones negros, botas bajas negras, camiseta negra y chamarra del color del elemento de la estación del año. Skandar tragó saliva e intentó aparentar que aquélla no era la noche más insólita de toda su vida.

—¿En qué helicóptero llegaste? —preguntó ella—. Creo que no apunté tu nombre.

—Ah —dijo Skandar con voz entrecortada, intentando no sudar todavía más.

El nombre en clave del reno. ¿Cuál de ellos era? Para refrescarse la memoria probó a cantar para sus adentros el principio de «Rudolph, el reno de la nariz roja», algo bastante extraño en el mes de junio: «Cometa y Cupido, y Trueno y...».

—Relámpago. Se llamaba Relámpago.

Le dio las gracias en silencio a Agatha y esperó que no se le notara el rubor que lo delataba.

—¿Y tú te llamas...? —La joven, de algún modo, logró parecer impaciente y aburrida a la vez.

—Skandar Smith —tartamudeó con la «s» de «Smith», así que tuvo que decirlo dos veces.

La mujer joven bajó la barbilla, desdobló un trozo de papel que llevaba en el bolsillo y milagrosamente marcó su nombre. El muchacho se quedó mirando el extremo del lápiz casi sin atreverse a creer que en realidad pudiera salir airoso de aquella situación.

—¿Qué esperas? —le espetó ella—. Ponte en la fila, no empujes ni te despistes. Ya casi amanece.

El pelo le ondeó por encima del hombro al alejarse y Skandar se fijó en las llamas doradas de la insignia de su elemento, que titilaban en su solapa amarilla.

Skandar se apresuró para incorporarse a la fila y por primera vez levantó la vista a lo lejos. La cima del acantilado pronto dejaba de ser plana. Los primeros de la fila esperaban a la sombra de un montículo verde. Había leído que algunos de los isleños de trece años en realidad acampaban allí varios días antes de la ceremonia para así poder estar entre los primeros que intentaban abrir la puerta que conducía hasta los unicornios.

El Criadero se alzaba en solitario como un gigantesco túmulo funerario cuya cima y cuyas laderas, cubiertas de pasto, sólo eran visibles con las primeras luces del alba. Desde aquella distancia, Skandar distinguía un gran círculo de granito excavado en la ladera del montículo e iluminado por faroles a ambos lados. La puerta del Criadero. Parecía muy antigua. Y cerrada a cal y canto.

Otro jinete de uniforme negro le metió prisa para que avanzara y se encontró casi respirándole en el cuello a la persona que tenía delante. Había mucha gente mandando callar a los demás. Skandar sintió una oleada de nervios al pensar en los helicópteros que esperaban, como aves metálicas posadas en el borde del precipicio, a los continentales que no lograran abrir la puerta y tuvieran que regresar a casa.

—¡Ay!

Algo le propinó un fuerte golpe en la espalda. Giró sobre sí mismo y se encontró cara a cara con una chica. Tenía una melena corta, castaña y lisa, y tenía la piel de un intenso color cetrino. Le devolvía una mirada dura de ojos negro azabache, con un rostro ensombrecido por un flequillo poblado. No se disculpó.

—Me llamo Bobby Bruna —anunció ella ladeando la cabeza—. En realidad mi nombre es Roberta, pero si se te ocurre llamarme así, de un empujón te tiro por ese precipicio. —Parecía decirlo en serio.

—Ajá. Pues... este... de acuerdo. Yo me llamo Skandar Smith.

—No te vi en el unicornio blanco. —Lo miró con suspicacia, entornando los ojos.

El muchacho trató de seguir hablando como si nada.

—Tiendo a pasar desapercibido entre la multitud. —Lo cual no era exactamente mentira.

—Te oí decir que viniste en Relámpago.

—Ah, ¿sí?

Skandar notó que se ponía a la defensiva, pese a que tenía todas las de perder. Absolutamente todas. Del primer al último número.

—¿Me estás espiando? —añadió.

Bobby se encogió de hombros.

—Pensé que no estaría mal calar a la competencia —repuso ella.

Skandar se fijó en sus puños apretados, que dejaban ver sus pulgares pintados de violeta.

—Pero en tu caso no es por eso. Tú no ibas en ese helicóptero —concluyó.

—Claro que sí. —Notó que el cuello le empezaba a sudar por debajo de la bufanda; se ajustó la mochila, hecho un manojo de nervios.

—Claro que no —lo contradijo Bobby con calma—. Porque yo sí iba y no te vi por ninguna parte. Y, además, me habría acordado de un nombre como «Skandar».

—Te dije que...

Ella levantó la palma de una mano casi hasta la nariz de Skandar.

—Por favor, ahórrate la vergüenza y no vuelvas a decirme que «pasas desapercibido entre la multitud». Tengo una memoria prácticamente fotográfica y sólo éramos cuatro. Además, estás poniéndote rojo.

El pánico incandescente que estaba apoderándose de Skandar debía de saltar a la vista, porque Bobby retiró la mano y se la metió en el bolsillo.

—Me da igual en qué helicóptero hayas venido. —Se encogió de hombros—. Sólo quiero saber por qué mientes.

—Yo... —empezó a decir el chico, pero en ese mismo momento captó un destello con el rabillo del ojo.

El cielo resplandeció de color rosa cuando el sol apareció por encima de los Acantilados Espejo.

—Ya empieza —murmuró Bobby.

Y se dio la vuelta en el momento en que se oía una gran ovación procedente de la fila: la puerta redonda del Criadero se abría para dar paso al primer nuevo jinete del año.

5

El Túnel de los Vivos

Centímetro a centímetro, Skandar y Bobby fueron acercándose a la puerta del Criadero. Para alivio del muchacho, no hablaban. No podía creer que la primera persona con la que había mantenido una verdadera conversación en la Isla ya supiera que estaba mintiendo. De acuerdo, lo que ella pensaba era que él sólo mentía sobre el hecho de haber llegado en su mismo helicóptero, pero era una mera cuestión de tiempo, ¿verdad? Hasta que ella lo delatara.

Se obligó a respirar hondo, como hacía en la escuela cuando Owen y sus amigos se ponían especialmente odiosos. ¿Qué más daba que una persona lo supiera? ¿Por qué iba ella a perder el tiempo con él? Y, además, quizá Bobby ni siquiera fuera capaz de abrir la puerta del Criadero... o tal vez fuera él quien no lograra abrirla, y entonces todo aquello no serviría de nada.

Skandar estaba todavía demasiado atrás en la fila como para ver qué ocurría en la entrada del Criadero, pero de vez en cuando se oía un grito de alegría, que daba a entender que alguien había abierto la puerta. Cada vez que había un silencio prolongado, se le revolvía el estómago al pensar en la posibilidad de que lo mandaran a casa.

—Deja de estresarte —le murmuró Bobby al oído en un momento en que olvidó dar un paso adelante—. Casi todos los que están al principio de la fila son isleños. Básicamente todos lo intentan, ¿recuerdas? Rechazan a más porque son más quienes lo intentan. ¿Es que en tu escuela no les enseñan nada?

Él no contestó, no quería suscitar preguntas sobre el examen de Cría que era obvio que no había hecho.

A medida que la fila avanzaba, a los continentales que no habían logrado abrir la puerta los enviaban de vuelta a los helicópteros. Algunos iban llorando, los había con cara de enojados y otros recorrían la fila en dirección opuesta con la cabeza agachada por la desilusión.

Skandar intentó forzarse a mirar para otro lado y a concentrarse, mejor, en lo alto del Criadero. Estaba más cerca y podía ver que había unicornios con jinete en lo alto del montículo. Y llevaban máscaras plateadas... ¡igual que los jinetes que habían atacado a Agatha!

—¿Qué hacen ahí arriba? —soltó.

Bobby chasqueó la lengua.

—No eres el ave más lista del corral, ¿eh?

—Eso no es ni siquiera un dicho y, además, no estaba hablando contigo —repuso con brusquedad Skandar.

Cada vez estaba más nervioso, casi podía contar con los dedos a las personas que tenía delante. ¿Lo detendrían aquellos jinetes enmascarados si descubrían que no había hecho el examen? ¿Era ése el motivo por el que estaban allí?

—Entonces, ¿estabas hablando solo?

—No, sólo estaba... observando.

Bobby resopló y el chico se enfrentó a ella preguntándose si iba a mencionar el helicóptero de nuevo. Pero no lo hizo. En su lugar, ella señaló a los unicornios.

—Son guardianes con armadura. He estado fisgoneando —bajó la voz hasta susurrar— y en teoría están aquí para protegernos.

Skandar tragó saliva.

—¿De qué?

—Ah, no sé, a lo mejor de ese Tejedor del que todo el mundo habla. —Puso los ojos en blanco.

Ahora que casi había llegado al Criadero, Skandar vio a la derecha de la puerta a un hombre de expresión adusta, con una tablilla sujetapapeles, que estaba pasando lista.

—¡Aaron Brent! —gritó el hombre.

El chico de piernas largas que iba delante de Skandar dio un paso al frente apartándose el abundante pelo oscuro de los ojos.

Skandar sintió una punzada de envidia: saltaba a la vista que Aaron se veía más como un jinete que él. Podía imaginarse a aquel chico alto observándolo desde una tarjeta del Caos. Aaron caminó como si tal cosa hasta la puerta de granito y la empujó con la palma de la mano. Nada. Como aquello no funcionaba, intentó jalar el borde curvo. De nuevo nada. Desesperado, empezó a darle patadas a la puerta.

Al cabo de unos penosos instantes, el hombre de la tablilla sujetapapeles rodeó con el brazo los hombros de Aaron y lo apartó a la fuerza. Skandar vio a Aaron desaparecer en dirección a los acantilados.

—Adelante.

Skandar oyó la llamada, pero no se movió. La cabeza todavía le daba vueltas por lo espantoso que le había parecido que a Aaron lo enviaran a casa así sin más. No debería haber ido con Agatha; tenía la sensación de que llevaba las mentiras escritas en la cara. Las piernas empezaron a temblarle.

—Adelante. —Le llegó de nuevo la voz.

Bobby le dio una patada en el tobillo.

—¡Vamos!

Skandar caminó con paso inseguro hacia el hombre. Era mayor de lo que aparentaba de lejos. Tenía el pelo negro salpicado de canas y estaba tan delgado que los pómulos le dominaban el rostro amarillento.

—¿Nombre?

—Skandar Smith —dijo con la voz quebrándosele.

—¿Puedes repetirlo? Deprisa... No tenemos todo el día —habló de forma entrecortada y con severidad.

—Skandar Smith.

Las cejas hirsutas del hombre se unieron cuando frunció el ceño. El muchacho contuvo la respiración mientras el hombre buscaba su nombre en la lista. ¿Y si había algo en lo que Agatha no hubiera pensado? A lo mejor lo sabían, a lo mejor habían comprobado si se había presentado al examen y...

—¡Skandar Smith! —resonó la voz del hombre.

Pensó que iba a vomitar.

Caminó hacia la puerta del Criadero, sus piernas parecían de plomo. Sintió el impulso descabellado de regresar corriendo a los helicópteros. Así nunca lo sabría. Siempre podría soñar que había estado predestinado a un unicornio porque nunca había ni tan siquiera probado suerte con la puerta. Pero sentía que los jinetes le clavaban la vista desde arriba y no le quedó de otra más que extender la mano y colocar la palma sobre el frío granito de la puerta del Criadero.

Por un instante de infarto, no ocurrió nada. A los oídos de Skandar llegó un estruendo que en absoluto tenía que ver con el mar que azotaba los Acantilados Espejo. Se quedó mirando la puerta, la desilusión pesaba tanto que las rodillas se le doblaron, los hombros se le desplomaron y empezó a retroceder y a retirar la palma de la mano. Pero, al hacerlo, se oyó un crujido de piedra y un gran chirrido de bisagras antiguas.

Sin prisa pero sin pausa, la puerta del Criadero empezó a abrirse.

La emoción estalló dentro de Skandar, de los pies a la cabeza, y no estaba dispuesto a correr ningún riesgo. En cuanto hubo un hueco lo bastante grande, se coló por la entrada redonda y penetró en la oscuridad que reinaba al otro lado. No volteó la vista atrás.

La enorme puerta se cerró a su espalda. ¡Estaba dentro! ¡Lo había logrado! Era un jinete. No importaba cómo hubiera llegado al Criadero; lo único que importaba era que en algún lugar allí dentro había un unicornio, un unicornio que llevaba trece años esperándolo, igual que él. Casi no se atrevía a creerlo. Casi no se atrevía ni siquiera a pensar de nuevo en la palabra «jinete», por si acaso de repente se la arrebataban. Skandar se derrumbó sobre la fría piedra, apoyó la cabeza en las manos y dejó que las lágrimas —de alivio, de cansancio, de felicidad— brotaran.

Luego recordó que, si Bobby abría la puerta, se daría de bruces con su cabeza. Y aunque sólo la conocía de hacía un rato, estaba bastante seguro de que lo arrollaría sin pensarlo.

Se puso de pie como pudo, los ojos iban acostumbrándosele a la penumbra. Estaba al final de un largo túnel flanqueado por unas antorchas encendidas. No pudo evitar ponerse nervioso. Sus libros de texto no contaban nada del interior del Criadero; él había dado por supuesto que todo habría sido sencillo. Abrir la puerta, conseguir un huevo, que su unicornio predestinado rompiera el cascarón... y, ¡bum!, estarían vinculados de por vida, listos para iniciar el entrenamiento. No se había esperado un túnel escalofriante. No se había esperado estar solo. Ojalá Kenna hubiera estado allí con él. Aunque odiaba los espacios reducidos, con tal de hacerlos reír, habría gritado tonterías que retumbaran en las paredes del túnel.

Pero ya no había vuelta atrás. Skandar comenzó a adentrarse en el túnel jugueteando con las puntas de la bufanda de su madre. Los únicos sonidos eran su respiración y las pisadas arrastradas de sus tenis. Después de unos cuantos pasos, se fijó en que las paredes eran rugosas porque había unas marcas talladas en la piedra. Se inclinó para verlas más de cerca. Eran palabras grabadas... pero, no, no eran meras palabras...

—Nombres —musitó Skandar con un susurro claramente audible.

Los nombres abarrotaban hasta el último rincón visible: las paredes, el suelo e incluso el techo. Se preguntó por qué estaban allí, a quién pertenecían. Dio unos pasos más y se sorprendió al leer un nombre que reconoció: EMA TEMPLETON, la favorita de Kenna en la Copa de ese año. ¡Eran nombres de jinetes! Buscó entusiasmado otros nombres que pudiera conocer, pero era imposible: había demasiados. Una infinidad de ellos flotaba ante sus ojos: FREDERICK ONUZO, TESSA MACFARLANE, TAM LANGTON.

Skandar casi muere del susto al oír algo que raspaba más adelante. Parecían uñas sobre un pizarrón, uno de esos ruidos que dan ansias y escalofríos. No tenía ningún problema con los unicornios sanguinarios. Pero ¿con los fantasmas? Eso era otra cosa. Entornó los ojos hacia el sonido, pero más adelante no había nadie. Dio unos cuantos pasos más en su dirección con la sensación de que debería hacer justo lo contrario.

Al llegar al origen del ruido, el chico seguía sin ver nada ni a nadie más adelante. Sólo más nombres por todas partes: ROSIE HISSINGTON, ERIKA EVERHART, ALIZEH MCDONALD y...

El chirrido de repente cobró sentido. Trocitos diminutos de roca cayeron al suelo del túnel mientras él veía cómo se tallaba la «h» final: SKANDAR SMITH. El nombre de Skandar se había sumado al de los demás jinetes. La emoción le brotó en el pecho.

Era real, era jinete, ¡un unicornio lo esperaba para romper el cascarón!

Echó a andar con más determinación y por fin apareció una puerta al final de la hilera de antorchas. Por su forma, era una réplica exacta de la que comunicaba con el exterior, pero, esa, menos mal, tenía un gran pomo redondo. El muchacho hizo un esfuerzo para jalar la pesada piedra, y oyó a personas que hablaban, que reían, que daban órdenes, y salió del túnel rumbo a su nueva vida.

Lo primero que notó fue el calor. Se acabó el frío de la piedra del túnel, y a éste lo sustituyó un espacio grande y tenebroso iluminado por cientos de antorchas que refulgían en sus soportes y un fuego que rugía en un pozo profundo cavado en el suelo de roca. Cuando los ojos se le acostumbraron a la luminosidad, se dio cuenta de que no era tanto una habitación como un pasillo muy amplio que se extendía a derecha y a izquierda del fuego, donde estaban reunidos los demás jinetes nuevos. Cientos de estalactitas con puntas como dagas pendían por encima de la cabeza de Skandar. Y los dibujos de unos unicornios blancos y centelleantes brillaban ante él desde las paredes, como pinturas rupestres, aunque, bajo la luz parpadeante de las antorchas, casi parecían cobrar vida.

Permaneció a cierta distancia de los demás jinetes, nervioso. De repente tuvo la sensación de que todo el mundo había hecho amigos ya y lo habían dejado de lado, igual que en la escuela. Bobby aún no había aparecido detrás de él; ni siquiera sabía si había logrado abrir la puerta del Criadero. Era la única persona con la que había hablado hasta el momento y se sintió mal por desear no volver a verla, aunque tal vez así su secreto estuviera a salvo. Dio un paso más en dirección a los demás jinetes diciéndose a sí mismo que no debía preocuparse. Aquello era empezar de cero.

Merodeó alrededor de una conversación entre algunos isleños. No era difícil averiguar de dónde procedía cada uno: los continentales se quedaban lejos de la fogata, con gesto cansado y preocupado, la mayoría iba en jeans, como Skandar, y se aferraba a su mochila preparada a la carrera; los isleños se situaban más cerca del fuego, reían, se daban palmaditas en la espalda y vestían ropa holgada, toda de color negro.

—Pues para mí el Túnel de los Vivos fue una superdecepción. La decoración era superbásica y opino que deberíamos poder elegir en qué lugar exacto va nuestro nombre. —La chica que hablaba tenía el pelo castaño oscuro, pecas en las mejillas pálidas y la nariz algo respingada, como para protegerse de los malos olores.

Los isleños a su alrededor parecían fascinados por cualquier cosa que ella tuviera que decir. No paraban de asentir ni de soltar frases como: «Tienes toda la razón, Amber».

—¿Y tú qué miras?

Tardó un instante en darse cuenta de que Amber se dirigía a él.

—Eh...

Skandar tuvo la sensación de que estaba de nuevo en la escuela secundaria Christchurch y sus nervios habituales le cerraron la garganta; sintió que la mente se le quedaba en blanco mientras jugueteaba con la punta de la bufanda de su madre.

Amber le clavó la mirada con una sonrisa condescendiente.

—¿Y por qué llevas esa bufanda vieja y harapienta? ¿Es por alguna extraña tradición del Continente? Yo que tú me desharía de ella. Seguro que para ti es superimportante encajar con nosotros, con los isleños. Superconsejo: no solemos llevar bufanda en lugares cerrados.

Sonrió todavía más, aunque parecía más bien un tiburón enseñando los dientes antes de comerte. Los isleños que estaban con ella soltaron risitas burlonas.

—Lo bueno de la bufanda de Skandar —dijo una voz detrás de él— es que se la puede quitar cuando quiera. Es una lástima que tú no puedas hacer lo mismo con tu personalidad.

Todos se quedaron en silencio, estupefactos, y a Amber se le puso la cara como un tomate.

Bobby se limitó a marcharse con paso decidido y a Skandar no le quedó más remedio que salir corriendo detrás de ella.

—¿Por qué hiciste eso? —refunfuñó cuando ya no podían oírlos—. Ahora van a odiarte. ¡Y es muy probable que a mí también! Esa tal Amber parecía muy popular.

Bobby se encogió de hombros mientras contemplaba una de sus uñas violeta a la luz del fuego.

—No me gusta la gente popular. Está sobrevalorada.

Sin duda, él pensaba lo mismo. Owen siempre había sido «popular» y eso no había significado que fuera amable ni buena persona, ni ninguna otra cosa que alguien buscara en un amigo.

—De todas formas, gracias por... —empezó a decir Skandar, pero no le dio tiempo a acabar la frase porque el hombre de la puerta del Criadero, de pie frente al fuego con la tablilla bajo el brazo, batía las manos para pedir silencio.

Lo flanqueaban otro hombre rechoncho y una mujer de pelo rizado canoso, ambos con la cara arrugada y seria.

—Para quienes no lo sepan —dijo el hombre de la tablilla, y las paredes de la cueva le devolvieron el eco de su voz—, soy Dorian Manning, presidente del Criadero y líder del Círculo de Plata.

—¿Qué es el Círculo de Plata? —susurró Bobby en voz alta al isleño que tenía al otro lado, pero éste la mandó callar.

—Como presidente del Criadero, mi principal cometido es supervisar la correcta ejecución del examen de Cría, la presentación de los candidatos en la puerta del Criadero y el proceso de rotura del cascarón... junto con estos apreciados miembros de mi equipo. —Con un gesto, señaló a las personas que lo acompañaban a izquierda y a derecha y prosiguió—: También superviso la seguridad del Criadero durante el resto del año. Y, cómo no, la noble y arriesgada empresa de trasladar los huevos sin abrir hasta la Tierra Salvaje al atardecer, antes de que rompan el cascarón como unicornios salvajes.

Sorbió ruidosamente por la nariz e hinchó de aire su escuálido pecho, muy satisfecho de sí mismo. Cada segundo que pasaba, a Skandar le gustaba menos.

—Pero basta ya de presentaciones —continuó—. Lo que ahora toca muy probablemente es felicitarlos. Ya son oficialmente jinetes de la Isla, protectores de esta tierra y de la tierra al otro lado del mar. En algún lugar dentro de esta cámara hay un huevo para cada uno de ustedes, un huevo que apareció en este mundo en el mismo instante que ustedes. Un unicornio que lleva trece años esperando su llegada.

Varias personas gritaron entusiasmadas, pero las silenció de forma fulminante una mirada severa del presidente, cuyas mejillas en tensión se veían casi hundidas a la luz de las antorchas.

—Sin jinetes... sin ustedes... —con un gesto teatral, los señaló a todos— sus unicornios vivirían sin vínculo... salvajes...
serían un peligro para todos nosotros. Y haciéndolos competir
es como nosotros, y nuestros antepasados durante miles de
años, hemos canalizado su... energía para convertirla en algo
bueno. Pero... —levantó un dedo, y los ojos le brillaron a la luz
de las antorchas— se lo advierto. Y me dirijo a todos ustedes,
no sólo a los continentales. Los unicornios, incluso con vínculo,
son en esencia criaturas sanguinarias, con cierta predilección
por la violencia y la destrucción. Son unas bestias vetustas y
nobles, y tienen que ganarse su respeto, aunque sean su jinete
predestinado. Y ahora... —el presidente batió las palmas pom-
posamente— manos a la obra.

El presidente y sus dos colegas avanzaron entre la multitud, dando palmaditas en el hombro a los nuevos jinetes, en
apariencia al azar, y pidiéndoles que los siguieran. Bobby recibió la palmadita del hombre rechoncho y de aspecto nervioso,
y Skandar del propio Dorian Manning. Siguió al presidente
detrás de otro chico de pelo negro liso y lentes color café de un
tono más claro que su piel tostada. Cada pocos pasos el chico
miraba ansioso hacia atrás y se subía los lentes por la nariz,
por donde no paraban de resbalarle.

El presidente se detuvo delante de una fila de pedestales
de bronce que a Skandar le recordaron unos soportes gigantescos para probetas. Los huevos estaban sujetos por unas
gruesas garras más o menos a la altura de su pecho y eran
enormes; una vez había visto un huevo de avestruz en una
excursión escolar al zoológico, pero aquéllos tenían que ser por
lo menos cuatro veces más grandes. Skandar quiso pellizcarse:
estaba de verdad allí, en el Criadero, a punto de conocer a su
unicornio predestinado.

—¡No se entretengan, no se entretengan! Congréguense
a mi alrededor —ordenó el presidente en voz baja, como si, de
hablar más fuerte, los unicornios pudieran romper el cascarón
todos a la vez—. Ésta es la primera tanda de doce huevos que
saldrán del cascarón este año. Mi equipo los ha cuidado con
maestría desde que aparecieron en las entrañas del Criadero.
Cada año, durante trece años, los han ido ascendiendo un nivel,
acercándolos a la superficie, mientras las crías de unicornio
crecían en su interior, sin prisa pero sin pausa. Y por fin,

dentro de un momento, cada uno de ustedes ocupará su lugar ante uno de ellos. —El presidente hizo una pausa para tomar aliento.

Skandar abrió los ojos aún más, atónito. ¿Qué profundidad tenía el Criadero si había doce pisos debajo de donde se encontraban?

Dorian Manning siguió dándoles instrucciones.

—Deben colocar la palma derecha encima del huevo. Si después de diez segundos no pasa nada, háganse a un lado y prueben con el siguiente huevo que tengan a su derecha.

Skandar deseó poder sacar su cuaderno de bocetos y tomar nota de aquello, no tenía muy buena memoria para los detalles y se moría de ganas de preguntar a qué se refería el presidente con aquel «si no pasa nada». ¿Qué se suponía que tenía que ocurrir? ¿Y si no se daba cuenta? Pero no hubo tiempo de hacerlo; ya estaba hablando de nuevo:

—Y recuerden: cuando noten que el cuerno del unicornio les pincha en la palma...

A Skandar se le escapó un grito ahogado, y no fue el único. Aquello no aparecía en sus libros por ninguna parte; él simplemente se había imaginado que romper el cascarón significaba que... bueno... que el unicornio lo haría él solito en cuanto su jinete llegara.

—... ese huevo empezará a romperse de inmediato. Agárrenlo lo más rápido que puedan y enciérrenlo en una de las celdas de cría que tienen detrás.

Los nuevos jinetes se dieron la vuelta para mirar. A lo largo de la pared, frente a los pedestales de los huevos, había una serie de cuevas con la puerta entreabierta. Las puertas estaban hechas de barrotes metálicos.

Skandar tragó saliva. Se fijó en que los demás continentales de su grupo parecían igual de preocupados; una chica continental de pelo largo y oscuro musitaba para sus adentros.

—Ni se les ocurra abrir la puerta mientras salen del cascarón o antes de ponerle la cabezada y el ronzal a su unicornio —susurró el presidente, y el destello de una antorcha encendida hizo que sus ojos verdes brillaran con intensidad—. Puede que esos huevos no parezcan tan grandes, pero, recuerden lo que les digo, los unicornios empezarán a crecer en cuanto estén fuera. Lo que no queremos por nada del mundo es que hoy se nos escape ninguna cría, sobre todo ¡no mientras yo estoy de guardia! El caos que podrían provocar... Da miedo sólo de pensarlo.

Skandar empezaba a dejarse llevar por el pánico y las funestas advertencias del presidente no ayudaban. Quería hacer mil preguntas. Para empezar, ¿qué era la cabezada y dónde podía conseguir una? Pero apenas tuvo tiempo de respirar hondo varias veces antes de que el presidente anunciara:

—¿Preparados? Bajen la palma de la mano cuando yo lo diga.

Así que el chico se colocó en su puesto y clavó la mirada en el gigantesco huevo que tenía delante.

6

Suerte del Pícaro

Skandar sentía que el torbellino de instrucciones del presidente le daba vueltas en la cabeza. «Diez segundos.» «Agarrar el huevo.» «Un pinchazo.» ¿Habría sangre? ¿Dolería? Sintió náuseas, muchas náuseas.

—Palmas... ¡abajo! —masculló el presidente.

Los nuevos jinetes bajaron las manos hasta tocar la parte superior de los huevos blancos que tenían delante. La cáscara estaba más caliente de lo que Skandar esperaba, y muy suave. Tuvo que luchar contra el impulso de cerrar los ojos para no ver cómo el cuerno de unicornio se le clavaba en la palma. La emoción y el miedo lo recorrían al galope, en paralelo, y sentía las pulsaciones palpitándole en el cuello. Esperó. Y esperó. El huevo no se movió.

—Un paso atrás —ordenó el presidente—. ¿Nadie en el primer intento? Suele pasar, suele pasar. Al fin y al cabo, deben encontrar el huevo hecho para ustedes. Este año sólo son cuarenta y tres candidatos, y hay más de cincuenta huevos listos para romper el cascarón. —El presidente suspiró—. Puede ocurrir que tengan que esperar hasta el último huevo para encontrar su unicornio. Paciencia, hace falta paciencia.

Mientras pasaban al siguiente huevo, Skandar pensó que ni siquiera el presidente parecía demasiado paciente.

—Palmas... ¡abajo!

Ahora que Dorian Manning había aclarado que encontrar el huevo que le correspondía a cada uno dependía del destino, Skandar se tranquilizó. Al cabo de tres segundos, se oyó el grito de alguien dos huevos más allá. Varios jinetes nuevos, incluido Skandar, se voltearon para mirar. Reconoció al chico, se llamaba Zac y lo había visto abrir la puerta.

—Pase lo que pase no levanten la palma de la mano de esos huevos —les advirtió el presidente Manning—. Si se saltan su huevo, tendrán que dar la vuelta otra vez y estaremos aquí ¡hasta que lleguen los jinetes del año que viene! ¡Y obviamente no tengo tiempo para eso!

Skandar trató de observar a Zac sin voltear la cabeza. Con el rabillo del ojo lo vio levantar el huevo del soporte que lo sujetaba y abrazarlo; la frente, de un café muy oscuro, se le perló de gotitas de sudor. Skandar oyó el crujido del cascarón en cuanto el unicornio empezó a luchar por salir del huevo. Acto seguido, Zac se tambaleó por el peso y Skandar los perdió de vista cuando la puerta de barrotes de la celda de cría se cerró con gran estruendo.

—Uno menos —murmuró el presidente.

Cambiaron de puesto una vez más y otra más. Otros dos jinetes encontraron su huevo en la primera tanda. Avanzaron por el interior de la cámara hasta la segunda tanda. Skandar estaba justo al lado de una chica del Continente de pelo largo y oscuro —creía que se llamaba Sarika—, cuando el cuerno perforó el cascarón de su huevo. La chica no gritó, pero él vio cómo la sangre le goteaba por la palma mientras cargaba con su huevo hasta una de las celdas.

Antes de empezar la tercera tanda quedaban cuatro jinetes, entre ellos Skandar y el chico de pelo negro y lentes. Estaba ya tan frustrado que había perdido el miedo. Cada vez que colocaba la mano sobre la superficie dura de un cascarón, no había nada en el mundo que deseara más que sentir una intensa punzada de dolor.

—No puede decirse que sea una forma particularmente eficaz de encontrar a nuestro unicornio —murmuró el chico de pelo negro varios huevos más adelante.

Skandar dio un paso al frente ante el segundo huevo de la fila de diez. El tercero y el cuarto ya habían desaparecido de sus soportes de bronce.

—Palmas... ¡abajo! —gritó el presidente a su espalda.

Tres latidos más tarde, se oyó un fuerte crac bajo la mano de Skandar y un dolor atroz se abrió paso en su palma derecha. A continuación, como guiado por un piloto automático y con la sangre goteándole desde el centro de la mano, levantó el huevo para extraerlo de su garra de bronce. Pesaba más de lo que imaginaba. Inclinando el peso del huevo contra el pecho, se dirigió tambaleándose hacia la celda de cría que había detrás de él. Ya veía las grietas que se iban extendiendo por toda la superficie del huevo, como el hielo que se rompe sobre un lago helado. Un trozo de cascarón cayó al suelo cuando jaló la puerta de barrotes para cerrarla.

Una antorcha que ardía en la pared iluminaba la celda de cría. La luz titilante mostraba únicamente una destartalada silla de hierro, con una cuerda colgando sobre el respaldo. Skandar sintió que aquello lo superaba. ¡No podía ser él el responsable de que su propio unicornio saliera del cascarón! ¿Y si hacía algo mal?

El huevo le temblaba en los brazos y la sangre de la mano manchaba el cascarón blanco. Necesitaba apoyarlo en el piso, pero creía que no estaba bien dejarlo rodar sobre el frío suelo de piedra. El problema era que no había nada blando a la vista, excepto... Se miró de arriba abajo. Su sudadera.

Se arrodilló con mucho cuidado. Dando las gracias por que el cuerno punzante no se viera por ninguna parte, se sentó en el suelo con las piernas cruzadas, sosteniendo el huevo en equilibrio sobre el regazo. Se deshizo de la mochila y se quitó la sudadera por la cabeza. Sujetando el huevo con una mano, extendió la sudadera en el suelo y la arrebujó en una especie de nido. Como barrera adicional, se desenrolló del cuello la bufanda de su madre y la colocó alrededor. No pudo evitar sonreír al pensar lo orgullosa que estaría de él. «Te prometo que un día tendrás un unicornio, chiquitín.» Ella le había susurrado aquellas palabras cuando era un bebé, o eso le había contado su padre, y allí estaba él ahora, ¡a punto de criar uno!

Sintió alivio al soltar el huevo. Gracias a la adrenalina, le había parecido más ligero de lo que en realidad era, pero ahora notaba los brazos adoloridos.

Skandar lo observó entusiasmado. Tenía la sensación de que todo su cuerpo bullía de la emoción. No lo podía creer. Por fin estaba allí. Dentro de unos instantes se encontraría cara a cara con su unicornio predestinado... Pero el huevo había dejado de moverse. «No hay que perder la calma», pensó mientras la perdía. Intentó distraerse examinando el artilugio que pendía del respaldo de la silla. Tal vez fueran la cabezada y el ronzal que el presidente había mencionado, que se unían con un broche metálico.

Lanzó una nueva mirada de preocupación al huevo, que vibraba, aunque muy levemente. De vez en cuando caía un trozo de cascarón sobre la sudadera o, si se escurría hasta el suelo duro, Skandar daba un brinco. Desde las celdas cercanas se oía algún que otro ruido, pero nada reconocible, y sin duda a nadie gritándoles ningunas instrucciones que pudieran seguir paso a paso y les sirvieran de algo. Se puso a juguetear con el enganche de la cuerda, pero en cuanto el frío metal entró en contacto con su palma perforada se le escapó un bufido de dolor.

Se miró la mano por primera vez desde que había entrado en la celda. Ya no sangraba, pero el pinchazo circular se había vuelto de un feo rojo oscuro. Alarmado, se acercó a la antorcha, que ardía en su soporte. A la luz vio cinco líneas que refulgían y, desde la herida que tenía en medio de la palma, se extendían reptando hacia la base de cada uno de los dedos.

Siempre había pensado que los jinetes llevaban unos tatuajes especiales en la palma de la mano. De hecho, creía haberlo leído en alguna parte. Fue así como en Margate se dio cuenta de que Agatha era una jinete. Pero no se trataba ni mucho menos de un tatuaje, era una herida. Y dolía... mucho.

Ahora el huevo no se movía ni hacía ruido. Skandar se preguntó, un poco desesperado, si debía hacer algo para ayudarlo. Pensó en cómo rompían el cascarón los polluelos. ¿Hacían algo las gallinas para acelerar el proceso? Aparte de empollar los huevos, no creía que hicieran nada más, y además aquello no parecía muy sensato, teniendo en cuenta lo afilados que eran los cuernos. De todas formas, los unicornios no eran pollos, eran... eso, unicornios.

Suspiró y se arrodilló junto al huevo.

—¿Es que no quieres salir? —preguntó en voz baja—. Ojalá quisieras, porque aquí fuera está todo oscuro y da bastante miedo, y estoy completamente solo, así que... —Su voz fue apagándose, se sentía ridículo hablándole a un huevo; era un poco como hablarle al desayuno.

Se oyó un leve chillido. Skandar miró como loco a su alrededor. Luego se oyó de nuevo... y se fijó en que provenía del interior del propio huevo. Se arrodilló más cerca. Por increíble que pareciera, tenía la impresión de que hablarle servía de algo.

El chico respiró hondo.

—Escúchame, quiero conocerte. Me muero de ganas. Tú y yo vamos a ser socios. A lo mejor necesito que me cuides un poco porque, bueno... tú eres de aquí, pero yo soy del Continente, así que...

El huevo chilló de nuevo y un trozo grande de cascarón le pasó volando al lado de la oreja izquierda.

—Aunque creo que es muy probable que ése sea el menor de nuestros problemas. —Skandar era consciente de que estaba farfullando sin sentido, pero es que el cascarón estaba rompiéndose ante sus ojos—. Ni siquiera hice el examen de Cría... No se lo cuentes a nadie, ¿de acuerdo?... La cuestión es que alguien me ayudó a llegar hasta aquí y me preocupa que me descubran. Hay una chica, Bobby, que sospecha de mí. Y luego está ese tal Tejedor, que va por ahí arrasándolo todo, aunque a lo mejor debería esperar a que crecieras un poco para contarte todo eso. A lo que iba, que creo que yo voy a necesitarte a ti y tú vas a necesitarme a mí.

El chillido era ya continuo: a mitad de camino entre el relincho de un caballo, el reclamo de un águila y un grito humano. El cuerno del unicornio atravesó el huevo limpiamente por segunda vez: negro ónix, brillante y —como Skandar ya sabía— muy afilado. Se movió de un lado a otro para deshacerse de más fragmentos del cascarón. Luego se oyó un fuerte crac y toda la parte de arriba se desprendió. El muchacho fue agarrando los trozos más grandes, viscosos, con las manos y lanzándolos por el espacio cerrado. Se levantó, pero en cuanto su rostro se cernió por encima del huevo, lo que quedaba de cascarón se quebró en dos partes, que se separaron y cayeron.

El unicornio se quedó tumbado bocabajo, con las cuatro patas desparramadas en el suelo de la celda de cría, las costillas le subían y bajaban deprisa, y el fino pelo negro que le recubría el cuerpo brillaba a causa del sudor y de una sustancia viscosa.

Le remataba el cuello una crin de ébano, con los mechones de pelo enmarañados por el esfuerzo de liberarse del cascarón. Todavía tenía los ojos cerrados, pero mientras Skandar contemplaba a la criatura con asombro, algo extraño empezó a suceder. Sus enclenques alas de plumas negras chisporrotearon electrizadas, el suelo de la celda tembló, se produjo un destello de luz blanca, una extraña neblina se alzó alrededor de su cuerpo, ocultándolo a la vista, y...

—¡Aaah!

Skandar retrocedió de un salto y la pura alegría de ver a su unicornio por primera vez se transformó rápidamente en alarma. Las pezuñas estaban en llamas: las cuatro acababan de empezar a arder. El chico fue hacia el unicornio para intentar sacar su sudadera de debajo, con la vana esperanza de extinguir el fuego con ella. ¿Era normal que ocurriera todo aquello? ¿O su unicornio era el único que había entrado en combustión espontánea? Cuando empezó a jalar una esquina de la sudadera, el animal abrió los ojos.

Dos cosas ocurrieron a la vez mientras el muchacho miraba fijamente aquellos ojos oscuros. Sintió un globo de felicidad que se le hinchaba en el pecho y un dolor punzante en la mano derecha. Apartó la mirada de la del unicornio, se llevó la mano delante de la cara y, bajo la luz tenue, vio que su herida estaba sanando. Eso sí, al curarse, las líneas se alargaban hasta llegar a la yema de cada uno de los cinco dedos. Al mismo tiempo, en la cabeza negra del unicornio se formaba una gruesa franja blanca, de la mitad hacia abajo. Ambos siguieron con la mirada clavada en el otro hasta que la franja acabó de dibujarse y la mano de Skandar se curó por completo.

—¿Gracias? —dijo con voz vacilante, y la electricidad, el temblor, la luz, la neblina y el fuego desaparecieron de repente, como si alguien hubiera pulsado un interruptor.

El chico y el unicornio se miraron. Skandar había leído acerca del vínculo invisible entre un jinete y su unicornio, pero no le había pasado por la cabeza que pudiera sentirlo: algo le jalaba con fuerza del pecho, como si las cuerdas de su corazón ahora estuvieran conectadas en otra parte, fuera de él. Estaba totalmente seguro de que, si seguía aquellas cuerdas, en el otro extremo encontraría el corazón de aquel pequeño unicornio negro.

Entonces el animal rompió el encantamiento dejando escapar un minúsculo rugido, pero por alguna razón Skandar no tenía miedo. El vínculo entre ellos lo hacía sentirse más seguro de lo que se había sentido en toda su vida, como si hubiera abierto la puerta de la habitación más acogedora que existía y pudiera dejar a todo el mundo fuera y quedarse sentado junto al fuego todo el tiempo que quisiera. Le entraron ganas de gritar. De ponerse a bailar por la celda. Hasta de cantar. Quiso rugir como su unicornio cuando él se puso de pie tambaleándose.

El muchacho retrocedió atemorizado.

—¿Seguro que ya estás listo para...?

Pero el unicornio, su unicornio, ya estaba de pie y avanzaba a tropiezos hacia él. Skandar habría jurado que ya era más grande; casi le llegaba a la cintura. Suponía que, ahora que ya no estaban apretujados dentro del cascarón, los unicornios crecerían mucho más rápido; al fin y al cabo, llevaban trece años esperando ese momento. El unicornio fue bamboleándose hasta detenerse justo delante de Skandar, donde soltó un grito, apuntándole con el cuerno directamente a la cadera.

—No sé qué... —empezó a decir el chico, pero luego su mirada fue a posarse en su mochila.

Sin quitarle ojo al unicornio, abrió la cremallera del bolsillo delantero. Antes de marcharse de casa, había tomado un paquete de muñequitos de gomita de las reservas secretas que Kenna guardaba en su mesita de noche, por si acaso le entraba hambre durante el viaje. Buscó la bolsa a tientas, con la herida recién curada todavía tierna. El unicornio se acercó a él y soltó otro chillido.

—De acuerdo, toma —musitó el chico sacando una gomita roja y sosteniéndola sobre la palma de la mano buena, la izquierda.

El unicornio la olisqueó, inflando las narinas, y se la arrebató de la mano. El ruido que hizo al comérsela fue un tanto perturbador. Como si en vez de comerse algo estuviera comiéndose a alguien. Dejó escapar unos cuantos gruñidos de satisfacción mientras masticaba, así que Skandar esparció algunas más en el suelo y se sentó en la silla para estudiar a su unicornio.

Su pelaje era totalmente negro, salvo por la gruesa franja blanca que empezaba debajo del cuerno y lo recorría desde en medio de los ojos hasta la punta de la nariz. Sabía a ciencia cierta —porque una vez había pasado una semana entera absorto en un libro de la biblioteca sobre los colores de los unicornios— que jamás había visto uno con una mancha. No obstante, en aquella marca había algo que le resultaba familiar.

Una vez agotada su pequeña ración de muñequitos de gomita, el unicornio se fue de nuevo derecho hacia él; su caminar mejoraba a cada paso. En la mente de Skandar flotaban las palabras del presidente: «Los unicornios, incluso con vínculo, son en esencia criaturas sanguinarias, con cierta predilección por la violencia y la destrucción». Tal vez el Skandar del Continente le habría dado mil vueltas a qué hacer a continuación, le habría preguntado a su hermana e incluso habría intentado buscar información en algún libro. Pero ahora era jinete y, quizá por primera vez en su vida, se sentía orgulloso de sí mismo. Y, además, ¿ser jinete no consistía precisamente en ser valiente?

Así que extendió una mano y acarició el cuello del unicornio y, en cuanto su piel entró en contacto con la de aquella criatura, ocurrió la cosa más extraña. Skandar se dio cuenta de que sabía que su unicornio era macho y también supo cómo se llamaba. Suerte del Pícaro. Se enamoró del nombre de inmediato; era perfecto para aquel pequeño espécimen y además sonaba como los nombres de los unicornios de la Copa del Caos. Como el nombre de un unicornio que un día podría ganar.

Skandar siguió acariciándolo y el animal relinchó discretamente, de un modo algo más parecido al de un caballo.

—Encantado de conocerte, Suerte del Pícaro —dijo Skandar riendo a carcajadas—. ¿Qué te parece «Pícaro» para abreviar?

Se oyó un estruendo que provenía del pecho del unicornio. Con precaución, Skandar le ofreció otro muñequito de gomita con la mano a la vez que le pasaba la cabezada por encima del cuerno, le colocaba el ronzal y se lo enganchaba.

No muy lejos de allí, estalló un grito humano que perforaba el tímpano. Al oírlo, Suerte del Pícaro le chilló a Skandar justo en el oído, lo que no contribuyó a mejorar la situación, y se puso a dar brincos por toda la celda.

Otro grito. Una vez tomada la decisión, Skandar jaló con delicadeza del ronzal de Pícaro y lo incitó a caminar hacia la puerta de la celda. Empujó los barrotes y la puerta se abrió para dar paso al chico y al unicornio.

Un tercer grito. Skandar fue guiándose por el sonido hasta una celda a dos puertas de la suya.

—¿Hay alguien ahí? —preguntó con la voz un poco temblorosa—. ¿Te lastimaste? ¿Necesitas ayuda?

Dentro de la celda de cría ya había otros tres chicos y otros tres unicornios. El chico de pelo negro y lentes sujetaba con firmeza un unicornio de color sangre. Skandar también reconoció a Bobby, con un unicornio gris claro. La tercera jinete era una chica con el pelo negro a lo afro, como una nube, y un reluciente unicornio plateado la tenía arrinconada. La chica se agarraba la cabeza con las manos y, entre grito y grito, sollozaba.

—¡¿Necesitas ayuda?! —repitió Skandar más fuerte, ya que nadie apartaba la vista del unicornio plateado.

El chico de los lentes por fin se dio la vuelta. Boquiabierto, se quedó mirando a Suerte del Pícaro.

—Creo que ahora sí —respondió.

Justo cuando la chica de la esquina levantó la vista, señaló al unicornio de Skandar... y gritó todavía con más fuerza.

7

El elemento muerte

Tímidamente, Skandar dio un paso más para entrar en la celda de cría. La chica que estaba en el rincón seguía gritando y los cuatro unicornios también chillaban, haciendo aún más ruido. El chico de pelo negro se quedó petrificado, seguía mirando boquiabierto a Suerte del Pícaro mientras Bobby trataba de calmar a su unicornio hembra de color gris, cuyos ojos rojos se le ponían en blanco.

Skandar estaba muy aturdido. No era el tipo de reacción que solía provocar cuando entraba en un sitio. La gente por lo general no le hacía ni caso.

—¿Puedes cerrar el pico un momento? —espetó Bobby a la chica que gritaba—. ¡Van a explotarme los tímpanos!

Los ojos de Bobby siguieron la mirada temerosa de la chica. Ella suspiró.

—Es sólo Skandar —anadió—. Sí, tiene un nombre más penoso que un elefante con diarrea, pero lo que no da es miedo.

—Vaya, gracias —farfulló él—. Gracias por esa presentación tan estupenda.

Bobby se encogió de hombros.

—De nada...

—¡Cállense los dos! —bufó el chico de la unicornio de color rojo—. Flo no está señalándolo a él. Está señalando a su unicornio.

Bobby frunció el ceño.

—¿Quién es Flo?

—Ella es Flo. —El chico señaló con impaciencia a la chica del rincón—. Y yo soy Mitchell. ¡Aunque tampoco es que haya tiempo para presentaciones formales! Justo ahí delante tenemos a un unicornio ilegal, por lo que seguramente él... —Mitchell señaló a Skandar con el dedo— es un jinete ilegal.

Skandar se quedó tan estupefacto que volvió la cabeza para comprobar que no hubiera otro jinete ni otro unicornio detrás de él.

Mitchell agitó los brazos de un lado para otro como un poseído, al parecer todavía más enfurecido por que nadie reaccionara. Su unicornio hembra, de pocos minutos de vida, daba jalones del ronzal intentado zafarse de los nervios de su jinete.

—Eso no es una mancha cualquiera. Es la prueba de que el unicornio está aliado con el quinto elemento. —La voz de Mitchell fue bajando hasta convertirse en un susurro.

Bobby entornó los ojos para mirar a Mitchell.

—Puede que seamos del Continente, Mitch —dijo la chica—, pero sabemos que hay cuatro elementos, no cinco. Todo el mundo lo sabe.

Mitchell no le hizo ni caso. Su mirada iba y venía de Skandar a Pícaro, como si estuviera decidiendo si debía o no largarse de allí corriendo.

—Oficialmente hay cuatro elementos, tienes razón —explicó Flo con mucho tacto, su suave voz se oyó en el incómodo silencio.

Todavía parecía aterrada por Suerte del Pícaro, pero al menos había dejado de gritar.

Bobby señaló con la barbilla a Mitchell.

—¿Lo ves?

Él cerró los ojos y musitó algo entre dientes.

—Pero antes había cinco. Existe un quinto elemento —continuó Flo más envalentonada—. Aunque se supone que no debemos mencionarlo. Los jinetes, digo, ni tampoco ninguna otra persona de la Isla. El Continente no sabe nada de eso, se prohibió antes del Tratado y...

—¿Cómo se llama? —Los ojos de Bobby estaban ansiosos por conocer el secreto.

Flo miró inquieta a su alrededor, como si le preocupara que alguien estuviera escuchándolos.

—Espíritu. —Apenas fue un susurro.

—¡Fuego infernal! —abroncó Mitchell a Flo—. ¿Estás loca? ¿Por qué lo dices en voz alta? Además aquí dentro, en el lugar más sagrado de toda la Isla. Tenemos que hacer algo; tenemos que contarle a un centinela ¡que él, que su unicornio...! —Mitchell señaló insistentemente con el dedo a Skandar y a Pícaro.

Skandar no pensaba quedarse esperando a averiguar quién o qué era un centinela. Se había hartado de que lo señalaran. Carraspeó.

—Pues si nadie necesita ayuda, yo regreso a mi celda de cría —anunció.

—No puedes ir a ninguna parte con un unicornio así —le advirtió Flo muy deprisa y en voz muy baja—. Los matarán a los dos.

Con un gesto señaló a Suerte del Pícaro, que intentaba mordisquear el talón del tenis de Skandar.

—¿De qué estás hablando? —dijo él moviendo la cabeza—. Pero ¡si nació hace sólo siete minutos! No ha hecho nada malo. Puede que yo sí. —Intentó evitar la mirada de Bobby—. Pero él no. Suerte del Pícaro no es más que un bebé. Míralo.

El animal intentaba morder las sombras que proyectaba una antorcha encendida y, cuando se acercaba demasiado a ellas, chocaba con la quijada contra la pared.

—¡Lleva-en-la-cabeza-la-marca-de-los-diestros-en-espíritu! —explotó Mitchell, incapaz de contenerse un segundo más.

—¿Que qué? —dijo Bobby.

—¿Qué es la marca de los diestros en espíritu? —preguntó al mismo tiempo Skandar.

—Esa mancha blanca —respondió Mitchell, exasperado.

Y en su esfuerzo por convencer a todo el mundo, señaló la cabeza de Pícaro tan de cerca que el unicornio intentó morderle el dedo.

—Es una señal de que los dos se aliarán con el elemento espíritu. Puñal de Plata no la tiene. —Mitchell señaló al unicornio plateado—. Ni Delicia de la Noche Roja... —Señaló a su propio unicornio hembra de color rojo sangre—. Ni tampoco la tiene esa gris de ahí.

—«Esa gris de ahí» tiene nombre, se llama Ira del Halcón —intervino Bobby, enojada—. De verdad que vaya...

Flo se cruzó de brazos y se volteó hacia Mitchell.

—No tiene por qué ser así a la fuerza. Puede que sea una marca sin más. —Hizo un gesto para señalar a Skandar—. Puede que él sea diestro en otro elemento... nada que ver con el espíritu.

—¡Una marca sin más! —escupió Mitchell—. ¿Estás dispuesta a poner en peligro la seguridad de toda la Isla porque tal vez sea «una marca sin más»?

Un atisbo de duda se dibujó en el rostro de Flo, pero no descruzó los brazos.

—¿No viste la Copa del Caos la semana pasada? —continuó Mitchell, encolerizado—. ¿O fui yo el único que vio cómo el Tejedor irrumpía en el estadio montando un unicornio salvaje y robaba el unicornio más poderoso del mundo?

—¿Qué tiene que ver la marca de la cabeza de Pícaro con el Tejedor? —preguntó Skandar lentamente—. ¿Qué tiene que ver esto con la desaparición de Escarcha de la Nueva Era?

—¡Truenos y relámpagos! —exclamó Mitchell—. ¿No les enseñan nada en el Continente? ¿No viste al Tejedor en la Copa del Caos?

Skandar recordó a Kenna y a su padre de pie, a su lado, delante del televisor, y la cara del Tejedor, la pintura que le iba desde el pelo hasta la barbilla.

—La franja blanca —murmuró.

—Es la señal del Tejedor —dijo Flo—. El Tejedor es diestro en espíritu.

—Pero ¿qué tiene de malo el elemento espíritu? —preguntó enfurruñada Bobby.

—¡El Tejedor lo emplea para matar! —A Mitchell se le crispó el rostro por la frustración—. ¿No te parece lo bastante malo? A unicornios, a jinetes... ¡a cualquiera que se cruce en su camino!

—No puede ser verdad —se mofó Bobby—. No es posible que un jinete, ni ninguna persona, mate a un unicornio. Ni siquiera ese tal Tejedor... o lo que sea.

—¡Exacto! —se unió Skandar asintiendo—. Lo aprendimos en las clases de Cría. Por eso necesitan jinetes del Continente... porque a los unicornios salvajes no se les puede matar. Ni tampoco vincular...

—En realidad, existen dos formas de matar a un unicornio vinculado —lo interrumpió Mitchell alzando la voz—. Si matas a su jinete... también se muere su unicornio. O... —tragó saliva— con la ayuda de un jinete diestro en espíritu.

Se hizo el silencio.

—¡Es el elemento muerte! —exclamó Mitchell casi a voz en grito.

El gesto de Bobby, en ese momento, era de leve preocupación.

—Entonces, ¿ese Tejedor psicópata puede utilizar el quinto elemento guion muerte guion espíritu y, además, tiene al unicornio más poderoso del mundo?

—Todo el mundo está muerto de miedo —dijo Flo, y sus ojos color café se le llenaron de lágrimas.

—Muy bien, estupendo —dijo Mitchell con tono sarcástico—. Ahora que ya dejamos claro lo malo que es el quinto elemento y que el Tejedor es la mayor amenaza a la que se enfrentan la Isla y el Continente desde siempre, ¿podemos, por favor, denunciar a este diestro en espíritu a un centinela? —Mitchell miraba a Flo con gesto suplicante.

—No —respondió Flo obstinadamente, y Puñal de Plata resopló como si estuviera conforme.

Skandar notó que intentaba disimular que el repentino ruido del unicornio la había sobresaltado.

—¡Tenemos que hacerlo! Ese unicornio es un peligro, ¡este tipo, Skandar, es un peligro! ¡No debería haber aprobado el examen! ¿Cómo logró tan siquiera llegar hasta aquí? ¿No lo han pensado?

Notó la mirada de Bobby puesta en él. En cualquier momento podía sacar a relucir lo del helicóptero y empeorar todavía más las cosas. «Por favor —suplicó para sí—, no digas nada.»

—No importa —dijo Flo—. La cuestión es que ahora está aquí. Y no seré yo quien los envíe a la muerte. No podría vivir con ello.

—Pero a ti te nació un unicornio plateado —se quejó Mitchell—. ¡No puedes verte envuelta en esto! Si ayudas a un diestro en espíritu, no te dejarán entrar en el Círculo de Plata.

Un atisbo de miedo atravesó el rostro de Flo, pero luego se recompuso.

—Skandar y Suerte del Pícaro no me han hecho nada. No voy a ir corriendo a uno de esos guardias enmascarados. Pero tienes razón... sí, tengo un unicornio plateado. ¿De verdad quieres hacerme enojar, Mitchell? ¿Convertirnos a mí y a Puñal de Plata en tus enemigos con sólo trece años?

—No, lo que yo... —Mitchell se acobardó, pero, obviamente, era incapaz de contenerse y continuó—. La cuestión es que incluso si no se lo decimos a un centinela, en cuanto salga del Criadero, todo el mundo verá la mancha. No hay manera de ocultarla.

—En realidad creo que sí —dijo Skandar recordando de repente el bote que Agatha le había dado.

Se lo sacó del bolsillo y desenroscó la tapa.

Mitchell se quedó mirando a Skandar, que introdujo un dedo en el líquido negro del bote y luego les mostró la punta.

—¿Creen que esto servirá? —preguntó—. Para tapar la mancha, por el momento. Hasta que todo esto se solucione y yo sea diestro en fuego o en aire o en lo que sea. —Intentó mantener la voz firme.

Si Agatha sabía que acabaría necesitándolo, ¿qué significaba aquello? Y, por otro lado, ¿quién era aquella Agatha?

—¿De dónde lo sacaste? —preguntó Flo con la voz cargada de desconcierto.

No supo qué contestar. Dudaba que con decir que le gustaba pintar se fuera a resolver el asunto.

—¿No te lo encontraste en nuestro helicóptero? —intervino Bobby dirigiéndole a Skandar el más imperceptible de los guiños.

Incrédulo, Mitchell se quedó mirando a Bobby, pero, antes de que pudiera hacer otra pregunta, lo derribó Delicia de la Noche Roja, que había molestado a Ira del Halcón por arrancarle un pedazo de crin. Aburridos de la conversación de sus jinetes, los unicornios habían empezado a armar alboroto. Roja, Halcón y Pícaro iban dando chillidos y sacudidas de acá para allá por toda la celda de cría mientras que Puñal de Plata permanecía imperioso en un rincón y rugía si los demás se acercaban demasiado.

Cuando Skandar y Bobby por fin lograron atrapar a Suerte del Pícaro, resultó que no le hacía ninguna gracia que le tocaran la mancha. Durante toda la operación, Mitchell no colaboró, sino que se limitó a quedarse de brazos cruzados y a decirles que los encerrarían a todos por ayudar a un diestro en espíritu, y que aquello era el final de su carrera como jinetes, y era probable que de sus vidas, porque o el chico o su unicornio o los dos los matarían a todos mientras dormían.

—Mitchell, ¡¿por qué no te callas?! —gritó Bobby dando los últimos toques de tinta sobre la mancha.

Se había ofrecido para meter las manos en aquel menjurje, dijo, porque sería demasiado sospechoso que fuera Skandar quien las tuviera manchadas de negro. Él había intentado disuadirla, pero no había logrado hacerse oír.

Daba la impresión de que Flo estaba arrepintiéndose rápidamente de su decisión y, nerviosa, no dejaba de mirar por todas partes dentro de la celda de cría. Parecía de nuevo a punto de perder la calma: su unicornio plateado no paraba de soltar pequeños gruñidos, que la hacían dar gritos que ahogaba tapándose la boca con la mano. Los ojos se le llenaban de lágrimas cada vez que miraba a Puñal de Plata.

—¿Estás bien? —se atrevió a preguntar Skandar.

Al fin y al cabo, Flo ya estaba gritando antes de que él llegara.

Flo acababa de abrir la boca para responder cuando un tremendo estruendo los interrumpió. La pared justo enfrente de la puerta de barrotes empezó a temblar con violencia.

«Y ahora ¿qué pasa?», pensó Skandar, exasperado. Aquélla no había sido exactamente la llegada triunfal a la Isla con la que había soñado.

Los cuatro unicornios se movían sacudiéndose de acá para allá asustados; los nuevos jinetes a duras penas lograban sujetarlos mientras chillaban y relinchaban, sin parar de agitar peligrosamente sus afilados cuernos en aquel espacio cerrado. El chico no comprendió qué pasaba hasta que la luz del sol se coló en la oscura celda: la pared estaba moviéndose hacia arriba. Era la salida.

Cuando la pared desapareció por completo, llegaron a sus oídos los chillidos de los cuarenta y tres unicornios recién salidos del cascarón. Era un sonido ensordecedor, como el de mil trenes al frenar.

—¡Largo de aquí! ¡Muévanse! —gritaba Mitchell entre el barullo—. En cualquier caso, estamos en una celda que no es la nuestra. Si nos ponemos en marcha, ¡no se darán cuenta! —dijo, y desapareció con Delicia de la Noche Roja entre la luz deslumbrante.

Bobby le puso el bote de tinta en las manos a su amigo, que no tuvo tiempo de preguntar exactamente a dónde iban.

—Tú haz como si nada y todo saldrá bien —dijo Flo con amabilidad mientras conducía a su unicornio plateado hacia el sol de media mañana—. Ni siquiera se nota.

—¿Vienes o qué? —le preguntó Bobby a Skandar mientras jalaba a Ira del Halcón para seguir a Flo.

—Gracias, por cierto —masculló él con torpeza—. Ya sabes, por lo del helicóptero.

—Bah, no es nada. —Bobby puso los ojos en blanco y le dio un puñetazo en el brazo.

A él le recordó a un gesto que bien podría haber sido de Kenna y sintió que la sensación de que todo estaba saliendo mal se diluía un poco.

Delante de Pícaro serpenteaba una fila de jóvenes unicornios. Había más guardias con máscaras plateadas —Skandar había deducido que ésos eran los centinelas—, pero no lograban que todos siguieran el sendero marcado. Salir les había recordado a los unicornios que eran criaturas elementales, rebosantes de una carga fresca de magia. El polvo se arremolinaba en el aire y se entremezclaba con chispas y explosiones. Los cuernos disparaban agua, los cascos dejaban marcas negras chamuscadas en el pasto y, a su paso, los árboles chisporroteaban por la electricidad y en el suelo se abrían cráteres. Los jinetes chillaban de dolor al verse envueltos en el fuego cruzado de los elementos y se aferraban desesperados a los ronzales mientras sus unicornios se encabritaban, corcoveaban y rasgaban el aire con los cuernos.

Suerte del Pícaro no era ninguna excepción: el bebé que comía golosinas en su celda de cría parecía haber desaparecido hacía mucho tiempo. Mientras Skandar trataba de seguir la fila, su montura intentaba morderle los dedos y darle coces en las piernas. Las llamas le encendían la cola, las chispas iban a parar al dorso de las manos de su jinete y le hacían quemaduras. Los ojos de Pícaro cambiaban del negro al rojo y, como muchos otros unicornios, echaba espuma por la boca. Skandar esperaba que aquello fuera una señal de entusiasmo y no de que quisiera comérselo. Como si pudiera oír sus pensamientos, Pícaro cerró los dientes de golpe, peligrosamente cerca de él, y, con los incisivos, le rozó la cadera. Qué bien, era posible que el unicornio quisiera comérselo de verdad.

Skandar volteó la vista atrás. Flo y Mitchell caminaban en paralelo por el sendero, junto a sus unicornios, justo al final de la fila. Bobby ahora iba delante, interrogando a un isleño y guiando a Halcón junto a ella. Skandar no pudo evitar sentirse marginado, aunque sabía que en aquel momento era probable que ése fuera el menor de sus problemas. Había albergado la esperanza de que en la Isla todo sería distinto. Se había imaginado que el hecho de tener un unicornio como los demás tal vez lo ayudaría a hacer amigos.

Y, en vez de eso, resultaba que Pícaro y él podrían estar aliados con un elemento ilegal del que jamás había oído hablar. Se tragó la desilusión y se obligó a concentrarse en Suerte del Pícaro, que intentaba darle un mordisco a un pájaro que volaba bajo. Por lo menos tenía a su unicornio... y el vínculo le hacía sentir que su corazón era el doble de grande.

Cuando la fila de unicornios que avanzaba delante de él desapareció tras una curva del camino, a Skandar le llegó a la nariz el olor a algo podrido. Olía como una mezcla de peces muertos varados en la playa de Margate y el aliento de su padre después de tomar demasiada cerveza.

Dos gritos rasgaron el aire: «¡Socorro! ¡Auxilio!».

Skandar dio la vuelta con Pícaro al reconocer las voces de Mitchell y Flo.

Entre él y los dos isleños se alzaba un enorme unicornio salvaje.

El susto impactó en Skandar como una cubeta de agua helada. El tiempo se detuvo de repente. Su cerebro no paraba de hacer cortocircuito: «Corre, quieto, grita, corre, quieto, grita». El unicornio salvaje era un monstruo. Cortaba el paso sacudiendo de un lado a otro su gigantesca cabeza: la boca desencajada, los dientes afilados y con picos, y un aliento putrefacto. A diferencia del unicornio de Skandar, su cuerno era fantasmagórico, transparente. Estaba delgadísimo, se le veían los huesos bajo el pelaje tordo. En un costado lucía una herida abierta, llena de moscas que revoloteaban alrededor de la sangre.

Los unicornios de Flo y Mitchell chillaban muertos de miedo, pero, al igual que sus jinetes, parecían incapaces de echarse a correr. Skandar miró a su alrededor buscando con desesperación a un centinela, pero todos habían doblado la curva del sendero que había más adelante.

El unicornio salvaje soltó un chillido agudísimo, que ponía los pelos de punta, y desde el cuerno lanzó un rayo que hizo blanco en un abedul plateado, justo a la izquierda del brazo de Mitchell. El tronco y las ramas del árbol se desintegraron, y las hojas se curvaron y marchitaron antes de ni tan siquiera tocar el suelo. Flo soltó un alarido de terror y, en un impulso, se tapó los oídos con las manos. Skandar no creía que el unicornio salvaje fuera a errar el tiro dos veces. Y si lo que le habían enseñado sobre la magia de los unicornios salvajes era cierto, las heridas de Mitchell y Flo jamás se curarían... si es que lograban sobrevivir al ataque.

El unicornio salvaje soltó un alarido y el sonido hizo traquetear la caja torácica de Skandar. Los unicornios salvajes estaban aliados con todos los elementos, por lo que era imposible adivinar con cuál atacaría de nuevo. El putrefacto monstruo gris bajó su cuerno letal y apuntó directamente a Flo y Mitchell, y algo dentro de Skandar se desbloqueó.

—¡Eh! ¡Oye! —gritó agitando una mano en el aire y agarrando firmemente el ronzal de Pícaro con la otra—. ¡Aquí, aquí!

No sabía qué lo había empujado a hacerlo. Nunca había sido una persona valiente. Cada vez que Owen le había exigido que le entregara su almuerzo, la tarea o una tarjeta del Caos, había obedecido sin enfrentarlo. Kenna siempre había sido la valiente de la familia. Pero no estaba allí.

—Pero ¿qué está haciendo? —gimoteó Mitchell mientras el unicornio salvaje bramaba y se volteaba hacia Skandar.

Se miraron fijamente y al chico le sorprendió lo que vio en aquellos ojos. Rabia, sí, pero también muchísima tristeza. El unicornio dejó de gruñir, una porquería verde le chorreaba por la boca entreabierta. Pícaro, por su parte, soltó un gruñido casi inaudible mientras el otro unicornio escrutaba el rostro de Skandar, como si buscara algo en él. Skandar pensó que jamás había visto una criatura tan perdida. A continuación, el unicornio salvaje se empinó sobre las patas traseras, agitó sus alas grises hechas jirones y pateó el aire ante él. Pícaro rugió en respuesta, pero su sonido de bebé se vio eclipsado por el bramido del unicornio salvaje. Al muchacho ni siquiera se le ocurrió agacharse. Simplemente se preparó para el impacto.

Pero el impacto nunca se produjo. Con un fuerte ruido sordo, los cascos del unicornio salvaje sacudieron el camino pedregoso. Skandar abrió los ojos justo a tiempo de verlo dar la vuelta y alejarse al galope.

Las piernas empezaron a temblarle desde los muslos hasta los tobillos. Se derrumbó en el suelo, se hizo un ovillo llevándose las rodillas a la frente y cerró los ojos. Un fuerte chillido de inquietud resonó sobre su cabeza.

—De acuerdo, de acuerdo, amigo —musitó—. Ya me levanto...

Pero aquello no contentó a Pícaro, que olisqueó la cabeza de su jinete antes de mordisquearle un mechón de pelo.

Skandar esbozó una mueca de dolor, a la que el unicornio no prestó atención alguna.

—¡Ay! Oye, eso duele.

No muy lejos de él, Mitchell farfullaba para sus adentros como poseído.

—¡Un unicornio salvaje! ¿En el sendero? ¡Ahí mismo! No puedo creer que lo hizo. No puedo creer que un diestro en espíritu haya... No tiene sentido.

—¡Skandar, pedazo de zoquete! —La voz de Bobby sonaba lejana, aunque todavía muy enojada—. ¿Es que no te puedo dejar solo ni cinco minutos? ¿De verdad acabas de gritarle «¡Eh!» a un unicornio salvaje?

—¿Sabes, Roberta...? A Mitchell todavía le temblaba la voz.

—¡Que no me llames Roberta! —le espetó Bobby.

—¿Sabes, Bobby? —enfatizó Mitchell—. Creo que es la primera cosa sensata que has dicho desde que te conozco.

—Y parece que fue ayer, ¿eh? —repuso Bobby sarcásticamente.

—¡Cállense, por favor! —La voz de Flo era suave pero apremiante.

A continuación se produjo una pausa incómoda, en la que Skandar intentó, sin éxito, temblar de forma menos evidente.

—¿Es que no ven que no está bien?

El chico notó que sus tres compañeros se inclinaban para acercarse a él. Abrió los ojos.

—Est... to... toy bien —logró decir al fin.

Flo se agachó con gesto de preocupación. Skandar sintió en la nuca el aliento cálido de Puñal de Plata, lo que no lo tranquilizó precisamente.

Mitchell apartó a Flo de un empujón.

—¡Levántate! —farfulló—. ¡Levántate antes de que te vea alguien!

—Pero si yo no hice nada... ¿no? —preguntó Skandar, desconcertado.

—¡Pues algo debiste hacer! ¿Por qué no atacó? —Mitchell prácticamente se jalaba el pelo negro. Se volteó hacia Flo—. ¡Te lo dije, teníamos que haberlo entregado! Es un diestro en espíritu, están conectados con los unicornios salvajes. Mira al Tejedor...

—¿Lo dices en serio? —dijo Bobby, pero Flo se le adelantó.

—En lugar de acusarlo, Mitchell Henderson, ¿no podrías intentar darle las gracias?

El chico pareció horrorizado.

Flo tenía las manos en las caderas. Puñal de Plata le bufó detrás del codo.

—Apenas le hemos dicho una palabra amable y acaba de salvarnos la vida. ¿O no te has dado cuenta?

—Pero...

—No sé tú —Flo bajó la voz—, pero para mí eso significa mucho más que ningún prejuicio estúpido contra los diestros en espíritu, y sólo porque uno de ellos se pasara al lado oscuro.

Mitchell se mordió el labio mirando a todas partes salvo a Skandar.

—A ver, Mitch —dijo Bobby disfrutando claramente del momento—. Estamos esperando.

Mitchell le puso mala cara y respiró hondo.

—Gracias, supongo —murmuró hacia Skandar—, por ser lo bastante idiota como para arriesgar tu vida y conseguir que ese monstruo nos dejara en paz.

Flo suspiró.

—Bueno, supongo que con eso basta. Y, Skandar, creo que tal vez sería buena idea que te levantaras. Podríamos meternos en un lío por ir tan rezagados.

Flo y Bobby le tendieron la mano y lo jalaron para que se pusiera de pie. Antes de que ni siquiera hubiera acabado de sacudirse el polvo de los jeans, Mitchell ya se había puesto en marcha junto a su unicornio hembra de color rojo.

—Qué encanto —dijo Bobby negando con la cabeza mientras veía desaparecer su espalda rápidamente.

—¡Puaj!, todavía apesta a ese unicornio salvaje. —Skandar arrugó la nariz—. ¿Por qué son así? ¿La carne descompuesta, el olor, esa... porquería...? —dijo mientras pisaba algo pegajoso.

Flo contempló con tristeza las hojas muertas en el lugar donde antes se erguía el árbol.

—Para siempre es demasiado tiempo para una vida. Por eso los unicornios salvajes se ven como se ven. Por eso van pudriéndose poco a poco. Nuestros unicornios acortan la duración de su vida inmortal al vincularse con nosotros, pero ¿y los unicornios salvajes? Su vida se prolonga demasiado, por lo que están vivos pero al mismo tiempo van muriéndose... para siempre. No tienen alternativa. Ni siquiera un diestro en espíritu puede matarlos —al susurrar aquellas palabras ilegales, pese al sol de junio, sintió un escalofrío—. Lo único en lo que piensan es en sangre y en matar. Es lo único que les queda. Algunos ya ni siquiera vuelan.

Skandar sintió una tristeza infinita. Lo de estar muriéndote para siempre sonaba espantoso; no le extrañaba que aquel unicornio salvaje pareciera tan perdido. Luego se acordó de algo que lo hizo sentirse todavía peor.

—Mitchell dijo que los diestros en espíritu tienen una conexión especial con los unicornios salvajes... —Skandar se detuvo al ver la expresión apenada del rostro de Flo.

—Yo en realidad no sé mucho del quinto elemento. Se supone que no podemos...

—A ver, está claro que tú sabes más que nosotros —la interrumpió Bobby—. Así que desembucha. —Se puso una mano en la cadera, el ronzal de Halcón en la otra.

El conflicto entre incumplir las reglas o ser justa con Skandar se dibujó en el rostro de Flo. Al final, cerró los ojos apretándolos mucho y habló muy deprisa y entre dientes.

—Ya vieron la Copa del Caos... El Tejedor no sólo montaba un unicornio salvaje, sino que ejercía su magia, como si estuvieran vinculados. Y ahora todo el mundo dice que, para hacerlo, el Tejedor empleó el quinto elemento... No me preguntes cómo, por favor; no lo sé —añadió Flo nerviosa—. El Tejedor lleva empleando el elemento espíritu para hacer el mal desde antes de que naciéramos. Por eso la Isla decidió que era demasiado peligroso para permitirlo. Pero lo que ahora veo es que esta vez mis padres están asustados de verdad... y todos los adultos. Creen que el Tejedor planea algo enorme.

—Entonces ¿estás diciéndome, básicamente, que si Skandar resulta ser diestro en espíritu, todo el mundo va a pensar que forma parte del plan del Tejedor y que es amigo íntimo de todos los repugnantes unicornios salvajes? —preguntó Bobby sin rodeos.

—Eso es justo lo que estoy diciendo. —Flo tragó saliva—. De todas formas, dejemos ya de hablar de eso. No me gustan las cosas que dan miedo, y el Tejedor es lo más espeluznante que hay. A mí hasta los unicornios vinculados me resultan un poco... —Le lanzó una mirada nerviosa a Puñal de Plata, que intentaba atrapar moscas con los dientes.

Bobby puso los ojos en blanco.

—Vamos, será mejor que alcancemos al resto.

Cuando se reincorporaron a la fila, Skandar y Pícaro caminaron a la cabeza de los demás. Y a cada paso que daban por aquel camino pedregoso, en la mente del muchacho sólo se oía un pensamiento: «Por favor, no quiero ser diestro en espíritu, por favor, no quiero ser diestro en espíritu».

8

El Nidal

—¡Miren allí arriba!

—¿Lo vieron?

—¡En el cielo!

Los gritos de entusiasmo resonaron por toda la fila de jinetes. Una sombra alada sobrevoló la cabeza de Skandar, que también miró hacia arriba. El cielo estaba lleno de unicornios: entre chillidos y bramidos, se lanzaban y bajaban en picada hacia las crías que había debajo de ellos. Saltaba a la vista que eran unicornios vinculados: sus cuernos eran de colores, no como el del unicornio salvaje con el que el chico acababa de toparse. Tuvo que reprimir el impulso de agacharse cuando los unicornios de más edad empezaron a volar cada vez más bajo, como si se desafiaran unos a otros para ver quién descendía más. Pícaro, Halcón y el resto de las crías de unicornio habían crecido muy rápido —habían pasado del tamaño de un perro grande al de un poni pequeño en tan sólo unas horas—, pero aún medían menos de la mitad que los unicornios más mayores. El vuelo de aquellas temibles bestias por encima de ellos, unido a su preocupación por ser diestro en el elemento espíritu, hicieron que Skandar se sintiera a punto de saltar en cualquier momento.

Y acabó haciéndolo, pero de verdad, en un momento en el que Halcón, con su cuerno, le soltó una descarga eléctrica a Pícaro. El unicornio negro se vio obligado a hacerse a un lado de un brinco para que Halcón pudiera sortear con tranquilidad un charco en medio del camino. ¡La unicornio de color gris no había querido mojarse las pezuñas! Bobby, exasperada, negó con la cabeza y el pelo castaño le rozó los hombros.

—¡Increíble! Me tocó una unicornio hembra asesina a la que no le gusta ensuciarse.

Skandar observó que Suerte del Pícaro miraba fijamente a los animales alados, con el cuerno apuntando hacia el cielo. Sus ojos emitían destellos rojos y negros mientras seguían a los unicornios que volaban sobre él, y sus diminutas alas se agitaban, como si quisiera unirse a sus congéneres adultos, que no paraban de moverse por el aire.

—Eso quizá sea demasiado peligroso para ti todavía —dijo Skandar riendo.

El unicornio mostró su opinión al respecto levantando la cabeza y lanzando un chorro de agua por el cuerno, directo a los ojos del chico.

—¡Aaah! ¡¿En serio?! —gritó mientras Bobby se desternillaba de risa.

Pícaro sacudió las alas y, con picardía, miró con gesto travieso a su jinete. Éste empezaba a pensar que su montura tenía bastante sentido del humor.

La fila reanudó la marcha, pero Skandar no podía evitar mirar hacia arriba cada pocos segundos, a medida que más y más unicornios se unían al espectáculo que se representaba por encima de sus cabezas. Algunos se deslizaban llevados por la leve brisa, otros jugaban montando barullo entre ellos, y otros, en cambio, luchaban en el aire haciendo que los elementos explotaran como fuegos artificiales.

Skandar estaba tan concentrado en el cielo que apenas se dio cuenta de que ascendían a un ritmo constante por la ladera de una colina rocosa, hasta que le faltó el aliento. A medida que el serpenteante sendero irregular iba rodeando el enorme montículo, divisó alguna que otra zona vallada: en unas había marcas chamuscadas, como cicatrices en el pasto; otras presentaban profundas grietas en la propia tierra, y en una el pasto estaba encharcado y era más verde que en el resto. No supo adivinar qué eran aquellos altiplanos cubiertos de pasto hasta que vio huellas de pezuñas.

—¿Campos de entrenamiento? —le preguntó resoplando a Pícaro mientras los unicornios que iban delante se paraban en seco en medio de la empinada cuesta; el árbol más gigantesco que Skandar había visto en su vida les impedía avanzar.

Su corteza nudosa trepaba hacia el cielo; el chico tuvo que echar la cabeza totalmente hacia atrás para ver que las ramas se abrían en un enorme dosel. Las hojas no eran sólo de color verde, cómo él habría imaginado, sino que eran una mezcla de rojos intensos, amarillos limón, verdes esmeralda, azules marino y, en algunos lugares, blancos relucientes, que se asomaban entre el resto para romper la serie de colores elementales.

A ambos lados del gigantesco árbol se alzaba una muralla alta, aunque en realidad Skandar no veía nada que pudieran parecer ladrillos por debajo de aquella maraña de plantas y flores de aspecto increíblemente extraño. A la derecha del árbol, la decoración de la muralla le recordaba a las fotos que había visto de la gran barrera de coral: las plantas naranjas y rosas eran idénticas al coral que crecía allí, en el fondo del mar. A la izquierda, la muralla estaba cubierta por un manto de musgo y por oscuras plantas trepadoras, caracoles y babosas enormes. Skandar incluso creyó ver alguna hortaliza que sobresalía entre las zarzas. ¿Qué era aquel lugar?

Dos centinelas de máscaras plateadas montados en unicornios vigilaban el árbol gigante. Cuando los nuevos jinetes se aproximaron al tronco en grupo —con sus animales dándose empujones y acercando peligrosamente el cuerno al estómago de otro—, una de los centinelas desmontó. Colocó la palma de la mano sobre el tronco: el mismo gesto que, esa misma mañana, Skandar había empleado para abrir la puerta del Criadero. Al joven jinete se le escapó un grito ahogado cuando una circunferencia de llamas comenzó a arder y un trozo de corteza se desprendió, dejando espacio suficiente para que los nuevos jinetes y sus unicornios pudieran pasar de uno en uno.

Skandar oyó que continentales e isleños murmuraban, entusiasmados por igual. Saltaba a la vista que los isleños tampoco habían estado allí nunca, y el chico se alegró de que por una vez todos parecieran ir en el mismo barco.

—Bienvenidos al Nidal. —Flo sonrió cuando la cabeza de Skandar y el cuerno de Pícaro aparecieron para reencontrarse con ella al otro lado de la entrada.

Skandar miró hacia arriba y se quedó clavado en el sitio. Nada podría haberlo preparado para aquello. El Túnel de los

Vivos había sido increíble, la cámara del Criadero había sido más que increíble. Pero ¿eso? Por supuesto sabía que existía una escuela de entrenamiento para jinetes. Y que probablemente sería mejor que una escuela normal, quizá habría establos o estatuas de unicornios o comida deliciosa con toda la mayonesa que quisiera. Pero no se había imaginado nada parecido a lo que tenía delante.

El Nidal era un bosque fortificado: los árboles tenían armadura. O ése era su aspecto desde el suelo, lo que Skandar y Pícaro habían ido viendo a medida que habían atravesado el oscuro laberinto de troncos. La madera y el metal colisionaban: lo natural y lo artificial. Unas escaleras metálicas caían en cascada desde las ramas más bajas, unos gruesos troncos sostenían las casas de los árboles, que se asemejaban a fortalezas de hierro, nada que ver con las de madera que Skandar y Kenna se morían de ganas de tener cuando eran pequeños, además de un jardín y de un padre que quisiera construirles una.

Las casas de los árboles constaban de múltiples niveles construidos en altura dentro del elevado dosel, con torres colocadas de manera aleatoria. Algunas contaban con hasta ocho pisos apilados unos encima de otros, otras se extendían adentrándose tanto en las hileras de árboles que era imposible saber dónde empezaban y dónde acababan. Las casas de los árboles eran una explosión de gris en un mar de verde, aunque muchas lucían en los muros grafitis de vivos colores: azul para el agua, rojo para el fuego, amarillo para el aire y verde para la tierra. Skandar intentó no preguntarse con qué color se asociaría el elemento espíritu.

La gente se amontonaba sobre puentes hechos con cables de metal que conectaban cada casa del árbol con la siguiente en todos los niveles. Los puentes destellaban bajo el sol de primera hora de la tarde al mecerse entre las ramas. Mirara donde mirara —a los puentes colgantes, a las plataformas, a las ventanas de las casas de los árboles— veía rostros que contemplaban a los nuevos jinetes y a sus unicornios debajo de ellos, charlando, riendo y señalándolos.

Skandar aspiró el perfume a tierra del bosque, casi podía paladear el frescor del aire. Las vistas de la Isla desde las casas de los árboles debían de extenderse kilómetros y kilómetros: la colina del Nidal era el punto más elevado que el muchacho veía, con los árboles como guardianes encaramados a la cima. En el cielo —apenas visible a través del verdor en lo alto— los unicornios planeaban proyectando sus sombras aladas. Y Skandar supo que jamás sería capaz de captar toda la magia de aquello, ni aunque hiciera mil dibujos en su cuaderno de bocetos.

En ese momento, pese a todo, pese al Tejedor, y al elemento espíritu, y a la mancha blanca oculta de Pícaro, el chico sonrió.

—Ya no estás en Margate —murmuró tratando de asimilarlo todo.

—Otra vez hablando solo, ¿no? —Bobby apareció a su lado con su unicornio hembra de color gris, y Flo con el plateado.

De los puentes suspendidos sobre su cabeza les llegaban gritos: «¡Un unicornio plateado!», «¡Mira, un nuevo plateado!» o «¡Ahí está!». Y Skandar tuvo que admitir que Puñal de Plata era magnífico. En el Continente ni siquiera se había imaginado que pudiera existir un unicornio de ese color: metal líquido, con un cuerno tan letal como un cuchillo de trinchar.

—Eeeh, y entonces, ¿ahora qué? ¿Comemos? —preguntó Skandar con la esperanza de que fuera la hora de comer.

Le sonaron las tripas y Pícaro, receloso, gruñó en respuesta.

Flo se echó a reír, pero saltaba a la vista que toda aquella atención le molestaba.

—No estoy segura... Caminaremos sobre las líneas de falla al atardecer, así que supongo que antes de eso nos darán algo de comer...

—¿Hoy descubriremos cuál es nuestro elemento aliado? —En la voz de Bobby hubo un leve temblor de preocupación.

Flo asintió y señaló entre los árboles que había más adelante.

—Por ahí está la Gran Brecha... donde se unen las líneas de falla. ¿Lo ves?

Skandar aguzó la vista para mirar entre los troncos sombríos mientras los funcionarios empujaban rodando un aro dorado hasta el centro de un claro cubierto de pasto. Se oyó un fuerte ruido cuando lo dejaron caer sobre el suelo duro, y luego lo movieron a la derecha, después un poco a la izquierda, hasta que quedaron satisfechos con el resultado.

—El Nidal se construyó alrededor de la Gran Brecha porque favorece que los unicornios alcancen su pleno potencial elemental —continuó Flo—. Digamos que es positivo porque aquí nos lo enseñan todo: la teoría de los elementos, el entrenamiento para las batallas aéreas, el protocolo para las carreras, hasta cosas por si acaso un día ganamos la Copa del Caos y nos convertimos en comodoros... —Se calló al oír que había gente llamándola desde un puente de metal; todos ondeaban banderas rojas decoradas con llamas.

Skandar había leído acerca del Paseo y sabía que consistía en que un nuevo jinete y su unicornio se situaran encima de la Gran Brecha, el lugar donde se unían las cuatro líneas de falla, es decir, las fracturas de la estructura de la Isla. Existía la leyenda de que las líneas de falla eran la fuente de la magia de la Isla, que la recorrían y la dividían en cuatro zonas: fuego, agua, tierra y aire. La ceremonia de la que hablaba Flo determinaría en qué elemento sería diestro cada uno de ellos. Su «mejor elemento», tal como les había explicado en clase la señorita Buntress. Skandar comprobó de nuevo la tinta de la mancha de Pícaro; con suerte bastaría para evitar que nadie más pensara que era diestro en espíritu.

Una joven de pelo negro muy corto, la piel algo aceitunada y sonrisa cordial se acercó a los nuevos jinetes y unicornios mientras éstos se refugiaban nerviosos entre los troncos. Además de la espiral dorada de su insignia de aire, lucía una chamarra amarilla personalizada con parches de distintas texturas, una intrincada pluma metálica y cinco pares de alas cosidas a la manga derecha. Con alivio, Skandar también se fijó en la cesta de alambre llena de bocadillos que llevaba colgada del brazo.

—¡Hola! ¡Hola a todos! Soy Nina Kazama. —Saludó con la mano para llamar la atención de todos—. Estoy en mi último año de entrenamiento aquí, en el Nidal... Pero soy originaria del Continente, como algunos de ustedes. —Les guiñó un ojo, aunque no dirigió el guiño a nadie en particular—. Seré yo quien les enseñe los establos para que ustedes y sus pequeños unicornios puedan descansar un poco antes del atardecer. ¡Síganme, cascarones!

—¿Cascarones? —preguntó Bobby indignada.

—Así llamamos durante su primer año a los jinetes recién llegados al Nidal. —Nina esbozaba una amplia sonrisa mientras repartía los bocadillos a los jinetes—. Los del segundo año son pichones; los del tercero, volantones; los del cuarto, polluelos; y los del quinto, aguiluchos, como yo, o aguis, para abreviar.

»¡Vaya! ¡Hola, Florence!

Nina le dio a Flo un incómodo abrazo con un solo brazo, rodeando a Puñal de Plata, que con cada pisada iba dejando tras de sí un charco de lava burbujeante. El unicornio plateado parecía muy ofendido por que invadieran su espacio personal.

—El padre de Florence es guarnicionero —explicó Nina a los cascarones que tenía cerca—. Monturas Shekoni, las mejores del mercado. Todos los días doy gracias a los rayos por haber tenido la suerte de que nos eligiera a mí y a Error del Rayo para hacer nuestra montura.

Flo se las arregló de algún modo para poner cara de vergüenza y de orgullo al mismo tiempo.

Nina echó a andar haciéndoles un gesto a los cascarones para que la siguieran.

Skandar pasó junto a Mitchell, que estaba protestando.

—Ay, Roja, ¿puede saberse qué haces?

La unicornio se negaba a avanzar, con la cabeza metida bajo una de sus alitas, casi como un niño pequeño que se tapa los ojos para esconderse.

Skandar tuvo que reconocer el mérito de Nina. Era una de las personas más entusiastas que había conocido. Mientras se abrían camino entre los troncos no había parado de hablar.

Nina les explicaba qué eran las casas de curación de los árboles, y que había una especializada en lesiones de los jinetes y otra para los unicornios, Bobby musitó que la chica parecía sospechosamente alegre. Skandar, sin embargo, no dejaba de observarlo todo maravillado mientras se comía su segundo bocadillo, contentísimo al detectar mayonesa en su interior. Entusiasmado, escuchó a Nina, que les indicaba cuáles eran los árboles postales: cinco árboles de tronco grueso con las etiquetas Cascarones, Pichones, Volantones, Polluelos y Aguiluchos, cada uno salpicado de agujeros. Se moría de ganas de escribirle a Kenna.

—Entonces, ¿podemos escribirles a nuestras familias del Continente? —preguntó alguien.

Nina asintió.

—Pero no pueden revelar demasiadas cosas sobre el Criadero o el Nidal —les advirtió—. Y, por supuesto, nada de mencionar al Tejedor. Los empleados de la Oficina de Enlace con los Jinetes son un poco quisquillosos con eso.

Skandar caminaba junto a un chico de rizos rubios y rostro pálido. Parecía muy preocupado, pese a que su unicornio se comportaba bastante bien.

—¿Tú también eres del Continente? —preguntó el chico.

Él asintió.

—Me llamo Skandar.

—Albert. —El chico esbozó una sonrisa a medias—. Este sitio no me convence del todo, ¿sabes? Primero la herida en la palma de la mano, después ese paseo al atardecer delante de todo el Nidal, y luego encima lo de los nómadas.

—¿Lo de los nómadas?

Albert bajó la voz y Pícaro bufó al oír el susurro.

—Al parecer, los monitores nos pueden echar en cualquier momento si creen que no tenemos madera para llegar a ser jinetes como los de la Copa del Caos. Por lo que dicen, pueden declararnos nómadas y obligarnos a marcharnos del Nidal para siempre. ¡En serio!

—¿Estás seguro?

Skandar no podía creer que tuviera un motivo más de preocupación. Si no lo mataban por ser diestro en espíritu, de todas formas, ¿también era posible que lo echaran del Nidal?

—No se preocupen por eso. —Nina los había oído por casualidad—. Todavía no se puede declarar nómada a ningún cascarón... Los monitores quieren darles la oportunidad de demostrar su valor. ¡Si ni siquiera han caminado por las líneas de falla!

—Pero, entonces, ¿se puede saber qué haces si estás vinculado con un unicornio y ya no te permiten seguir entrenándote en el Nidal? —no pudo evitar preguntar Skandar.

Nina trató de tranquilizarlo.

—Como nómada, aprenderías otro oficio, alguno para el que haga falta un unicornio. Y, por supuesto, igual que a los jinetes de la Copa del Caos, como nómada se te enviaría una vez al año al Continente para reclutar jinetes continentales. Hay miles de nómadas y todos llevan una vida plena junto a su montura. ¡Tampoco está tan mal!

Pero el chico pensó que Nina no lo decía del todo convencida.

La muchacha se detuvo bruscamente junto a una abertura rematada por un arco en la muralla del Nidal y todos los jinetes tuvieron que jalar las bridas de su unicornio para aminorar el paso.

—Ésta es la puerta occidental de los establos, entre los cuadrantes de fuego y de agua. Como verán, en la muralla a la izquierda de la puerta hay plantas de fuego, con más rojos y cafés, además de plantas de lugares más cálidos, como los cactus. A la derecha tienen cosas relacionadas con el agua, como corales, nenúfares o algas. Sirven para saber en qué cuadrante elemental están si se pierden. En la muralla hay cuatro puertas, y ésta es la más cercana a los establos de los cascarones. Entren.

Mientras la seguían, Skandar se quedó atónito al penetrar en el pasadizo abovedado y atravesar la mismísima muralla del Nidal. El sonido de los unicornios retumbaba en la piedra. Todos los vellos de los brazos se le pusieron de punta, como si su cuerpo le advirtiera que estaba entrando en la guarida de un depredador. Alaridos, estruendos, bramidos, chillidos, relinchos... Todos los sonidos que había oído en la Copa del Caos y aún más. Sintió que le flaqueaban las fuerzas.

—Los establos de los cascarones quedan justo por aquí —dijo Nina encabezando la expedición.

Las linternas brillaban con luz tenue sobre los establos de hierro que había a lo largo del lado interno de la muralla; cuernos de unicornios de distintos colores sobresalían por encima de las puertas, mientras sus ocupantes bufaban amenazadoramente a los recién llegados cuando pasaban.

La chica saludó con la mano a un par de jinetes que echaban el cerrojo al establo de su animal y siguió charlando mientras caminaba:

—Los unicornios pueden deambular a su antojo durante el día... cuando no estén entrenando. Les gusta sobrevolar la muralla para ir a comer pasto y animalitos en las orillas rocosas que hay por debajo de la escuela de entrenamiento. Conviene recordar que ellos también tienen su propia vida: sus amistades, sus discrepancias y sus preocupaciones. Pero aquí, de noche, están a salvo. Si las cosas se ponen muy feas, sólo habría que vigilar cuatro entradas.

—¿A salvo de qué? —preguntó Skandar nervioso, pese a que se imaginaba la respuesta.

—De las estampidas de unicornios salvajes o hasta de unicornios salvajes sueltos cuando todavía son muy pequeños. Y, claro está, también del Tejedor. —Nina sintió un escalofrío—. El Tejedor nunca ha logrado entrar en el Nidal para llevarse a ninguno de los unicornios en formación. Hay centinelas apostados en las entradas y patrullan las cuatro murallas. Pero ¿quién sabe? El Tejedor tampoco había robado nunca al ganador de la Copa del Caos. —Nina se quedó en silencio por primera vez desde que había repartido los bocadillos—. Pero bueno, ya estamos aquí.

Habían llegado a una hilera de puertas de establos abiertas de par en par, con lechos de paja preparados en el interior. Cada uno tenía un abrevadero de hierro y una cubeta rebosante de carne de aspecto truculento. Suerte del Pícaro emitió un aterrador sonido gutural con la garganta y jaló las bridas tratando desesperadamente de entrar en el establo más cercano. Dio una coz y Skandar soltó un grito al sentir la descarga eléctrica en los dedos.

—¡Ay!

—¡Oooh, qué lindo! —Nina se echó a reír—. Se me había olvidado que cuando son pequeños hacen eso. Error del Rayo ahora prefiere chamuscar árboles enteros.

Skandar resoplaba intentando retener a Pícaro para que no se abalanzara sobre la carne ensangrentada y veía que Albert, Flo y Mitchell se enfrentaban a problemas similares.

—¡Ay, vaya! ¡Lo siento! —exclamó la chica—. Adelante, déjenlos entrar en un establo cualquiera. Da igual que sean bebés o adultos, cuando huelen sangre no hay nada que los detenga.

Skandar soltó las bridas justo antes de que Pícaro lo jalara y lo estampara contra la pared del establo.

—Es mejor que los dejen solos mientras comen —advirtió Nina rápidamente a los cascarones—. Cierren la puerta al salir. A la vuelta de la esquina hay hamacas para, si quieren, descansar también un rato antes del atardecer. Está siendo un día muy largo, ¿verdad? —Se despidió de ellos alegremente con la mano, volviendo sobre sus pasos junto a la hilera de establos.

—Y todavía no ha acabado —musitó Mitchell, que apareció al lado de Skandar mientras los demás cascarones dejaban a sus unicornios—. Tenemos un problema.

—Viniste a entregarlo, ¿no? —dijo Bobby levantando las cejas.

—No, no vine a eso —masculló Mitchell.

En cuanto Flo dejó a Puñal de Plata y se unió a su preocupado grupo, se dirigió a ella:

—¿Has pensado en lo que va a ocurrir cuando Skandar entre en ese círculo?

—¿No te dicen con cuál elemento serás mejor y luego te despachan, y ya? —intervino Bobby.

—Seguro que con la mancha camuflada no nos pasa nada, ¿no? —dijo Skandar—. ¿Por qué iban a asignarme un elemento ilegal?

—Ay, ¡estos continentales! No son ellos quienes eligen el elemento que te corresponde. —Mitchell apretó la mandíbula como si se contuviera para no gritar—. ¿Flo? ¿El Paseo? ¿No lo pensaste?

—Pues... Bueno, no sé —dijo ella con voz preocupada—. ¿Es distinto para... para personas como Skandar?

—¡Pues claro que es distinto! —gruñó Mitchell—. A mi padre acaban de nombrarlo miembro del Consejo de los Siete de la nueva comodoro, por lo que tiene un montón de información privilegiada. Casualmente me explicó con entusiasmo que ningún jinete diestro en el quinto elemento podría pasar desapercibido en la Gran Brecha. —Mitchell hizo una pausa dramática—. Las cuatro líneas de falla se prenderían a la vez. ¡Bum!

Los otros tres miraron a Skandar, que se puso a acariciar el cuello negro de Pícaro por encima de la puerta del establo. No se atrevía ni a hablar. No sabía cómo era posible que unas grietas en el suelo se prendieran... pero, ocurriera como ocurriera, aquel «¡bum!» no era como para tomárselo a la ligera.

—A lo mejor no es diestro en espíritu —dijo Flo tímidamente—. No sabes...

—Es diestro en espíritu —la interrumpió Mitchell—. La mancha blanca ya es suficiente como prueba, pero lo que ocurrió con ese unicornio salvaje lo demuestra innegablemente. Al atardecer, en cuanto Skandar ponga un pie en la Gran Brecha, esas líneas van a estallar como un rayo, así que...

—Creía que no querías tener nada que ver conmigo —dijo él sin rodeos.

—Skandar, está intentando ayudar... —empezó a decir Flo con gesto molesto y disgustado.

—¡¿Que qué?! ¡No estoy ayudándolo, sólo digo lo que hay; vamos...! —bramó Mitchell.

Skandar suspiró.

—Sé que a todos les preocupa meterse en un lío. Pero no tienen que ayudarme, ¿de acuerdo? De verdad, no soy problema suyo.

Sabía que necesitaba toda la ayuda con la que pudiera contar; la advertencia de Flo en el Criadero todavía le resonaba en los oídos: «Los matarán a los dos». Pero no quería que se metieran en líos por su culpa. Le pasó fugazmente por la cabeza la imagen de Agatha y Cisne tendidos inertes en la playa.

Recomponiéndose, Mitchell dio un paso amenazador hacia él, aunque el efecto quedó un poco deslucido cuando su unicornio hembra de color rojo sangre eructó un aro de humo por encima de la puerta de su establo.

—¡Ah, no, nada de eso! —dijo Mitchell haciendo una mueca—. No me vengas ahora con aires de superioridad. Me salvaste la vida, pero no quiero deberle nada a ningún diestro en espíritu. Voy a ayudarles a ti y a esa abominación —dijo señalando al unicornio negro— a superar el Paseo, pero luego estaremos en paz, ¿me oyes? Sin deudas entre nosotros. Se acabó. Fin.

—Por mí está bien —dijo Skandar tranquilamente—. Pero, si de verdad soy diestro en espíritu, no veo cómo vamos a ocultar todo ese asunto de la explosión del que no paras de hablar.

Mitchell alzó sus negras cejas.

—No vamos a ocultarlo —repuso—. Vamos a crear una distracción.

Bobby hizo un movimiento con la cabeza.

—¿Cómo que «vamos»?

9

Las líneas de falla

El plan de Mitchell no era muy bueno. Pero, por desgracia, era el único que tenían. Mientras los demás jinetes echaban una siesta en sus hamacas o parloteaban nerviosos sobre qué elemento sería su aliado, Mitchell farfullaba órdenes frenéticas y Skandar procuraba no vomitar.

Justo antes del atardecer, los jinetes acompañaron a sus unicornios hasta el claro que había en medio del Nidal. El anillo dorado brillaba sobre el centro de la Gran Brecha, marcando el lugar donde las cuatro líneas de falla se encontraban. Los funcionarios iban de acá para allá asegurándose de que las cabezadas estaban bien puestas y los ronzales bien abrochados. Skandar sintió náuseas al observar a un grupo de espectadores que desenrollaba por el lateral de un puente una bandera verde en la que se leía: LOS DIESTROS EN TIERRA LOS DEJARÁN DE PIEDRA.

Lo único que podía hacer era esperar que los tres jóvenes jinetes a quienes había conocido tan sólo unas horas antes crearan una distracción lo bastante llamativa como para evitar la detención y la muerte casi segura de Pícaro y la suya. Una parte de él seguía esperando que no fuera cierto, que no existiera algo como el elemento espíritu, pero la preocupación en el rostro de Flo y la feroz determinación en el de Mitchell cuando los cuatro se separaron hicieron que se le cayera el alma a los pies. Luego, además, estaban las palabras de Agatha: «Olvida lo que te han enseñado, a ti no te incumben esas normas». ¿Sabía ya ella que él era diestro en espíritu? ¿Se refería a eso cuando había dicho que era «especial»? ¿Por qué lo había llevado a la Isla?

Skandar ya no veía a Mitchell ni a Bobby, sus unicornios ya no se distinguían entre los demás recién nacidos. Pero era imposible no ver a Flo, con Puñal de Plata y su brillo cegador entre las brasas del atardecer. Empezaron a oírse unas campanas. Skandar alzó la vista en dirección al sonido y se dio cuenta de que estaban en los árboles, colgando de ramas por encima de las casas.

Instantes después, Aspen McGrath desfiló hacia el claro con paso firme, ataviada con un manto dorado bordado con hilos azules, ríos que corrían a través de un campo dorado. Había ganado la Copa del Caos y, por tanto, era la nueva comodoro del Caos, la líder oficial de la Isla.

Un rumor de voces se extendió por todo el claro y también desde lo alto de los árboles. Skandar se preguntó si la comodoro solía entrar en el Nidal subida en un unicornio, si no debería haber aparecido henchida de orgullo a lomos de Escarcha de la Nueva Era, el unicornio que el Tejedor había robado. A pesar de la bufanda, notó que se le erizaban los vellos de la nuca. Si era diestro en espíritu, como el Tejedor, ¿qué le haría Aspen McGrath si se enteraba? ¿Y a Suerte del Pícaro?

Los funcionarios hicieron descender una plataforma metálica desde un árbol a la derecha de Skandar y Aspen se situó con destreza sobre ella, sin ni siquiera extender una mano para no perder el equilibrio mientras la elevaban aún más.

La voz de Aspen McGrath sonó alta y clara cuando habló, pese a la tensión inconfundible que había marcado para siempre su rostro pecoso y pálido. El chico pensó que parecía una jinete totalmente distinta de la que había pasado bajo el arco de la línea de meta hacía tan sólo unos días; aquella expresión de triunfo era ya inimaginable.

—Como nueva comodoro del Caos, tengo el gran gusto de darles la bienvenida a todos los nuevos jinetes y a los unicornios recién salidos del Criadero. Doy la bienvenida sobre todo a los continentales que se encuentran entre ustedes, por haber tenido la valentía de aceptar la llamada de un lugar que nunca habían visitado, para experimentar una forma de vida que a lo sumo se habrán imaginado.

Se produjo una ronda de aplausos poco entusiasta.

Aspen continuó su discurso abriendo mucho los brazos.

—Estos nuevos jinetes tienen ante sí numerosos obstáculos y mucho que aprender. Nos encontramos en un momento... —hizo una pausa hasta dar con la palabra adecuada— desafiante para la Isla. Es responsabilidad de todos desterrar el mal que, hace tan sólo una semana, se manifestó de nuevo para llevarse consigo y... —tragó saliva— robarnos a Escarcha de la Nueva Era.

Se oyeron gritos de asentimiento procedentes de los puentes y las casas de los árboles. Skandar tuvo la impresión de que el corazón le latía diez veces más rápido de lo normal.

En la voz de Aspen se percibía una emoción cruda.

—Desde que el Tejedor se vinculó con un unicornio salvaje y puso fin a la vida de veinticuatro inocentes, hace ya quince años, muchos nos hemos confiado. Después de la muerte de esos unicornios, el Tejedor ha permanecido oculto en la Tierra Salvaje como un villano de cuento, a medio camino entre el mito y la realidad. Puede que entre los niños a veces haya corrido el rumor de haber visto un manto negro, un jinete a la cabeza de una estampida de unicornios salvajes; puede que hayan murmurado sobre extrañas desapariciones y muertes inexplicables. Pero ¿alguno de nosotros lo creyó de verdad? Y si lo creímos, ¿alguno de nosotros temió realmente al Tejedor, más de lo que ya temíamos a los unicornios salvajes? —Aspen dejó caer el puño con fuerza contra el cable metálico que sostenía la plataforma y el sonido reverberó en todo el claro—. Pues basta ya de fingir, basta ya de cerrar los ojos ante el peligro. El Tejedor ha salido de su escondite y nosotros debemos hacer lo mismo. Como su comodoro que soy, les juro, en este lugar tan especial, este lugar al que todos los jinetes, pese a nuestras diferentes alianzas con los distintos elementos, consideramos nuestro hogar, que daré caza al Tejedor y traeré a Escarcha de la Nueva Era de vuelta. Sean cuales sean los planes del Tejedor, lo combatiré hasta el último aliento. Lo combatiré con la misma fiereza con la que todavía me arde en el pecho el vínculo con Escarcha de la Nueva Era. El elemento muerte ha permitido que el Tejedor lleve demasiado tiempo atormentando esta

Isla. ¿Me ayudarán a protegerla? ¿Me ayudarán a cazar al Tejedor y a aplastar de una vez por todas al elemento muerte?

De todos y cada uno de los árboles surgieron vítores y aplausos, y los chillidos de los unicornios retumbaron contra las murallas del Nidal. Skandar fue incapaz de unirse a la euforia general. Con los pisotones que daba la muchedumbre en señal de aprobación y que sonaban como un repiqueteo de huesos, el Nidal de repente le pareció una jaula llena de depredadores... en la que Suerte del Pícaro y él eran la presa.

—Pero, se preguntarán, ¿por qué elegí este momento, antes del Paseo, para contarles todo esto? —prosiguió Aspen, con sus mechones pelirrojos agitados por la brisa—. Pues porque quiero que los nuevos jinetes recuerden que, a su debido tiempo, si se entrenan, tendrán mucho más poder del que jamás soñaron. Tienen el privilegio de llevar las riendas de las bestias más temibles que este mundo haya conocido, unas criaturas capaces de doblegar a los mismísimos elementos a su voluntad. Ustedes se beneficiarán de ese poder y lo único que les pido es que lo usen para hacer el bien.

Skandar estaba seguro de que sentía el peso de esas palabras mucho más que cualquier otro jinete. Si de verdad era diestro en espíritu, como el Tejedor, ¿significaba eso que era imposible que él y Pícaro emplearan su poder para hacer el bien? ¿Lo convertía eso también a él en un monstruo?

Las campanas sonaron de nuevo y, de entre la multitud, surgieron cuatro personas que se situaron en los extremos de las grietas que se abrían en el suelo, en cuatro puntos idénticos y equidistantes del aro dorado de la Gran Brecha. Cada uno lucía un manto de un color distinto: rojo, azul, amarillo o verde.

Dos centinelas con máscaras plateadas acompañaron a la primera jinete y a su unicornio hembra de color castaño hasta el borde del círculo dorado. Aspen anunció sus respectivos nombres: «Amber Fairfax y Ladrona Torbellino». Era la chica que se había burlado de la bufanda de Skandar en el Criadero. Allí de pie, delante de todos los demás jinetes, parecía muy segura y saludaba con la mano a alguien entre la multitud. Sonó con fuerza una campana y Amber condujo a Ladrona Torbellino hasta la Gran Brecha.

Ocurrió casi al instante. Sobre una línea de falla a uno de los lados de la Gran Brecha, los rayos chisporrotearon. Como serpientes retorciéndose, unas espirales eléctricas que se enrollaban alrededor de ráfagas de viento salieron disparadas desde el suelo, y las largas briznas del pasto se mecieron de un lado a otro. Las ráfagas de rayos levantaron restos y polvo mientras el estruendo sonaba cada vez más fuerte y unos pequeños tornados en miniatura azotaban la línea de falla de un extremo al otro. Amber ya no parecía tan relajada, pero Skandar la vio saltar encima de su unicornio hembra y alentar a Ladrona Torbellino a salir de la seguridad que representaba el círculo dorado. ¿Qué estaba haciendo?

Amber se preparó para el impacto contra los tornados, con la espalda curvada, agazapada, pero Skandar la vio reír a carcajadas al darse cuenta de que el viento ni siquiera la rozaba. Amber y Ladrona Torbellino llegaron hasta la figura envuelta en un manto amarillo que estaba situada en el otro extremo de la línea, quien felicitó a Amber y le entregó una insignia de oro. Un grupo de jinetes sobre un puente que colgaba entre dos árboles estalló en clamorosos vítores y aplausos. Para celebrarlo, ondearon banderas amarillas con el símbolo en espiral del elemento aire.

Skandar sintió náuseas. ¿Eso? ¿Eso era el famoso Paseo? Aparte del inquietante detalle de tener que recorrer una línea de falla a lomos de su unicornio, ¿qué demonios ocurriría en el momento en que Pícaro y él entraran en aquel círculo dorado? ¿Cómo iba a bastar cualquier distracción, por muy grande que fuera, para ocultar el hecho de que las cuatro líneas de falla arderían como lo había hecho la línea del aire para Amber? El plan de Mitchell jamás funcionaría.

Cuantos más jinetes veía caminar sobre las líneas de falla, peor se sentía. Y no era sólo que lo aterrorizara que lo descubrieran, también sentía envidia de los demás jinetes nuevos. Quería ser normal. Quería ser diestro en aire, agua, tierra o fuego. Pero, en vez de eso, allí estaba, preocupado por el elemento espíritu: un elemento que hasta entonces ni siquiera sabía que existía, un elemento que la comodoro de la Isla quería desterrar y destruir.

Poco después, Aspen McGrath anunció: «Mitchell Henderson y Delicia de la Noche Roja». Cuando el chico y su unicornio hembra pisaron la Gran Brecha, la línea de fuego se prendió casi de inmediato. Dos rugientes olas de fuego se alzaron desde la grieta en medio de la tierra y se elevaron en cresta, formando un extenso túnel de llamas a lo largo de la línea de falla. Mitchell y su unicornio hembra de color rojo apenas eran visibles a través de aquel infierno, hasta que, de repente, emergieron tosiendo y envueltos en humo. Mitchell se bajó con torpeza de su montura y el funcionario de manto rojo le entregó la insignia de fuego. Se oyó un clamor triunfal entre los diestros en fuego que había en el público y que ondeaban sus banderas rojas. Skandar pensó que la alianza con el elemento fuego le venía a Mitchell como anillo al dedo; la ira que sentía hacia él parecía avivarse rápida y peligrosamente, descontrolada, como las llamas en un bosque seco.

Después de que Kobi Clarke se uniera a los diestros en agua con su unicornio, Príncipe de Hielo, le llegó el turno a Flo.

El silencio se apoderó del gentío. Incluso la voz de Aspen McGrath sonó ligeramente sobrecogida: «Florence Shekoni y Puñal de Plata».

—Dicen que ni siquiera quería intentar abrir la puerta —comentó una chica, cerca de Skandar, al chico de pelo rubio rojizo que estaba junto a ella.

El pelo largo y negro le caía como si fueran cortinas a ambos lados de su rostro de tez dorada claro, por lo que era difícil ver su expresión, pero Skandar se percató de las llamas de su insignia de fuego, que ya llevaba prendida en el pecho.

—Su padre es ese famoso guarnicionero. He oído que quería quedarse de aprendiz con él —afirmó el chico de tez cetrina.

—Y luego va y le toca un unicornio plateado. Increíble —repuso ella—. Y además el primero en muchos años.

—Mira, Meiyi. —El chico señaló al otro lado del claro, chasqueando la lengua con desaprobación—. Si casi no puede con él.

Skandar dejó de escucharlos y dirigió la mirada a la Gran Brecha. Flo estaba pasándola mal con Puñal de Plata, sus pezuñas echaban a arder cada vez que ella lo jalaba para que entrara en el círculo dorado.

La tierra tembló bajo los pies de Skandar y todo se volvió borroso. Algunos de los árboles más pequeños cayeron, vomitando tierra. Alguien gritó; ninguno de los demás Paseos había causado trastorno alguno fuera de las líneas de falla. Flo se encaramó a lomos de Puñal de Plata como pudo, agarrándose a sus crines plateadas como si su vida dependiera de ello. Mientras recorría la línea de tierra al galope, salieron despedidos pedazos de suelo y roca por todas partes. Flo saltó del lomo de Puñal lo más rápido que pudo en cuanto alcanzaron al hombre de manto verde, quien, al hacerle entrega de su insignia dorada de tierra, se secó las lágrimas de las mejillas.

Alrededor de Skandar se produjo un aluvión de comentarios.

—¿Es el primer plateado aliado con la tierra?

—¡Qué cosa tan rara!

—¿No percibieron el poder de esa magia? Es una gran noticia, sobre todo ahora que el Tejedor cobra fuerza.

La cantidad de jinetes a la espera de dar el Paseo por las líneas de falla disminuía con rapidez. Y entonces, por fin, inevitablemente le llegó el turno a Skandar. Cuando Aspen anunció su nombre, sintió como si todo el claro contuviera la respiración; hasta las hojas de los árboles detuvieron su susurro. Cuando llegaron los centinelas para acompañarlo hasta la Gran Brecha, Skandar comprobó rápidamente que la mancha de Pícaro seguía tapada. Nunca había sentido tanto miedo: por él, por Pícaro, por Bobby, por Flo. Hasta por Mitchell. ¿A cuántos problemas se enfrentarían si alguien se daba cuenta de que habían ayudado a entrar en el Nidal a un jinete diestro en espíritu? A medida que sus pies lo acercaban a las líneas de falla que revelarían su verdadera alianza elemental, cada paso que daba le costaba más que el anterior.

Skandar hizo tiempo antes de entrar en el círculo dorado a la espera de la señal que había acordado con el resto. El corazón le latía tan deprisa que era posible que incluso Aspen, allí arriba, en su plataforma, pudiera oírlo. El sol se había puesto, pero hasta en la penumbra sentía los ojos puestos en él, desde cada casa del árbol, desde cada ventana, desde cada puente. Estaban tardando demasiado. ¿Y si Mitchell se había arrepentido? ¿Y si, después del discurso de Aspen sobre el Tejedor, había decidido que no valía la pena? ¿Y si Flo y Bobby al final se habían puesto de parte de Mitchell?

—Vamos, Pícaro —murmuró Skandar—. Acabemos con esto de una vez.

Un grito ensordecedor perforó el aire. La voz de Flo sonó agudísima y aterrorizada.

—¡El Tejedor! El Tejedor se llevó a Puñal de Plata. ¡Socorro, auxilio!

Aspen McGrath bajó de un salto de su plataforma y salió corriendo como un rayo hacia Flo, Mitchell y Delicia de la Noche Roja. Bobby no se veía por ninguna parte. Mitchell gritaba desaforado.

—¡Socorro! ¡El unicornio plateado desapareció! ¡Que alguien detenga al Tejedor!

«Que alguien detenga al Tejedor» eran las palabras que Skandar había estado esperando.

Tal como habían calculado, se produjo un caos absoluto e inmediato. Los unicornios de los cascarones que se encontraban cerca de las líneas de falla dispararon elementos hacia el claro en penumbra, creando un remolino de chispas, humo y restos, mientras sus jinetes los jalaban en todas las direcciones, intentando con desesperación huir de la amenaza del Tejedor. Desde los puentes y plataformas de los árboles del Nidal se oyeron gritos y chillidos, y todos los que no salieron corriendo para ponerse a salvo o se dejaron llevar por el pánico voltearon la mirada hacia Flo y Mitchell.

En medio del caos, Skandar dio un pequeño jalón de las riendas de Pícaro, dio un paso y entró en el círculo dorado.

Las cuatro líneas de falla explotaron y cobraron vida a la vez, tal como Mitchell les había advertido. Llamas de fuego, olas rompiendo sobre la línea de agua, un huracán, la tierra temblando a lo largo de su propia línea... Skandar apenas tuvo tiempo de ver el resplandor blanco procedente del suelo, bajo sus pies, antes de lanzarse a lomos de su unicornio negro. No era fácil, por más que Pícaro fuera mucho más pequeño que Canto del Cisne Ártico, y Skandar se quedó colgando con la barriga pegada al unicornio, en un equilibrio muy precario, hasta que por fin logró pasarle la pierna por encima.

Pícaro rasgó el aire con su cuerno, sacudiendo la cabeza de un lado para otro, así que el muchacho tuvo que intentar agarrarse con las rodillas. Daba la impresión de que Pícaro no sabía qué hacer con las alas, y los dos pedazos de músculo con plumas no dejaban de golpear los pies de su jinete. Pero no podían quedarse dentro del círculo; la luz blanca a sus pies brillaba cada vez más.

Skandar hundió bien las manos en las crines negras de su unicornio y se sujetó lo más fuerte que pudo. Después de ver a otros jinetes hacer lo mismo, apretó los pies contra los costados de Pícaro para que el unicornio saliera corriendo a toda velocidad hacia la línea de agua. De entre todos los elementos, el agua era el que tenía más sentido para Skandar: se había criado junto al mar, prefería mojarse un poco antes que electrocutarse, que el fuego lo abrasara o la tierra se lo tragara, y —si creía en las palabras de su padre— el agua había sido el elemento favorito de su madre.

En cuanto Skandar salió de la Gran Brecha, las otras tres líneas de falla cesaron su magia confiriéndole un aspecto idéntico al de cualquier otro jinete diestro en agua. Pero Pícaro no le seguía la corriente. No era tonto, sabía que no estaban aliados con ese elemento. Intentó darse la vuelta en mitad de la línea, con las olas rompiendo y salpicando a su alrededor, calándolos hasta los huesos.

—Vamos, chico —suplicó Skandar poniendo la palma de la mano herida sobre el cuello empapado del unicornio—. Tienes que confiar en mí, por favor.

Y Suerte del Pícaro pareció entenderlo, porque dejó de intentar darse la vuelta y apenas rechistó mientras las olas rompían sobre ellos, amenazando con arrastrarlos y expulsarlos de la línea.

A mitad de camino, Skandar se fijó en que la mujer con el manto azul no se había unido al resto de los jinetes en la búsqueda de Puñal de Plata y el Tejedor. Se había dado la vuelta para mirar a Aspen, que estaba junto a Flo y Mitchell, pero sin moverse de su sitio, al final de la línea de agua, donde seguía dispuesta a entregar su siguiente insignia. Skandar sintió una sacudida de miedo: tanto él como su unicornio estaban calados de los pies a la cabeza, y si de verdad hubieran estado aliados con el agua, las olas ni los habrían tocado.

Conforme Pícaro se iba acercando a la figura con el manto azul, Skandar intentó desesperadamente que se le ocurriera una excusa que explicara por qué estaba empapado, pero el miedo y el agotamiento no le permitían pensar con claridad. Ni siquiera podía ver la cabeza de Pícaro para comprobar que la tinta no se le hubiera borrado. ¿No se habrían metido en todo aquel lío para nada? En realidad, el plan de Mitchell había funcionado, pero ¿iba ahora a perderlo todo sólo porque se habían mojado?

Entonces, milagrosamente, Skandar notó una sensación de calor en las piernas; Pícaro estaba cada vez más caliente y del lomo empezaba a salirle vapor.

—Pero ¡qué listo eres! —susurró Skandar.

¡Pícaro estaba secándolos a los dos! Colocó las mangas de la sudadera mojada en la piel cálida del unicornio, se pasó los dedos calientes por el pelo, hundió la cara en el vapor...

—¡Desmonta! —le ordenó la mujer de manto azul en cuanto Pícaro llegó delante de ella. Tenía el pelo gris plateado y lo llevaba peinado en unos picos igual de punzantes que su voz aguda—. ¡Deprisa! No quiero alarmarte, pero existe la posibilidad de que el Tejedor se haya colado en el Nidal.

Skandar intentó poner cara de asustado.

—Estás quemándote. —La mujer frunció el ceño mirándolo con unos ojos asombrosamente azules. Giraban enloquecidos, como remolinos—. Y tu unicornio también.

—Eeeh, sí —farfulló Skandar—. Creo que galopamos por la línea demasiado rápido.

—Pues sí, me llena de emoción que tú y Suerte del Pícaro estén aliados con el agua. Vaya año para los nuevos jinetes diestros en nuestro elemento...

Volvió la vista hacia el caos que reinaba en el claro y luego habló muy deprisa.

—Soy la monitora de agua aquí, en el Nidal, y superviso el entrenamiento con el elemento agua de todos los cascarones. Ahora que se te ha identificado como diestro en ese elemento, responderás ante mí. ¿Queda claro? Puedes llamarme monitora O'Sullivan.

—Sí, monitora. —Skandar se topó con su mirada penetrante.

¡Era increíble que el plan de Mitchell hubiera funcionado! Casi no podía evitar sonreír.

—Tu insignia —dijo ella bruscamente, depositando un objeto de oro en la mano extendida de Skandar—. Llévala con orgullo. Ahora tengo que irme a ayudar... ¡Madre mía!

Un unicornio plateado galopó hacia su jinete con una estela de fuego ardiendo detrás de él y el suelo del claro agrietándose bajo sus cascos. La gente prorrumpió en gritos de alivio y algunos incluso se pusieron a aplaudir cuando Puñal de Plata batió las alas y se detuvo en seco delante de Flo.

—Falsa alarma. —La voz de la monitora O'Sullivan sonó aliviada al ver a Flo rodear con los brazos el cuello de Puñal...

Probablemente, pensó Skandar, para ocultar que en realidad no estaba llorando.

Aspen McGrath se había subido de nuevo a su plataforma.

—Una reacción comprensible, dados los últimos acontecimientos; toda prudencia es poca. Ahora, sigamos por donde íbamos. Ya no pueden quedar muchos. ¡Roberta Bruna e Ira del Halcón!

—¡Lo conseguimos, amigo! —le susurró al oído Skandar a Pícaro.

Le tendió la insignia con la gotita de agua y el unicornio la olisqueó, luego intentó arrebatársela con los dientes. Skandar se echó a reír con alivio.

Ira del Halcón se mostró tranquila y serena al pisar la línea de aire, y la arremetida de rayos en zigzag y vientos huracanados apenas la hicieron pestañear. Pero Skandar no prestó demasiada atención al Paseo de Bobby, lo distrajo el escozor de su herida de Cría al entrar en contacto con la insignia de oro. Skandar contó las líneas: una en cada uno de sus cinco dedos. Acercó la palma a la cara. Cinco líneas. Era uno de los lugares donde no podían ocultar el elemento espíritu.

—Hum —dijo una voz muy cerca del oído izquierdo de Skandar, que dio un brinco al oírla—. Pues al final resulta que el Tejedor no robó a Puñal. Vaya, vaya, ¿quién se lo habría imaginado?

Skandar sonrió a Bobby. Pero la sonrisa se le borró de la cara al ver los moretones que le recorrían los brazos desnudos.

—¿Eso te lo hizo Puñal de Plata? —susurró horrorizado.

—Me quemó, ¿no? Qué bicho.

Skandar no creyó que hubiera enojo en su voz.

—Casi no podía sujetarlo. Creía que jamás lograrías que Pícaro recorriera la línea de falla. Aunque no sea más que una unicornio aburrida y gris, me quedaría con Halcón con los ojos cerrados antes que con un plateado engreído.

Aun así, Skandar se sintió fatal.

—Lo siento muchísimo, Bobby. Siento haberte metido en todo esto. Tuviste la mala suerte de caer justo detrás de mí en la fila del Criadero.

—Ay, ya, tranquilízate, ¿de acuerdo? No son más que quemaduras. Se curarán.

Cuando el chico miró pesaroso al suelo, Bobby le dio un manotazo en la espalda, con demasiada fuerza, la verdad.

—Está claro que ser amiga tuya va a hacer que las cosas se pongan interesantes por aquí. Vamos, hombre, ¡no te pongas triste!

—Pero ¿somos amigos? —preguntó él totalmente sorprendido.

—A ver, ya, anímate y ponte la insignia, ¿de acuerdo? No te aguanto ni un segundo más con esa cara de funeral. —Pese a eso, la chica le sonrió.

Skandar abrió el puño y se colocó la insignia de oro en la sudadera negra. Al menos daba la impresión de que encajaba allí, aunque nada más lejos de la verdad.

Y una amiga era infinitamente mejor que ninguna, como en el Continente.

El Paseo se había acabado y la noche había caído. En el claro sólo quedaban los cascarones. Los jinetes de más edad se habían esfumado a sus casas de los árboles y la comodoro se había marchado del Nidal al son de las campanas.

Los cuatro monitores, cada uno con el manto que correspondía a su elemento, se subieron a la plataforma de Aspen y sus sombras danzaron a la luz de los faroles. La monitora O'Sullivan batió las palmas para pedir silencio; Skandar se fijó en la cicatriz fea y alargada que le brillaba en el cuello.

—¡Debemos pedirles una última cosa antes de que se tumben en sus hamacas a disfrutar de un descanso muy merecido! —bramó.

Muchos de los jóvenes unicornios jugueteaban con las bridas, se enseñaban los dientes o sacudían las alas con violencia.

La monitora O'Sullivan hizo caso omiso del caos.

—Puede que hayan paseado por líneas de falla distintas, puede que lleven insignias distintas, pero aquí, en el Nidal, entrenarán en los cuatro elementos. Su elemento aliado siempre será su punto fuerte, su centro. Sin embargo, los mejores jinetes son los que desarrollan habilidades con los cuatro. Y nos hemos dado cuenta de que la mejor forma de que los jinetes compartan ese conocimiento es conviviendo en cuartetos: con un jinete aliado con cada uno de los cuatro elementos y compartiendo la misma casa del árbol.

Los cascarones empezaron a murmurar y a acercarse poco a poco a sus amigos. La monitora O'Sullivan levantó la mano para acallarlos.

—Sé que muchos de ustedes, sobre todo los continentales, se acaban de conocer. Pero de este modo tienen la oportunidad de formar una amistad duradera con otros jinetes diestros en otros elementos. Elijan con la cabeza. Tienen cinco minutos para formar su grupo.

Skandar tuvo la sensación de estar de nuevo en el colegio, de pie en el borde de un campo de futbol, con un frío que le calaba los huesos, esperando a que alguien lo escogiera para su equipo. Nunca había sido malo en los deportes, pero siempre había sido el bicho raro, y no era lo bastante alto ni musculoso para contrarrestarlo. Bobby había dicho que eran amigos, pero ¿era eso suficiente como para vivir juntos en una casa del árbol? Cuánto le habría gustado que Kenna hubiera estado allí; ella se habría saltado todas las reglas para que pudieran estar juntos.

—¡Skandar! ¿Hola? ¿Hay alguien ahí? En serio, es como hablar con un árbol acorazado. —La voz de Bobby llegó hasta sus oídos.

—Ah. —Se dio la vuelta y descubrió a su lado a Bobby con Halcón y a Flo con Puñal.

—Nos preguntábamos si te gustaría ser parte de nuestro cuarteto —preguntó Flo con timidez.

Skandar tuvo la horrorosa sensación de que estaban burlándose de él, de que se trataba de una broma. Pero Flo siguió hablando deprisa:

—Pues es que... Yo soy tierra, Bobby es aire y tú...

—Finjo ser agua. —Skandar acabó la frase sin dar crédito—. ¿No preferirían estar con otro?

Se moría de ganas de formar parte de su cuarteto, pero no quería que se lo pidieran sólo porque les daba lástima.

—La verdad es que no —respondió Flo.

Bobby se echó a reír.

—Bueno, a Flo sí que se lo propuso un montón de gente, ¡descuida! Créeme, fue una pesadilla total quitárnoslos de encima. «Florence Shekoni, por favor, ¿no querrías estar en nuestro cuarteto? Significaría muchísimo para nosotros, Flo. Un unicornio plateado en nuestro cuarteto sería lo más genial.»

—Para ya —dijo Flo en voz baja—. No me gusta que todo el mundo se quede mirándome.

Skandar no lo creía. Lo habían elegido a él, a un jinete ilegal diestro en espíritu, antes que a todos los jinetes de agua de verdad. Trató de disimular la sonrisa, aquello jamás habría ocurrido en el Continente.

Bobby no quería perder tiempo.

—Ahora sólo tenemos que encontrar a un diestro en fuego. Aunque también podríamos intentar quedarnos sólo los tres y ver sobre la marcha si se puede, ¿no? Con la cantidad de jinetes que somos no me salen las cuentas, ¡y así tendríamos más espacio en la casa del árbol! —dijo Bobby entusiasmada, y añadió—: Además, yo ronco, así que les conviene, Flo. Puedes compartir habitación con Skandar si hago demasiado ruido. Mis padres dicen que parezco un cerdo vietnamita.

Skandar se echó a reír. Le gustaba que a su amiga pareciera no importarle lo que nadie pensara de ella. Él jamás habría reconocido que roncaba, ni mucho menos que sonaba como un cerdo.

—Por algún lado tiene que haber un diestro en fuego de sobra —farfulló Flo, mirando de reojo a un grupo cercano—. Por lo menos deberíamos intentar buscar a alguien, ya que la monitora nos lo pidió.

Bobby puso los ojos en blanco.

—¿Siempre haces lo que te dicen? —preguntó.

Flo frunció el ceño de su frente morena.

—Yo sí. ¿Tú no?

—Bueno, bueno, pues tendré que ser yo, ¿no? —Mitchell Henderson apareció desde la sombra de un árbol con Delicia de la Noche Roja.

—Vaya, estupendo, es el del mal humor que cree que por tu culpa va a acabarse el mundo —murmuró Bobby en voz muy alta a Skandar.

—Pero ¿tú no me odiabas? —preguntó el chico, boquiabierto.

—No puedo decir que me entusiasme en especial la idea de compartir casa del árbol con... con... alguien como tú —dijo Mitchell—, pero lógicamente es la única opción. Si otro diestro en fuego se une a su grupo, ¿cómo vas a ocultarle tu secreto? Nos mandarían a todos a la cárcel por haberte ayudado a entrar en el Nidal.

—Razón no le falta —dijo Bobby—. Por mucho que me fastidie.

Mitchell suspiró con cara de estar muy dolido.

—Es la única forma.

Y, como para recalcarlo, Roja soltó un pedo largo y sonoro, prendió fuego a una pezuña trasera y dio una coz para que el pedo echara a arder.

Los cuatro jinetes seguían tosiendo y farfullando entre el humo apestoso cuando se les acercó el monitor de manto rojo.

—No hay nada como un poco de flatulencia llameante —dijo entre risas—. Ah, fantástico. Así que tenemos a Florence, tierra. Roberta, aire... —Bobby puso mala cara—. Mitchell es uno de mis jinetes de fuego y Skandar tengo entendido que es de agua. ¡Un cuarteto completo!

Cuando el humo se disipó, Skandar se fijó en las orejas del monitor, de las que sobresalían llamitas que bailaban alrededor.

—Esa mutación es muy impresionante, monitor Anderson —dijo Bobby asombrado.

Skandar lo había aprendido todo sobre las mutaciones de los jinetes en sus clases de Cría. Durante su formación, parte de la apariencia del jinete cambiaba para siempre, para hacerse un poco más, digamos, mágica. Skandar pensaba que era casi como si los unicornios les entregaran a los jinetes su propio don elemental, como si dijeran «este jinete es mío», ya que, a diferencia del vínculo, las mutaciones eran visibles. Kenna y él habían pasado horas y horas imaginándose qué les ocurriría a ellos si llegaban a ser jinetes.

El monitor Anderson se echó a reír y las llamas titilaron juguetonamente, reflejándose en la piel negra de su calva.

—No me gusta presumir, pero el *Heraldo del Criadero* me sacó en primera plana cuando muté. Es probable que esa semana no hubiera muchas noticias. —Guiñó un ojo. Luego, con un ademán teatral, se sacó un mapa de debajo del manto—. Veamos, su casa del árbol es la... Ah, sí. Desde la puerta occidental, la encontrarán subiendo siete escaleras y cruzando cuatro puentes, en la segunda plataforma a su derecha. ¡Está muy fácil!

Skandar estuvo a punto de pedirle al monitor Anderson que lo repitiera, pero éste ya había salido a toda prisa hacia el siguiente grupo, con su manto rojo flotando henchido de aire tras él.

El flamante cuarteto condujo a sus unicornios a cruzar de nuevo la puerta occidental de los establos. Los unicornios estaban ahora mucho más tranquilos, la mayoría dormitaba o roncaba, sólo se oía de vez en cuando algún chillido o gruñido cuando Skandar y Pícaro pasaban. Skandar se fijó en un cartel provisional que colgaba de la puerta de un establo: SUERTE DEL PÍCARO, se leía en ella, y tenía un símbolo de agua garabateado debajo. Al verlo, Skandar se sintió todavía peor... No podía evitar preguntarse cuál habría sido el símbolo para el elemento espíritu.

Mitchell acompañó a Delicia de la Noche Roja hasta el establo que había justo al lado.

—¡Parece que somos vecinos! —le gritó Skandar tratando de hacer un esfuerzo.

Si iban a formar parte del mismo cuarteto, Mitchell no podía seguir odiándolo para siempre, ¿no?

Pero el otro no le hizo ningún caso. Tras echar el cerrojo de la puerta del establo de Roja, se esfumó con sigilo sin abrir la boca.

—Vaya día —musitó Flo apoyándose en la puerta del establo de Pícaro—. Tengo la sensación de que ni siquiera he tenido la oportunidad de presentarme como es debido. —Le tendió una mano—. Hola, me llamo Flo. Encantada de conocerte. Y mi unicornio no tiene nada de raro.

Skandar se la estrechó por encima de la puerta.

—Hola, Flo. Yo me llamo Skandar y mi unicornio tampoco tiene nada de raro. Ni de ilegal.

Ella sonrió.

—¿Tu familia te llama Skandar? ¿O tienes algún apodo? «Skandar» suena bastante... ¿épico?

—Mi hermana, Kenna, me llama Skar —contestó.

Incluso pronunciar su nombre lo hacía extrañarla. Le enviaría una carta en cuanto averiguara cómo hacerlo.

—¿Me dejas llamarte Skar? —preguntó Flo con timidez.

—Claro. —Le sonrió.

—Siento que Mitchell esté tratándote así.

Él suspiró.

—Creo que me odia de verdad.

—¡Pues yo estoy segura de que no! —dijo Flo para animarlo—. Es lo típico de los diestros en fuego; como suele decirse: «Son rápidos para juzgar y en cólera entrar». Sólo te odia como concepto y ya.

Skandar reprimió una risa.

—Vaya, ahora me siento muchísimo mejor.

Flo parecía preocupada.

—Ay, vaya. ¡Yo lo decía por aligerar las cosas! Verás, es que su padre está en el Consejo de los Siete de Aspen... Es uno de los diestros en agua en los que más confía la comodoro. Y ya oíste a Aspen, este año su principal cometido será encontrar al Tejedor, recuperar a Escarcha de la Nueva Era y destruir el quinto elemento. El padre de Mitchell seguro que cree en todo eso, seguro que odia con toda su alma a los diestros en espíritu; de lo contrario, no habría llegado a ser miembro del Consejo. A Mitchell le costaría muchísimo desaprender todo eso en sólo unas horas simplemente por haberte conocido.

—Pero tú no odias a los diestros en espíritu, ¿verdad? —preguntó Skandar esperanzado.

—Mi madre y mi padre, bueno, ellos creen que todo el mundo merece una oportunidad. Y yo también. Mi padre dice que muchos diestros en tierra tienen fama de justos. Descubrir que Puñal de Plata y yo estamos aliados con la tierra ha sido lo único de todo este día que ha tenido sentido. Aunque ojalá Puñal diera un poco menos, bueno, un poco menos de miedo.

—Gracias, Flo —musitó Skandar—. Y no te preocupes por Puñal de Plata... apenas lo estás conociendo. Verás cómo se calma.

—Eso espero —murmuró ella—. ¿Vienes a ver la casa del árbol?

Skandar vaciló. Por algún motivo todavía no se sentía preparado. Había vivido toda su vida en un departamento de un edificio de muchos pisos, en medio de una ciudad del Continente. Ni siquiera había tenido nunca sus propias escaleras. Ésta era la primera vez que viviría en una casa, en un lugar donde las estrellas estaban enmarcadas por los árboles, no por edificios. Por no hablar de los unicornios... Eso ya lo abrumaba por sí solo. Y no sabía por qué, pero si al elemento espíritu, y al Tejedor, y a Mitchell y a todas las preguntas que se hacía sobre Agatha encima les sumaba una casa nueva, todo aquello le parecía demasiado para una misma noche.

—Creo que voy a quedarme un rato con Pícaro —masculló Skandar esperando que Flo lo convenciera de lo contrario.

Pero no lo hizo. Asintió, sonrió y Skandar pensó que a lo mejor lo entendía.

Cuando ella se fue, le pasó la mano por el cuello a Pícaro.

—¿Te importa si me quedo aquí contigo? ¿Sólo un ratito?

El muchacho se dirigió a la parte de atrás del establo, pegó la espalda contra la roca negra y fresca, y se deslizó hasta el suelo. Pícaro siguió a su jinete, se quedó mirándolo unos segundos y luego él también cayó desplomado sobre la paja, apoyando la cabeza y el cuerno sobre la rodilla del chico. Una avispa somnolienta pasó volando justo delante de la nariz de Pícaro. Skandar se preparó para ponerse de pie y salir corriendo. Pero en una milésima de segundo Pícaro la había atrapado entre los dientes y se la había tragado. Le dio la impresión de que aquello era un buen augurio. Pícaro alborotó ligeramente las alas y chilló satisfecho. Skandar sintió cómo su propia felicidad también se desbordaba, como si acabara de salir corriendo al encuentro de los brazos de su hermana para recibir el mejor abrazo del universo. Era como si el vínculo amplificara sus sentimientos y los adaptara a tamaño unicornio. De alguna forma, el mundo de pronto era más grande. Lo que podía hacer, lo que podía sentir... En ese momento cualquier cosa parecía posible.

Las preocupaciones de Skandar por Mitchell y el elemento espíritu se disiparon al mirar a su unicornio a los ojos. No les hacía falta hablar para entenderse: el vínculo que conectaba los dos corazones ya hablaba por ellos. Skandar supo que haría cualquier cosa con tal de proteger a Pícaro. En algún lugar bajo aquel pelaje negro, entre aquellas alas largas y delgadas, había un poder elemental que podía matarlos a los dos. Pero nunca permitiría que nadie le hiciera daño a Suerte del Pícaro. Jamás.

10

Problemas de plata

Tras esa primera noche, Skandar y su cuarteto pasaron un par de días acostumbrándose al Nidal. A Skandar le daba brincos el corazón cada vez que miraba la casa del árbol que ahora era su hogar. Estaba enclavada a pocos árboles de distancia de la muralla exterior del Nidal. Con sólo dos pisos de altura, era una de las más pequeñas de la zona —nada que ver con algunos de los gigantes de acero con los que se había cruzado al subir mientras Flo, Bobby y él exploraban las zigzagueantes pasarelas—, aunque fácilmente reconocible: el tejado acababa en una afilada punta y, en el piso de arriba, tenía una ventana redonda apenas visible detrás de una frondosa rama.

Al caer la tarde, a Skandar le gustaba sentarse en la plataforma metálica que había delante de la entrada, llenar su cuaderno de dibujos de Pícaro y escuchar los nuevos ruidos nocturnos: el cricrí de los grillos, el ulular de un búho, el barullo de los unicornios desde las profundidades de la muralla, el esporádico parloteo entusiasta de los jinetes.

Sin embargo, los cascarones no tardaron en descubrir que el Nidal no era el tipo de lugar donde podrían pasarse el día vagueando en sus hamacas o, en el caso de Bobby, roncando. La primera sesión de entrenamiento llegó demasiado pronto y, mientras preparaba a Pícaro en su establo, Skandar se dio cuenta de que las manos le temblaban de los nervios.

Igual que los demás unicornios recién salidos del cascarón, Pícaro había ido sembrando el caos por todo el Nidal. Al observar a las crías de unicornio desde la ventana de su casa del árbol, Skandar comprendió por qué el lugar estaba construido como una fortaleza; era normal que las crías redujeran los arbustos a cenizas, electrificaran árboles acorazados con sus rayos o, con sus ciclones en miniatura, tiraran al suelo a los jinetes desprevenidos. Y ese día Pícaro estaba más difícil que nunca. Bufaba lanzando chispas a las manos de Skandar y levantó un viento helado entre las alas que primero le quemó y luego le congeló la piel, una cosa tras otra.

—¿No puedes quedarte quietecito un segundo? —le suplicó mientras el unicornio sacudía la cabeza sin cesar—. ¿No quieres que hagamos magia con fuego juntos?

Oyó que alguien se mofaba desde el establo de al lado. Mitchell estaba observándolo.

—¿Qué? —soltó Skandar por encima de la pared de piedra.

El otro se encogió de hombros mientras sacaba del establo a Delicia de la Noche Roja.

—No, nada. Sólo me preguntaba si la razón por la que está costándote tanto ponerle las bridas es porque ni siquiera deberías estar aquí.

—¡Baja la voz! —ordenó Skandar con rabia, y asustó a Pícaro, que le propinó un golpe con una de sus alas emplumadas.

Había intentado que no le afectara la constante antipatía de Mitchell, pero era muy difícil compartir habitación con alguien que apenas hablaba. Y en aquel momento, en que iba a tener que enfrentarse a su primera sesión de entrenamiento real, tenía los nervios cada vez más a flor de piel por ser diestro en espíritu.

—¿Vienes? —le preguntó Flo a Skandar mientras salía del establo contiguo.

Puñal escupió chispas imperiosamente a la cola de Roja mientras Mitchell y su unicornio hembra pasaban por su lado airadamente.

—¡Ve yendo tú! —gritó por encima de la puerta—. Voy a esperar a Bobby.

Pasados unos instantes, seguía sin haber indicios de que Halcón fuera a salir de su establo.

—¿Bobby? ¿Estás lista? —La voz de Skandar resonó en la piedra fresca y oscura.

No hubo respuesta. Se preguntó si Halcón estaría insistiendo en que le hicieran la pedicura en las pezuñas otra vez, puesto que la unicornio era bastante presumida.

Pícaro chilló al ver pasar a Delicia de la Noche Roja, impaciente por marcharse con ella. A diferencia de sus jinetes, la unicornio de color rojo y el negro habían formado ya una estrecha amistad. Pícaro y Roja se habían paseado por el Nidal haciendo toda clase de travesuras juntos, desde soltar popó estratégicamente delante de los jinetes que pasaban (y no eran de color arcoíris) hasta hacer estallar varios árboles con una mezcla de los elementos aire y fuego, creando algo a medio camino entre un espectáculo de fuegos artificiales y una fogata embravecida. Parecían tener un sentido del humor similar, aunque Pícaro era, sin duda, el cerebro que había tras los enredos, y Roja, bueno, ella ponía el entusiasmo.

Skandar fue a asomarse a la puerta de Halcón. Como en todos los demás establos de los cascarones, el letrero provisional donde aparecía el nombre y el símbolo del elemento de cada unicornio se había sustituido por una placa de metal grabada.

En un primer momento no vio a Bobby, sólo a Halcón despedazando miembro a miembro una cabra. Luego detectó una figura al fondo, entre la paja, con las rodillas pegadas al pecho, esforzándose por que el aire le llegara a los pulmones.

El chico entró corriendo en el establo.

—¿Qué pasa? ¿Estás bien? ¿Te lastimaste?

—¿Qué... haces... aquí... Skandar? —logró articular ella entre jadeos, lo más enojada que pudo.

—Eeeh... —Skandar trató de mirar a cualquier cosa que no fueran las lágrimas que le caían a Bobby por la cara—. Estaba esperándote. Te... —Se calló.

No podía dejarla así, pero también sabía que la mortificaría saber que la había visto llorando. Él mismo no lo acababa de creer.

—Ah, qué... detalle... —respondió ella con voz entrecortada.

La respiración de Bobby le hizo recordar algo. Aquello le había ocurrido una vez a su padre, en medio del supermercado, justo después de enterarse de que lo habían despedido de otro trabajo. Skandar dio un salto, fue corriendo hasta el armario de los arreos y rebuscó entre los cajones hasta dar con una bolsa de papel que estaba metida debajo de un peine para colas.

—Toma —dijo él acercándose a Bobby a toda prisa y tendiéndole la bolsa—. Respira aquí dentro.

Incómodo, Skandar se quedó frente a ella mientras, poco a poco, la respiración de su amiga volvía a la normalidad.

—Bua —dijo con voz ahogada, dejando la bolsa a un lado sobre la paja.

—¿Estás bien? ¿Tuviste un ataque de pánico?

Bobby se puso a hacer trizas una brizna de paja.

—Antes me daban todo el tiempo. Antes del primer día de colegio, de los exámenes, de las fiestas de cumpleaños, de la Navidad, a veces hasta por ningún motivo en concreto. No sé explicar por qué.

—No pasa nada... No tienes que... —farfulló Skandar.

Ella se puso de pie.

—Es la primera vez que me pasa en la Isla.

—Hoy es un día importante, con la primera sesión de entrenamiento de verdad y todo eso —dijo él con poca convicción—. A mí no me entraba nada para desayunar.

Bobby se encogió de hombros.

—¿Ni siquiera echándole mayonesa? —se mofó ella—. Uy, pues eso sí que es grave.

—¡Eh!

—Anda, vamos, deberíamos ponernos en marcha.

Jaló a Halcón para apartarla de los restos de cabra sanguinolentos.

El muchacho la miró de reojo.

—Sabes que lo vas a hacer bien, ¿verdad, Bobby?

—No, Skandar. —Le dio un empujoncito en el pecho—. No lo voy a hacer bien, voy a ser la mejor.

El chico abrió la puerta del establo de Halcón y, a su espalda, Bobby susurró:

—Skandar, no se lo cuentes a nadie, ¿sí? No quiero que la gente lo sepa.

—Tranquila —respondió él en un murmullo.

Y luego, si no se hubiera tratado de Bobby, habría jurado que la había oído decir «gracias».

Los dos unicornios iniciaron inquietos la larga caminata que atravesaba el tronco del árbol de la entrada del Nidal para luego dejar a un lado a los centinelas y al final descender la empinada colina que llevaba hasta el campo de entrenamiento. Halcón agarró entre el pasto algo que chilló con fuerza. Pícaro jaloneaba para deshacerse de las bridas, mirando a todas partes, sudando como un condenado y con los ojos cambiando del negro al rojo y luego de nuevo al negro. Skandar alargó la mano para acariciarle el cuello y...

—¡Ay! —Se masajeó el brazo, donde sentía un dolor punzante a causa de una repentina descarga eléctrica.

Bobby se echó a reír. Saltaba a la vista que se sentía mejor... y su amigo se alegraba.

—Halcón está preciosa... ¿Te tuvo otra vez media noche despierta cepillándole el pelo? —se la devolvió Skandar sabiendo que la fastidiaría.

—No hay nada de malo en ser letal y bonita —respondió Bobby haciendo que Halcón volteara la cabeza hacia Skandar.

A la unicornio le goteaba sangre fresca de la nariz, la boca y la barbilla.

—El pobre conejito no ha podido hacer nada.

—¿Crees que Amber Fairfax estará en nuestro grupo de entrenamiento? —preguntó Skandar cambiando de tema.

A los cuarenta y tres cascarones nuevos los habían separado en dos grupos y se entrenarían con esos mismos jinetes y unicornios el resto del año. Además de Amber, Skandar también tenía la esperanza de que Mitchell cayera en el otro grupo. Pero, por desgracia, los cuartetos se entrenaban juntos. Siempre.

—No lo creo, lo sé —respondió Bobby—. La vi esta mañana pavoneándose por ahí y diciéndole a todo el mundo lo maravillosamente buena que sería con la magia con fuego.

—Yupi —murmuró Skandar con sarcasmo.

El sendero descendía rodeando la colina del Nidal hasta llegar al nivel inferior de los cinco que había. Ahora que sabía lo lejos que estaba, Skandar se moría de ganas de que a Pícaro se le desarrollaran las alas lo bastante como para poder subir y bajar volando en vez de caminando. El altiplano de los cascarones rodeaba la ladera cubierta de pasto, con los cuatro campos de entrenamiento de los elementos en los extremos, como los puntos cardinales de una brújula. El campo de entrenamiento del elemento fuego estaba en uno de los lados, excavado en la falda del montículo del Nidal. Skandar se fijó en su pabellón rojo, que estaba algo chamuscado.

El monitor Anderson lo esperaba allí, montando a su unicornio, Fénix del Desierto. Las crías de unicornio parecían de juguete en comparación con aquella giganta zaina. En un momento en que Albert —el chico del Continente que le había hablado a Skandar de los nómadas— dejó que Aurora del Águila correteara demasiado cerca de ella, Fénix lanzó un gruñido.

—Pónganse en fila y no se separen de su cuarteto para que los diestros en fuego queden repartidos... A ellos les resultará más fácil conjurar el elemento fuego. —Las llamas en la punta de las orejas del monitor bailotearon—. Y si eso es una fila, yo soy diestro en agua... ¡Una fila derecha, cascarones! Si pueden, no presten atención a las ráfagas de elementos.

A la izquierda de Skandar, como para hacer una demostración, Puñal de Plata rugió y de la boca le salieron volando esquirlas de hielo, con tanta fuerza que se clavaron en el suelo reseco y quemado del campo de entrenamiento. Flo se estremeció de miedo.

—Bienvenidos a mi sitio favorito de toda la Isla. —El monitor Anderson les sonrió—. Tengo el gran honor de encargarme de su primerísima sesión de entrenamiento. A lo largo del año los monitores les enseñarán a montar y a volar, y también a conjurar, a pelear y a defenderse con los cuatro elementos... todo con el fin de prepararlos para la Prueba de los Principiantes.

Se produjo una oleada de conversaciones nerviosas.

Anderson se echó a reír.

—Sí, sí, como los isleños ya saben... —empezó a explicar el monitor, y Bobby puso cara de fastidio— la Prueba de los Principiantes es una versión en miniatura de la Copa del Caos en la que competirán al final de su año como cascarones. Sus familias estarán invitadas a asistir... Sí, también las suyas, continentales. Y para continuar con su formación aquí, en el Nidal, no pueden acabar entre los cinco últimos.

—Y si quedamos entre los cinco últimos, ¿qué pasa? —preguntó con preocupación un chico continental llamado Gabriel.

—Esos jinetes serán declarados nómadas de forma automática y tendrán que abandonar el Nidal. —El monitor se puso un poco más serio que hasta entonces, las llamas de las orejas le ardían a fuego lento.

—¿Cinco de nosotros? —preguntó Mariam con voz entrecortada, y el horror se apoderó de su rostro moreno aceituna.

Skandar estaba igual de horrorizado. Una cosa era que los monitores decidieran declararte nómada a lo largo del año, pero ¿expulsarte de forma automática?

—¡Chispas chisporroteantes! Tampoco hace falta que pongan esa cara de funeral. ¡Todavía queda casi un año para la Prueba de los Principiantes! —Anderson les dedicó una sonrisa tranquilizadora—. Pero empecemos por el principio. Cuando les dé la señal quiero que se monten en su unicornio.

Se oyó un silbido fuerte, agudísimo. Nadie se inmutó.

El monitor soltó una sonora carcajada.

—Por si lo dudaban, ¡ésa era la señal!

Skandar clavó la mirada en el lomo de Pícaro. Todavía no le quedaba tan alto, no tanto como el de un unicornio adulto. Pero, desde el Paseo, había crecido y su lomo seguía estando allí arriba.

Al otro lado de Pícaro, Mitchell se negaba rotundamente a montarse encima de Delicia de la Noche Roja.

—Pero ¿es que el monitor Anderson no va a explicarnos cómo se hace antes de que agarremos y simplemente saltemos encima?

—No creo que sea su estilo —murmuró Bobby al tiempo que, sin ninguna dificultad, echaba una pierna por encima del lomo de Halcón.

Parecía contentísima consigo misma.

—¿Cómo lo hiciste con tanta facilidad? —quiso saber Mitchell—. ¡Explícamelo paso por paso!

Skandar sabía que no le quedaba mucho tiempo antes de que Pícaro se pusiera también a lanzar ráfagas de elementos, así que optó por tragarse su miedo. No podía llegar a ser un jinete si jamás entrenaba a su unicornio. Dando saltitos, se lanzó y pegó la barriga a Pícaro; bocabajo, agarró las riendas con una mano y luego echó una pierna al otro lado para lograr sentarse derecho.

Ahora que ya se había subido, el chico sufrió un repentino ataque de nervios. Y Pícaro debió de notarlo. El unicornio empezó a estremecerse tensando los músculos. Se curvaba y se arrugaba desde atrás, y agitaba tan rápidamente el cuerno de un lado para otro que a su jinete le dio la impresión de que iba sentado en una bomba a punto de estallar. Angustiado, el unicornio desplegaba las alas y las recogía, y con los músculos nervudos y las plumas le propinaba a Skandar unos golpes en las rodillas que lo lastimaban mucho.

Mientras Flo le rogaba a Puñal que se estuviera quieto —pues no parecía tener paciencia alguna con su jinete—, Mitchell se había encaramado como había podido a lomos de Delicia de la Noche Roja, aunque la unicornio no parecía nada contenta. No paraba de dar coces, por lo que Mitchell tuvo que agarrarse a su cuello para evitar que lo catapultara.

En el otro extremo de la hilera inexistente, Skandar vio como Antigua Luz Estelar rompía filas y se dirigía al galope hasta el pabellón rojo, en la otra punta del campo de entrenamiento: su jinete, Mariam, se aferraba al cuello de su unicornio como si su vida dependiera de ello, mientras del cuerno de Luz Estelar salía agua a borbotones. La unicornio de Gabriel, Valor de la Reina, se desgañitaba porque una ráfaga de elemento tierra había abierto una grieta en el suelo, bajo sus pezuñas. La unicornio de Zac, Fantasma del Ayer, intentaba darle una coz en el costado a Rosal Silvestre Mimado, que estaba enfureciendo a Meiyi, cuyos gritos de irritación se sumaban a los chillidos y rugidos de los agitados unicornios. El pobre de Albert ya se había caído de Aurora del Águila.

—¿No sería lógico que, en un momento tan crucial como éste, el monitor Anderson actuara como tal? —refunfuñó Mitchell, tambalcándose todavía a lomos de su unicornio hembra después de haber hecho una especie de pirueta en el sitio.

—¡Oooh, ¿el pequeñín de Mitchi tiene miedo?! —gritó Amber—. ¿Qué quieres, que tu papito superimportante venga a salvarte? ¿Por qué no te declaras nómada y ya? Así podrás pasar más tiempo solito.

—¡Cierra el pico! —respondió él gritando, aunque su respuesta perdió un poco de efecto cuando Roja se echó un pedo, largo y sonoro, y dio un par de coces con las pezuñas en llamas para que prendiera fuego.

Parecía el numerito preferido de la unicornio. Mitchell empezó a toser por culpa del hediondo humo que se arremolinaba a su alrededor mientras que Amber no paraba de reír, mientras montaba a Ladrona Torbellino.

Skandar vio rodar una lágrima por la mejilla de Mitchell. Avanzó encima de Pícaro para protegerlo, hasta interponerse entre Mitchell y Amber y su unicornio hembra de color castaño. A la chica se le borró la sonrisa de los labios.

Y entonces el muchacho lo sintió. Un picor en la palma de la mano. Bajó la vista hacia su cicatriz de Cría. Refulgía de color blanco. La misma luz que había visto en la Gran Brecha, la misma luz que había visto usar al Tejedor justo antes de que la oscuridad se cerniera sobre la Copa del Caos. La luz blanca... ¿del elemento espíritu?

Al caer en cuenta, Skandar se quedó sin aire en los pulmones, como si le hubieran cortado la respiración. Presa del pánico, e incapaz de parar el resplandor, se embutió la mano derecha en el bolsillo de su nueva chamarra amarilla. Lentamente, temiéndose lo peor, miró hacia arriba, esperando toparse con Ladrona Torbellino delante de él. Pero Amber había desaparecido. La buscó como un loco entre la colorida masa de unicornios que se contorsionaba y disparaba magia por todas partes; quería ver su mirada triunfal, la señal de que seguramente conocía su secreto.

En ese momento, como si alguien hubiera apretado el botón de silencio, las crías de unicornio se quedaron calladas. El monitor Anderson tenía el brazo levantado, apuntando al cielo, y la palma de la mano hacia arriba. Las pezuñas de Fénix del Desierto refulgían como brasas calientes, del pasto se alzaban espirales de humo y la palma de Anderson resplandecía con un rojo igual de intenso. El fulgor siguió brillando cada vez más hasta que lanzó la palma hacia el cielo por segunda vez y de su mano explotó una columna de fuego. Tanto el jinete como la unicornio estaban muy quietos, aunque Skandar vio rodar gotas de sudor por la calva del monitor. Luego la columna de fuego impactó en un punto lejano en el cielo y las llamas se avivaron y se abrieron en abanico para luego descender hacia los bordes del campo de entrenamiento, como una lluvia de fuegos artificiales.

Los jinetes estaban ahora encerrados en una bóveda de fuego. Ya no distinguían la Isla más allá de la colina y los árboles de la fortificación del Nidal se veían borrosos por las llamas. Parecía que el mundo estaba ardiendo. El monitor Anderson bajó despacio el brazo y condujo a Fénix hacia la fila de cascarones. La columna desapareció, pero la bóveda siguió donde estaba. A Skandar lo sorprendió el olor de la intensa magia: una mezcla de fogatas, cerillos encendidos y pan tostado quemado. A Kenna le habría encantado aquello. Cada vez que habían hablado de qué elemento sería su aliado, ella siempre había dicho que el fuego.

El monitor interrumpió sus pensamientos.

—Y, con eso, ya estamos preparados para empezar su primera clase de Fuego —anunció alegre, como si acabara de repartir las hojas de ejercicios en vez de crear una bóveda de fuego sólo con las manos.

—Sus unicornios están conectados con la fuente de fuego que creó Fénix del Desierto. —La unicornio enseñó los dientes al oír su nombre—. No podrán conjurar ningún otro tipo de magia.

Skandar sintió ganas de gritar de alivio. Se sacó la mano del bolsillo y con cuidado extendió los dedos uno a uno. Menos mal que el resplandor blanco había desaparecido.

—El objetivo es que les resulte más fácil compartir, y con el tiempo controlar, el poder de su unicornio. Hasta el más hábil puede sentarse en un unicornio y dejar que dispare a sus anchas el elemento que le venga en gana: sus unicornios llevan haciéndolo solitos desde que salieron del cascarón. Pero eso no son más que ráfagas de elementos... No tienen forma fija. Piensen que las ráfagas son para sus animales una forma de desahogarse o de demostrar su enojo. Antes de que los jinetes se vincularan con ellos, era lo único que sabían hacer.

El monitor Anderson recorrió la fila montando a Fénix, con sus grandes alas cafés posadas con garbo sobre los costados.

—Como jinetes, tienen el cometido de aprender a usar la magia, ofensiva y defensiva, y de compartir ese conocimiento a través del vínculo. Piensen en su unicornio como una fuente de poder inteligente. Al conjurar los elementos en la palma de la mano gracias al vínculo, juntos tienen el poder de controlar los elementos por completo. Conforme avancen, sus unicornios aprenderán a reflejar y a complementar la magia que conjuren con la suya propia. Así que, como ven, no sólo compartirán su magia, también podrán moldearla. —La voz del monitor Anderson sonó llena de fascinación.

Fénix se detuvo, apuntando con su cuerno color café dorado hacia los cascarones. Skandar vio al unicornio negro de Sarika, Enigma Ecuatorial, dar varios pasos atrás por el miedo.

Anderson continuó:

—La magia del fuego es la menos sutil de todos los tipos de elementos. Lo digo con cariño, como monitor de fuego del Nidal. Es volátil y peligrosísima. Por eso nos pasamos la primera sesión de entrenamiento enseñándoles cierto grado de control. Y ya que sale el tema —carraspeó—, si alguno de ustedes se hace una herida y sangra, tendrán que abandonar el campo de entrenamiento de inmediato. Por mucho que me gusten las bromas, esto lo digo muy en serio. Ninguno de los jinetes que está aquí tiene el control necesario para detener a un unicornio que huela sangre humana. El suyo no los atacará, pero el de otro jinete no lo pensará dos veces.

—Ay, no, ay, no, ahora no —mascullaba una y otra vez Flo, que estaba a la izquierda de Skandar.

Y era tanto el vapor que despedía Puñal de Plata que a Flo casi no se le veía la cara.

—Veamos, quiero que todos levanten la palma de la mano derecha mirando hacia arriba... es en la que tienen la herida de Cría. Luego apóyenla en un muslo... Eso es. Intenten no pensar con palabras, sólo imaginen que la palma se vuelve de un rojo brillante, que las llamas les saltan en la mano. A veces ayuda cerrar los ojos.

Skandar se sintió como un idiota allí sentado sobre una peligrosa criatura mágica, con los ojos cerrados.

A su derecha se oyó un grito triunfal. Bobby tenía la palma bien extendida y se la mostraba al monitor Anderson.

—¡La cosa está que arde! —bromeó él—. Enhorabuena. Es muy raro que una jinete diestra en aire sea la primera en conjurar el fuego.

Aquello pareció irritar a Amber.

—¿Cómo es que ella ya sabe hacerlo? Pero ¡si ni siquiera es una isleña!

—¡Como decimos en el Continente —gritó Bobby—, al que le pique, que se rasque!

—Bua, pero ¿se puede saber de qué hablas? —Amber miró para otro lado.

—Bobby, ¿desde cuándo decimos eso en el Continente? —preguntó Skandar mirando con envidia las llamas que le bailaban en la palma.

Si deseaba con más fuerza «quiero que me salgan llamas de la mano», se desmayaría.

Bobby le guiñó un ojo.

—Estos isleños creen que lo saben todo. A nadie le hace daño que piensen que nosotros también tenemos nuestras cosas de continentales.

—Esto no tiene ni pies ni cabeza —refunfuñó Mitchell sin dirigirse a nadie en concreto—. He leído que...

—¿No estabas escuchando? —alardeó Bobby—. No podemos comunicarnos con nuestros unicornios con palabras.

—Sí estaba escuchando... —empezó a decir Mitchell.

Pero a Bobby ya no le interesaba el asunto, las llamas habían empezado a danzarle por los brazos.

Skandar intentó hacer lo que Bobby había dicho. Colocó la palma en la base del suave cuello de Pícaro y visualizó que las llamas aparecían allí. La palma le picaba. Abrió un ojo y sintió una sacudida de emoción al ver que su herida de Cría refulgía de un intenso rojo. Respiró hondo y se concentró aún más en la imagen.

—¡Skandar, lo estás haciendo! ¡Estás haciéndolo! —gritó Flo.

Los ojos del muchacho se abrieron de par en par y allí, en efecto, tenía a las pequeñas llamas danzando sobre la mano. La magia del fuego no lo quemaba, pero sintió una especie de palpitación en su herida de Cría, casi como un latido, mientras le bailaba en la mano. Pícaro chilló muy fuerte y batió las dos alas, satisfecho por haber hecho lo que debía. Skandar recibió una segunda dosis de felicidad que le hinchó el pecho como un globo, y se preguntó si sus emociones habían dejado de ser sólo suyas y de nadie más.

—¡Sí! —Se inclinó para darle una palmadita a Pícaro en su reluciente cuello negro—. Sí, bravo, chico. ¡Lo logramos!

En cuanto fueron capaces de conjurar sus primeras llamas, los cascarones progresaron con rapidez. La dificultad principal era mantener a sus unicornios bajo control. Skandar vio por lo menos a cuatro personas caer al suelo porque sus unicornios se encabritaban, corcoveaban o simplemente echaban a galopar sin ton ni son. Un chico llamado Lawrence salió volando por encima de las orejas de su unicornio, Capitán Veneno, y el propio Skandar casi salió disparado cuando Pícaro se empinó para comerse como aperitivo un pájaro que volaba bajo.

A pesar del caos reinante, el monitor Anderson cabalgaba tranquilo, como si nada, dando consejos a los cascarones de la fila. Como último ejercicio de la clase, lanzaron las llamas hacia el suelo, a modo de preparación para aprender a atacar con bolas de fuego en la siguiente sesión.

Skandar estaba tan concentrado que sólo el grito de Flo le hizo darse cuenta de que algo pasaba.

A pocos metros de distancia, Puñal de Plata flotaba en el aire, empinándose, con las patas delanteras levantadas y batiendo con furia las alas. Flo seguía encima de él, agarrándose a su crin plateada, pero una columna altísima de fuego los rodeaba. Los ojos de Puñal eran de un rojo resplandeciente y de la nariz le salía a chorros un humo negro que se le enrollaba alrededor del cuerno.

Desde el suelo, el monitor Anderson le gritaba algo a Flo, pero Skandar apenas podía verla entre las llamas. Todos los demás jinetes también habían interrumpido su magia del fuego y miraban a Puñal horrorizados. La fogata en torno a Puñal y a Flo quemaba tanto que al chico empezaron a arderle las mejillas y a saltársele las lágrimas por el calor y el humo. Parpadeó para evitar la intensa luz e intentar distinguir a su amiga a lomos de su unicornio.

Flo seguía abrazada al cuello de Puñal, que desde lo alto bramaba a Fénix del Desierto y escupía llamas por la boca; Fénix se mantenía firme y le devolvía los bramidos. Al cabo de unos segundos agonizantes, la columna desapareció y Puñal aterrizó pesadamente en el suelo.

Con cara de preocupación, el monitor Anderson ayudó a Flo a bajarse de Puñal.

—¡Sigan practicando, jinetes! —Por primera vez percibieron severidad en su voz vez y las llamas sobre sus orejas ganaron altura.

Skandar lo vio rodear con el brazo los hombros temblorosos de Flo antes de enviarla de vuelta al Nidal en compañía de Puñal.

Apenas pudo concentrarse durante el resto de la sesión. Cuando por fin el monitor mandó a los demás cascarones a casa, daba pena verlos. Casi todos se habían caído al suelo, la mayoría tenía tierra o ceniza en la cara y algunos incluso se habían chamuscado el pelo o las cejas. Al llegar al Nidal, Skandar quiso buscar a Flo para preguntarle si estaba bien, pero por algún motivo una multitud se agolpaba delante del establo de Puñal de Plata.

Reconoció la voz de Mabel, una isleña.

—¡Qué suerte tienes! Sarika, ven a ver esto.

Flo estaba de pie, con la espalda pegada a la puerta del establo.

—¡Increíble! Aunque supongo que el metal encaja con el elemento tierra. ¿Cómo ocurrió? —le preguntaba Zac, que le tapaba la vista a Skandar.

Al acercarse al establo, sólo pudo oír el susurro con que Flo le contestaba:

—No lo sé. Ocurrió... sin más.

Skandar se abrió paso a empujones hacia Flo con la intención de rescatarla de lo que fuera que todo el mundo miraba con la boca abierta. Pero cuando por fin logró verla, se quedó petrificado.

Su nube de pelo negro ahora estaba salpicada de mechones de color plata.

Más tarde, Skandar regresó solo a la casa del árbol. Había oído sin querer al monitor Anderson contarle a Zac que las bóvedas desaparecerían después de la Fiesta de la Tierra, dentro de un par de meses, y aquello lo preocupaba. Las bóvedas eran algo así como las rueditas de la bici cuando aprendes a montar, y sin su influencia estabilizadora era casi seguro que Skandar se caería.

Por no hablar de que, una vez que había comprobado lo visible que era la mutación de Flo, lo aterrorizaba que le saliera la suya del elemento espíritu. Así que, en cuanto dejó a Pícaro sano y salvo en el establo después del entrenamiento, Skandar se fue a escondidas a visitar las cuatro bibliotecas de los elementos para ver si encontraba cualquier cosa que le sirviera para ocultar el suyo.

Las bibliotecas de los árboles eran muy bonitas, cada una estaba diseñada para que pareciera que tenía un libro semiabierto sobre la parte de arriba, bocabajo, como si el lomo del libro fuera la cumbrera. Eran espectaculares, de varios pisos, y estaban decoradas en función de su elemento. La del agua, por ejemplo, tenía sillas y estanterías modeladas en forma de olas, y las paredes estaban recubiertas, por dentro y por fuera, con pinturas de jinetes diestros en agua empleando su poder.

En ellas Skandar había encontrado las escrituras de los cuatro elementos: el Libro del Fuego, el Libro del Agua, el Libro del Aire y el Libro de la Tierra. Pero daba la impresión de que en ninguna encontraría ni una sola palabra sobre su elemento prohibido, y no pudo evitar preocuparse por la posibilidad de que el hecho de que Agatha hubiera llevado a un diestro en espíritu a la Isla tuviera algo que ver con el plan del Tejedor.

Colgó su chamarra amarilla junto a la puerta de su casa del árbol. Arriba tenía otras tres chamarras —verde, roja y azul— bien guardadas y listas para las fiestas de la Tierra, del Fuego y del Agua, que marcaban el paso de una estación elemental a la siguiente. Las chamarras de los cascarones eran muy sencillas en comparación con las de los jinetes de más edad, que las personalizaban según el estilo de cada uno: tapando los hoyos con parches estampados, tachonando las mangas con metal pintado o remendando las quemaduras con dibujos de los elementos. Lo único que tenía la chamarra de Skandar era un par de alas estilizadas en la manga derecha, que simbolizaban su primer año en el Nidal.

La casa del árbol del cuarteto estaba inusitadamente silenciosa, sólo se oía el chisporroteo de la estufa de leña, con el tiro de la chimenea elevándose hacia el exterior. Skandar tenía la esperanza de hablar con Flo; ni siquiera había logrado preguntarle si estaba bien, mucho menos charlar con ella sobre su mutación. No obstante, y pese a su inquietud por Flo, el miedo por que Amber hubiera visto brillar su palma blanca y su preocupación por su propia mutación, el chico sintió un subidón de felicidad al mirar a su alrededor.

Le encantaban los cuatro pufs pera de los colores de los cuatro elementos que había desparramados en el suelo, le encantaba la librería repleta de lecturas fundamentales sobre unicornios y le gustaba hasta la pesada caja de piedra que les servía de refrigerador. Pero lo que más le gustaba de todo era el tronco que atravesaba el centro de la casa. De la corteza sobresalían unos travesaños metálicos que ascendían dando vueltas en espiral, como una escalinata, hasta llegar al piso de arriba. Desde lo alto podía asomarse por el diminuto ojo de buey y observar kilómetros y kilómetros del Nidal y de la Isla. Allí se sentía seguro. Se sentía como en casa.

Lo que le recordaba que... Tomó un lápiz y su cuaderno de bocetos de la estantería para escribirle una carta a Kenna. No podía contarle nada sobre el elemento espíritu, no fuera a ser que las Oficinas de Enlace con los Jinetes controlaran las cartas, pero sí que podía dibujarle la casa del árbol y hablarle del entrenamiento con fuego y de la mutación de Flo y —sintió una punzada de culpa en el estómago— preguntarle cómo se las arreglaba ella sola con su padre. Fue escribiendo las primeras cosas que se le venían a la cabeza.

Querida Kenn:

¡Cuánto te extraño! Y a papá. Pero a ti más (P. D.: si le lees a él la carta, sáltate esa parte). ¿Cómo va todo? ¿Qué tal las clases? ¿Cómo está papá? Perdona, cuántas preguntas. Se me hace muy raro no poder hablar contigo. Creo que nunca hemos pasado un día entero sin hablar, ¿verdad? No puedo creer que esté escribiéndote esto (desde una casa en un árbol, ¡te hice un dibujo!), pero ya soy oficialmente jinete de unicornios. El mío se llama Suerte del Pícaro. Pícaro, para abreviar. ¿Te gusta el nombre? Le encantan los muñequitos de gomita (ah, sí, bueno, es que antes de irme te robé una bolsa de las que tenías guardadas, ¡perdón!). Tal vez sea pedir demasiado, pero ¿podrías enviarme más? No estoy seguro de que haya en

la Isla. Aunque sí que hay mayonesa; menos mal, porque era algo que evidentemente me preocupaba...

Flo bajó por los travesaños del tronco del árbol y el muchacho dio un brinco.

—¡No sabía que estabas aquí! —dijo él alegremente, aunque la sonrisa se le borró al ver la cara de Flo—. ¿Qué pasa?

Ella se dejó caer en el puf verde que estaba más cerca de
la chimenea y Skandar no pudo evitar fijarse en los mechones
plateados de su pelo, que titilaban a la luz del fuego.

—Hoy no pude controlar a Puñal, Skar —dijo Flo en voz
muy baja—. Creía que iba a matarme. —La voz se le quebró
con la última palabra.

—Pero si están vinculados —trató de tranquilizarla—.
¡Jamás te haría daño!

—No lo entiendes —dijo la chica con esfuerzo—. Es justo
por eso por lo que estaba tan disgustada cuando salió del cascarón. La cuestión es que en realidad yo nunca quise ser jinete, yo
quería ser guarnicionera. Podría haberme quedado de aprendiz
de mi padre, ya estaba ayudándolo, y... —Respiró hondo y añadió deprisa—: Mi hermano gemelo, Ebenezer, sí llegará a ser
guarnicionero; a él no se le abrió la puerta del Criadero. Y si me
hubiera pasado a mí, me habría alegrado muchísimo; sé que a
los continentales les cuesta entenderlo, pero yo no quería intentar abrir la puerta en realidad. Sé que suena egoísta. —Respiró
muy muy hondo.

—Pero luego apareció Puñal de Plata, ¿no?

—¡Sí! —Soltó el aire—. Y eso lo empeoró todo aún más.

—¿Por qué?

—No estoy diciendo que no lo quiera. Lo quiero. Es imposible no quererlo. Estamos vinculados; llegamos juntos a este
mundo. Lleva trece años esperándome... pero... es un unicornio
plateado.

—No lo...

—Los plateados son especiales en la Isla, Skar. Son muy
poderosos, están profundamente conectados con la magia de
este lugar. Pero ningún plateado ha ganado nunca la Copa del
Caos. Justo por lo que ha pasado hoy. Su magia es tan fuerte
que muchas veces juega en su contra. ¡Y lo peor es que toda la

gente está contentísima por mí! Orgullosísima. Hacía mucho tiempo que no nacía un plateado en la Isla, así que seré la primera nueva miembro del Círculo de Plata en muchos años... Ya sabes, el Círculo es ese grupo de élite para jinetes con unicornios como Puñal. Y en cuanto empiece a asistir a sus reuniones el año que viene, serán muchas las expectativas. —La última palabra se le atragantó.

—El Círculo de Plata controla a los centinelas, ¿verdad? —Skandar pensó en Agatha y en Canto del Cisne Ártico en la Cala del Pescador.

—¡Exacto! —Flo levantó los brazos—. Vigilan la Isla. El Círculo tiene muchísimo poder y le gusta usarlo. La comodoro del Caos y el Consejo cambian todos los años, pero los miembros del Círculo de Plata no... Dorian Manning lo dirige desde hace siglos y también tiene un hijo con un unicornio plateado. Y ahora yo tengo que formar parte de todo eso. Ni siquiera tengo alternativa.

Era la primera vez que Skandar la oía hablar tanto sobre sí misma... Era como si se hubiera guardado todas aquellas palabras enrolladas dentro.

—Siento que las cosas no hayan salido como querías —le dijo él con delicadeza, pues sabía muy bien cómo era que tus sueños se rompieran en pedazos...

Flo tenía en los ojos la misma tristeza derrotada que Kenna. Flo sabía, igual que él empezaba a comprender, que el vínculo lo cambiaba todo. Conectaba dos almas, dos corazones... para siempre. Y ahora Flo ya jamás podría abandonar a Puñal de Plata y perseguir su sueño de llegar a ser guarnicionera.

La muchacha suspiró.

—Estoy intentando ser valiente, pero de los últimos diez plateados tres mataron sin querer a sus propios jinetes... y luego murieron ellos. Un unicornio vinculado no sobrevive a la muerte de su jinete.

—¡¿Qué?! —Skandar soltó un grito ahogado—. ¿Por qué iban a querer matar a su propio jinete?

—No lo hacen adrede. Pero tienen tanto poder que si sus ráfagas de elementos se descontrolan demasiado y alcanzan al jinete... —Flo negó con la cabeza.

Apareció una sombra en lo alto del tronco del árbol. Mitchell estaba escuchándolos.

Skandar no le prestó atención.

—Entonces, ¿por qué está todo el mundo tan obsesionado con los unicornios plateados? En el Paseo todos estaban emocionadísimos con Puñal.

—Son el símbolo de que la magia todavía tiene fuerza entre la población de unicornios. Por lo que en un momento como éste, con el Tejedor y todo eso, un unicornio como Puñal da esperanzas a todo el mundo.

—¿A qué te refieres?

—Es imposible que un diestro en espíritu mate a un plateado, son demasiado fuertes —respondió Mitchell desde un travesaño del tronco a media altura.

—¡No quería contárselo todavía! —Flo se cruzó de brazos poniéndole a Mitchell cara de pocos amigos. Luego se volteó hacia Skandar con ojos suplicantes—. No quería que pensaras que no podemos ser amigos. Ya sabes, porque tú seas diestro en espíritu y yo plateada. No quería que eso cambiara nada.

—Flo, no tengo intención de matar a ningún unicornio, a ninguno. Si te soy sincero, enterarme de que no mataré a Puñal de Plata sin querer es la mejor noticia que me han dado en todo el día.

—No es ninguna broma, Skar. Antes de que desterraran el elemento espíritu, el Círculo de Plata y los jinetes diestros en espíritu eran los dos grupos más poderosos de la Isla. Existía una antigua rivalidad...

Skandar se encogió de hombros.

—¿Y qué? Somos amigos y sanseacabó.

El muchacho no pudo evitar ponerse bastante contento por que su amiga se hubiera guardado aquel secreto; era señal de que su nueva amistad le importaba demasiado como para ponerla en peligro.

—Eso es lo que los de tu calaña siempre dicen. Y luego vienen por nosotros de noche con su elemento muerte. —La voz de Mitchell sonó cargada de fatalidad.

—No soy de ninguna calaña, Mitchell —repuso Skandar con tristeza—. Soy una persona igual que tú. Ojalá pudieras verlo.

Se oyó el sonido metálico de la puerta al abrirse y Bobby entró con paso decidido en la casa del árbol. Sin saludar, se fue directo al refrigerador y empezó a sacar ingredientes. Todos la miraron absortos mientras ella untaba mantequilla, luego mermelada de frambuesa y luego Marmite —que debía de haberse llevado del Continente— en una rebanada de pan. Remató la extraña mezcla con una rebanada de queso, dobló el pan y le dio un mordisco. Al darse cuenta de que todos la miraban con distintos grados de asco, Bobby se tragó el primer bocado.

—Es un bocadillo de emergencia —explicó.

—¿Cuál es la emergencia? —preguntó Flo educadamente, con la mirada puesta en todos los ingredientes que había en la encimera.

—Está claro… Tengo hambre.

Y en ese momento, fuera de la casa, el cielo explotó.

11

Secretos de la Isla

La explosión no se oyó lo bastante fuerte como para que proviniera del interior del Nidal, pero tampoco llegaba de muy lejos. Bobby, que estaba más cerca de la puerta, la abrió de par en par y salió a toda prisa. Skandar la imitó y Flo y Mitchell los siguieron. Había caído la noche, oscura e impenetrable; los faroles de la capital, Cuatropuntos, parpadeaban al pie de la colina del Nidal. El cuarteto se quedó en el puente entre su casa del árbol y la de al lado, observando la Isla. En la penumbra se distinguían nubes de humo amarillo.

Mitchell negó con la cabeza con gravedad.

¡Bang!

Esa vez Skandar lo vio todo. Algo parecido a un cohete había explotado en la oscuridad, escupiendo una estela de humo rojo. El cielo resplandeció con una mezcla de rojo y amarillo.

—¿Qué es eso? —preguntó Sarika con la luz del humo revoloteando sobre sus párpados morenos.

El resto de su cuarteto se había unido al de Skandar junto al barandal.

Mitchell tenía cara de funeral, igual que Flo y Mabel. Como sacado de un libro de texto, Mitchell recitó:

—Los centinelas protegen los puntos estratégicos fundamentales de la Isla: el Criadero, Cuatropuntos, los Acantilados Espejo, etcétera. Durante su ronda de vigilancia, cada centinela ata un cordón de su chamarra a una bengala de auxilio en la montura. Si el jinete se separa del unicornio, la bengala explota con el color de su elemento.

—Bueeeno, entonces es sólo que dos centinelas se cayeron de su unicornio, ¿no? —se mofó Bobby—. ¿Todo este alboroto por eso?

—Los centinelas no se caen, Bobby. A menos que... —Flo tragó saliva con esfuerzo— a menos que estén muertos. La finalidad de las bengalas es alertar a los demás centinelas de un ataque mortal, de una brecha en la línea de defensa que tienen que cubrir.

—Pero ¿quién está detrás de esto? —quiso saber Gabriel, con la cara pálida y lívida—. ¿Quién querría atacar a dos centinelas?

—A mí se ocurre un nombre —murmuró Mitchell mientras rebuscaba algo en su bolsillo.

Más jinetes habían salido de sus respectivas casas de los árboles. Los farolillos iluminaban rostros preocupados; las preguntas retumbaban contra los troncos acorazados.

—¡Silencio! —La monitora O'Sullivan apareció discretamente sobre un puente cercano, con su manto azul flotando a la espalda, mecido por la brisa nocturna—. Silencio, por favor. —Respiraba pesadamente por la nariz—. Cuatropuntos acaba de indicarle al Nidal que todo está bien.

—Pero ¿cómo...? —empezó a preguntar Sarika.

—Dos nuevos vigilantes han sustituido a los dos centinelas que perdieron la vida esta noche.

—¿Qué estaban vigilando, monitora O'Sullivan? —preguntó Zac con voz temblorosa.

—¿Quién los atacó? ¿Corren peligro nuestras familias? —quiso saber Mabel.

—Fue el Tejedor, ¿verdad? —preguntó Bobby, aunque en realidad no era una pregunta.

La monitora O'Sullivan suspiró.

—Eso sospechamos. Pero no tienen por qué preocuparse. Preocúpense más bien por su sesión de entrenamiento de mañana. A la cama, ¡ahora mismo!

No había forma de ocultar la tensión que llevaba grabada en el rostro.

En cuanto la monitora O'Sullivan prosiguió su ronda para tranquilizar al siguiente grupo, Mitchell se abrió paso a empujones hasta el barandal delantero de la plataforma. Llevaba algo en la palma de la mano. Bajaba la vista para mirarlo y luego la levantaba hacia el humo de colores a lo lejos, una y otra vez.

—Eeeh, Mitchell, ¿qué estás haciendo? —preguntó Skandar con timidez.

El otro se llevó un dedo a los labios, como si le pidiera que se callara.

—¿Eso es una brújula? —preguntó Bobby tratando de atisbar lo que llevaba en la mano.

Mitchell cerró el objeto de golpe y se volteó hacia el resto de su cuarteto.

—Correcto, Roberta. Es una brújula. Y acaba de confirmarme justo lo que sospechaba.

—¿Qué? —preguntó Skandar.

—Esas bengalas salieron disparadas justo encima de los Acantilados Espejo. ¿Y saben qué protegen los centinelas apostados en los Acantilados Espejo?

A Flo se le escapó un grito ahogado a la vez que Bobby y Skandar negaban con la cabeza.

—El Continente —respondió Mitchell con voz misteriosa.

A Skandar se le tensó todo el cuerpo mientras una imagen del Tejedor le penetraba la cabeza: el fantasmagórico cuerno del unicornio salvaje iluminado por la luna. Kenna. Papá.

—¿Por qué no nos lo habrá contado la monitora O'Sullivan? —se preguntó Flo en voz alta.

—Sospecho que no quieren sembrar el pánico —dijo Mitchell encogiéndose de hombros—. Todos los adultos están preocupados por lo que el Tejedor está tramando, y si es algo que afecta al Continente, pues...

—A lo mejor te equivocas —repuso Bobby, aunque en su voz había un dejo de preocupación—. Ese cacharro, esa brújula, no parece precisamente un último modelo.

Mitchell se encogió de hombros de nuevo.

—Las brújulas no tienen por qué ser último modelo... Sirven para lo que sirven. Orientar. Yo sólo estoy dándoles la información que ella me dio.

Skandar se volteó para mirarlo a la cara.

—Si estás en lo cierto, ¿qué ocurre si el Tejedor mata a todos los centinelas de la línea de defensa? ¿Y si el Tejedor logra penetrar en el Continente?

Por un momento pareció que Mitchell iba a decir algo tranquilizador, pero entonces en su boca se dibujó una mueca macabra.

—Dímelo tú, diestro en espíritu.

Él se cruzó de brazos.

—No hace falta que me odies, ¿sabes?, sólo porque a tu padre no le gustaría que fuéramos amigos. Puedes tener opiniones distintas de las suyas. Puedes creer que no soy como el Tejedor.

—No, no puedo —repuso bruscamente y, dándole la espalda, regresó solo a la casa del árbol.

Un sábado por la tarde, varias semanas después, Skandar entró en el Comedero de los jinetes. Era una gran casa del árbol cavernosa construida entre otras decenas de árboles, cuyos troncos flanqueaban sus dos lados más largos. Había mesas y sillas desperdigadas en grandes plataformas circulares, que descansaban sobre ramas a distintas alturas hasta llegar al tejado, en lo más alto. Los jinetes recogían la comida en una bandeja de la larga mesa de la planta baja y luego iban trepando hasta encontrar un sitio libre para comer. En cuanto el chico se acostumbró a subir la escalera con la bandeja en equilibrio, las mesas allí en lo alto le parecieron acogedoras, al abrigo de las hojas y las ramas. Lo único con lo que había que tener cuidado era con las ardillas, a las que les encantaba robarles comida del plato.

Desde una de las plataformas más altas, Flo saludó con la mano a Skandar señalando una silla vacía al lado de Bobby, y el continental sintió un subidón de felicidad. Cuando vivía en el Continente, jamás nadie le había guardado un sitio.

Cuando él llegó, las chicas charlaban sobre mutaciones. Aparte del reciente ataque a los centinelas, desde que a Flo le había cambiado el color del pelo, el único tema de conversación entre los cascarones eran las mutaciones. Skandar no sabía qué le preocupaba más. Mientras los demás cascarones intercambiaban teorías sobre qué estaban protegiendo los centinelas muertos, lo único en lo que podía pensar era en lo que Agatha le había contado en la playa: «Ya viste cómo el Tejedor apuntaba a la cámara. Aquello no fue por casualidad. Aquello fue una amenaza». Pero una amenaza ¿por qué? ¿Qué planeaba hacer el Tejedor con Escarcha de la Nueva Era? ¿Y tenía razón Mitchell? ¿Era parte del plan atacar el Continente?

Por si aquello no era lo bastante preocupante, en lo relativo a mutaciones, a Skandar no lo entusiasmaba precisamente lo que pudiera ocurrirle a él. Era muy posible que una mutación del elemento espíritu lo delatara, igual que había ocurrido en la Gran Brecha; si bien era cierto que, por el momento, gracias a las bóvedas, no había mucho peligro de que él utilizara el elemento espíritu. Pícaro y él estaban aprendiendo a lanzar diminutas bolas de fuego o chorros de agua a blancos concretos y a conjurar ráfagas de viento o temblores sin importancia en el suelo, igual que todos los demás. Lo que no lo dejaba dormir por las noches era la idea de que las bóvedas se vinieran abajo... y aquel resplandor blanco le apareciera de nuevo en la palma de la mano. Además de revelar su secreto, ¿podría matar a un unicornio sin querer con eso? Al fin y al cabo, al elemento espíritu también lo llamaban «elemento muerte».

—¿Vieron el pelo de Gabriel? —Bobby puso los ojos en blanco.

Flo fue mucho más entusiasta.

—Mutó hace un rato, en el entrenamiento de tierra... ¡y yo lo vi todo con estos ojitos!

Gabriel estaba sentado en una plataforma cercana, con Zac y Romily. Su pelo castaño oscuro se había convertido en piedra y ahora se parecía a los rígidos rizos de una estatua griega. El color era idéntico al gris claro de su unicornio hembra, Valor de la Reina.

—Su aspecto lo ha dejado de piedra. —Bobby se rio de su propio chiste—. ¿Entienden?

—Sarika y Mabel también mutaron esta semana, no lo olviden —añadió Flo.

Skandar no se había olvidado. La mutación de Sarika era —el muchacho tuvo que admitirlo— increíble: las uñas de las manos parecían estar constantemente ardiendo. La de Mabel también estaba bastante bien: los lunares de los brazos ahora centelleaban como cristales de hielo. No pudo evitar sentir un poco de envidia.

—Las suyas no impresionan tanto como la mía —se jactó Bobby levantándose las mangas de la chamarra amarilla.

No cabía en sí de gozo por haber sido la segunda cascarona en mutar. Desde las muñecas hasta la punta de los hombros le habían brotado unas diminutas plumas grises. Se las alisó con ternura antes de volver a concentrarse en su pay de manzana.

—¿No estás emocionado por tu clase para continentales de esta noche? —preguntó Flo.

—Sí, claro —respondió Skandar.

Pero Bobby ridiculizó la idea, como si le repugnara.

—No necesitamos clases extra. —Escupió la palabra como si fuera venenosa—. Soy mejor que todos los isleños en formación... No te lo tomes a mal, Flo.

—Ah, pues yo me alegro de que nos las den —insistió Skandar sin alzar la voz—. Así puedo preguntarle al monitor si sabe algo de los ataques a los centinelas.

—¡Ay, Skar! No sé si es buena idea —le susurró Flo—. ¿Y si haces que el monitor sospeche que eres lo que tú sabes?

—Lo haré con sutileza —dijo Skandar—. Sólo quiero averiguar si Mitchell tiene razón. Si el Tejedor está intentando llegar al Continente.

—Pero...

—Mi familia está allí, la familia de Bobby está allí —repuso con firmeza—. Por lo menos merecemos saber qué está tramando el Tejedor.

—Lo tendré vigilado, no te preocupes. —Bobby picó a Skandar con la cuchara.

De repente, Amber se puso a hablar en voz muy alta desde una plataforma cercana:

—Los continentales no tienen ni idea, claro está, pero la clase la da ese tal Joby Worsham. Qué susto se van a llevar; por lo visto apenas es humano, así que mucho menos es un jinete.

El resto del cuarteto, Meiyi, Alastair y Kobi, la escuchaban con los ojos muy abiertos. Flo y Skandar las habían apodado el «Cuarteto Amenaza», porque siempre eran crueles con alguien. Amber se colocó la melena castaña a un lado. Skandar había visto hacer el mismo gesto a otras chicas que se juntaban con ella y no acababa de entender qué gracia tenía llevar un peinado asimétrico.

—Sí, he oído hablar de él —dijo Meiyi casi en susurros—. Mi madre no me deja que me acerque. A alguien así nunca se sabe cuándo se le van a cruzar los cables. —Hizo un ruido fuerte y escalofriante.

Kobi jugueteaba con la trenza que llevaba por encima de la oreja.

—Hace unos cuantos años, cuando mi hermano estaba entrenándose en el Nidal, una noche vio a Worsham. Por lo visto iba paseando por un puente en lo más alto del Nidal, hablando solo y refunfuñando, como si fuera una especie de fantasma loco. Como si buscara algo.

Justo en ese momento a Albert se le cayó un plato mientras bajaba de su mesa, y Kobi y Alastair dieron un brinco.

—Sí, pero es que además yo sé algo superretorcido sobre Worsham que, la verdad, les pondría la piel de gallina —fanfarroneó Amber.

Las demás le suplicaron que les diera detalles, pero ella hizo el gesto de cerrarse la boca con cremallera.

—Lo único que digo es que ¿por qué hay que tener a alguien así dentro del Nidal? —Amber levantó las cejas—. Mi madre dice que siempre ha estado en contra de que Worsham diera clases aquí. Digo, ¿qué sentido tiene que los nuevos jinetes aprendan de una persona a cuyo unicornio mataron? No es precisamente un buen ejemplo.

Flo se levantó con brusquedad de la mesa, los ojos oscuros le brillaban de ira. Skandar y Bobby se miraron desconcertados, y después la siguieron escaleras abajo hasta salir del Comedero.

—Enfurezco con lo cruel que puede ser Amber a veces —masculló Flo en cuanto salieron a la plataforma metálica.

—¿De quién estaba hablando? —preguntó Skandar con el ceño fruncido.

No había entendido nada de la conversación.

—Del monitor Worsham. Es quien da las clases para los continentales —explicó Flo con gesto triste—. La gente cuenta chismes sobre él porque... —bajó la voz— porque perdió a su unicornio hembra, bueno, porque murió.

Bobby se encogió de hombros.

—La gente es tonta. Sobre todo Amber, y, además, si ni siquiera ha mutado todavía... No te lo tomes a mal, Skandar. Pero, a ver, si ese monitor no tiene unicornio, no entiendo por qué hay que ir contando chismes sobre él.

Flo suspiró.

—Si un unicornio muere, el vínculo se rompe. Pero su jinete sigue vivo.

—Pero si yo me muero, Halcón se muere conmigo, ¿no? —se aseguró Bobby.

—Exacto, su vida depende de la tuya porque eres su jinete —explicó Flo—. Pero la tuya no depende de la suya. Si un unicornio muere, su jinete se queda solo y, bueno, nunca volverá a ser la misma persona. Imagina tener todo ese poder, toda esa magia, todo ese amor y que de repente te lo quiten todo... incluido tu unicornio. No me sorprende que eso cambie al jinete. Que lo deje menos... entero.

Skandar pensó que él quizá ya había experimentado un poquitín lo que Flo había explicado, el día en que volvió a casa sin haber hecho el examen de Cría. Sabía cómo se había sentido en ese momento, y eso que lo único que había perdido era la posibilidad de vincularse con un unicornio. El sueño de llegar a ser jinete. Ahora percibía su conexión con Suerte del Pícaro en cada latido. A veces incluso creía sentir las emociones del unicornio. A Skandar de repente le vino a la cabeza una imagen terrible en la que caminaba de noche por los puentes colgantes del Nidal buscando algo que jamás encontraría.

Empujó la puerta de la casa del árbol del monitor Worsham y el corazón le latió todavía más rápido cuando, al abrirse, las bisagras oxidadas chirriaron.

Sarika, Gabriel, Zac, Albert y Mariam ya estaban dentro, sentados en pufs, almohadones gigantes y alfombras suaves, en silencio. Todos tenían un poco cara de asustados: Sarika jugueteaba inquieta con la pulsera de acero que llevaba en la muñeca, Albert se mordía el labio y Gabriel estaba tan pálido que parecía a punto de desmayarse. Skandar se preguntó si también estarían al corriente de lo que Amber iba contando sobre el monitor.

Worsham estaba sentado en un puf pera color morado y miraba ensimismado por una ventanita, como si no se hubiera dado cuenta de que tenía visitas.

—Es un poco joven para ser un fantasma, ¿no crees? —le susurró Bobby a Skandar mientras se sentaban en una mullida alfombra naranja, el único sitio que quedaba libre en la pequeña sala de estar.

Puede que Bobby fuera demasiado franca, pero Skandar tenía que reconocer que no le faltaba razón. El monitor Worsham llevaba el pelo rubio recogido en una coleta alta y llena de nudos, y no aparentaba tener más de treinta años.

De repente dio la impresión de que el monitor caía en cuenta de que los chicos estaban en su casa del árbol, y carraspeó. Varios de los continentales tragaron saliva.

Sin embargo, cuando habló, su voz sonó amable, aunque su mirada de ojos azules estuviera triste y perdida.

—Oficialmente —les dijo sonriendo— soy el monitor Worsham, pero, por favor, llámenme «Joby» a secas. Tal vez se hayan fijado en que todos son cascarones del Continente. —Con un gesto señaló a los chicos que estaban sentados ante él—. Yo no soy del Continente, pero lo he estudiado a detalle y he ido convirtiéndome en un experto desde que los primeros jinetes continentales honraron nuestras tierras con su presencia. Por favor, no intenten calcular lo viejo que soy teniendo eso en cuenta.

Nadie rio.

—La razón de ser de esta clase —prosiguió pasando por alto el incómodo silencio— es que en su entrenamiento, e incluso en su vida social, se toparán con cosas que, dado que nacieron en el Continente, no comprenderán del todo. —Abrió las manos y las separó—. Creo que es tranquilizador recordar que hace miles de años los primeros jinetes de unicornio, los antepasados de los isleños de hoy en día, llegaron hasta aquí desde todos los rincones de la Tierra, por lo que hubo un momento en el que la Isla también fue algo nuevo para ellos. En cualquier caso, hasta que los cascarones se adapten, me tienen a mí para explicarles lo que haga falta. ¿Cómo ven?

Silencio. La mayoría de los continentales seguía teniendo cara de terror. Albert miraba a todas partes menos a Joby, como si esperara que el monitor no se fijara en él si no se miraban a los ojos.

Joby suspiró; Skandar jamás había oído un sonido tan impregnado de tristeza.

—Por la cara de asustados que tienen, deduzco que alguien ya les contó mi historia.

Nadie contestó.

—Está bien. —Joby hizo una mueca y luego empezó a hablar con voz monótona, como si hubiera contado la misma historia muchas veces—. Igual que ustedes, cuando tenía trece años logré abrir la puerta del Criadero. Igual que ustedes, mi unicornio hembra rompió el cascarón y me marcó la mano con su cuerno... —Levantó la palma derecha para mostrar su herida de Cría—. E igual que ustedes, y que todos los jinetes, yo también estaba vinculado con mi unicornio hembra. Se llamaba Fantasma del Invierno. —A Joby se le entrecortó la voz y tardó un instante en poder seguir hablando.

Skandar casi no se atrevía ni a respirar.

—Durante mi primer año de entrenamiento en el Nidal, cuando era cascarón como ustedes, a Fantasma la ma... ma... mataron. Y desde entonces estoy solo.

Joby se agarró el pecho por encima de su camiseta blanca arrugada, como si de repente le doliera. Si Skandar no hubiera sabido que el vínculo jinete-unicornio envolvía precisamente el corazón, habría pensado que el monitor estaba exagerando. Pero el lugar al que se agarraba, al que se aferraba, era su corazón, el sitio exacto en el que debería haber estado su vínculo con Fantasma del Invierno.

A Albert y a Sarika les caían los lagrimones por la cara. Incluso Bobby parecía algo afectada.

Joby se acomodó de nuevo en su puf tratando de recobrar la compostura.

—No soy ningún fantasma ni ningún espectro. No estoy loco ni me falta un tornillo. Lo que da más miedo de mí es que no soy muy distinto de ustedes. Puede que mi mutación se haya borrado, pero aquí dentro sigo siendo un jinete. —Se tocó el pecho de nuevo—. La única diferencia entre ustedes y yo es que su vínculo está entero mientras que el mío nunca volverá a estarlo.

Skandar notó que su vínculo con Pícaro le quemaba sólo de pensar que pudieran separarse para siempre. Descubrió, por primera vez, que si se concentraba en esa sensación en su propio pecho casi podía sentir la presencia de su unicornio. De alguna forma percibía su personalidad: el descaro, la inteligencia, las ganas de jugar, la agudeza de su poder elemental, la voracidad por los muñequitos de gomita. Estaba allí, dentro de él. Y, casi sin querer, Skandar murmuró:

—Lo siento mucho, monitor Worsham.

Joby lo miró con sus angustiados ojos azules y sonrió.

—Gracias, Skandar.

Los demás continentales murmuraron palabras similares hasta que el ambiente que reinaba en la sala se animó un poco.

Joby se puso de pie.

—Pero bueno, no vinieron aquí para aprender cosas sobre mí, sino sobre ustedes mismos, sobre sus unicornios y sobre la Isla. ¿Alguna pregunta? Recuerden que pueden preguntarme cualquier cosa. Lo que sea.

Siete manos salieron disparadas hacia arriba y el monitor Worsham se echó a reír, claramente aliviado.

—¿Qué probabilidad tenemos de que nos declaren nómadas? —preguntó Zac con voz preocupada—. Seguro que, por ser continentales, ya empezamos con desventaja, ¿verdad?

Por la cara que puso, era obvio que Joby preferiría haber empezado por otra pregunta, pero de todas formas respondió:

—Es rarísimo que a un cascarón lo declaren nómada antes de la Prueba de los Principiantes.

—Pero ¡ahí van a echarnos a cinco! —se lamentó Albert, y la cara pálida y demacrada se le puso todavía más blanca.

Joby les sonrió con tristeza, llevándose una mano al pecho, al lugar donde tendría que haber sentido su vínculo.

—Tienen que recordar que lo que importa es el vínculo. Ser un jinete no es sólo entrenarse en el Nidal o alcanzar la gloria de clasificar para la Copa del Caos.

Bobby soltó un gruñido de incredulidad.

Joby prosiguió.

—Sin el vínculo, la Isla sería un lugar mortal donde vivir: las ráfagas de elementos destruirían las cosechas, la naturaleza, a las personas. Pero los unicornios nos tienen a nosotros, a sus jinetes, y son sólo los salvajes los que causan una destrucción real. ¿Por qué creen que la Copa del Caos se llama así? Le pusieron ese nombre para demostrar la fortaleza del vínculo, para demostrar que los jinetes pueden controlar el caos.

Joby respondió una por una a todas las preguntas, desde cómo visitar las zonas de los distintos elementos, o si tendrían días libres para celebrar el Diwali, Janucá, la Navidad o el Aíd al Fitr, hasta si en Cuatropuntos podrían encontrar los dulces del Continente. De vez en cuando, no obstante, Joby perdía el hilo o se quedaba extasiado mirando por la ventana y se olvidaba de que estaba en mitad de una frase. Hacia el final de la clase, Skandar hizo una pregunta que llevaba rumiando desde que había tocado la puerta del Criadero y ésta se había abierto, y esperaba que, al formularla, no estuviera revelando ningún secreto.

—Monitor Worsham, digo, Joby —tartamudeó Skandar, que notaba el rubor traicionero que le ardía en las mejillas cada vez que intentaba ocultar algo—. ¿Hasta qué punto sirven las preguntas del examen de Cría para decidir quién debe intentar abrir la puerta? Y, otra cosa, a bastantes continentales los devuelven al Continente, así que...

—A ver —Joby parecía incómodo de nuevo—, la cuestión es, Skandar, que la prueba real no consiste en absoluto en el examen escrito. El motivo de que haya una persona con vínculo presente en todos los exámenes, y que estrecha la mano de todos los candidatos, es que es capaz de reconocer a un nuevo jinete en potencia. No me pregunten cómo lo sabe, pero lo sabe. A veces se cometen errores, pero un jinete siente la conexión con cada uno de los continentales que llegan hasta aquí.

—Entonces, ¿el examen de Cría, en realidad, sólo depende del destino y la magia? —Bobby pronunció la palabra «magia» como si fuera una palabrota.

—Por lo menos podrían habérnoslo dicho —protestó Albert negando con la cabeza.

—A la Isla le gusta guardar sus secretos —repuso Joby con timidez.

Sarika levantó la mano como un resorte.

—¿Nos puedes hablar del quinto elemento? Ése que la comodoro mencionó en su discurso. Sé que no debemos hablar de eso, pero... —Dejó la pregunta suspendida en el aire, esperando una respuesta.

—Tienes razón: no deben hablar de eso.

Sarika se revolvió incómoda en su alfombra suave.

—Aunque seguro que todos los cascarones de la Isla están al tanto, sus padres lo recordarán... —Joby cerró los ojos una milésima de segundo y, cuando volvió a hablar, parecía más atormentado que nunca—. Al quinto se le llamaba «elemento espíritu». Hace más de una década, el Tejedor lo empleó para vincularse con un unicornio salvaje. Las veinticuatro vidas inocentes que nuestra comodoro mencionó en su discurso fueron las primeras que el Tejedor truncó. Se les conoce como los «Veinticuatro Caídos»: veinticuatro unicornios asesinados en distintas eliminatorias para la Copa del Caos. Veinticuatro vínculos rotos el mismo día, y sus jinetes obligados a vivir una vida a medias sin sus unicornios. Fue un acto de una crueldad inimaginable. Desde entonces es ilegal ser diestro en espíritu.

»Después de los Veinticuatro Caídos —Joby siguió hablando en voz baja—, encarcelaron a todos los diestros en espíritu. Por un lado, porque el Consejo no sabía cuál de ellos era el Tejedor y, por otro, porque tenían miedo de que hubiera más diestros en espíritu que emplearan su elemento para hacer el mal. El elemento espíritu es el único capaz de matar a un unicornio vinculado... como hizo con mi Fantasma del Invierno.

Se instaló un largo silencio.

—Pero ¿cómo van a impedir que los diestros en espíritu intenten abrir la puerta del Criadero? —preguntó Albert, horrorizado—. ¿Cómo sabemos que ahora mismo no hay alguno en el Nidal?

Skandar intentó con todas sus fuerzas que la cara no lo delatara, pero notó que el sudor le recorría la espalda debajo de la chamarra. Las mejillas le ardían más que si fueran fuego mágico.

—A ver, en el caso de los continentales se controla en el examen de Cría —respondió Joby—. Igual que los jinetes son capaces de detectar si podrían estar destinados a abrir la puerta, también perciben vagas señales de cuál puede ser su elemento. No siempre coincide con el resultado del Paseo, pero si un jinete estrecha la mano de alguien en el Continente y nota la menor señal del quinto elemento, ese alguien quedará automáticamente descalificado. En la Isla se hacen controles similares.

De repente, Skandar comprendió lo que Agatha había hecho. ¡Ella ya sabía que él habría reprobado en cuanto el jinete que supervisaba el examen de Cría le hubiera estrechado la mano! Al impedir que se presentara, lo había salvado de que lo descalificaran por ser diestro en espíritu. Le había dado la oportunidad de intentar abrir la puerta del Criadero. ¡Y a lo mejor ése también era el motivo por el que Kenna había reprobado el examen! Ella, como muchísimos otros jinetes en potencia diestros en espíritu, no había tenido una Agatha que la ayudara. Pero ¿por qué sí lo había ayudado a él? Daba la impresión de que era arriesgarse demasiado tan sólo por la promesa que le había hecho a su madre.

—Bueno, eso está bien —opinó Mariam, casi engullida por su enorme puf pera—. Me alegro. A los diestros en espíritu no se les debería permitir tener unicornio. ¡No hay más que ver lo que el Tejedor les hizo a esos centinelas!

Joby no dijo nada y sus ojos vacíos regresaron a la ventana. Skandar clavó la mirada en el dibujo del tapiz y jugueteó con la insignia de agua de su solapa. El Tejedor, los Veinticuatro Caídos, el elemento espíritu. Todos conectados en esencia. Sintió náuseas.

Un cuarto de hora más tarde, Skandar y Bobby se entretuvieron en la casa del árbol de Joby mientras los demás cascarones del Continente se marchaban.

El monitor Worsham se dio cuenta y posó en ellos su mirada de ojos azules mientras ahuecaba un almohadón color lima.

—¿Les gustaría preguntar algo más? —dijo con tono amable.

—Eeeh, pues sí, más o menos —soltó Skandar—. Es sobre los centinelas a los que mataron hace unas cuantas semanas.

Joby suspiró y soltó el almohadón.

Qué tragedia.

—Ya, pues a ver, se me ocurrió que, como el humo provenía de los Acantilados Espejo... Y como alguien me contó que los centinelas del acantilado vigilan el Continente, pues supongo que lo que quiero preguntar...

—¿Es si el Tejedor estaba intentando penetrar en el Continente? —Worsham acabó la frase por él.

—Sí.

El monitor se apoyó en el tronco central de la casa del árbol.

—Oficialmente no se sabe dónde mataron a esos centinelas. Pero extraoficialmente... —toqueteó un trozo de corteza— tienes toda la razón. Creo que no tiene sentido que les mienta.

Skandar notó que la sensación de pánico le subía por el pecho.

—Pero ¿no significa eso que el Continente está en peligro? —preguntó—. ¿No significa eso que alguien debería hacer algo?

—No tienen por qué preocuparse. Nuestra nueva comodoro tiene la firme intención de cazar al Tejedor. Y de encontrar a Escarcha de la Nueva Era, por supuesto. Aunque eso sería mucho más fácil si no hubieran encerrado a todos los diestros en espíritu. Es irónico, la verdad, pero creo que para detener al Tejedor haría falta un diestro en dicho elemento. No es una opinión que despierte mucha simpatía por estos lugares, pero es lo que hay.

Skandar casi se ahogó.

—¿A qué te refieres? ¿Qué crees tú que trama el Tejedor? ¿Cómo podría ayudar un diestro en espíritu?

Bobby le propinó una fuerte patada en el chamorro a su amigo.

Al monitor se le nubló la vista; obviamente, se daba cuenta de que había hablado demasiado.

—¿Cómo iba yo a saberlo? —dijo cortante—. Y de todos modos no sirve de nada planteárselo... Ya no quedan diestros en espíritu auténticos. Como nos recordó nuestra comodoro, ese elemento es el elemento muerte. De hecho, ni siquiera deberíamos estar hablando de él.

—No —masculló Bobby—, no deberíamos.

Y prácticamente se llevó a Skandar a rastras hasta la puerta.

—Cuídense —murmuró Worsham con los ojos llenos de curiosidad al darse la vuelta y cerrar la puerta cuando ellos salieron.

Ya en la casa del árbol, Skandar caminaba nervioso de un lado para otro.

—Entonces Agatha me ayudó a entrar en la Isla impidiendo que me presentara al examen de Cría y trayéndome ella misma volando hasta aquí.

—Todavía no creo que arriesgara tantísimo para nada —refunfuñó Bobby.

—Y ahora sabemos que Agatha tenía razón, que el plan del Tejedor de algún modo también implicaba al Continente.

Flo seguía dándole vueltas a la pregunta que Skandar llevaba haciéndose desde que había visto a un unicornio adulto junto a su edificio de departamentos.

—Pero ¿quién es Agatha? —preguntó la chica—. Sigo sin comprender por qué querría ayudarte a llegar a la Isla. ¿Sólo quería ser amable?

—¿O tal vez trabaja para el Tejedor? —añadió Bobby misteriosamente.

Flo se estremeció.

—¿Por qué no puedes suponer que Agatha estuviera haciendo una buena acción y punto?

—Pero es que tiene sentido, ¿no creen? —insistió Bobby—. El Tejedor quería a Skandar para que colaborara con el elemento espíritu o lo que fuera, y por eso envió a la tal Agatha para traerlo.

—Ya se los he dicho —intervino Skandar, exasperado—. ¡Agatha me advirtió del Tejedor! Y si el Tejedor me buscaba a mí, ¿por qué Agatha no me llevó directamente a su guarida o algo así?

A Flo se le escapó una risita.

—El Tejedor no tiene guarida. Vive en la Tierra Salvaje... con todos los unicornios salvajes.

—Al más puro estilo malo malísimo y asqueroso —dijo Bobby, que parecía casi impresionada.

—Pero la cosa más importante de la que nos enteramos gracias a Joby —dijo Skandar dando la enésima vuelta a la casa del árbol— es que al Tejedor puede detenerlo un diestro en espíritu. Si Worsham está en lo cierto, ¿es posible que Agatha me trajera hasta aquí porque yo podría hacer algo?

—Pero el elemento espíritu es ilegal, Skar —dijo Flo con voz triste—. Si intentas hacer algo, a ti y a Pícaro los meterán en la cárcel... o algo peor. No puede ser que Agatha quisiera traerte sólo para que te detuvieran.

Se oyó un golpe metálico en lo alto. Todos miraron hacia arriba.

—Se me olvidó por completo que Mitchell estaba aquí —murmuró Bobby.

—¿Creen que nos oyó hablar? —susurró Skandar—. ¿De lo de Agatha?

—Estábamos hablando muy alto —dijo Flo con la mano en la boca.

Nerviosísimo, el chico trepó corriendo por los travesaños del tronco del árbol, subiéndolos de dos en dos, y abrió de golpe la habitación del dormitorio que compartían.

Mitchell puso cara de desconcierto. Estaba sentado en el suelo y trataba de ocultar algo debajo de la pierna.

Skandar vio el borde de una tarjeta, un destello de color.

—¿Estuviste husmeando entre mis cosas? —preguntó olvidándose por completo de todo lo relacionado con Agatha—. Ésas son mis tarjetas del Caos —añadió mientras se acercaba.

—Estaban debajo de tu hamaca. Me interesaba ver lo que el Continente... Es que... Es que... aquí no hay. Me gustan las estadísticas —farfulló claramente avergonzado.

Skandar suspiró y se dejó caer al suelo al lado de Mitchell.

—Me gusta el realismo de los unicornios, aunque sean sólo dibujos. Ojalá supiera dibujar así... con todos esos detalles —dijo Skandar.

Mitchell tomó otra tarjeta, un retrato de Sangre del Ocaso, la unicornio vinculada con Federico Jones.

—¡Exacto! Los detalles son fascinantes. Los aleteos por minuto son muy interesantes si los comparas con ganadores anteriores de la Copa del Caos... —Mitchell carraspeó para frenarse y no seguir hablando—. Aunque estoy seguro de que sólo viniste para pedirme que no cuente nada sobre tu vuelo ilegal a la Isla. Ni te molestes. Sería algo que me relacionaría contigo y es lo último que quiero.

Skandar intentó no parecer demasiado aliviado.

El otro se puso de pie de repente.

—¿Sabes? Tenía muchísimas ganas de conocer a jinetes del Continente. Me moría de ganas de estar en un cuarteto: ¡con otras tres personas con las que básicamente tendría garantizado que serían mis amigos! Sólo quería empezar de cero. Y luego apareces tú y lo arruinas todo.

Skandar se puso de pie para mirarlo cara a cara.

—¡Imagina cómo me siento yo! Deseaba ser jinete de unicornios más que nada en el mundo. Y luego resulta que estoy aliado con un elemento ¡que ni siquiera sabía que existía! ¡No tengo ni idea de qué voy a hacer cuando desaparezcan las bóvedas! Y ahora, por lo visto, resulta que existe la posibilidad de que Pícaro y yo en realidad podamos hacer algo para impedir los planes del Tejedor, sean cuales sean. Pero si lo hacemos... estamos muertos. Ah, y mi compañero de habitación me odia. ¡Dime tú a mí si eso no es que todo se te arruine!

Mitchell se subió en la hamaca con una cara tristísima.

—No podemos seguir hablando así. Si te descubren y mi padre piensa que yo ayudé a encubrir a un diestro en espíritu de incógnito... Es el representante de Justicia en el Consejo, por lo que más quieras... ¡Se encarga de encarcelar a jinetes como tú! Se llevaría una gran decepción, jamás volvería a hablarme. Y tengo que pensar en el buen nombre de nuestra familia. Eres peligroso.

Skandar negó con la cabeza.

—¿Sabes lo que creo? Que el verdadero Mitchell Henderson es alguien a quien yo querría de todas todas como amigo. Pero ¿el que finge ser otra persona por su padre? Ya no lo tengo tan claro.

Salió para volver con los demás... triste, decepcionado y asustado.

Pero al bajar por el tronco sintió un arrebato de felicidad que lo hizo sentirse un poco menos abatido. «¿Pícaro?», se preguntó. Quizá el vínculo podría conjurar algo más que magia.

12

Mutación

Por mucho que a Bobby la fastidiara, a los cascarones no les habían dado permiso para asistir a la Fiesta de la Tierra, que se celebraba a principios de agosto y en la que todo el mundo se cambiaba la chamarra amarilla por la verde, la de la estación de la tierra. Según los monitores, había coincidido con un momento crucial de su entrenamiento, aunque Bobby había insistido en que todo aquello les venía «de perlas». Así que se puso contentísima el día que, mientras las hojas de otoño empezaban a caer de los árboles acorazados, colgaron un aviso en el que se anunciaba que los cascarones podrían asistir a la Fiesta del Fuego, que se celebraría unas semanas después.

Skandar también tenía muchísimas ganas, pero Flo era menos entusiasta.

—Siempre son ruidosísimas y se hace mucho alboroto, y hay gente por todas partes —alegó mientras se dirigían a los árboles postales después de desayunar—. Preferiría quedarme aquí sin más antes que meterme en esas aglomeraciones.

Bobby negó con la cabeza.

—Por nada del mundo vamos a quedarnos aquí. He oído que hay fuegos artificiales y puestos de comida. Nada va a impedir que vaya.

Flo se echó a reír.

—Bobby, no podrías ser una diestra en aire más típica ni aunque quisieras.

—¿A qué te refieres? —preguntó su amiga con suspicacia.

—Mi madre dice que los diestros en aire son extrovertidos. Que les gustan los cambios, el baile, el ruido... Resumiendo, que adoran las fiestas, mientras que los diestros en tierra...

—¿Preferirían quedarse tranquilos en casa con un buen libro y una galleta de chocolate?

—Exacto. —Flo sonrió mientras giraba la cápsula verde y dorada para abrirla.

Skandar ya se había acostumbrado a aquel sistema. Dentro del agujero que cada jinete tenía en el árbol había una cápsula de metal. La suya era mitad dorada mitad azul, por el elemento agua, y tenía que girarla para abrirla y comprobar si tenía correspondencia. Si quería enviar una carta, tenía que colocar la cápsula con el lado azul mirando hacia fuera para indicar que dentro había algo. Era un método sencillo y colorido; las cápsulas les daban un toque alegre a los troncos y los decoraban como si fueran joyas.

Skandar se tomó su tiempo en abrir su cápsula y luego se embutió un paquete de Kenna en el bolsillo. Siempre se sentía incómodo durante las conversaciones sobre elementos y personalidad. Había oído todo tipo de cosas sobre los demás tipos de elementos: los diestros en fuego eran imaginativos, irascibles, brillaban por sus ideas; los diestros en agua eran compasivos, versátiles, resolutivos. Nadie parecía saber cómo eran los diestros en espíritu, ni quería hablar de ello, y comparar su propia personalidad con la de otros diestros en agua le parecía algo falso y que estaba mal. Y las bibliotecas no le habían servido de nada, y eso que hasta Bobby y Flo se habían puesto a buscar con él. Habían hojeado las escrituras de los cuatro elementos, además de páginas y páginas de otros libros, en busca de tan siquiera una mención al elemento espíritu, cualquier cosa que pudiera ayudar a Skandar en el momento en que desaparecieran las bóvedas de entrenamiento. Pero no había nada.

A Flo se le escapó un grito ahogado mientras leía la carta que agarraba con fuerza.

—¿Qué pasa? —preguntó Skandar rápidamente, pensando de inmediato en un ataque a los centinelas.

En sueños seguía atormentándolo la idea de que el Tejedor alcanzara el Continente y de algún modo llegara hasta Kenna y su padre... aunque desde su primera semana todo había estado tranquilo en los acantilados.

—Una amiga de mi madre y mi padre... una sanadora. Ha desaparecido de Cuatropuntos.

—¿Cómo que «desaparecido»? —preguntó Skandar en voz baja.

Flo seguía con la mirada clavada en la carta.

—Mi padre dice que se la llevaron anteanoche durante una estampida de unicornios salvajes. Corren rumores de que fue el Tejedor.

—Pero ¿por qué el Tejedor? —preguntó Bobby—. La gente puede desaparecer por un montón de razones.

Flo respondió hablando tan bajito que a Skandar le costó oírla.

—Por lo visto, en la casa de curación del árbol había una de esas marcas blancas. Una raya hecha con pintura blanca. Ya sabes, como la que el Tejedor tiene en la cara.

«Y Pícaro en la cabeza», pensó Skandar siniestramente.

Flo le dio la vuelta a la carta.

—Mi padre parece muy preocupado. Cuando desaparecían jinetes o unicornios cerca de la Tierra Salvaje, la gente solía echarle la culpa al Tejedor, pero fácilmente podían haber sido atacados por unicornios salvajes. En realidad, el Tejedor nunca se ha llevado a nadie de su casa del árbol. Nunca ha dejado ninguna marca.

Skandar no pudo evitar imaginarse la aparición de una marca blanca en la ventana del departamento 207; un unicornio salvaje putrefacto con ojos de loco; el manto negro del Tejedor ondeando al viento sobre el mar; una mano tratando de agarrar a Kenna dormida en su cama.

Flo señaló la carta.

—Dice mi padre que cree que ahora mismo no debería celebrarse ninguna fiesta en la Isla. Así que tal vez no deberíamos ir a la Fiesta del Fuego.

Bobby puso los ojos en blanco, pero Skandar no creía que lo hiciera de un modo tan convincente como de costumbre.

Un ratito más tarde, estaban disponiendo en fila a sus unicornios en el campo de entrenamiento de tierra cuando Amber pasó cabalgando al lado de Pícaro, Halcón y Puñal, sacudiendo la melena con agresividad y seguida del resto del

Cuarteto Amenaza. Detuvo a Ladrona Torbellino justo delante de ellos.

—Hola, Skandar. —Amber meneó los dedos para atraer su atención—. ¿Has oído la superbuena noticia?

Bobby la miró entornando los ojos.

—Uy, creo que tienes algo asqueroso en la cabeza, Amber. Ah, no, es sólo tu mutación. Perdona. —Bobby le dedicó una falsa reverencia.

En la frente de Amber chisporroteó una estrella blanca, a juego con la mancha de su unicornio.

A Skandar, Amber le caía igual de mal que a Bobby, pero prefería que su amiga la ignorara en vez de provocarla. Seguía preocupándole que en su primera sesión de entrenamiento ella hubiera visto el resplandor blanco de su palma.

—¡Qué gracia me hace que los continentales no sepan nada de lo que se cuece por aquí! —dijo Amber—. Me sorprende que sean capaces de distinguir un unicornio de otro. —Dejó escapar una aguda risa falsa.

Skandar vio cómo Bobby apretaba con fuerza las riendas de cuero de Halcón.

Flo incitó a Puñal a avanzar para intervenir.

—Creo que yo tampoco sé de qué noticia estás hablando, Amber —dijo Flo sin alterarse—, y mira que yo soy isleña de pura cepa. ¿Por qué no nos explicas a qué te refieres?

De la nariz de Puñal salieron unas espirales de humo que no presagiaban nada bueno.

Amber de repente pareció incómoda. Flo sólo había intentado poner paz, como siempre, pero por ser una jinete plateada tenía una autoridad que no dejaba a nadie indiferente.

—Hoy desaparecen las bóvedas. —Los dientes de Amber brillaron al sol como los de un tiburón.

Un miedo frío le subió a Skandar por la espalda. Tenía la esperanza de que avisaran antes, ¡pensaba que tendría más tiempo!

A Flo se le escapó un grito ahogado.

—¿Ahora? ¿Durante esta sesión de tierra?

Que Puñal de Plata pudiera conjurar los cuatro elementos tampoco era exactamente una buena noticia para ella. A Flo muchas veces le costaba muchísimo controlar a Puñal durante el entrenamiento, su magia era de una fuerza abrumadora, pero la noticia era mucho peor para Skandar, que estuvo a punto de vomitar por encima del ala de Pícaro.

—¿Por qué llevas esto siempre?

En un abrir y cerrar de ojos Amber había avanzado con Ladrona y le había agarrado a Skandar la bufanda negra, casi ahogándolo.

Pícaro chilló en señal de protesta e intentó pegarle un mordisco en el hombro a la unicornio de color castaño.

—¡Suéltalo! —gritó Flo—. Era de su madre. Es lo único que tiene de ella.

Skandar se quedó mirando a Flo con incredulidad. Después de soportar durante años las torturas de Owen, sabía que revelar cualquier información personal a un acosador era un error. Y, efectivamente, Amber dio la impresión de haber ganado la Copa del Caos.

—Al final va a resultar que tenemos algo en común, Skandar. —Tardó demasiado en pronunciar la primera mitad de su nombre, adrede, para que sonara ridículo—. Mi padre murió heroicamente en una pelea con un centenar de unicornios salvajes, pero a mí no me verás ir por ahí deprimida con sus cosas viejas. Es superpatético. —Soltó la bufanda y el chico estuvo a punto de caerse de Pícaro—. O a lo mejor escondes algo debajo. Tal vez... una mutación. ¿Hum?

—Skandar no ha mutado —dijo Flo, y Puñal soltó un gruñido bajo—. Y... Y si tu padre en realidad murió como un héroe, no creo que estuviera muy orgulloso de cómo tratas a veces a la gente. No eres lo que se dice amable.

A Amber se le crispó la cara de la rabia en una mueca y se marchó montada en Ladrona hasta el otro extremo de la fila, con el resto del Cuarteto Amenaza a la cabeza.

—¡Un placer, como siempre! —le gritó Bobby mientras se marchaba, quitándose un sombrero imaginario.

—¿Creen que fui demasiado cruel? —preguntó Flo—. Es verdad que a su padre lo mataron los unicornios salvajes y debe de ponerla muy triste, pero es que siempre cambia el número de unicornios que lo atacaron, así que no confío...

—Lo sabe. —Skandar la interrumpió en cuanto Amber estuvo lo bastante lejos como para oírlos.

—¿Sabe qué? —preguntaron Flo y Bobby a la vez, acercando a Halcón y a Puñal a Pícaro.

Skandar bajó la voz para que los jinetes que había por allí no lo oyeran.

—Amber sabe que soy un... ya saben qué. ¿No oyeron lo que dijo sobre la eliminación de las bóvedas, sobre si ocultaba mi mutación debajo de la bufanda? ¿Por qué si no iba a decirlo?

Flo frunció el ceño.

—Hum. Pero entonces seguro que ya te habría denunciado, ¿no crees?

—A lo mejor disfruta torturándote antes de hacerlo.

—¡Bobby! —gritó Flo—. ¡No digas eso!

—Yo siempre digo la verdad. —Se encogió de hombros—. Soy así de sincera y no puedo evitarlo.

El monitor Webb tocó el silbato montando a Polvo de Luna. Skandar no acababa de acostumbrarse al musgo de su mutación de tierra, que le crecía entre el escaso pelo de su cabeza casi calva.

—Hoy intentaremos hacer unos sencillos escudos de arena. En una batalla aérea podrían crear esta barrera para protegerse de los ataques. Útil, ¿verdad? En tres fáciles pasos. Conjuren el elemento tierra hacia el vínculo y giren la palma de la mano derecha hacia fuera. —Volteó la mano para que los jinetes vieran el resplandor verde—. Levanten el codo para que los dedos apunten a la izquierda. Luego, suban y bajen la mano en el aire delante de ustedes.

El rostro arrugadísimo del monitor Webb desapareció tras una sólida pared de arena. La magia olía a tierra recién cavada, a agujas de pino y a roca recalentada por el sol.

—Pero todavía no hay ninguna bóveda de tierra, monitor Webb —dijo Albert sentado encima de Aurora del Águila, a varios unicornios de distancia.

El monitor Web se rio entre dientes y el escudo se desmoronó en cuanto desmontó.

—Se acabaron las bóvedas por el momento, pequeños cascarones. Tendrán que echar a volar solitos, como los pájaros del nido. Los monitores coincidimos en que ya están preparados.

—Todo va a salir bien —susurró Flo a Skandar, que logró bajar la cabeza en señal de asentimiento.

Skandar no paraba de mirarse la palma a escondidas para comprobar que seguía teniendo el blanco pálido que era su tono natural. Las palmas de otros jinetes de la fila empezaron a resplandecer de un verde intenso y a él no le quedó otra más que respirar hondo. Se imaginó la arena fina del escudo y el olor de la magia de la tierra. Dejó escapar un enorme suspiro de alivio cuando su palma resplandeció de color verde, como la de todos los demás, y movió el brazo hacia arriba para intentar crear aquella jugada defensiva.

Pero, sin avisar, Pícaro salió galopando por el campo de entrenamiento a una velocidad vertiginosa. Skandar jaló las riendas y le clavó los dedos en la crin, tratando de aferrarse a él, desesperado. Y entre los dedos pudo ver el fantasmagórico resplandor blanco del elemento espíritu.

—¡No, Pícaro! ¡No! ¡No podemos!

Skandar intentó con todas sus fuerzas que la palma se le volviera verde de nuevo, pero, como salida de la nada, sintió una puñalada de rabia tan feroz que le nubló la vista. Entonces supo a ciencia cierta que Pícaro estaba enojado con él, furioso por que su jinete hubiera intentado bloquear el elemento espíritu. Al dar la vuelta sobre sí mismos, el unicornio negro se encabritó, escupiendo fuego por la boca y disparando agua hacia el cielo por las pezuñas delanteras mientras coceaba hacia arriba y hacia fuera. Fue cuestión de segundos que toda la fila de jinetes acabara calada hasta los huesos.

Con el agua y el sudor, los costados de Pícaro se volvieron resbaladizos y a Skandar se le escurría la parte interna de los muslos, apenas podía agarrarse. El monitor Webb le ordenó que se detuviera. Al ver que no servía de nada, tocó el silbato, pero con eso sólo logró que Pícaro se embraveciera aún más. El unicornio pasó zumbando por delante del monitor y lo tiró al suelo mientras Polvo de Luna chillaba furiosa.

—¡Por favor, Pícaro! ¡Para! —le gritó Skandar, que había soltado las riendas y, como último recurso, se aferraba al unicornio rodeándole el cuello con los brazos.

Pícaro gruñó y, enojado, intentó morderle las manos a su jinete y un resplandor blanco le iluminó las plumas negras de las alas. Skandar soltó un grito de miedo y desesperación al verlo; le rogó y le suplicó, pero no había forma de detenerlo. Un vendaval helado silbó en torno a sus alas y le aguijoneó las mejillas a Skandar. De repente le dio la sensación de que todo el pecho estaba a punto de explotarle, como si hubiera tragado demasiado aire. El olor a elemento espíritu le llenó la nariz: un dulzor a canela con un toque de cuero.

Luego, sin hacerlo adrede, Skandar dejó de pensar en el elemento tierra por completo. Y durante unos gloriosos segundos, el júbilo que Skandar y Pícaro sintieron cuando el elemento espíritu inundó el vínculo eclipsó todos los pensamientos sobre la muerte o el Tejedor. Podían hacer lo que quisieran. Ése era su elemento. Conjurarlo era más fácil que respirar. Los colores explotaron alrededor de la fila de jinetes: rojos, amarillos, verdes y azules. Una bola espectral de blanco resplandeciente se le empezó a formar en la mano... y de alguna forma Skandar supo que, si la lanzaba, podría utilizarla para atacar, para defenderse, para ganar competencias... Pero entonces Pícaro se volteó bruscamente, su ala izquierda chocó con la pierna de su jinete y éste cayó en cuenta.

—¡Pícaro, no puedo! —aulló al viento, con lágrimas resbalándole por la cara—. ¡No podemos! Lo siento mucho. ¡Podríamos matar a un unicornio! No sé...

Pícaro bajó un hombro y lanzó de lado a Skandar, que cayó al suelo con dureza. El unicornio se encabritó por encima de él, dando coces en el aire sobre la cabeza de Skandar con las pezuñas, que despedían humo y chispas. El chico se cubrió la cabeza por miedo a que el unicornio lo pisoteara de tan furioso que estaba.

De la nada se levantó un montón de tierra que protegió a Skandar de Pícaro y el monitor Webb se les acercó, esa vez con cautela y resollando por el esfuerzo de llegar galopando sobre Polvo de Luna. El monitor de escaso pelo se bajó y jaló a Skandar para levantarlo del suelo. El muchacho nunca lo había visto tan enojado.

—¡Tormentas de arena infernales! ¡Ese unicornio está desbocado! —gritó con una voz durísima, poco habitual en él—. Es un peligro para ti y para los demás jinetes. —Señaló con el dedo a Suerte del Pícaro, que gruñía con unos ojos brillantes que de negros pasaban a ser rojos y luego negros otra vez—. Regresa a Pícaro a los establos y, por lo que más quieras, tranquilízalo. Creía que iba a matarlos a los dos. —El monitor Webb miró de reojo a Skandar—. ¿Te lastimaste, muchacho? ¿Qué es eso que tienes en el brazo?

Mientras el anciano monitor buscaba sus lentes en su manto verde, Skandar sintió un gran alivio al darse cuenta de que no lo había visto utilizar el elemento espíritu. El chico bajó la vista a su propio brazo. Tenía la manga verde de la chamarra subida hasta el hombro. Volteó la palma hacia arriba y se quedó mirando la cara interna de su antebrazo izquierdo. Era como si alguien hubiera tomado una brocha y le hubiera pintado una franja blanca desde la sangradura del codo hasta la muñeca. Pero la cosa más rara era que el blanco era traslúcido. A través de la piel se veían los tendones y los huesos del brazo. Cerró el puño y vio tensarse todos sus músculos. Pícaro gruñía feliz detrás de él.

—Te quemaste, ¿no? Déjame que le eche un vistazo —dijo el monitor Webb.

Skandar estaba a punto de enseñarle el brazo izquierdo cuando... ¡Catapum! Alguien le dio un empujón.

—¡Monitor Worsham! ¿Qué...? —Skandar estaba tan impactado que ni siquiera pudo acabar la pregunta.

El monitor Webb abrió y cerró la boca.

—Mis disculpas —dijo Worsham—. Vi que Skandar está herido. Lo llevaré a la casa de curación.

El anciano parecía desconcertado, incluso asustado.

—Pero... pero ¿qué haces aquí abajo? Esto es totalmente inadmisible. Totalmente inadmisible, ya lo creo. Sí, monitor Worsham. Lo invito a que regrese a su casa del árbol.

En el rostro de Joby se dibujó una sombra y pareció mucho más asustado que en las clases para continentales.

—De camino dejaré a Skandar en la casa de curación del árbol —repuso forzadamente—. Vamos, Skandar. Pícaro puede regresar a los establos con Polvo de Luna.

—No voy a irme sin él... —se negó el muchacho tratando de agarrar las riendas de Pícaro.

Pero Joby le dio un empujón en la espalda para alejarlo de los demás cascarones.

—No pares de caminar —le susurró desde atrás—. Bájate la manga y no te detengas hasta llegar a mi casa del árbol. ¿Lo entiendes?

Pícaro chilló alarmado mientras su jinete se alejaba a medida que subía la colina del Nidal.

—Es... Está bien. —El miedo empezó a eclipsar la adrenalina de Skandar.

Como Amber y sus amigos habían insinuado hacía ya meses, ¿se le había ido a Joby la cabeza del todo por la pena de haber perdido a su unicornio?

Ya en el Nidal, el monitor cerró de un portazo la puerta de su casa del árbol y se volteó contra Skandar:

—En nombre de los cinco elementos, ¿puedes decirme a qué demonios estabas jugando?

—Pues yo, eh, ¿qué? —tartamudeó Skandar.

La coleta rubia de Joby se agitaba de un lado a otro mientras daba vueltas nervioso por la casa.

—¡Sé que eres diestro en espíritu! —gritó—. Vi cómo todas las líneas de falla se prendían a tu paso. A mí no me engañaste con aquella pantomima del Tejedor, ¡supongo que tus amigos se encargaron de eso!

El chico no dijo nada. La cabeza le zumbaba por el pánico. Tenía la sensación de que la casa del árbol se mecía, vibraba. ¿Qué había hecho?

—¿Y hoy vas y te da por utilizar el elemento espíritu durante el entrenamiento? ¿En qué estabas pensando? Webb no se dio cuenta básicamente porque Pícaro lo tiró al suelo.

—No lo hice adrede —argumentó Skandar algo más tranquilo—. Pero es que Pícaro me jalaba con tanta fuerza que ni siquiera me di cuenta de lo que estaba haciendo, y luego...

—¡Aaah! —Joby se dio un jalón a la punta de la coleta y echó la cabeza hacia atrás de la angustia—. ¡Ni siquiera podemos seguir hablando de esto, Skandar!

—¡Fuiste tú quien me trajo! —protestó el chico—. Yo estaba bien. No estaba herido...

—Si no te hubiera sacado de allí, el monitor Webb te habría visto el brazo. De repente tenía a Joby delante subiéndole la manga de la chamarra verde—. Esto —musitó Joby— es una mutación de diestro en espíritu.

Skandar se quedó mirándose el brazo; se le transparentaban los tendones y los huesos bajo la piel. La franja blanca le recordó a la mancha de Pícaro... y a la marca que el Tejedor llevaba pintada en la cara.

—Tendrás que llevarla siempre tapada —masculló Joby bajando el brazo—. ¿Te haces una idea de lo difícil que será?

—Pero ¿por qué? —preguntó él, desalentado.

—¿Por qué? —explotó Joby—. ¿Cómo que por qué?

—Me vas a denunciar, ¿verdad? —preguntó Skandar sin emoción en la voz—. Estamos aliados con el elemento espíritu, somos ilegales... y ahora ya lo sabes, así que... —Se encogió de hombros.

Joby se quedó mirando al muchacho como si le hubiera dado una bofetada.

—¿Denunciarte? —Frunció el ceño—. Skandar, no... —Se hundió en uno de los pufs pera y toda su ira se desinfló—. No voy a delatarte.

A Skandar el corazón le latía muy deprisa.

—¿Por qué no?

Worsham suspiró.

—Porque yo soy como tú. Soy diestro en espíritu. O por lo menos lo era.

Luego, por algún motivo inexplicable, el monitor se quitó la bota del pie izquierdo y un calcetín de color mostaza.

—Ahí la tienes —dijo levantando el pie—. Antes se parecía más a la tuya... Se difuminan si tu unicornio muere, ya ves. Pero todavía se nota el parecido.

Al principio, Skandar pensó que el pie del monitor era sólo extrañamente pálido, pero, al mirarlo más de cerca, pudo entrever los tendones, ligamentos y huesos que había bajo la piel. En algunas zonas se le habían soldado nuevos fragmentos, por lo que la mutación no se veía, y el conjunto era una composición de retazos de distintas tonalidades.

Skandar se quedó mirándolo.

—Pero ¡si dijiste que a tu unicornio hembra la había matado un diestro en espíritu!

—¡Y es verdad! —exclamó Joby con un dejo de angustia en la voz y los ojos recorriendo la habitación desorbitados—. Yo era un cascarón diestro en espíritu cuando el Tejedor apareció por primera vez y mató a aquellos veinticuatro unicornios durante las eliminatorias. El Círculo de Plata empezó a acorralarnos y en poco tiempo... todos nuestros unicornios de espíritu estaban muertos.

—Pero ¿cómo mataron a Fantasma del Invierno sin matarte a ti? Los diestros en espíritu son los únicos jinetes que pueden hacer eso, ¿verdad?

Joby tragó saliva.

—El Círculo de Plata les concedió la «oportunidad» de salvarse a todos los diestros en espíritu... pero sólo una mordió el anzuelo. Le dijeron que tenía dos opciones: morir junto a todos los demás diestros en espíritu o ayudar al Círculo de Plata a matar a nuestros unicornios y arrebatarnos el poder. La llamaron la Esbirra. —Se enjugó una lágrima—. Antes de declarar ilegal el elemento espíritu, los diestros en espíritu y el Círculo de Plata eran los dos grupos de jinetes más poderosos de la Isla. Se odiaban mutuamente. Alistar en sus filas a la Esbirra fue la venganza perfecta del Círculo de Plata. —Joby respiró honda y sonoramente—. Supongo que me salvó la vida, a mí y a todos los diestros en espíritu, pero... —Negó con la cabeza—. Jamás podré perdonarle que me arrebatara a Fantasma del Invierno. Mira en lo que me he convertido: sin mi Fantasma no soy nada, ¡peor que nada! No puedes permitir que te ocurra lo mismo, ni a ti ni a Suerte del Pícaro. —Le brillaron los ojos con una determinación maníaca—. No uses el elemento espíritu, Skandar. Nunca.

—Pero si yo no quiero usarlo. ¡Es el elemento muerte! Me da muchísimo miedo poder matar a un unicornio. Hoy no quería usarlo, pero es que es tan difícil pararlo... No quiero ser como el Tejedor.

—Escúchame bien. —Worsham se arrodilló delante del muchacho, como si le suplicara—. Los diestros en espíritu, como tú, como yo, tenemos la capacidad de matar a unicornios, pero no es algo que vaya a pasar así porque sí. Si un diestro en espíritu quiere matar a un unicornio, tiene que quererlo con todas sus fuerzas. ¿Lo entiendes? No te tortures pensando que podrías matar sin querer al unicornio de un amigo, ¿de acuerdo?

A Skandar le sobrevino una sensación de alivio tan intensa que casi le cedieron las rodillas. Asintió. No era peligroso... a menos que quisiera serlo.

—Igual que los otros cuatro elementos, el espíritu está dentro de cada unicornio, de cada jinete —continuó Joby—. Pero ningún monitor lo enseña, nadie lo usa ya, así que los jinetes no lo entienden, aunque fluya a través de sus vínculos. No estoy pidiéndote que dejes de emplear el elemento espíritu porque sea malo. Estoy pidiéndotelo porque el Círculo de Plata te matará si descubren quién eres. Aspen McGrath anda buscando con desesperación a alguien a quien culpar por la muerte de esos centinelas. No les perdonarán la vida ni a ti ni a Pícaro.

—Pero es que hoy no pude controlar a Pícaro... No pude impedir que el elemento espíritu se metiera en el vínculo.

—Tendrás que aprender a bloquearlo. Tienes que pensar en otro elemento con toda la fuerza y la intensidad que puedas.

—¡Eso es lo que intenté hacer! —gritó Skandar—. Pero ¡no funcionó!

—Tienes que aprender a concentrarte —le espetó—. Tu mente, tu voluntad tienen que ser fuertes. Debes enfrentarte a Pícaro, no puedes darte por vencido. —Joby se levantó y se puso a dar vueltas con más energía de la que Skandar había visto en él hasta el momento—. ¿Cómo estás ocultando la mancha de Pícaro?

—Al principio con tinta, pero ahora utilizo betún para pezuñas —explicó Skandar.

—¿Quién más lo sabe? —preguntó Joby.

—Bobby Bruna, Flo Shekoni...

Joby se quedó detuvo.

—¿La del plateado?

—No dirá nada. Somos amigos.

—Un plateado y un diestro en espíritu. Peligro.

Skandar hizo caso omiso.

—Ah, y Mitchell Henderson.

—¿El hijo de Ira Henderson? Pero ¡si está en el Consejo! —exclamó Joby incrédulo—. ¿Lo dices en serio?

—Ah, y puede que también Amber Fairfax. Es la que más me preocupa —masculló Skandar deprisa, esperando que el monitor perdiera los estribos.

En vez de eso, hizo un gesto con la mano quitándole importancia.

—No dirá nada.

—¿La conoces? —preguntó el chico con tono sarcástico—. ¡Claro que lo dirá!

Joby se puso delante de él.

—No querrá que la asocien con un diestro en espíritu. No querrá que el Consejo le haga preguntas y no querrá que su cara aparezca en primera plana junto a la tuya en el *Heraldo del Criadero*.

—¿Por qué no? —farfulló Skandar—. Precisamente ¡salir en el periódico de la Isla parece algo que a Amber le encantaría!

—Simon Fairfax, su padre, está en la cárcel.

—¡Pues dijo que lo habían matado unos unicornios salvajes! —Skandar se puso furioso.

Su madre estaba muerta de verdad, ¡cómo podía Amber mentir sobre su padre de aquella forma!

Joby soltó una carcajada falsa.

—Bueno, supongo que ella y su madre preferirían que así fuera. Pero no, Skandar. Simon Fairfax es diestro en espíritu. Como nosotros.

Un millón de preguntas le explotaron a Skandar en la cabeza colisionando unas con otras como aves que huyeran de una manada de unicornios hambrientos. Verbalizó la primera que se le vino a la boca.

¿Y por qué tú no estás en la cárcel con Simon Fairfax, con todos los demás diestros en espíritu?

—Conmigo decidieron mostrar un poco de clemencia. —La risa de Joby sonó hueca—. Yo era el diestro en espíritu más joven del Nidal; creían que, con mi unicornio hembra muerto, no causaría muchos problemas. Me permitieron leer libros sobre el Continente y me convertí en un experto en la materia, así que me dieron la oportunidad de dar clases a los jinetes recién llegados de allí. Pero no soy libre, no soy libre desde el día en que me quitaron a Fantasma del Invierno. Aunque me imagino que las cosas cambiarán después de lo de hoy. Después del espectáculo que he dado con Webb se acabó el escaparme a escondidas para vigilar tu entrenamiento.

Un fuerte ruido procedente del puente de delante de la casa los puso a ambos sobre aviso.

—Escúchame bien, Skandar. No vuelvas a usar el elemento espíritu. No vuelvas a hablar conmigo del elemento espíritu. Y, por lo que más quieras, no dejes que nadie vea esa mutación.

—Pero ¡es que hay tantas cosas que quiero preguntarte! Si el elemento espíritu no le hace daño a nadie, entonces ¿no podría servir para algo? Antes me dijiste que los diestros en espíritu habrían sido capaces de detener al Tejedor, ¿qué significa eso? ¿Sabes qué está tramando el Tejedor? ¿Yo podría ser de ayuda? A mí me trajo a la Isla una persona, Joby... ¿podría ser para eso?

Worsham ya estaba conduciéndolo hacia la puerta, como si lo aterrorizara que pudiera llegar alguien.

—Con toda la gente que está desapareciendo y la explosión de los centinelas, si se descubre que estás aliado con el elemento espíritu, poco importará que estés intentando ayudar.

—Pero necesito saber más. ¿Y el Continente? ¿Y mi familia?

—Aunque pudieras ayudar, eso no quiere decir que debas hacerlo. Al quinto elemento se le llama «el de la muerte» por algo, Skandar. No dejes que también te mate a ti.

Y, acto seguido, le cerró la puerta en la cara.

13

Pudín de chocolate

Con una mezcla de conmoción, terror y desilusión, Skandar regresó con paso pesado a su casa del árbol, sorteando a saltos los peligrosos huecos que había entre las plataformas y bajando los peldaños de las escaleras de cuatro en cuatro. No podía creer que Joby, el único diestro en espíritu que conocía, se negara a ayudarlo o a contarle más cosas sobre el Tejedor. En la seguridad de su habitación, abrió a jalones el paquete de Kenna que esa misma mañana había recogido del árbol postal, con la esperanza de que lo tranquilizara. Una bolsa de muñequitos de gomita cayó ruidosamente en la alfombra, entre sus botas negras, mientras leía.

¡Skar!

No puedo creer que ya estés haciendo magia con los elementos. Supongo que, como es tu elemento aliado, tu clase favorita será la de agua, ¿no? Qué orgullosa estoy de ti, hermanito. Creo que eres muy valiente por montarte en un unicornio de verdad. Está bien, y tengo una lista de preguntas, así que prepárate. ¡Quiero saberlo TODO! Y la gente de la escuela también. Ahora soy prácticamente famosa por tu culpa…

Quieren saberlo todo de Pícaro, de tu entrenamiento, de lo bien que te va. Quieren que hable sobre ti delante de todo el mundo en el salón de actos. Descuida, que en mi próxima carta te daré DETALLES de la cara que pone Owen!

P. D.: Espero que los muñequitos de gomita no lleguen muy aplastados.

Skandar arrugó la carta e hizo una bola con ella. No podía responder a ninguna de las preguntas, por lo menos no con la verdad. No se sentía valiente, sobre todo cuando las advertencias de Joby todavía le resonaban en los oídos. Lo único que lo ayudaba a no echarse a llorar era sentir el vínculo en el pecho, aquel cosquilleo lleno de vida, el modo que tenía Pícaro de decirle: «Siempre nos tendremos el uno al otro, aunque el mundo entero esté en nuestra contra.»

Al final, vencido por el hambre, se dirigió al Comedero para almorzar y justo en la puerta se topó con Mitchell.

—¿Eres ya un nómada? ¿Te echó el monitor Webb? ¿Qué te dijo Worsham?

Para ser alguien que creía que era una persona malvada, Mitchell parecía extrañamente preocupado.

—No, por esta vez no. Aunque me salvé por poquito.

Mitchell frunció el ceño.

—Ah. Pues me alegro. Lo... lo decía por nuestro cuarteto, daría muy mala impresión que uno de nosotros fuera ya nómada, tan pronto.

—Ajá —dijo Skandar totalmente confundido.

—Se te cayó esto —dijo Mitchell de repente, y le entregó la bufanda de su madre—. Abajo, en el campo de entrenamiento.

Skandar se llevó la mano al cuello de forma automática; no podía creer que no se hubiera dado cuenta.

—Gracias, Mitchell. Fue muy amable...

—Tengo que irme —lo interrumpió éste, y entró a toda prisa.

Unos instantes más tarde, con las tripas sonándole, Skandar estaba a punto de tomar un plato cuando divisó de nuevo a su compañero. Estaba eligiendo postre y Amber se le acercaba, flanqueada por los demás miembros del Cuarteto Amenaza.

Oyó la aguda voz dulce y falsa de la chica.

—¿Sigues sin amigos, Mitchellito?

—Lárgate, Amber —masculló éste, sin levantar la vista.

—¿Qué te pasa? ¿No quieres jugar con nosotros? —le susurró Meiyi, la componente de pelo negro.

—Miren, lo único que quiero es comerme mi comida. No estoy molestando a nadie. ¡Eh, Kobi, devuélveme eso!

Kobi le había quitado el plato con el postre y se lo enseñaba de lejos para hacerlo enojar.

—¡Es mío! —insistió Mitchell.

—Nada-de-eso —le gruñó Amber dándole tres empujones en el pecho.

Después del día que había tenido, algo dentro de Skandar explotó. De repente, Amber se convirtió en todas las chicas que alguna vez le habían dicho que era raro, en todos los chicos que le habían dicho que su padre era un fracasado y que él acabaría igual. Él ya no era el de antes, no vivía atrapado en una escuela sin amigos y no necesitaba que Kenna diera la cara por él. Era jinete. Tenía a Flo, a Bobby y a Suerte del Pícaro, y no estaba dispuesto a aguantar que nadie más lo acosara. Ni mucho menos alguien que mentía diciendo que su padre estaba muerto.

Skandar se dirigió dando zancadas hacia Mitchell. El Cuarteto Amenaza estaba tan ocupado riéndose que ni siquiera lo vio llegar. Se colocó detrás de ellos y con un movimiento ágil le quitó a Kobi el plato de pudín de chocolate de la mano.

—¡Eh! —gritó Kobi.

Los demás dejaron de reír

—Pero ¡tú qué te metes! —bramó Amber dando un paso al frente hacia Skandar.

A él le entró el pánico. No sabía qué hacer, sólo había pensado en impedir que siguieran molestando a Mitchell, en nada más, por lo que, mientras el Cuarteto Amenaza lo rodeaba, empleó la única arma que tenía y les lanzó el contenido del cuenco.

El pudín de chocolate fue a parar justo entre los ojos de Amber, una gran mancha aterrizó en la cabeza de Kobi y Meiyi se agachó gritando que le había salpicado en el pelo. El único que salió ileso fue Alastair, que, con los puños apretados, se fue directo hacia Skandar. Pero a éste se le ocurrió una idea.

—Pónganos un dedo encima a mí o a Mitchell —masculló con el tono más amenazador que pudo— y se las verán con Suerte del Pícaro. Aunque sea lo último que haga antes de que nos echen del Nidal.

El Cuarteto Amenaza lo fulminó con la mirada.

—Ya lo vieron hoy durante el entrenamiento. —Se encogió de hombros—. Prueben. A ver qué pasa. —Se maravilló de que su voz sonara firme.

Los miembros del Cuarteto se miraron nerviosos entre sí, sin saber cómo actuar. Skandar decidió dejar que se las arreglaran solitos. Aunque tenía una última cosa que decir. Se acercó a Amber, que estaba limpiándose el pudín de la nariz respingada.

—Si haces algo —masculló ella entre dientes—, le contaré a todo el mundo que...

—Atrévete —farfulló Skandar en voz baja—. Y cuando me metan en la cárcel, tranquila, que iré a saludar a tu padre.

Amber abrió y cerró la boca como un pececito.

—No está en la cárcel —logró decir ella con voz ronca.

Y la mentira le sirvió a Skandar para ignorar la punzada de culpa que sentía por haber usado su secreto para salvarse. Se alejó y tomó un plato como si no hubiera pasado nada. Le ardían las orejas y el corazón le latía desbocado, pero se amontonó un poco de comida en el plato y sirvió un cucharón de pudín en el plato de Mitchell. Cuando se dio la vuelta, el Cuarteto Amenaza ya no estaba.

—¿Más pudín? —le preguntó Skandar, y no pudo evitar sonreír al ver la expresión en la cara de su compañero.

—¡Truenos y relámpagos! No puedo creer que acabes de hacer eso. Fue... Fue lo mejor que he visto en mi vida.

Mitchell se echó a reír, y Skandar, que nunca lo había visto sonreír, ni mucho menos reír, hizo lo mismo.

—Amber con la cara llena de chocolate —dijo Mitchell casi sin aliento—. No te imaginas cuánto tiempo llevaba soñando con que ocurriera algo así.

Mientras reían, se oyó una especie de tos a sus espaldas. Allí estaban Bobby y Flo negando con la cabeza.

—¿«Se las verán con Suerte del Pícaro»? —Bobby arqueó una ceja—. ¿De verdad acabo de oír eso?

Mitchell le sonrió llorando de la risa.

—¡Exacto! ¿Cómo fue, Skandar? ¿«Antes de que nos echen del Nidal»?

Bobby hizo un gesto de admiración y dijo:

—Qué malote.

—Skandar. —Flo no parecía contenta; era la primera vez que no lo llamaba «Skar» desde aquella primera noche y eso hizo que él parara de reír—. No puedes ir por ahí diciendo cosas así. Alguien podría pensar que hablas en serio... Podrían declararte nómada. ¡Por no decir que alguien podría pensar que eres peligroso de verdad!

—¿No viste lo que ocurrió hoy en el entrenamiento? —dijo Skandar en voz baja mirándola a la cara, que reflejaba su preocupación—. Es que somos peligrosos.

Flo empezó a estrujarse las manos nerviosa.

—No sé, Skar, pero procura no pasarte con las amenazas de muerte.

El chico le sonrió.

—Haré lo que pueda. Pero, créeme, no será fácil.

Esta vez el ataque de risa les dio a los cuatro.

Unas semanas más tarde, Skandar se despertó temprano. Bajó por el tronco, echó un poco de leña a la estufa y le escribió una carta a Kenna. Contarle cómo se sentía siempre lo hacía sentirse mejor, como si ella estuviera sentada a su lado recogiéndose el pelo detrás de la oreja mientras él escribía.

Kenn:

No quiero mentirte, las cosas no van bien por aquí. Pícaro está raro y no sé qué le pasa, y tengo la impresión de que nuestro vínculo no puede cambiar las cosas. No para de morder, de dar coces ni de chillar y, si te soy sincero, la mayoría de las veces casi no puedo controlarlo. A otros jinetes les da miedo y algunos han llegado a de cir que deberían echarnos del Nidal. Pero a mí me asusta que sea culpa mía.

Skandar no sólo pensaba que fuera culpa suya, sabía que lo era. Pero no podía arriesgarse a mencionar su lucha constante para impedir que la luz blanca se le extendiera por la palma de la mano, ni tampoco la culpa que sentía cuando lograba bloquearla o la rabia que le hervía en el pecho y que provenía de Pícaro. ¿De qué servía que pudieran sentir las emociones del otro si su vínculo tenía muy poco de conexión y mucho de estira y afloja? Las cosas se habían puesto tan feas que en unas cuantas ocasiones Skandar había acudido al monitor Worsham para pedirle consejo después de las clases para continentales, pero Joby casi lo había echado a empujones de su casa.

¿Recuerdas que te conté que a Pícaro le gustaba hacer travesuras con Roja en el claro o salpicarle agua a Halcón para hacerla enojar o darme mordiscos en el pelo? Bueno, pues ya no hace nada de eso. Y ya no le hacen gracia los muñequitos de gomita, ni siquiera los rojos. Ojalá estuvieras aquí, Kenn. Hay tantas cosas que quiero contarte... Te extraño más que nunca. Un beso, Skar.

Metió también en el sobre un dibujo suyo de Pícaro haciendo corvetas y luego bajó al árbol postal. Mientras volvía, sintió un jalón en el vínculo que hizo que le picara la curiosidad, un pálpito de felicidad procedente de Pícaro, que intentaba animarlo; así que cambió de rumbo y se dirigió hacia los establos.

Al llegar, a Skandar casi se le salió el corazón por la boca. Junto a los habituales chillidos y relinchos de los unicornios, a lo largo de la muralla se oía el eco de unas conversaciones animadas, de los martillos al chocar contra el metal y del hierro al rojo vivo al crepitar.

Junto al establo de Pícaro había un chico con los brazos cruzados y las cejas levantadas. Sólo era un poco mayor que

Skandar, tenía el pelo castaño dorado y los ojos de distinto color: uno café y otro verde. Parecía enojado.

—¿Es tuyo este monstruo? —le preguntó malhumorado a Skandar.

No supo qué decir. De la nariz de Pícaro salían espirales de humo y alrededor del labio inferior tenía manchas de sangre del desayuno.

—Me dio un par de sustos de muerte. Primero me lanzó una bola de fuego a la pierna y luego me echó prácticamente del establo con un chorro de agua. ¿Siempre es así?

—Ahora mismo anda un poco inquieto —respondió Skandar avergonzado, con el eufemismo del siglo.

—Ya —refunfuñó el chico—, pues no hagas que me arrepienta de haberte elegido.

—¿De haberme elegido?

—Soy su herrero.

—Aaah.

Cuando vivía en el Continente, Skandar había soñado con ese momento. Desde pequeño había dibujado infinitos bocetos de unicornios con armadura, imaginándose cómo sería la suya. A todos los unicornios jóvenes se les equipaba con una armadura completa con la que protegerse durante las batallas aéreas. La armadura de los jinetes protegería tanto su vida como, gracias al vínculo, la de su animal.

—Perdona, no había caído en cuenta. —Skandar prácticamente tuvo que gritar para que su voz se oyera por encima del ruido del metal contra el metal—. Es sólo que pareces bastante...

—¿Joven? —El chico se llevó las manos a las caderas— Sí, ¿qué pasa? Soy aprendiz de herrero. ¿Algún problema?

Se apoyó en la puerta del establo con cara de pocos amigos. Vestía una camisa polo verde oscuro y pantalones y botines cafés. Igual que todos los demás herreros, también llevaba un delantal de cuero muy mugriento con un cinturón lleno de herramientas. Era probable que aquel chico tuviera sólo un año más que él, pero de algún modo hacía que Skandar se sintiera como un niño.

—No, no, ninguno. Sólo que siento mucho que Pícaro haya intentado atacarte —farfulló.

—Bueno, tal vez se porte mejor ahora que estás aquí —repuso el herrero con aspereza—. Me llamo Jamie Middleditch.

Y le tendió una mano que estaba todavía más mugrienta que el delantal.

—Skandar Smith —respondió él con la sensación de que todo aquello era extrañamente formal.

—Lo sé —repuso Jamie sacándose una cinta métrica del bolsillo del delantal.

Luego miró a Skandar con gesto expectante.

—Ah, sí, claro. Entro yo primero, ¿no? —preguntó él agarrando un cepillo y sintiéndose incómodo bajo la mirada bicolor del chico.

—Claro —respondió Jamie, esta vez con un esbozo de sonrisa en los labios.

Pícaro lanzó un torrente de agua que Skandar tuvo que esquivar al entrar. El pelaje negro del unicornio echó chispas eléctricas, batió las alas, cada vez más grandes, con agresividad y algunas plumas se prendieron fuego.

—Hoy va a ser uno de esos días, ¿verdad? —Suspiró Skandar arqueando las cejas ante Pícaro.

Le puso la mano en el cuello negro y caliente e intentó calmarlo.

—¿Ya? —La voz de Jamie le llegó desde la puerta del establo.

—¿Por qué no? —dijo Skandar casi gritando, y luego le susurró a Pícaro—: Voy a presentarte a Jamie. Quiere hacernos una armadura que nos proteja cuando luchemos con los demás unicornios. Por favor, por favor te lo pido, no intentes matarlo.

Jamie se acercó y a Pícaro se le hincharon las narinas al rojo vivo. Skandar se preparó para una ráfaga de elementos. Pero no llegó. Jamie empezó a tararearle una canción: una melodía relajante. El unicornio bajó el cuello, le olisqueó las botas y luego el delantal de herrero. El chico tendió la mano para acariciarle la cabeza.

—¡No! —exclamó Skandar de repente, por miedo a que el herrero notara la mancha del animal.

Pícaro y Jamie se quedaron mirándolo sorprendidos. Skandar pensó deprisa.

—No le gusta que le toquen la cabeza. Perdona. Tendría que haberte advertido.

—No pasa nada —respondió Jamie, y en vez de la cabeza le acarició el cuello.

Skandar siguió observándolos sin salir de su asombro. Justo hacía unos días, Flo había intentado acariciarle la nariz y Pícaro había tratado de arrancarle el dedo de un mordisco.

—Nunca deja que nadie se le acerque, ni mucho menos...

—Los herreros tenemos un don. —Jamie le sonrió al unicornio—. Me cae bien cuando no intenta freírme.

—A mí también —dijo Skandar.

Y los dos se echaron a reír.

Cuando Jamie desenrolló la cinta métrica y Pícaro, jugando, intentó morderle la punta, una pregunta empezó a formularse en la mente de Skandar:

—¿Han sabido algo del Tejedor últimamente?

Era la primera vez que conocía a un isleño que no viviera en el Nidal y se preguntó qué información podría sacarle.

—Desde aquí arriba vimos las bengalas de los centinelas, pero no nos llegan muchas noticias —añadió Skandar.

Jamie le daba la espalda mientras sujetaba la cinta métrica contra la pata de Pícaro.

—Supongo que prefieren tenerlos a salvo y libres de preocupaciones aquí arriba, en su nido de metal. No les gusta que tengan distracciones.

—He oído que se llevaron a una sanadora —soltó Skandar recordando la carta que Flo había recibido de su padre ese mismo mes—. ¿Y sabes si alguien ha visto a Escarcha de la Nueva Era?

Jamie le hizo un gesto a Skandar para que lo acompañara hasta la pared del establo, lejos de la puerta.

—Ni rastro de Escarcha de la Nueva Era, pero ahora mismo hay muchas personas desaparecidas —dijo el herrero en voz baja.

Skandar esperó a que siguiera hablando.

—Desde la última Copa del Caos —continuó Jamie— ha habido más estampidas de unicornios salvajes que nunca. Y todo el mundo sabe que el Tejedor está detrás, sacando a las bestias de la Tierra Salvaje. Pero cada vez que se produce una estampida, hay nuevas desapariciones entre nosotros.

—¿Entre ustedes? —preguntó Skandar.

A Jamie le dio un escalofrío.

—No se han llevado a ningún jinete. Todas son personas como la sanadora de la que hablabas... Isleños normales y corrientes. Isleños pero no jinetes. Como yo.

—¿Cuántas personas desaparecidas van ya? —preguntó Skandar, horrorizado.

Jamie suspiró pesadamente.

—Una tendera, un bardo, una aprendiz de guarnicionería, la dueña de una taberna y por lo menos dos herreros. ¿Te lo imaginas? Pensábamos que más o menos estábamos a salvo del Tejedor, por no ser jinetes, ya sabes.

—Lo que no entiendo es por qué querría llevarse a personas.

—Yo tampoco. —Jamie se encogió de hombros—. Aunque se oyen rumores sobre experimentos.

—¿Qué tipo de experimentos?

—Ni idea. Puede que sólo sean habladurías.

—¿Hay alguien buscando a las personas desaparecidas? —preguntó Skandar, indignado.

La risa de Jamie sonó hueca.

—Aspen McGrath está desesperada por averiguar qué trama el Tejedor. Pero por lo visto está más concentrada en encontrar a Escarcha de la Nueva Era que a los isleños desaparecidos. Sí, el Consejo ha estado colgando carteles por todas partes, pidiéndole a la gente que denunciara cualquier cosa que le resultara sospechosa, pero por el momento no ha servido de nada.

Skandar se tiró de la manga de la chamarra verde para asegurarse de que su mutación estaba bien tapada.

—Si quieres saber mi opinión, nuestra comodoro está cegada por haber perdido a su unicornio. El Tejedor está planeando algo grande, estoy seguro. Más grande que robar a Escarcha de la Nueva Era, más grande que los Veinticuatro Caídos. Es la primera vez que el Tejedor mata a centinelas. Tienes que andar con cuidado.

Jamie le dio unas palmaditas a Pícaro en el cuello y el unicornio relinchó a modo de agradecimiento.

—No quiero que su armadura caiga en las asquerosas manos del Tejedor.

Skandar observó cómo Jamie tomaba medidas durante un rato y luego sujetaba trozos de metal contra las patas de Pícaro.

—¿Cuándo estará lista?

Skandar estaba pensando que podría resultarle bastante útil para protegerse de Pícaro si las cosas seguían por el mismo camino por el que iban.

—Después de la Fiesta del Fuego —respondió Jamie incorporándose.

Skandar recordó algo que el chico le había dicho.

—Y... ¿a qué te referías cuando dijiste que nos elegiste?

Jamie se rio entre dientes.

—Los monitores nos mandan un informe de todos los unicornios... y tenemos que escoger uno.

—¿Y tú escogiste a Suerte del Pícaro? —preguntó Skandar, incrédulo—. Últimamente no es que tenga el mejor expediente por comportamiento. Aunque no es culpa suya —añadió Skandar—. Es solo que es un poco... distinto.

—Verás, Skandar, yo sé muy bien lo que es ser distinto —dijo Jamie suspirando—. Vengo de una familia de bardos, se ganan la vida cantando, pero yo siempre quise ser herrero. Ser distinto requiere agallas. Y agallas es lo que hace falta para ganar la Copa del Caos. Por eso los escogí a ti y a Pícaro.

—¿Todo eso venía en nuestro informe?

Jamie se echó a reír.

—Fue una lectura entretenidísima. Te caes bastante de Pícaro, ¿no?

Skandar refunfuñó.

—Pero luego vuelves a subirte a él —añadió el joven más amablemente—. Por eso te elegí.

Le mostró la cinta métrica a Skandar.

—¡Ahora te toca a ti!

Esa noche el sonido de la lluvia resonó en los tejados del Nidal como si unas manos batieran unos tambores metálicos. Cada casa del árbol tenía su ritmo particular, que se unía a la cacofonía que reinaba en el aire nocturno. Pero ni siquiera la lluvia podía aguarle la fiesta a Skandar. Al día siguiente era precisamente la Fiesta del Fuego y por primera vez viajaría hasta Cuatropuntos montando a Suerte del Pícaro. Y, lo mejor de todo, iría con sus amigos. Sin duda, ahora que ya no estaban las bóvedas, Skandar vivía sus sesiones de entrenamiento con el terror de que descubrieran que era diestro en espíritu, pero por algún motivo entre las cuatro paredes metálicas de su casa del árbol se sentía a salvo. Antes del incidente del pudín de chocolate, Skandar no se había dado cuenta de que sus preocupaciones por el elemento espíritu se habían amplificado por el modo en que Mitchell se comportaba con él. En la casa del árbol ahora se sentía como en un lugar totalmente distinto. Se sentía todavía más en casa.

—¿Puedo verla otra vez? —preguntó Bobby interrumpiendo a Skandar en mitad del dibujo.

Skandar se levantó la manga verde para dejar al descubierto su mutación esquelética. Apretó el puño y Bobby observó los músculos y los tendones que se movían bajo la piel, el brillo de los huesos.

En un rincón, Mitchell se cubrió los ojos, como si la mutación pudiera dejarlo ciego.

Bobby puso los ojos en blanco.

—Ay, déjalo ya.

—¡Perdona! —protestó Mitchell—. No llevo ni cinco minutos intentando más o menos asumir todo este asunto, así que discúlpame si tardo un poco más en acostumbrarme a una auténtica mutación de un diestro en espíritu.

Volvió a posar la mirada en su libro.

—¿Qué estás leyendo? —preguntó Skandar intentando que reinara la paz.

—Mi madre me envió este libro increíble sobre monturas de unicornios. —Mitchell lo levantó para que Skandar viera la cubierta—. Es bibliotecaria del Consejo. —Sonó orgulloso; no asustado, como cuando hablaba de su padre.

—Ah, ¿y crees que podría saber algo del Libro del Espíritu? —preguntó Skandar sin poder evitarlo.

Mitchell hizo una mueca y negó con la cabeza.

—Trabaja para la biblioteca del agua.

Pero a Bobby le interesaba otra cosa que Mitchell había mencionado.

—¿Cuándo nos pondrán la montura? —preguntó.

—Cuando seamos pichones —respondió Flo—. Mi padre dice que me sacará los colores cuando me traiga sus diseños a la ceremonia del año que viene. —Sonrió como si se imaginara la conversación.

—Ay, pues ojalá llegue pronto ese momento —se quejó Bobby cambiando de postura en su puf—. Tengo el trasero más magullado que puré de manzana.

—¿Qué significa eso? —preguntó Flo educadamente—. ¿Es una expresión del Continente? ¿No crees que es muy interesante estar en un cuarteto con dos continentales, Mitchell? En la Isla todo el mundo se conoce, así que da gusto que para variar haya cosas que te sorprendan.

—A ver, a ver, ¡no le hagas caso a Bobby! —Skandar estaba aguantándose la risa—. Eso no es algo que digamos en el Continente.

—Siempre eres un aguafiestas —refunfuñó Bobby.

—¿Qué estás dibujando, Skar? —preguntó Flo levantándose.

Skandar notó que se ruborizaba cuando ella se acercó a observar el dibujo por encima de su hombro.

Había dibujado al cuarteto con sus respectivos unicornios. Roja y Pícaro hacían estallar juntos un árbol mientras Mitchell y Skandar se resguardaban no muy lejos. Bobby le cepillaba la crin a Halcón; su unicornio hembra siempre insistía en ir impecable. Y a Flo la había dibujado sonriendo a Puñal y apoyándole la mano en el cuello.

Flo se echó a llorar y Skandar soltó de inmediato el cuaderno de bocetos.

—¿Te dibujé mal? Es para mi hermana. Iba a enviárselo en una carta, pero no tengo...

—No, Skandar, es... es precioso —dijo Flo entre hipidos—. Ojalá Puñal y yo nos miráramos así, pero está claro que no tenemos la misma conexión que tienen todos ustedes. Los veo juntos y es como si estuvieran hechos los unos para los otros. Mitchell, Roja te da calorcito cuando duermes con ella en el establo... Se enciende como una fogata. ¡La he visto hacerlo! —Luego se volteó hacia Bobby—: Y puede que Halcón se porte como una princesa, pero también entiende que seas competitiva, así que siempre se esfuerza al máximo por ti. Y Skandar. —Suspiró con esfuerzo—. ¡Tú mismo dijiste que ya sientes las emociones de Pícaro! ¡Y eso no suele ocurrir hasta que llegamos a volantones! Todos encajan, todos sienten el amor del vínculo. Pero a Puñal ni siquiera le gusto, nunca le he gustado. No entiende por qué tengo miedo de él.

En un giro de los acontecimientos, Bobby hizo un gesto nada típico en ella: se levantó y abrazó a Flo.

—Ya verás que todo irá a mejor. Y yo voy a ayudarte, ¿de acuerdo?

Flo se secó las lágrimas.

—Es que no puedo...

—¡Ni se te ocurra tirar la toalla! —Bobby le lanzó una mirada feroz a Flo—. Porque, de lo contrario, tendrás que vértelas conmigo. Y créeme, Florence, puedo dar mucho más miedo que un unicornio plateado.

—No lo dudo —musitó Mitchell a Skandar.

Skandar se rio entre dientes. Pero al ver como Bobby abrazaba a Flo aún más fuerte, pensó que en realidad daba mucho menos miedo del que jamás admitiría.

¡Bum! Fuera se oyó una explosión.

Skandar fue corriendo hasta la puerta y la abrió de par en par, con Bobby pisándole los talones. Salieron corriendo hasta el barandal de la plataforma y miraron a lo lejos. Estaba claro, por encima de los Acantilados Espejo volvía a ascender un humo verde.

—¿Será otra bengala de un centinela? —Flo se llevó rápidamente la mano a la boca al llegar hasta ellos acompañada de Mitchell.

—Es una bengala de un diestro en tierra —dijo Mitchell en voz baja y con tristeza.

¡Bum! Otra explosión retumbó por todo el Nidal. Esa vez de humo amarillo.

¡Bum! Un humo rojo se mezcló con el amarillo y el verde por encima de los Acantilados Espejo, por lo que ahora parecía más bien una humareda que salía de una fogata. Skandar sabía que en quienes debería estar pensando era en las familias y los amigos de los centinelas muertos, pero en su mente irrumpió una imagen del rostro aterrorizado de Kenna.

Había más jinetes que habían salido de sus casas de los árboles y, desde los puentes, señalaban el lugar donde habían caído los centinelas. Las voces que más se oían eran las de los continentales, de cascarones a aguis.

—¡Está claro que son los Acantilados Espejo!

—¡El Tejedor está intentando llegar al Continente!

—¿Fueron tres?

—¿Una detrás de otra?

—¿Habrá logrado pasar el Tejedor?

—¡Tenemos que hacer algo!

—¿Hubo alguna señal desde Cuatropuntos?

Pasaron varios minutos caóticos, en el claro brillaron las linternas, cuya luz se reflejó en la armadura de los árboles. Los monitores del Nidal pasaron cabalgando por el bosque al grito de: «¡El Continente está a salvo! ¡La línea de defensa está intacta! ¡El Continente está a salvo!».

—Pero ¿durante cuánto tiempo va a seguir a salvo? —dijo Skandar mientras, de nuevo en la casa del árbol, todos se desplomaban en sus pufs pera—. ¡No podemos quedarnos de brazos cruzados aquí arriba mientras el Tejedor se acerca cada vez más al Continente para atacarlo!

Bobby asintió, con los ojos enardecidos por el mismo fuego que los de Skandar. Sus familias estaban en el Continente, desprotegidas. Para ellos aquello era distinto.

—¿A qué te refieres? —preguntó Flo totalmente atemorizada.

Pero Skandar estaba mirando a otra parte. Del libro de Mitchell sobresalía un recorte de periódico. Lo agarró.

—¡Ahora no sé por dónde iba! —se quejó Mitchell.

Sin embargo, Skandar estaba concentrado en la portada del *Heraldo del Criadero*, casi sin creer lo que veía.

—¿Qué es eso? ¿Qué pasa? —preguntó Flo.

—Agatha está viva —anunció Skandar con voz ronca.

Y señaló una fotografía en blanco y negro bajo el titular: DE NUEVO ENTRE REJAS: FIN DE LA FUGA DE LA ESBIRRA. —¿Es ella? —preguntó Mitchell con urgencia—. La mujer que te trajo volando a la Isla... ¿es la Esbirra? ¿La que traicionó a los diestros en espíritu? ¿La que mató a todos sus unicornios? ¿La que mató al unicornio de Joby?

—¿Estás seguro? —preguntó Flo mirando de reojo la fotografía—. ¿Estás seguro, Skar?

—Segurísimo —respondió él—. Recuerdo esas marcas en sus mejillas. Creía que eran quemaduras... pero es ella. Deben de ser su mutación del elemento espíritu.

Se produjo un instante de silencio.

—¿Para qué querría la Esbirra traerte hasta aquí? —preguntó Bobby con la frente arrugada.

Pero en la cabeza de Skandar empezó a cobrar forma una idea. Agatha era diestra en espíritu, como él. Agatha lo había llevado hasta allí. Ella tendría las respuestas que él necesitaba.

—Mitchell, tu padre se encarga de los diestros en espíritu que están encarcelados, ¿verdad?

—Sí... —respondió éste con mucho recelo.

—¿Puedes ayudarme a entrar en su cárcel?

Los ojos del chico se agrandaron detrás de sus lentes.

—¿Perdona? ¿Que quieres ir a dónde?

—Worsham se niega a hablarme del elemento espíritu. Tiene demasiado miedo. Pero Agatha... de algún modo ella sabía que el Tejedor iba a atacar el Continente. Me ayudó a venir hasta aquí. Tengo que saber por qué. Y, aunque ella no quisiera ayudarme, aquello estará lleno de diestros en espíritu que tal vez puedan decirme cómo controlar el elemento espíritu. Quizá sepan más sobre los planes del Tejedor.

—Es demasiado peligroso —intervino Flo de inmediato—. ¡Es la Esbirra, Skar!

—Pero ¡ya me ayudó antes! Y si está tras las rejas, ¿qué va a hacerme?

Mitchell parecía a punto de vomitar.

—Pero ¿y mi padre? ¿Y si...?

—No se puede tener todo, Mitch —dijo Bobby sin rodeos—. O ayudas a Skandar o no lo ayudas. Elige.

—A ver, no creo que sea así de sencillo —protestó él—. ¡Estás pidiéndome que nos colemos en una cárcel! ¿Lo has consultado en las bibliotecas? Puede que, con mi ayuda, encontremos...

Skandar ya estaba negando con la cabeza.

—No hay nada sobre el elemento espíritu. Mira, no se trata sólo de Agatha ni del plan del Tejedor. Si no aprendo a controlar el elemento espíritu, a ocultarlo, no me queda mucho tiempo de formación en el Nidal. Pícaro me tira al suelo prácticamente todos los días. Seguro que acaban declarándome nómada y, aunque lograra llegar a la Prueba de los Principiantes, será imposible que no acabe al último. Por favor, Mitchell. Si tuviera otra opción, no te lo pediría.

—Bueno, pero antes quiero sugerir una cosa... —reflexionó Mitchell.

—¿Entonces lo harás? —preguntó Skandar.

—¡Se han vuelto locos! —gritó Flo.

Skandar la miró.

—No tienen que venir todos. Puedo ir sólo con Mi...

—¡Nada de eso! —gritó Bobby.

—Por supuesto que no, haremos falta los cuatro —dijo Mitchell a la vez.

—Voy a ir —dijo Flo en voz baja—. Sólo quiero que alguien tome nota de que dije que no es buena idea.

—Habrá que planearlo con mucho cuidado. —Mitchell ya estaba poniéndose en marcha—. Necesitaré que todos estén presentes en nuestra primera reunión de cuarteto.

—Creo que la gente lo llama simplemente «charlar» —dijo Bobby.

Mitchell la miró con el ceño fruncido.

—Es en serio.

—Está biceen. ¿Cuándo?

—Ahora mismo —respondió Mitchell con convicción—. Si queremos que esto salga bien, tendremos que colarnos en la cárcel cuando los centinelas, y mi padre, estén ocupados.

—¿Ocupados en qué? —preguntó Skandar.

—En la Fiesta del Fuego.

—Pero ¡si eso es mañana por la noche! —exclamó Flo.

—Sí —convino Mitchell—. Exacto.

14

La Fiesta del Fuego

En el transcurso de la noche la lluvia se había convertido en nieve, así que la mañana de la Fiesta del Fuego las campanas de los árboles despertaron a los jinetes en un Nidal blanco y centelleante. Desde la ventana redonda de su casa del árbol, Skandar se asomó para ver los tejados, los puentes y las copas de los árboles aplastados bajo el peso de la nevada que acababa de caer. El Nidal resplandecía bajo el sol de principios de noviembre, el polvo blanco enterraba en parte la armadura que rodeaba los troncos de los árboles y era como si Skandar se hubiera despertado en un mundo distinto: en el país de las maravillas invernal en vez de en una escuela de entrenamiento.

Flo no cabía en sí de la emoción. Rara vez nevaba en la Isla y mucho menos antes de la estación del fuego, así que, cuando Mitchell y Bobby descendieron medio dormidos por el tronco del árbol, Flo ya estaba enfundada en su abrigo, su bufanda y sus guantes.

—¡Vamos, dense prisa! Podemos ir al campo de entrenamiento antes de nuestra sesión de agua, antes de que esto se derrita. Quiero enseñárselo a Puñal. A lo mejor así se relaja un poco.

—¿Por qué te motivas tanto con todo? —gruñó Bobby—. Es agotador.

—Con todo no. —Flo salió disparada hacia Bobby—. ¡Sólo con la nieve! No seas tan aburrida, Bobby.

—Te arrepentirás de haberme llamado «aburrida» cuando te aniquile en una pelea con bolas de nieve —masculló ella—. Todos los años nieva en Sierra Nevada, en España, donde se crio mi madre. Y mis abuelos todavía viven allí, así que no hay quien me gane.

Flo se puso contentísima.

Mitchell estaba junto a la chimenea, concentrado en un mapa de Cuatropuntos.

—Eh, ¿te apuntas? —le preguntó Skandar.

—Pues no lo sé. El plan de la cárcel no está del todo acabado y tenemos que ir bien preparados...

—¡Vamos, hay nieve! —suplicó Flo jalándolo para que se levantara.

Se echó a reír, intentando que diera vueltas en círculos. Mientras giraban, a Mitchell se le resbalaron los lentes hasta la punta de la nariz.

—Soy una jinete plateada. Tienes que hacer lo que yo diga —bromeó Flo.

Mitchell se aturulló, pero parecía contento, y su piel morena se coloreó de un ligero rubor.

—He oído que las peleas con bolas de nieve son bastante divertidas —declaró pensativo—. ¿Qué les parece Bobby y yo contra Skandar y Flo?

—¿Cómo es que te quedas con Bobby? —se quejó Flo.

—¡Eso! —gritó Skandar.

—A decir verdad —dijo Flo abriendo la puerta de la casa del árbol antes de salir y pisar la nieve crujiente que se había acumulado sobre la plataforma—, en nuestro equipo tenemos un unicornio plateado y uno de espíritu. La cosa está bastante equitativa.

Pero al final los unicornios no fueron de mucha ayuda en la pelea de bolas de nieve. Todos estaban igual de emocionados que Flo con la extraña sustancia fría que cubría todo el suelo del claro. Ira del Halcón tardó un buen rato en soltarse la crin, derritiendo con cuidado la nieve que pisaba para no mojarse las pezuñas, pero cuando Pícaro llegó a toda velocidad para jugar con ella, se olvidó de todo. Roja se entusiasmó tanto que acabó perdiendo el control de las patas y enterrando el cuerno en un montón de nieve. Pícaro intentó sacarla jalándola de la cola, lo que hizo que Flo y Bobby se desternillaran de risa.

Incluso Puñal de Plata participó revolcándose bocarriba en la nieve y moviendo las alas de un lado a otro.

—Vaya, miren, un ángel de nieve letal —bromeó Skandar. Le dolían los cachetes de tanto reír.

—Dirás un unicornio de nieve, ¿no? —lo corrigió Mitchell. Y Skandar le lanzó una bola a la cara.

Flo suspiró mientras veían como Puñal se relajaba en la nieve.

—Ojalá siempre fuera así.

Durante toda una hora no fueron más que cuatro cascarones comunes y corrientes pasando un rato con sus unicornios. Skandar se olvidó por completo de sus preocupaciones por colarse en la cárcel o por saber si Agatha lo había llevado a la Isla con buenas o malas intenciones. No pensó en Escarcha de la Nueva Era ni en el Tejedor, ni en los centinelas muertos ni en todas las personas desaparecidas. Se olvidó incluso de su terror ante el inminente entrenamiento con agua, por el miedo a perder la batalla con Pícaro y revelar su verdadero elemento. En vez de eso, se lanzó de cabeza a los montones de nieve, tratando de esconderse de su unicornio, que, en cuanto lo descubrió, intentó sacarlo a rastras jalándolo de las botas negras, haciendo que Skandar se atacara de risa.

La diversión se acabó de golpe cuando los unicornios, a los que obviamente les había dado hambre después de tanto juego, decidieron cazar a todo un abanico de animales a quienes el mal tiempo había expulsado de sus madrigueras y sus nidos, y arrastraron por toda la nieve a las criaturas muertas antes de comérselas. El resultado fue bastante repugnante y sangriento, los montones de nieve blanca se tiñeron de un rojo rosado y, después de aquello, a los jinetes se les quitaron las ganas de seguir haciendo bolas. El revuelo que se armó fue todavía mayor cuando los demás unicornios cascarones llegaron para el entrenamiento y se unieron al banquete.

La monitora O'Sullivan por fin logró controlar la situación dando órdenes a todo volumen por encima del aullido del viento gélido que azotaba las laderas de la colina del Nidal.

—Hoy conjurarán olas con la magia del agua. Las olas resultan útiles para la defensa o el ataque gracias a la enorme cantidad de agua que generan. Por ejemplo... —la monitora O'Sullivan siempre daba ejemplos— una vez vi a una jinete emplear el elemento agua para electrificar un maremoto tan grande que se llevó por delante a la mitad de los unicornios de la Copa del Caos.

Skandar a veces se preguntaba si la monitora O'Sullivan no sería la jinete de todos sus ejemplos.

Con su demostración parecía facilísimo: montada sobre Avemarina Celeste, extendió la palma azul resplandeciente hacia fuera y luego rápidamente dibujó una suave curva con los dedos, bajándolos y subiéndolos. Una ola perfecta, con su cresta y su valle, se alzó en el aire por encima del campo de entrenamiento para ir a romper en la otra punta con una explosión de espuma.

—¡Ahora ustedes! —gritó ella.

Bobby y Mitchell lograron generar olitas casi enseguida, a la vez que muchos otros cascarones. A Puñal le salieron litros y litros de agua de la nariz y las orejas mientras Flo intentaba explicarle con calma al unicornio plateado lo que era una ola.

—¿Skandar? —La monitora O'Sullivan se les acercó montando a Avemarina—. Enséñame qué saben hacer Pícaro y tú. He visto a muchos de mis diestros en agua utilizar las olas para obtener uno de los primeros puestos en la Prueba de los Principiantes al final del año. ¿Cómo van las tuyas?

El muchacho respiró hondo y se concentró con todas sus fuerzas en el elemento agua, expulsando de su mente cualquier pensamiento relacionado con el espíritu. Se imaginó que la nariz se le llenaba de los aromas del elemento agua: menta, sal y pelo mojado. Su palma resplandeció azulada. A lo mejor Pícaro lo comprendía. A lo mejor todo salía bien. Temblando, Skandar levantó la mano como la monitora O'Sullivan les había mostrado y...

Pícaro soltó un chillido y se encabritó sobre las patas traseras, más alto y más rápido que nunca. La ira del unicornio estalló también en el corazón del chico. La furia por que su jinete nunca le permitiera utilizar su elemento aliado. Las alas de Pícaro se desplegaron de golpe, sacudiendo los muslos de Skandar, que salió despedido del lomo de su unicornio para estrellarse chapoteando en el pasto encharcado del campo de entrenamiento. Pícaro, más tranquilo ahora que Skandar no intentaba activamente bloquear el elemento espíritu, miró con curiosidad a su jinete tirado en el suelo, como si se sorprendiera de verlo allí.

La monitora O'Sullivan se bajó de Avemarina de inmediato.

—No te muevas —le ordenó—. ¿Te duele algo?

—Me falta el aire —respondió Skandar jadeando y agarrándose el pecho—. Pero creo que estoy bien.

O'Sullivan suspiró de alivio.

—Podría ser una costilla rota. Mucho mejor que el cuello. —Lo examinó—. Pero voy a llevarte yo misma a la casa de curación del árbol.

—No tienes por qué...

—Seré yo quien decida lo que tengo o no tengo que hacer, Skandar, gracias —le espetó la monitora agarrando las riendas de Pícaro—. Tú montarás a Avemarina Celeste.

—No, por favor —suplicó Skandar.

Pero ella no estaba dispuesta a aceptar un no por respuesta.

Era lo más humillante que le había ocurrido desde que había llegado a la Isla. El resto del grupo se quedó atrás, murmurando, mientras la monitora O'Sullivan conducía a Suerte del Pícaro colina arriba con Skandar a su lado agarrándose el pecho e intentando mantener el equilibrio sobre Avemarina.

La gran entrada del árbol del Nidal se abrió con un torbellino de agua para dar paso a la monitora.

—Quiero enseñarte algo —dijo ella con una voz inusitadamente suave.

Después de un rato caminando entre los troncos acorazados del Nidal, O'Sullivan se detuvo y señaló un árbol apartado del resto.

Skandar parpadeó confundido. El tronco centelleaba bajo el sol de la tarde.

—¿Qué es? —preguntó Skandar antes de bajarse de Avemarina y de acercarse al árbol, cuya corteza estaba tachonada de metal dorado.

—Si a un jinete lo declaran nómada, el Nidal rompe la insignia de su elemento en cuatro pedazos.

Skandar se inclinó fascinado y horrorizado al mismo tiempo. Efectivamente, podía distinguir puntas de llamas doradas, una espiral rota, una roca solitaria, media gotita de agua: todas estaban clavadas en el tronco.

—Se les entrega un cuarto de la insignia a cada uno de los miembros restantes del cuarteto al que pertenecía el nómada —explicó la monitora O'Sullivan— y el cuarto pedazo se trae aquí y se clava en este árbol, como recordatorio de que una vez se entrenó entre nosotros.

—¿Por qué me enseñas esto? —preguntó Skandar. Los nervios empezaban a traicionarlo y las palabras le salían a borbotones de la boca—. ¿Me estás...? ¡No puedo convertirme en nómada! Ser jinete de unicornios es todo lo que siempre he querido. Te prometo que me esforzaré más. Quiero competir, quiero competir por mi padre, por mi hermana... por mi madre. A ella le encantaba la Copa del Caos y pensé que tal vez algún día yo podría participar, que tal vez algún día podría hacer que se sintiera orgullosa de mí. Me esforzaré más, lo prometo. ¡Por favor, dame otra oportunidad!

La monitora O'Sullivan levantó las manos y el sol iluminó su cicatriz de Cría.

—No te estoy declarando nada. Todavía no. Te traje aquí porque creo que tienes mucho potencial. —Señaló el árbol—. No creo que convertirte en nómada fuera el camino apropiado para ti ni para Suerte del Pícaro. Tu magia es apta para participar en las batallas... Lo vi cuando se levantaron las bóvedas. Pero no pondré en peligro al resto de los cascarones. Seré franca: tus últimas sesiones de entrenamiento han sido un desastre. Así que tómatelo como una advertencia: si no consigues controlar a Suerte del Pícaro, no me quedará más remedio que pedirte que te marches del Nidal. Y no quiero que eso le ocurra a ninguno de mis diestros en agua.

—Mejoraremos —masculló Skandar—. Es que Pícaro estaba enojadísimo conmigo.

La monitora O'Sullivan apartó con brusquedad la vista del árbol.

—¿Quieres decir que creías que estaba enojado o que sentiste su enojo? Son dos cosas distintas.

—Cr... Creo que realmente puedo sentir sus emociones —tartamudeó Skandar—. Está claro que hoy sentí su rabia. Y si yo estoy triste por... bueno, por lo que sea, siento casi como si me diera un suave empujoncito en el pecho, como para comprobar que estoy bien. Me transmite felicidad, como si su corazón intentara animar al mío. ¿Es algo... normal?

—¡Eso es justo a lo que me refiero, Skandar! —La monitora O'Sullivan movió los ojos con tanto frenesí que casi se le salieron de las órbitas—. Es impresionante. Vas muy adelantado si ya sientes emociones en el vínculo. Es una señal de que su conexión es fortísima. —Acarició la nariz negra de Pícaro—. Tienes que esforzarte más por los dos. Recuerda: si él se asusta, tú puedes ser valiente por él. El vínculo les permite apoyarse el uno al otro. Tarde o temprano te convertiremos en diestro en agua.

Le dio unas palmaditas en el hombro, pero sus últimas palabras no lograron más que hacer que se sintiera peor.

De repente obtener respuestas de Agatha le pareció más importante que nunca. Porque, por mucho que se esforzara, jamás sería diestro en agua.

Esa misma tarde, todos los jinetes del Nidal se pusieron su chamarra roja y se dirigieron hacia la Fiesta del Fuego. Había unicornios por todas partes y el aire apestaba a sudor y a magia. Desde que empezaron los entrenamientos, Skandar se había acostumbrado al olor de los elementos. Un olor que no se parecía en nada a la magia del unicornio salvaje con el que se había cruzado de camino al Nidal, a podrido y a rancio, como a muerte recalentada. La magia de los vínculos era distinta. Cada elemento tenía un olor particular para cada jinete, por lo que la magia del agua le olía distinta a Skandar que al resto de su cuarteto. Aunque ahora que estaban todas mezcladas, el chico pensó que tenían un aroma penetrante, como a naranjas y a humo.

En cuanto se abrió la entrada del árbol, los jinetes de más edad no se quedaron mucho tiempo por allí: sus unicornios alzaron el vuelo en una sinfonía de chillidos y aleteos. Skandar se preguntó cómo sería aprender a volar con Pícaro, algo que ocurrirá al cabo de unas pocas semanas, y sintió un subidón de entusiasmo... hasta que recordó que tenía muchísimas posibilidades de que Pícaro lo tirara al suelo en pleno vuelo.

En medio del caos, Roja le eructó a Halcón. Una burbuja de ceniza apestosa explotó sobre el cuello del unicornio gris salpicándolo todo.

—¡¿Cuántas veces tengo que decirte que no dejes que Roja haga eso?! —gritó Bobby quitándose la ceniza del eructo de las plumas de los brazos—. ¡Ya sabes cómo se toma Halcón lo de las funciones fisiológicas!

—Es algo totalmente natural —repuso Mitchell con serenidad.

—No, es... —Bobby prefirió callarse, algo insólito en ella.

Skandar pensó que su oscura piel cetrina estaba pálida y llevaba el flequillo pegado a la frente, como si hubiera estado sudando. Tal vez había vuelto a sufrir otro ataque de pánico, pero pensó que ella no querría que le preguntara si estaba bien delante de los demás.

Mientras se alejaban del Nidal a lomos de sus unicornios, Flo no dejó de lanzarle miradas de preocupación a Pícaro.

—¡No pasa nada! —gritó Skandar para tranquilizarla—. Hoy está de muy buen humor. ¿Verdad, chico? —Le acarició el cuello negro—. ¡Ay!

El unicornio le soltó una imperceptible descarga eléctrica.

—Qué gracioso —masculló entre dientes, y habría jurado que, si los unicornios eran capaces de reír, el vínculo estaba vibrando de risa.

Siguieron adelante, alejándose del Nidal más que nunca. En el cielo, por encima de sus cabezas, los unicornios volaban de este a oeste, y en sus alas se reflejaban los últimos rayos de sol, como si compitieran con el crepúsculo. Desde abajo ni siquiera se distinguía si eran salvajes o tenían vínculo. Skandar sentía que el suyo le burbujeaba en el corazón cada vez que Pícaro emitía algún extraño ruido estridente o le enviaba sacudidas de entusiasmo. Se apretó la bufanda alrededor del cuello. Ojalá su madre pudiera verlo montando a Pícaro. Estuviera donde estuviera, tenía la esperanza de que ella también viera a los unicornios.

Supuso que estaban entrando en Cuatropuntos, aunque no se parecía en nada a ninguna ciudad del Continente en la que él hubiera estado. A ambos lados de la carretera, los árboles estallaban en un carnaval de color. Ya fueran humildes y de un solo piso o se alzaran como torres sin orden alguno, en las casas de los árboles los rojos como pimientos desentonaban con los amarillos como limones, y los intensos azules celeste con los verdes hoja; hasta los troncos y las ramas de los árboles estaban decorados con telas. A Skandar le pareció un detalle bonito que no estuvieran separados por elementos, le recordó a la vida en cuarteto.

Más adelante, en la calle flanqueada por árboles había tiendas de aspecto mucho más interesante que cualquiera que Skandar hubiera visto en Margate. Muchas mostraban letreros dorados en espiral y escaparates dedicados a todo lo relacionado con los unicornios, los jinetes y la competencia. La entrada a las tiendas estaba a ras de suelo para que los clientes pudieran pasar para echar un vistazo desde las aceras, pero al fijarse en una tienda para sanadores especializada en heridas de fuego, Skandar se dio cuenta de que la dependienta vivía en la casa del árbol que había encima. Si recorría con la mirada la hilera de árboles, lo mismo podía decirse de Guarniciones Nimroe, Crines Peinadas Betty, el Emporio de los Ungüentos y los Aceites y la Compañía de Botas Brillantes. Después de ver de cerca las ráfagas de elementos, Skandar entendía a la perfección que los isleños construyeran las casas en altura. Las ráfagas de los unicornios vinculados ya eran peligrosas de por sí; no obstante, al recordar un video de sus clases de Cría, se estremeció al imaginar lo violenta que sería una estampida de unicornios salvajes.

—¿Confías en él? —le preguntó Bobby a Skandar interrumpiendo su reflexión.

—¿En quién, en Mitchell?

—Pues claro, en Mitchell, en quién va a ser —susurró Bobby mientras Halcón soltaba a la vez un chillido—. ¿Y si está tendiéndonos una trampa? ¿No lo has pensado?

—No, yo... —empezó a decir Skandar.

—Lanzas un plato de pudín y acto seguido suelta lo de «hagamos una reunión de cuarteto». ¿No te parece un poquito sospechoso? Hace unas cuantas semanas ni muerto habría querido hablar contigo ¿y ahora te va a ayudar a colarte en una cárcel?

El chico se encogió de hombros.

—Pero es que tú crees que todo el mundo trama algo.

—Es que todo el mundo trama algo, Skandar.

—¡No, no es verdad!

—Piensa en ti, por ejemplo. —Bobby lo señaló con un gesto, sin soltar las riendas de su unicornio—. Si te soy sincera, pareces un cascarón indefenso y das bastante pena, pero en realidad eres un jinete ilegal diestro en espíritu con un unicornio de espíritu a quien la Esbirra trajo a la Isla después de fugarse. Ah, y tu unicornio tiene una mancha que llevas ocultando desde que llegaste y que es idéntica a la que lleva pintada en la cara el Tejedor, el jinete más malvado que haya existido.

—¡Habla más bajo! —la instó Skandar.

Aun así, mientras Pícaro movía la cabeza de acá para allá, bufando y escupiendo chispas en aquel nuevo entorno, comprobó que el betún para pezuñas seguía tapándole la mancha. Tenía que admitir que Bobby no estaba equivocada. Hacía sólo unos meses ella le había mostrado que pese a aparentar ser la diestra en aire más extrovertida del lugar, por dentro luchaba contra sus propios demonios. Tal vez la gente era más parecida a los elementos de lo que se había dado cuenta. El fuego no eran sólo chispas y nubes de llamas, sino mucho más que eso. Y una delicada brisa y un huracán no podían ser más distintos. A lo mejor pertenecer a un elemento no sólo significaba que eras un tipo concreto de persona: los elementos, como las personas, estaban hechos de muchos tipos de piezas visibles e invisibles.

Skandar esperaba que, de no haberlo descubierto por accidente, un día Bobby le habría hablado de sus ataques de pánico; de alguna forma, ahora era más fácil comprenderla, como si hubiera visto todo su rostro y no con una parte oculta entre las sombras. Y, además, aquello no significaba que fuera menos diestra en aire.

—Es lo que opino. —Bobby se encogió de hombros—. Fíjate en todo lo que ocultas. No confío en nadie y mucho menos en el estirado de Mitchell Henderson.

—De acuerdo —dijo Skandar—. Pero ¿qué otra opción tenemos? Si consigo preguntarle a Agatha cómo controlar el elemento espíritu, quizá me salve, quizá salve a Pícaro. ¿Y a ti no te preocupa lo que le pase a tu familia en el Continente? ¿Y si Agatha sabe algo del Tejedor que Aspen McGrath desconoce? ¿Y si puede ayudarnos? ¿Y si yo puedo hacer algo? ¡Es el único plan que tenemos, Bobby!

—Bueno, pues no me gusta —gruñó, y las alas de plumas grises de Halcón despidieron chispas eléctricas—. Si te equivocas con Mitchell, caeremos en la trampa más simple que pueda imaginarse. Vamos a entrar por nuestra propia voluntad en una cárcel de verdad.

En cuanto los cascarones abandonaron la carretera principal, Cuatropuntos se convirtió en un oscuro laberinto de tiendas antiguas, puestos de madera y tabernas en los árboles, con calles demasiado estrechas para todos los unicornios e isleños vestidos de rojo que se apretujaban para intentar pasar. Llegaron a la Plaza de los Elementos justo cuando el sol se ponía y se encendían las antorchas que rodeaban las cuatro estatuas de piedra que había en el centro.

Los unicornios abarrotaban la plaza en medio de un sonido ensordecedor y un embriagador olor a magia. A medida que se acercaban, las estatuas fueron perfilándose en formas definidas: llamas para el elemento fuego, olas para el agua, una roca recortada para la tierra y un relámpago para el aire. Antes de que Skandar pudiera pararse a pensar si alguna vez hubo una estatua para el espíritu, cinco unicornios surcaron el cielo por encima de sus cabezas, arrojando llamas por la cola, la crin y las pezuñas. Volaban en zigzag y en espiral, y se lanzaban en picada hacia la plaza, deleitando a la multitud y dejándola boquiabierta.

—¡Son las Flechas Flamígeras! —gritó Flo emocionada a Skandar y Bobby.

Y, como si la hubieran oído, los jinetes acróbatas dispararon en la oscuridad chispas, bolas de fuego y llamas de formas hermosas. A Skandar el aire le olía igual que le olía siempre la magia del fuego: a fogatas, cerillos encendidos y pan tostado quemado. Deseó que Kenna pudiera verlo; a su hermana siempre le habían encantado los fuegos artificiales y aquel espectáculo era mil veces mejor.

En el suelo, dentro de un recinto alargado y vallado se extendía una hilera de antorchas encendidas. En cada uno de los extremos había un unicornio ataviado con una armadura completa y la luz de la luna se reflejaba en sus distintas tonalidades metálicas mientras sus jinetes saludaban con la mano a la multitud allí congregada.

Alguien alzó una bandera en el punto medio de la hilera y, desde cada uno de los extremos de la fila de antorchas, los dos unicornios salieron galopando hacia el otro a toda mecha. Skandar vio cómo resplandecían las palmas de los jinetes, una en verde y otra en rojo, y en sus manos se materializaban unas relucientes armas.

El diestro en fuego conjuró un arco y una flecha hechos enteramente de llamas. Tensó la cuerda incandescente para soltar la flecha en el momento en que los dos unicornios estaban a punto de cruzarse. Pero entonces la diestra en tierra conjuró una espada de arena y, al cortar el aire con ella, hizo blanco en la flecha en llamas y la extinguió. La pesada arena golpeó con fuerza el pecho del diestro en fuego justo cuando los unicornios se cruzaban a todo galope. La multitud los aclamó.

Mientras los unicornios frenaban para continuar al trote, ya en los extremos opuestos, el juez mostró una bandera con un dos y la agitó señalando a la diestra en tierra.

Mitchell se fijó en que Skandar estaba mirando y, entre el ruido, le gritó:

—¡¿Tienen justas en el Continente?!

—¡No como éstas! —respondió Skandar levantando la voz y entusiasmado.

—El año que viene aprenderemos a conjurar armas —dijo Mitchell—. Hay un torneo de justas para pichones.

—¿Ésa de ahí es Nina Kazama? —Flo entornaba los ojos para adivinar quién era la siguiente pareja.

Y, en efecto, la aguilucha que había sido su guía el primer día estaba poniéndose el casco para competir.

Flo suspiró.

—¿No es la mejor? Mi padre cree que tiene muchas posibilidades de clasificar para la Copa del Caos.

Skandar animó a Pícaro a avanzar para conseguir mejores lugares, pero se quedó atascado detrás de una pareja de isleños que iban a pie.

—Si vas en serio, toma esto. Ya me contarás, ¿entendido? Y ni media palabra a nadie —dijo un hombre de pelo caoba a una mujer rubia, metiéndole en la mano un papelito.

Cuando ella lo agarró, Skandar vio el destello de un símbolo: un amplio arco con un círculo negro debajo, atravesado de arriba abajo por una línea dentada. Los observó concentrado por encima del ala plegada de Pícaro, tratando de descifrar sus palabras.

—¿Estás bien? —preguntó Flo mientras los dos desconocidos se apartaban del camino del unicornio plateado.

—Acabo de ver...

Skandar frunció el ceño. ¿Qué había visto? Se apretó la bufanda de su madre alrededor del cuello para protegerse del frío.

—Vamos —los instó Mitchell—. Ya es la hora.

—¿No podemos comer algo antes? —preguntó Bobby—. Dice Flo que hay puestos donde venden toda clase de...

—No tenemos tiempo —la interrumpió Mitchell—. El plan, ¿recuerdas? Ya vamos con retraso.

Bobby puso cara de querer darle un puñetazo.

Salieron de la Plaza de los Elementos montando a sus unicornios y pasaron junto a un bardo que entonaba una hermosa canción sobre las llamas y el destino, y luego delante de unos puestos de comida donde vendían exquisiteces relacionadas con el fuego: uno anunciaba: AJÍ DEL VOLCANO DE VAL, TAN PICANTE QUE TE EXPLOTARÁ EN LA BOCA, otro vendía CARBONES DE TOFE, con palas para sacar los trozos directamente del fuego incandescente. En el aire flotaban deliciosos aromas y a Skandar le entraron muchísimas ganas de parar cuando vio un puesto en el que vendían CHOCOLATE FLAMÍGERO.

Además de los puestos de comida, se podían comprar chamarras rojas, cuadros de unicornios de fuego famosos, bufandas rojas e, inexplicablemente, salamandras vivas como mascotas. El cuarteto avanzó con sus unicornios entre isleños sonrientes que sostenían faroles y antorchas, e iban vestidos de rojo de los pies a la cabeza. Pícaro no paraba de voltearse para morderle la punta de la bota a Skandar —al unicornio le había dado por comer zapatos— acercando peligrosamente el cuerno a la espinilla de su jinete, pero por lo demás estaba comportándose. De vez en cuando, los isleños se detenían para contemplar boquiabiertos a Puñal de Plata.

Cada vez que doblaban por una callejuela, la multitud iba dispersándose. Lejos del barullo de la Plaza de los Elementos, las calles pronto se volvieron oscuras y desiertas; con la fiesta en plena ebullición, todo el mundo había salido a divertirse. Sin embargo, Mitchell no aminoró el paso de Delicia de la Noche Roja hasta que llegaron a la frontera de Cuatropuntos.

—Aquí estamos —anunció sin que fuera necesario.

Un enorme peñasco flotaba en el aire por encima de sus cabezas. De cuatro árboles altísimos se extendían unas cadenas de metal que rodeaban el centro de la piedra y la sujetaban a la luz de la luna. La superficie era gris y lisa, y parecía... impenetrable.

Justo debajo de la cárcel había cuatro centinelas montando guardia. Sus unicornios estaban quietos como estatuas, igual que los que vigilaban la entrada del Nidal. Daba la impresión de que Mitchell no se había equivocado: esa noche todos los demás estaban ocupados con la Fiesta del Fuego.

—Comenzamos con la fase uno, Roberta —murmuró Mitchell.

Bobby le puso mala cara y se bajó de Ira del Halcón entregándole las riendas a Skandar para que escondiera a los cuatro unicornios dentro de una pequeña arboleda.

—No olvides ser educada —le susurró Flo a Bobby mientras se alejaba.

Skandar oyó la voz de Bobby alta y clara.

—Saludos, sus tincandescentes plateadurías.

—¿A qué juega? —se quejó Mitchell—. ¡Ni siquiera son palabras reales!

Bobby carraspeó para darse importancia.

—El representante de Justicia exige su inmediata intervención en la Plaza de los Elementos.

Los centinelas ni pestañearon.

El del uniforme negro fue el primero en hablar:

—Va contra nuestras órdenes dejar la cárcel sin vigilancia.

Bobby se irguió todavía más.

—Los refuerzos vienen de camino. No teman... Permaneceré aquí hasta su llegada.

Otro centinela soltó una carcajada desde lo alto de su unicornio castaño.

—Pero si no eres ni una jinete. Si no, ¿dónde está tu unicornio?

—¿Estás poniendo en duda la autoridad de Ira Henderson?

Aunque aquello fuera parte del plan, Mitchell se acobardó al oír el nombre de su padre.

El centinela dejó de reír.

—Tú no eres Ira Henderson.

Flo y Skandar intercambiaron miradas de preocupación. Era la hora de la verdad.

Bobby profirió con rabia la palabra que esperaban que lo cambiara todo.

—¡Riptide!

El efecto fue inmediato. En cuestión de segundos, los cuatro unicornios se alejaron al galope.

En cuanto los centinelas desaparecieron, Skandar, Mitchell y Flo salieron de la arboleda montando a sus unicornios, con Halcón a la cabeza.

—Salió muy bien —susurró Flo sorprendida.

—Preocupantemente bien —murmuró Bobby dirigiéndole a Skandar una mirada cargada de intención.

—No sé por qué estaban todos tan preocupados. Estaba seguro de que ésa era la contraseña de emergencia de mi padre. —Mitchell se encogió de hombros—. Se los dije: con un libro en las manos, nadie sospecha que estás escuchando lo que no debes.

—Y si haces que sea una amiga quien dé la cara, nadie sospecha que estás colándote en una cárcel. —Bobby levantó una ceja en dirección a Skandar—. Pero bueno, ¿no deberíamos pasar a la fase dos antes de que descubran que no hay emergencia alguna?

Flo levantó la vista hacia la cárcel.

—Pero ¿cómo se supone que vamos a llegar ahí arriba?

—Buena pregunta. —Bobby también dirigió la mirada hacia arriba—. Mira que a mí me gustan los retos, pero ¡es que eso debe de estar por lo menos a cincuenta metros de altura!

—¿Y dónde está la puerta? —preguntó Skandar recorriendo con la mirada la impecable superficie de piedra de la prisión.

Al darles un jalón, se dio cuenta de que cada una de las cuatro cadenas tenía el matiz de uno de los cuatro colores de los elementos; se sintió más que nunca como un diestro en espíritu ilegal.

—Mi padre me enseñó la manera de entrar en la cárcel en caso de que él muriera de forma prematura. Para recoger sus pertenencias, sus papeles, ese tipo de cosas. —Mitchell hinchó el pecho.

—¿«De que él muriera de forma prematura»? —Bobby movió los labios para que Skandar se los leyera.

—Fue un gesto casi paternal por su parte. —Suspiró Mitchell—. Un auténtico momento de unión entre padre e hijo.

—Pero ¿cómo lo hacemos? —Flo lo apresuró—. ¿Y cómo es que estás tan relajado?

—Hay un plan, así que me relajo.

—Ya, pero es que esos centinelas van a encontrar a tu padre de un momento a otro, ¿no crees?

—Sí, sí —dijo enojado—. Confíen en mí, ¿de acuerdo? Ahora que los vigilantes se han ido, en realidad entrar no es tan difícil. ¿Ven esas cuatro cadenas? La magia de los elementos abrirá la cárcel. Lo mejor será que tomemos la cadena que corresponde a nuestro elemento y le tomemos un poco de magia. Si todos lo hacemos a la vez, debería funcionar.

—Esto no nos lo contaste en nuestra reunión de cuarteto —musitó Bobby.

—No era una información previa necesaria.

—Hum, Mitchell —intervino Skandar—. Tenemos un problemilla. Yo soy diestro en espíritu, ¿recuerdas? No en agua.

—En realidad no tienes que ser diestro en agua, simplemente conjurar esa magia —repuso Mitchell exasperado.

Unos instantes después, los miembros del cuarteto ocupaban sus respectivos puestos debajo de la prisión colgante. Las palmas de Flo, Bobby y Mitchell ya resplandecían en verde, amarillo y rojo, pero Skandar había decidido esperar hasta el último momento para conjurar su magia del agua, con la esperanza de que así reduciría el tiempo durante el que tendría que pelear con Pícaro por el elemento espíritu.

Mitchell inició la cuenta atrás.

—Diez, nueve...

—De acuerdo, Pícaro. —Skandar se inclinó hacia delante para susurrarle a su unicornio al oído—. Si quieres poder usar alguna vez el elemento espíritu, necesito que ahora dejes pasar el elemento agua.

—Seis, cinco...

—Será sólo unos segundos. Por favor, muchacho. Te daré un paquete entero de muñequitos de gomita. Te cazaré un pájaro. Te dejaré jugar con Roja después del entrenamiento.

Skandar sabía que Pícaro no lo entendía, pero esperaba que pudiera sentir su desesperación a través del vínculo.

—Dos, uno...

Skandar conjuró el elemento agua, con la palma resplandeciendo en azul. Pícaro soltó un chillido.

—¡Ahora! —gritó Mitchell.

Y el cielo explotó en llamas, electricidad, rocas y... un chorro de agua.

—¡Eso es, Pícaro! —lo aclamó Skandar mientras el agua golpeaba la cadena que había en lo alto.

Las cuatro cadenas empezaron a brillar intensamente con los colores de sus elementos, la magia entraba y salía en espiral de los eslabones metálicos que subían hacia la roca de la prisión y entonces...

¡Buuush!

Una puerta se abrió en la parte inferior del gran peñasco, por encima de las cabezas de los chicos, y de ella salió como un rayo una escalera metálica cuyos extremos puntiagudos bajaron al suelo con un golpe seco, hasta los pies de Mitchell.

El muchacho no les concedió ni un segundo para celebraciones.

—Escondamos los unicornios en la arboleda otra vez. Por si acaso los centinelas regresan más rápido de lo que esperamos.

Ahora que ya tenían vía libre para entrar en la cárcel, Skandar notó que volvía a estar nervioso. Su amigo les había dicho que los centinelas sólo vigilaban el exterior, pero ¿y si se equivocaba? El corazón le martilleaba a cada peldaño que subía por la escalera. Odiaba tener que dejar abajo a Pícaro. Y las palabras de Bobby tampoco paraban de rondarle por la cabeza: «¿Confías en él? ¿Confías en él?» ¿Y si los había metido, a él y a sus amigos, en una trampa? ¿Pecaba de ingenuo al pensar que ahora Mitchell era su amigo? Tal vez gracias al diestro en fuego habían entrado en la cárcel, pero ¿y si tenía planeado no dejarlos salir? ¿Y si estaba ayudando a su padre a atrapar a otro diestro en espíritu más?

En cuanto estuvieron dentro, Skandar se sintió todavía peor. Era un lugar que ponía los vellos de punta: sus pisadas retumbaban en las paredes cóncavas de roca, donde unas pequeñas antorchas ardían en los soportes haciendo que las sombras titilasen y se dividieran, como si alguien los siguiera. Mitchell los condujo rápidamente por un pasillo lleno de retratos de unicornios de aspecto aterrador que los miraban fijamente desde arriba. Algunos representaban sangrientas batallas aéreas mientras que otros mostraban unicornios victoriosos con sus rivales en el suelo, derrotados. Las escenas se volvían cada vez más truculentas a medida que el cuarteto avanzaba a toda prisa por un pasadizo que seguía el muro exterior curvo del peñasco y conducía hasta las celdas. Skandar se preguntó si los jinetes derrotados serían diestros en espíritu.

—Creo que debería hablar con Agatha a solas —susurró Skandar en el momento en que el muro interior dio paso a unos barrotes metálicos.

—Ése no era el plan —alegó Mitchell—. Hice una lista de preguntas y...

Skandar suspiró.

—Lo sé. Pero me preocupa que, si todos queremos hablar con ellos, los diestros en espíritu se nieguen a contarnos nada. ¿Por qué iban a confiar en nosotros? Pero Agatha me conoce.

—¿Estás seguro, Skar? —preguntó Flo poniéndole la mano en el hombro.

El chico asintió. Ya oía a los prisioneros murmurar pocos metros más adelante.

—Te esperaremos aquí. —Mitchell pareció recalibrar el plan—. Montaremos guardia por si regresan los centinelas. Recuerda, no tienes mucho tiempo.

Cuanto más avanzaba Skandar, más oscuro se volvía todo y más se oían las voces lejanas.

—¡¿Agatha?! —gritó.

No hubo respuesta.

—¿Agatha? ¿Puedo hablar contigo?

De nuevo nada.

Skandar sintió que el alma se le caía a los pies. Al final resultaba que Agatha no estaba allí. Tendría que preguntarles a los demás diestros en espíritu, ¿sabrían tal vez ellos dónde encontrarla? ¿Podrían ayudarlo? Se devanó los sesos intentando que se le ocurriera alguna idea, cualquier cosa que los hiciera hablar. Y entonces cayó en cuenta. ¿Cómo podía haberse olvidado del padre de Amber?

—Simon Fairfax, ¿estás ahí?

Las voces tras los barrotes cesaron de golpe.

—No está aquí —respondió una voz aguda—. Como muy bien sabes. Como la comodoro también sabe.

—¿Cómo que no está aquí? —preguntó Skandar con el corazón latiéndole con fuerza.

—¡¿Quién eres?! —gritó una voz áspera—. Pareces muy joven.

—Soy... —Skandar vaciló.

Agatha habría sabido quién era, pero tenía la sensación de que revelar su identidad a aquellos desconocidos quizá era demasiado peligroso.

—No soy un guardia. Pero no puedo decirles quién soy. Lo siento. Ojalá pudiera.

Se oyó un murmullo de interés. Una maraña de sombras se movió tras los barrotes negándose a descomponerse en rostros.

—¡Da igual, seas quien seas; Simon Fairfax no está aquí! —bramó alguien, y su voz grave y bronca resonó entre los barrotes—. Pero escucha la verdad, chico. La verdad que no te cuentan ni a ti ni a nadie. Jamás lo atraparon. La Esbirra mató a su unicornio, es cierto, pero Fairfax jamás ha puesto un pie en esta cárcel. Y aun así la comodoro nos pregunta quién es el Tejedor.

A Skandar se le aceleró el corazón. ¿Podía ser cierto aquello? ¿Podía ser el padre de Amber? Abrió la boca para hacer otra pregunta, pero se contuvo. La artimaña de la contraseña con los centinelas sólo les concedía el tiempo justo, y había muchas más cosas que necesitaba saber.

—¿Está aquí la Esbirra? —preguntó Skandar con voz temblorosa—. ¿Está Agatha en esta cárcel? ¿Saben dónde está... o dónde está Canto del Cisne Ártico?

—¡Aquí jamás pronunciamos esos nombres! —gritó alguien.

—¿Quién eres? —masculló de nuevo la voz anciana.

Skandar salió corriendo, bordeando a toda velocidad la pared curva del peñasco, con la esperanza de volver al punto de partida junto al resto, pero nada le resultaba familiar. La luz de la luna apenas se filtraba a través de los barrotes de las ventanas de la prisión. No le gustaba la oscuridad. En absoluto. Se detuvo. Ya no oía ni siquiera las voces de los diestros en espíritu. ¿Se había perdido? Aquello había sido un error. Un error garrafal. Había puesto en peligro a Pícaro, y todo ¿para qué? ¿Y el padre de Amber? Si el padre de Amber era el único diestro en espíritu libre además de él, ¿significaba eso que fuera el...?

—¡Skandar! —gritó una voz muy débil—. Espera.

Unos metros más adelante una mano asomó entre los barrotes. Una mano pálida con los nudillos destrozados, como si su dueña se hubiera metido en una pelea.

—¿Agatha? —Skandar se detuvo de repente—. ¿Eres tú?

—¡Me pareció oír tu voz! En nombre de los cinco elementos, ¿puede saberse qué haces aquí?

—Buscarte —susurró él delante de los barrotes—. Te llamé a gritos, pero pensaba que no estabas aquí. Los demás no han querido decirme nada sobre ti. ¿Estás bien?

—No me encerraron junto al resto —musitó Agatha.

Skandar apenas distinguía su silueta entre las sombras.

—Me metieron en una celda aparte. Aquí dentro no tengo lo que se dice buena fama. Pero ¿por qué me buscas?

Ahora que la había encontrado, Skandar no sabía muy bien por dónde empezar.

—Eres diestro en espíritu —dijo Agatha.

—¿Cómo lo...?

—Una corazonada —contestó ella.

Y Skandar creyó detectar el fantasma de una sonrisa en sus palabras.

—El elemento espíritu. ¿Cómo lo oculto? ¿Cómo lo controlo? —preguntó Skandar, desesperado—. He probado a bloquearlo, pero no funciona y estoy viendo que van a declararme nómada y...

—Déjalo entrar en el vínculo junto a otro elemento —Agatha hablaba deprisa—. A veces basta con bloquearlo, pero imagino que tu unicornio está dándote problemas, ¿verdad?

Skandar tragó saliva.

—Me odia cada vez que no le permito usar el elemento espíritu.

—No te odia, es sólo que no lo entiende. Si dejas que el elemento espíritu actúe, probablemente te ayude a controlarlo a él y también la reacción de tu unicornio.

Skandar quiso caer de rodillas del alivio, pero no sabía cuánto tiempo más le quedaba. ¿Cuánto tardarían en volver los guardias? ¿Y si el padre de Mitchell iba a investigar qué pasaba?

—¿El Tejedor...? —preguntó Skandar con desesperación, tratando de recordar lo que Joby le había contado—. ¿Puede un diestro en espíritu ayudar de algún modo a rescatar a Escarcha de la Nueva Era? ¿Por eso me trajiste a la Isla? ¿Hay algo que pueda aprender a hacer para colaborar en la lucha contra el Tejedor?

Hubo un silencio.

—No estoy segura —dijo Agatha al fin—. No sé qué trama el Tejedor exactamente, pero tiene que ser algo relacionado con el vínculo, Skandar. Con el Tejedor siempre lo es. Y tú puedes verlos.

—¿Los vínculos? ¡No, no los veo!

Sin embargo, en el momento en que lo dijo, el chico recordó las extrañas luces de colores cuando mutó. ¿Eran los vínculos de los demás cascarones?

—Pronto podrás verlos. Si dejas que el elemento espíritu entre en ti. Ésa es la razón por la que sólo un diestro en espíritu puede detener al Tejedor. Sólo ellos pueden ver los vínculos.

—Pero ¿no puedes...?

El corazón le latía tan deprisa que notaba cómo la piel del pecho le chocaba con la camiseta. Tenía muchísimas preguntas, pero no había tiempo suficiente. Y casi había esperado que Joby se hubiera equivocado... que él no pudiera hacer nada por ayudar, que a fin de cuentas el Tejedor no fuera responsabilidad suya.

—Tienes que ser tú, Skandar. Yo no puedo, no soy lo bastante fuerte. Y, además, tienen a mi unicornio. Lo siento mucho. Tienes que ser tú.

Agatha parecía más apesadumbrada que nunca.

—Pero ¿cómo voy a aprender sobre el elemento espíritu? ¿Cómo voy a aprender a usarlo? Si en las bibliotecas no hay nada; y, si me descubren, me meterán aquí... o incluso algo peor. ¡Ahí fuera nadie va a ayudarme! —dijo Skandar desesperado, alzando cada vez más la voz.

—Llévate esto. Lo encerraron aquí conmigo... Piensan que es igual de peligroso que yo.

Un grueso volumen encuadernado en cuero blanco apareció entre los barrotes. Había bastante luz para que Skandar distinguiera un símbolo: cuatro círculos dorados entrelazados. Y en la cubierta, estampada en relieve con caracteres dorados, se leía: «Libro del Espíritu».

—Llévatelo —le ordenó Agatha con voz áspera.

Y Skandar tendió la mano para recibir el quinto y último volumen de las escrituras elementales. Sintió el peso entre los brazos.

No pudo evitar hojear sus páginas al azar y leer algunos fragmentos.

«Los diestros en espíritu tienen la capacidad de amplificar su uso de los demás elementos; es decir, pueden rivalizar con otros jinetes aliados con el fuego, el agua, la tierra y el aire, aunque luchen con su propio elemento...»

«El elemento espíritu, pese a no ser especialmente fuerte en el ataque, posee unas capacidades de defensa incomparables si se les compara con los otros cuatro tipos de elementos...»

¡El elemento espíritu existía de verdad! ¡Y además parecía que no estaba nada mal! Tenía en las manos un libro que reconocía la existencia de cinco elementos ¡no de cuatro! Leyó por encima algunas páginas más.

«Los aliados con el elemento espíritu tienen una afinidad con los unicornios salvajes que puede explicarse por su incomparable conexión con el vínculo, muy superior a la de los diestros en otros elementos. Los unicornios salvajes perciben la fortaleza de los jinetes diestros en el elemento espíritu y sienten por él un interés y un respeto que no muestran por otros...»

«Los unicornios aliados con el espíritu tienen la capacidad de transformarse y adquirir la apariencia de los propios elementos.»

Agatha estaba hablándole de nuevo.

—Busca la guarida del espíritu. Allí probablemente habrá más libros, más información sobre el elemento. Aprende todo lo que puedas.

—¿Qué es una guarida? —preguntó Skandar.

Pero justo cuando Agatha estaba a punto de responder, una sirena empezó a sonar con estrépito.

—¡Vete! ¡Vete! ¡Tienes que irte! —lo apremió.

Sin embargo, mientras lo decía agarró a Skandar de la muñeca y lo jaló hacia los barrotes.

—Por favor, no mates al Tejedor, Skandar. —Su voz era ronca, desesperada—. Haz todo lo que puedas por detener el plan, sea cual sea, pero por favor...

—¿Qué? —preguntó él por encima de la estridente sirena.

—Te lo suplico. No mates al Tejedor.

En ese momento lo soltó y su brazo desapareció de entre los barrotes como si nunca hubiera estado allí.

Histérico, Skandar se echó a correr a toda prisa en busca de sus amigos, que andaban buscándolo como locos por todas partes, tapándose los oídos con las manos. Lo primero que se le vino a la cabeza fue que los centinelas habían regresado para hacer sonar la alarma. Pero entonces Flo y Mitchell gritaron:

—¡Estampida!

15

Estampida

—¡Fuego infernal! —gritó Mitchell cuando Skandar apareció ante ellos—. ¿Eso de ahí es el Libro del Espíritu?

—¡¿No podríamos retrasar el club de lectura mientras intentamos no morir?! —gritó Bobby mientras se dirigían a la salida, con una mueca petrificada en el rostro por el incesante estrépito de la sirena que advertía de la estampida.

En el exterior, un tumulto atronador llenaba la noche acompañado por el estruendo de los cascos y el sonido de los gritos lejanos.

—¡Tenemos que llegar hasta los unicornios! —gritó Flo mientras bajaba saltando los últimos peldaños que quedaban y aterrizaba en el suelo.

—¿Qué es eso? —preguntó Bobby con voz entrecortada.

Había un olor horrendo. Skandar ya se había topado con él una vez, su primer día en la Isla: era el hedor de la muerte en vida. La estampida se acercaba.

El muchacho corrió lo más rápido que pudo hacia el escondite de Pícaro entre los árboles. El unicornio negro relinchó de alegría al divisar a su jinete y lo saludó con un chisporroteo eléctrico sobre las alas plegadas.

El estruendo de los cascos se oía ya tan fuerte que, mientras se subía sobre Pícaro, Skandar casi esperó ver cómo los unicornios salvajes se aproximaban a la prisión. Trató de no prestar atención a los chillidos humanos que se entremezclaban con los bramidos y gruñidos de los unicornios salvajes.

—¡Monten! ¡Vamos, vamos! —gritó Mitchell, pese a ser el único que seguía en el suelo: estaba costándole desatar del árbol las riendas de Roja.

Pícaro olisqueó el aire y, a través del vínculo, Skandar sintió un pellizco de miedo que provenía del unicornio.

—No te preocupes —tranquilizó al unicornio acariciándole el cuello oscuro—. Te sacaré de aquí.

Mitchell atravesó al galope las laberínticas calles desiertas liderando la expedición montando a Delicia de la Noche Roja. Skandar esperaba que su compañero supiera adivinar mejor que él por dónde llegaban los unicornios salvajes. Cuando se toparon con una calle sin salida delante de una herrería, con planchas de metal abandonadas y martillos tirados por el suelo, Skandar empezó a perder la calma. Intentó concentrarse en la presión que el vínculo ejercía en su corazón, en el ejemplar del Libro del Espíritu que llevaba bajo el brazo y en la respiración constante de Pícaro, pero el sonido de la estampida era tan abrumador que daba la sensación de que mientras huían de Cuatropuntos se cruzarían con ella al doblar cualquier esquina.

Las diminutas callejuelas desembocaron en la Plaza de los Elementos. Ahora que el gentío había desaparecido, las cuatro enormes estatuas de piedra se cernían inquietantes sobre ellos. El olor a unicornio salvaje era tan fuerte que Skandar tuvo que respirar por la boca para contener las arcadas. Los estrepitosos chillidos le penetraron en los oídos.

Intentó incitar a Suerte del Pícaro a cruzar la plaza, pero el unicornio empezó a retroceder. Los otros tres unicornios hacían lo mismo, con ráfagas de elementos bulléndoles bajo la piel. Del lomo de Roja había empezado a salir humo. El miedo de Pícaro se apoderó del vínculo y amplificó el de Skandar.

—¿Qué les pasa? —preguntó Flo tratando con desesperación de obligar a Puñal a seguir adelante.

—Eso —respondió Bobby inmutable, y señaló el extremo opuesto de la plaza.

Los unicornios salvajes habían llegado.

Flo soltó un grito que hizo que Puñal se encabritara. Pícaro no dejaba de dar vueltas sobre el sitio agitando las alas.

Skandar calculó que tenían menos de treinta segundos antes de que la manada en estampida los aplastase.

—¡Volar! ¡Tenemos que volar! —gritó Bobby.

—¡No seas ridícula! —respondió Mitchell gritando—. Ni siquiera hemos tenido todavía nuestra primera clase de Vuelo. Y aún faltan semanas.

—Yo no sé volar, ¡ni ellos tampoco! —gritó Flo.

—Si nos quedamos en el suelo, nos alcanzarán. Los unicornios salvajes no vuelan tan bien como los vinculados. Quizá no intenten perseguirnos, quizá se larguen en busca de una presa más fácil —insistió Bobby recogiendo las riendas de Halcón y agachándose con el pecho pegado a su lomo.

—¿«Quizá»? —farfulló Mitchell—. ¿Estás dispuesta a arriesgarte por una posibilidad remota?

—¡Vamos! —le ordenó Bobby a gritos a Ira del Halcón sin hacerle caso a Mitchell.

La unicornio apuntó con el cuerno gris directamente a los monstruos que se acercaban... y arrancó al galope hacia ellos.

—¡Esto es totalmente de locos! —gritó Mitchell.

—¡Van a chocar! —gritó Flo tapándose los ojos con la mano.

Pero no chocaron. Las alas grises de Halcón se abrieron de golpe, aleteando muy deprisa, y levantaron a Bobby limpiamente del suelo, muy por encima de los unicornios salvajes, hacia el cielo. El alarido de Bobby resonó en toda la plaza.

Olvidando haber dicho que era de locos, Mitchell instó a Delicia de la Noche Roja a dirigirse hacia la estampida. Flo los siguió de cerca encima de Puñal de Plata, con Skandar y Suerte del Pícaro a la cabeza. Skandar vio que Mitchell se agachaba hacia delante y Roja desplegaba sus suaves alas de plumas, levantaba las patas delanteras e intentaba despegar. Pero las patas se estrellaban contra el suelo una y otra vez: no parecía capaz de alzar el vuelo.

—¡Vamos, Roja! —murmuró Skandar entre dientes.

Y oyó a Mitchell gritar de miedo al levantar la vista y observar la estampida, cada vez más cerca. Sin embargo, en ese momento Roja agitó las alas, una, dos veces, y a la tercera sus cuatro pezuñas se despegaron del suelo y se alzaron en el aire.

El siguiente era Puñal, y dio la impresión de que llevaba mucho tiempo esperando ese momento. Justo delante de Pícaro, el unicornio plateado batió las alas y despegó con elegancia del suelo. Flo se aferró aterrorizada al cuello de su unicornio —Skandar estaba casi seguro de que tenía los ojos cerrados—, pero por una vez el animal cuidó de su jinete y los elevó a ambos con suavidad en el aire. Al fin llegó el turno de Skandar, que, deseándolo con toda el alma, espoleó a Pícaro con las piernas y le suplicó que hiciera lo mismo, que los levantara del suelo a los dos para huir del peligro.

Notó que las articulaciones de las alas de Pícaro se movían cerca de sus rodillas y sus alas negras se abrían de par en par, mucho más de lo que jamás las había visto abrirse. Las plumas oscuras aprovecharon una ráfaga de viento mientras Skandar presionaba las piernas contra los flancos calientes del unicornio para que fuera más rápido. Llevaba el Libro del Espíritu apretado debajo del brazo, pero los músculos le fallaban y el galope de Pícaro era demasiado irregular. Se le resbaló. Logró agarrar un puñado de páginas, pero pesaba demasiado, y las páginas se le fueron escapando de la mano hasta que el libro se quedó colgando sólo de una. Con la siguiente sacudida de Pícaro, la página se rajó por una esquina y el Libro del Espíritu se estrelló contra el suelo.

—¡No! —gritó Skandar.

Pero no había tiempo de pensar si en algún momento lo recuperaría. Pícaro orientó las alas hacia arriba, respirando de forma irregular y entrecortada, mientras avanzaba a todo galope hacia la estampida de unicornios salvajes; aquellas criaturas estaban ya tan cerca que Skandar podía ver las caras esqueléticas y aquella sustancia viscosa que les chorreaba de los ojos y el hocico. Soltó las riendas de Pícaro y le echó los brazos al cuello, pegándose a su lomo lo más que pudo para reducir la resistencia del aire. Y justo cuando pensó que no lo lograrían, sintió un vuelco en el estómago en el momento en que las pezuñas de su unicornio abandonaron la tierra firme.

De repente notó la cabeza aturdida, los ojos se negaban a aceptar las vistas del cielo a través del hueco que había entre las dos orejas negras de Pícaro. El aire de la noche silbaba en torno a él, zarandeándolo de un lado a otro, levantándole el fleco de la frente. En ese instante se sintió lo más especial que se había sentido en toda su vida. Era un superhéroe. Un mago. No, aún mejor: un jinete de unicornios. Pícaro salió disparado hacia lo alto, hacia el cielo oscuro, dejando a los monstruos en estampida muy por debajo de él. Y, tal como Bobby había predicho, no intentaron seguirlos.

Skandar jamás había pasado tan rápido del más puro terror a la alegría incontenible. Volar era maravilloso. Volar lo era todo. No tenía ni punto de comparación con el viaje con Agatha y Canto del Cisne Ártico. Volar con tu propio unicornio era distinto, compartir el cielo con ese alguien al que habías estado destinado desde siempre. No sintió miedo ni le pareció peligroso, ni ninguna de las cosas que Skandar se había imaginado. Se sentía bien. Al fin y al cabo, el vínculo le decía que, si se caía, Suerte del Pícaro lo rescataría.

Los unicornios del cuarteto dibujaron un diamante en el aire: con Bobby delante, Flo y Mitchell a los lados, y Skandar detrás. Mientras Pícaro surcaba los cielos, Skandar sonreía tanto que los dientes le dolían del frío. Por fin tenía algo sobre lo que escribirle a Kenna que era total y absolutamente cierto. Nada de secretos, nada del elemento espíritu... Podía volar. La bufanda negra de Skandar se ondulaba a su espalda, y cuánto se alegraba de que Kenna se la hubiera regalado, cuánto se alegraba de que un pedacito de su madre pudiera volar con él esa noche.

Los unicornios se llamaron unos a otros con delicadeza, sus relinchos atravesaron el aire. Skandar se preguntó si Bobby sabría cómo volver al Nidal, pero mientras Pícaro se deslizaba bajo las estrellas, cayó en cuenta de que le daba igual. Las palabras de Agatha regresaron a él mientras volaban: «Deja que el elemento espíritu actúe». Allí arriba no pasaría nada, ¿verdad? ¿Y si dejaba que el espíritu entrara en el vínculo aunque fuera un instante?

La blancura del elemento resplandeció en la mano de Skandar y Pícaro soltó un bramido de emoción cuando las puntas de sus plumas resplandecieron de blanco para imitar a su jinete.

En ese momento la voz de Flo, de repente apremiante, le llegó a través del viento.

—¡Miren! ¡Ahí abajo!

—¿Qué tenemos que mirar exactamente? —respondió Mitchell a gritos.

Entre las plumas negras de Pícaro, Skandar vio algo que le heló la sangre.

A la cabeza de la manada de unicornios salvajes, saliendo de Cuatropuntos al galope, había un unicornio muy distinto de sus esqueléticos compañeros. Si los músculos de ellos estaban consumidos, los de él eran fuertes; si las alas de ellos eran débiles, las de él parecían capaces de cualquier cosa; si la piel de ellos se pudría, la de él era inmaculada; y si los cuernos de ellos eran translúcidos, el suyo era de un gris puro.

Escarcha de la Nueva Era. Y sobre él iba montado el Tejedor, cuyo manto negro ondeaba al viento y cuyo rostro brillaba con una franja de un blanco puro.

—¡Hay alguien más sentado detrás del Tejedor! —gritó Bobby—. ¡Hay dos personas montadas en Escarcha de la Nueva Era!

—¡Me recuerda a alguien! —gritó Mitchell—. Estoy seguro de que lo he visto antes... pero está demasiado lejos. Flo, ¿tú lo reconoces?

Pero cuando Skandar entornó los ojos para mirar a aquella figura, con la magia blanca del espíritu todavía brillándole en la mano, lo que vio fue otra cosa: una cuerda blanca y brillante que conectaba los corazones de Escarcha de la Nueva Era y el Tejedor. Un vínculo. ¿Se las había arreglado el Tejedor para, de algún modo, vincularse con Escarcha de la Nueva Era? ¿Seguía existiendo el vínculo con Aspen? ¿O se había roto? ¿Cómo era aquello siquiera posible?

Skandar miró hacia arriba para contárselo a sus amigos, pero lo distrajeron los colores que también brillaban en torno a ellos. Una cuerda roja unía a Mitchell con Roja, una amarilla a Bobby con Halcón y una verde a Flo con Puñal. Miró su propio pecho... pero no había nada. ¿Quizá los diestros en espíritu no veían su vínculo? Sintió que el asombro y el miedo lo recorrían al galope. Agatha tenía razón. Si empleaba el elemento espíritu, podía ver los vínculos de los demás jinetes. Volteó la vista atrás y vio brillar el vínculo entre el Tejedor y Escarcha de la Nueva Era mientras juntos conducían a los unicornios salvajes para que regresaran a la Tierra Salvaje. Pero ¿significaba eso que Agatha tenía razón en todo lo que le había dicho? Se estremeció por las palabras que jugueteaban en su cabeza: «Tienes que ser tú, Skandar».

No tardaron mucho en llegar a la entrada del Nidal. Aterrizar no fue ni la mitad de divertido que volar por el aire. Pícaro chocó con la colina a gran velocidad, resbalándose y derrapando en el lodo, con Skandar agarrándose a él con fuerza para no salir catapultado por encima de la cabeza del unicornio.

En cuanto todos tocaron tierra sanos y salvos, Bobby salió corriendo para colocar la palma de la mano sobre el nudo del gran tronco del árbol, con la esperanza de que los centinelas que montaban guardia no les hicieran preguntas, cuando de repente...

—¡Tormentas de arena del desierto! Ustedes cuatro, ¿llegaron hasta aquí volando?

La silueta del monitor Webb se veía dibujada sobre el contorno de la muralla del Nidal. Daba la impresión de que llevaba puesta una bata hecha a base de musgo, totalmente a juego con su mata de cabello.

Ninguno de ellos contestó.

—¿Y bien? Supongo que saben que hubo una estampida en la Fiesta del Fuego, ¿verdad? —farfulló—. Un cuarteto completo de cascarones desaparecidos, en teoría muertos. Así es como razonan últimamente nuestras mentes. Esta noche mataron a cinco centinelas. ¡Cinco! Y el Tejedor se llevó a dos isleños más. ¿Es que no vieron el humo?

—¿Está a salvo el Continente? —preguntó Skandar.

—Sí, muchacho, pero ¿qué me dices de ustedes cuatro? Nos tenían preocupadísimos. Si el Tejedor captura a un plateado... ¡Cielo santo! ¿Se lo imaginan? ¡Es inconcebible!

La entrada al Nidal se abrió en un remolino de agua y cuatro personas más la cruzaron con paso firme; sus sombras bailaban sobre las plantas de fuego de la muralla.

Skandar reconoció a tres de ellas. La monitora O'Sullivan parecía furiosa, con los puños apretados a los lados. Al muchacho le había llegado el rumor de que el corte permanente que lucía en el cuello se lo había hecho luchando contra tres unicornios salvajes. Y por cómo daban vueltas sus feroces ojos en remolino, habría apostado un litro de mayonesa a que podría haber vencido al menos a diez unicornios más. El monitor Anderson parecía más decepcionado que enojado y las llamas le titilaban con desánimo alrededor de las orejas. Y la monitora Saylor, la glamurosa monitora de aire, parecía tranquila, pese a que todas las venas de los brazos le latían peligrosamente cargadas de electricidad.

Skandar no reconoció a la cuarta. Entre los monitores había un hombre con la piel de un moreno claro y una larga trenza oscura. Uno de los mechones trenzados era azul y estaba vivo, y le caía por la espalda como una cascada.

—Se acabó —dijo con voz ronca Mitchell mientras el grupo se dirigía hacia ellos.

Skandar nunca había visto a Mitchell tan asustado, le temblaban hasta los dedos.

—¿Qué pasa? —susurró—. ¿Quién es ése?

—Mi padre —respondió Mitchell con voz áspera—. Seguro que se enteró. Del asalto a la cárcel. De lo tuyo. De... todo. Si no, ¿por qué iba a estar aquí?

Skandar sintió que le faltaba el aire. Llevado por el instinto agarró con más fuerza las riendas de Pícaro. No permitiría que nadie se lo quitara. No sería como Joby. Preferiría morir antes que...

—¿Mitchell? —El primero en hablar fue el monitor Anderson y lo hizo con serenidad, incluso preocupación, en la voz—. Me temo que tu padre vino a darte una mala noticia.

—¿Qué...? ¿Una mala noticia? —Se volteó para mirarlo—. ¿Madre está bien?

—¡Tu primo Alfie! —bramó Ira Henderson con impaciencia. Si la posible desaparición de su hijo lo había preocupado, no lo demostró—. El Tejedor se llevó a tu primo. Pensé que debías enterarte por mí antes de que el maldito *Heraldo del Criadero* lo cuente mañana. —Sus intensos ojos cafés, muy parecidos a los de Mitchell, brillaron en la oscuridad—. Si alguien te pide tu opinión, no digas nada. Tenemos que evitar que el apellido Henderson vuelva a quedar en evidencia.

En el rostro del consejero no hubo ni un atisbo de calidez.

—Sí, padre —farfulló el chico.

Bobby, Flo y Skandar se miraron entre ellos. «¿El primo de Mitchell? ¿Era la persona que iba montada detrás del Tejedor?»

Ira Henderson se volteó hacia la monitora O'Sullivan.

—Tengo que irme. Ya me han hecho esperar demasiado tiempo. Esta misma noche trasladaremos a la Esbirra a una nueva ubicación. —Volvió a bajar la voz, pero Skandar aún podía oírla, más o menos—. Que esta información no salga de aquí: robaron el Libro del Espíritu. Esta noche usaron mi contraseña para que los centinelas se alejaran de la cárcel. Te seré sincero, Persephone: tememos que haya alguien ayudando al Tejedor desde dentro del Consejo. ¿Quién si no tendría acceso a una información tan confidencial?

Skandar se obligó a no mirar a Mitchell.

La monitora O'Sullivan negó con la cabeza sin dar crédito.

—¡No puede ser!

Ira carraspeó.

—El Nidal debe extremar las precauciones. Enviaré a más centinelas. Esta misma noche.

Con una última mirada rápida al grupo, Ira Henderson se esfumó hacia la noche sin siquiera dignarse a despedirse de su hijo.

Después de que Ira Henderson se marchara, a Skandar lo esperaba el peor regaño de su vida. Pero, por suerte, los monitores no tenían pruebas que refutaran la versión del cuarteto: se habían quedado rezagados cuando la sirena sonó. Los mandaron directo a la cama con serias advertencias resonándoles en los oídos.

Aunque, por supuesto, no se fueron a dormir. En cuanto los cuatro amigos se acomodaron en los pufs y se calentaron las manos junto a la estufa, Skandar les contó lo que había averiguado: desde que a Simon Fairfax jamás lo habían capturado hasta que había visto el vínculo entre el Tejedor y Escarcha de la Nueva Era. Sólo se saltó un detalle, el que más lo asustaba de todos: «Tienes que ser tú, Skandar. Lo siento mucho. Tienes que ser tú».

Cuando acabó, Mitchell se levantó precipitadamente y subió a su habitación.

—¿Creen que está bien? —preguntó Flo, y el montoncito dorado de rocas de su insignia de tierra emitió un destello—. No puedo creer que hayan capturado a su primo. Alfie es aprendiz en Guarniciones Martina, uno de los rivales de mi padre; ¡mi hermano lo conoce!

—Su padre no le dio la noticia con delicadeza precisamente —dijo Bobby con la boca llena de un bocadillo de emergencia.

La mermelada y el Marmite le chorreaban entre las rebanadas de queso. Skandar seguía sin entender de dónde sacaba el pan.

Pero casi de inmediato Mitchell regresó por las escaleras con un gran objeto rectangular bajo el brazo.

—¿Eso es un... pizarrón? —preguntó Bobby incrédula.

—Correcto, Roberta. —Con un ademán ostentoso, Mitchell les mostró un trozo de gis—. No me dio tiempo de sacarlo para nuestra última reunión de cuarteto. Pero ya podemos empezar a hacer las cosas como hay que hacerlas. —Carraspeó—. Bienvenidos a nuestra segunda reunión de cuarteto de la historia, que se convoca a las veintidós horas cero cero.

—¿«Veintidós horas cero cero»? —Skandar movió los labios mirando a Flo.

—Las diez en punto —susurró Flo conteniendo la risa.

—Voy a necesitar un bocadillo más grande —musitó Bobby.

Mitchell volvió a subirse los lentes sobre el puente de la nariz y dio unos golpecitos en el pizarrón con el gis.

—¿Qué sabemos? Sabemos que el Tejedor de algún modo se las ingenió para crear un vínculo con Escarcha de la Nueva Era. Sabemos que el Tejedor está asesinando a los centinelas que protegen el Continente. Sabemos que el Tejedor está raptando a personas... personas que no son jinetes. —Mitchell tragó saliva—. Personas como mi primo Alfie.

—También sabemos que el Círculo de Plata jamás capturó a Simon Fairfax —añadió Flo.

—Si quieren mi opinión, tiene todo el sentido que el padre de Amber sea el Tejedor —dijo Bobby—. Mintió diciendo que estaba muerto, cielo santo. ¿Quién hace eso?

—Y tampoco es muy buena persona —añadió Flo, y enseguida puso cara de sentirse culpable.

—Estoy de acuerdo —asintió Mitchell, y trazó una línea entre la palabra Tejedor y el nombre de Simon Fairfax—. Es, sin duda, nuestro principal sospechoso.

—¿Deberíamos decírselo a alguien? —preguntó Flo—. ¿O preguntarle a Amber?

Skandar suspiró.

—No le veo caso. La única razón por la que Amber no le ha contado a nadie que soy diestro en espíritu es porque no quiere que nadie se entere de lo de su padre. Si vamos por ahí diciendo que Simon Fairfax es el Tejedor, ya no tendrá nada que perder. Y, además, los diestros en espíritu dijeron que Aspen no cree que sea Fairfax.

—Por otro lado —resopló Bobby—, ¿cómo vamos a decir que nos enteramos? —Habló teatralmente en voz baja—: Este, pues nada, íbamos paseando como quien no quiere la cosa por la cárcel de los diestros en espíritu y por casualidad nos pusimos a hablar con...

—De acuerdo, de acuerdo —la interrumpió Flo haciendo una mueca.

—También tenemos que averiguar... —intervino Skandar.

—¿Por qué el monitor Webb tiene una bata hecha de musgo? —Bobby sonrió, y luego le dio otra mordida a su bocadillo de emergencia.

—Eeeh, no —respondió Skandar—. Tenemos que encontrar la guarida del espíritu, sea lo que sea. Sobre todo ahora que esto es todo lo que me queda del Libro del Espíritu.

Mostró la esquina arrancada de la página a la que había intentado aferrarse. En ella sólo se leía media frase, «unicornio salvaje y arreglar», lo cual no servía absolutamente de nada.

—¿No podríamos volver a Cuatropuntos a buscarlo? —propuso.

—Demasiado peligroso —contestó Mitchell enseguida—. Las guaridas por lo menos están en el Nidal.

—Va a ser difícil encontrarlas —dijo Flo—. Están bien escondidas.

—Pero ¿tú sabes lo que son? —preguntó Skandar, entusiasmado.

Flo asintió.

—Digo, no sé dónde están, pero he oído hablar de ellas. Las guaridas son cuatro, bueno, cinco, supongo, espacios subterráneos del Nidal destinados exclusivamente a los diestros de cada uno de los elementos. Si pasamos la Prueba de los Principiantes, nos permitirán la entrada el año que viene. La de los diestros en tierra se llama «La Mina», «La Colmena» para los de aire, «La Caldera» para los de fuego y «El Pozo» para los de agua.

—Pero-¡qué-increíble! —exclamó Bobby, y los ojos le brillaron de la emoción.

—Me gusta cómo suena eso de las entradas secretas —añadió Flo—. Me contaba un cascarón que tienes que encontrar el tocón de un árbol en concreto, que es el que te conduce bajo tierra. Y que, si no estás aliada con el elemento de esa guarida, no se te abrirá la entrada. —Frunció el ceño—. Pero ¿encontrar justo el tocón del árbol de la guarida perdida del espíritu...? No será fácil.

—Pero ¿de verdad deberíamos confiar en Agatha? —Mitchell puso cara de preocupación—. A ver, es la Esbirra, Skandar. ¡Que mató a todos los unicornios de espíritu! Pícaro es un unicornio de espíritu.

—No veo que tengamos otra opción —dijo Skandar despacio—. Tengo que aprender todo lo que pueda sobre el elemento espíritu. Y la guarida del espíritu parece un buen lugar por donde empezar.

Skandar comprendió en ese momento que tenía que contarles lo único que había estado ocultándoles. Eran sus amigos y eran las únicas personas de toda la Isla que quizá podrían ayudarlo.

Respiró hondo.

—Pero Joby tenía razón. Tenía razón cuando dijo que sólo un diestro en espíritu podría detener al Tejedor. Agatha me dijo lo mismo. Y cuando vi el vínculo del Tejedor con Escarcha de la Nueva Era... supe que los dos decían la verdad. Sólo un diestro en espíritu podría haber visto ese nuevo vínculo. Así que tengo que averiguar lo que trama el Tejedor... y detenerlo. Tengo que ser yo.

—Pero ¿por qué tú? —quiso saber Flo—. ¡Si no llevas ni cinco minutos entrenándote!

—No creo que estés en condiciones de desafiar al Tejedor —farfulló Mitchell—. ¡Y no olvidemos que ni siquiera sabemos con certeza quién es! Agatha probablemente estaba pensando en alguien más veterano, en algún jinete de la Copa del Caos. A lo mejor pensaba en ella misma. Pero ¡no en ti, no en un cascarón!

—Pícaro y yo somos la única pareja de jinete y unicornio aliada con el elemento espíritu que queda. O por lo menos la única que sigue en libertad. No hay nadie más —susurró Skandar, y la verdad de aquello pesó sobre él como una losa—. Sólo yo y Suerte del Pícaro.

Se hizo el silencio. Un búho ululó por la ventana de su casa del árbol.

—¡Ah, genial! —gritó Bobby—. Pues entonces tú sigues siendo el protagonista de todo, ¿no? ¿A los demás no nos vas a dar siquiera una oportunidad?

Pese a todo, a Skandar se le escapó una carcajada, y luego a Flo, a Bobby y a Mitchell. Sus amigos lo rodearon en un abrazo enorme, tan lleno de amor que pensó que tal vez bastaría para salvar el mundo.

Esa misma noche, más tarde, Mitchell no apagó la vela de la lámpara en cuanto se metió en la cama, sino que entabló una conversación. Era la primera vez que hacía algo así; por lo general era muy quisquilloso con la cantidad de horas que había que dormir.

—Skandar, sólo quería decirte que sé que antes de lo del pudín no fui precisamente amable contigo... Es que... Yo...

—No pasa nada —musitó él desde su hamaca.

—Sí —repuso Mitchell con brusquedad—. Sí pasa. Tú no tienes la culpa de ser diestro en espíritu. Y lo único que has sido conmigo es amable, mientras que yo básicamente me he pasado el rato tratándote como...

—¿Como la gente siempre te ha tratado a ti?

—No la gente. —Mitchell se frotó los ojos por detrás de los lentes—. Sobre todo mi padre... Probablemente ya te habrás dado cuenta, pero no es de los amables y cariñosos. Aunque, ya ves, de todas formas yo siempre he intentado hacer que se sintiera orgulloso de mí. Que se fijara en mí. Él y mi madre se separaron cuando yo era pequeño, y cada vez que a mi padre le tocaba cuidarme estaba tan ocupado que nunca tenía tiempo para mí, ¿sabes?

»Incluso ahora, nada de lo que haga parece ser digno de su atención. Digo, ¡ni siquiera sospechó que podría haber sido yo quien utilizó su contraseña! Fíjate lo poco que me tiene en cuenta. Y cada vez que intento hablar con él, me pone la misma cara de decepción, aunque apenas preste atención a lo que digo. Así que me he pasado toda la vida tratando de estar a la altura del apellido Henderson, tratando de obtener su aprobación. Todo lo demás no era importante, ni siquiera hacer amigos.

—Mitchell, eso es horrible...

—Pero desde que los conocí a ustedes, estoy empezando a darme cuenta de que la vida podría ser algo más que intentar demostrarle a mi padre que me merezco su tiempo. ¿Sabes? Es difícil hacer amigos cuando tu propio padre no cree que seas interesante. Ni siquiera se me pasó por la cabeza que alguien quisiera ser mi amigo. Y luego vas y te topas con bravucones de verdad como Amber y digamos que eso confirma tu teoría.

—Mitchell suspiró—. Y mi padre odia con todas sus fuerzas a los diestros en espíritu, Skandar. Imagínate, ¡sueña con meterlos en la cárcel! Cuando yo era pequeño, delante de mí incluso fingía que jamás había existido un quinto elemento. Así que si viera que me relaciono contigo, pues... sería ya el colmo de las decepciones para él. Y confirmaría que, al fin y al cabo, no sirvo para nada.

—Mitchell —le dijo Skandar con mucho tacto—, claro que sirves.

—Pero no es ninguna excusa —se apresuró a seguir Mitchell—. Sólo porque él odie a los diestros en espíritu no significa que yo también tenga que odiarlos. Eso lo entiendo ahora. Y te conozco a ti, y eres buena persona, lo que me hace pensar que a lo mejor me equivocaba con todos los demás.

Skandar se echó a reír.

—Te salvé la vida de camino al Nidal y tú me la salvaste en las líneas de falla, ¿y lo único que se te ocurre decir es que soy buena persona?

Mitchell se puso del color de su elemento y Skandar se sintió mal.

—Somos amigos, Mitchell. ¿De acuerdo? Eso es lo que pasa. Somos amigos. Yo me preocupo por ti; tú te preocupas por mí. Y colarnos hoy en la cárcel, con tu padre y todo lo demás, fue un gesto muy muy valiente.

—La verdad es que no tengo mucha experiencia en esto de tener amigos —farfulló Mitchell.

—Yo tampoco —dijo Skandar—. Pero creo que por ahora estamos haciéndolo bastante bien.

—¿Tú crees?

—Sí. —Se levantó y apagó la luz—. Pero hazme un favor, no empieces otra vez con lo de que por mi culpa la Isla va a irse al caño, ¿sí?

—Hecho. —Mitchell soltó una carcajada. Y luego añadió—: ¿Skandar?

—¿Sí, Mitchell?

—Si averiguamos qué trama el Tejedor, tú querrás intentar detenerlo, ¿verdad? ¿Aunque sea peligroso?

Cuando vivía en el Continente, Skandar jamás había tenido el poder de cambiar ningún aspecto de su vida, pero quizá allí sí podría cambiar algo. Pensó en lo que Joby le había dicho: «Aunque pudieras ayudar, eso no quiere decir que debas hacerlo». Pero él no estaba en absoluto de acuerdo. ¿Cómo iba a quedarse escondido en el Nidal mientras otras personas estaban en peligro?

Así que, en medio de la oscuridad, respondió:

—Creo que sí, sí.

No verbalizó el otro motivo por el que quería averiguar más cosas sobre el elemento espíritu, puesto que pensaba que Mitchell no lo entendería. Mitchell era isleño. Mitchell era un jinete diestro en fuego que había abierto la puerta del Criadero para criar a una unicornio de color rojo. Mitchell sabía quién era. Pero Skandar tenía la sensación de que él todavía no encajaba en ninguna parte. Ni en el Continente ni en la Isla. Skandar ni siquiera había conocido a su propia madre. Y, por el momento, todo lo que sabía sobre su elemento aliado era por unos cuantos fragmentos del Libro del Espíritu y por las atrocidades del Tejedor. Averiguar más sobre el elemento espíritu tal vez fuera su única oportunidad de aprender más sobre sí mismo: de tener la oportunidad de ser parte de algo. Y tal vez, cuando eso ocurriera, sería capaz de cambiar las cosas.

Mitchell bostezó.

—¿Siempre es tan agotador ser amigo de alguien?

16

Batallas aéreas

La noticia de que habían apostado a más centinelas en el Nidal corrió desde los cascarones hasta los aguis como la pólvora de un ataque con fuego arrasador. Pero el Tejedor no era el único tema de conversación entre los jóvenes jinetes. Al pasar de diciembre a enero, la Prueba de los Principiantes —y el hecho de que los cinco últimos jinetes de la competencia fueran a perder la posibilidad de permanecer en el Nidal— de repente pareció mucho más inminente que hasta entonces.

Por suerte, lo que Agatha le había contado a Skandar el día de la Fiesta del Fuego había resultado ser cierto. Si conjuraba en el vínculo una combinación del elemento espíritu con cualquier otro elemento que debiera estar usando en ese momento, medio se las arreglaba para controlar a Pícaro. En sus mejores días, era capaz de conjurar la magia del aire, el agua, la tierra y el fuego igual que todos los demás jinetes. Aquello no bastaba ni de lejos para evitar que lo declararan nómada al final de la Prueba de los Principiantes, pero por lo menos así no lo echarían todavía.

Por si eso no fuera ya bastante en lo que pensar, pronto todos los cascarones empezaron a volar; aunque Skandar, Flo, Bobby y Mitchell todavía se sentían mucho por haber volado antes de su primera clase. Y al cabo de unas cuantas sesiones, Skandar descubrió con orgullo que Suerte del Pícaro volaba rapidísimo, era uno de los más rápidos de su año.

Y aprender a despegar y aterrizar con soltura, a inclinarse hacia el viento y a leer las corrientes de aire fue una grata distracción de las reuniones de cuarteto que Skandar y sus amigos convocaban casi todas las noches.

Encontrar la guarida del espíritu estaba resultando tan complicado como Flo les había advertido. Mitchell se pasaba las horas en las bibliotecas en busca de antiguos mapas del Nidal, pero cada vez que creía haber localizado un libro que podía ser útil, las páginas que hacían referencia a la guarida del espíritu no estaban, las habían arrancado. Una tarde acabó llorando al toparse una vez más con un callejón sin salida. Fue entonces cuando Skandar cayó en cuenta de que Mitchell quizá estuviera mucho más preocupado por su primo Alfie de lo que decía.

Mientras tanto, Flo y Bobby subían y bajaban los puentes colgantes del Nidal peinando los cuadrantes elementales en busca de cualquier pista que pudieran encontrar. Incluso intentaron preguntarles a los jinetes de más edad por sus guaridas, tanto a continentales como a isleños, pero lo único que consiguieron fueron sonrisas enigmáticas. «Ya se enterarán el año que viene», les dijo un volantón. «Antes tienen que pasar la Prueba de los Principiantes», les soltó canturreando un polluelo.

En cuanto a Skandar, él investigaba a ras de suelo, pero se sentía un poco estúpido buscando el tocón de un árbol en el Nidal: un lugar repleto de árboles. Probó tocando a la puerta de Joby, pero el diestro en espíritu ni siquiera se dignó a contestar, y después de las clases para continentales procuraba no quedarse nunca a solas con él.

Cuando no estaban buscando la guarida de espíritu, el cuarteto se dedicaba a darle vueltas a todo para no llegar a ninguna parte y juntos repasaban todo lo que ya sabían: que Agatha era la Esbirra; que Simon Fairfax estaba vivo y en libertad; que había isleños que no eran jinetes y estaban desapareciendo, y centinelas que estaban explotando; que el Tejedor había logrado vincularse con el unicornio más poderoso del mundo; que el Continente era un objetivo, y, lo más importante de todo, que Skandar era el único capaz de detener el plan del Tejedor. El problema era que todavía no acababan de comprender en qué consistía éste.

Una mañana de finales de febrero, cuando ya llevaban varias semanas en la estación del agua, Skandar se puso la chamarra azul y la bufanda de su madre y se dirigió hacia el árbol postal. Dentro de la mitad azul de su cápsula, encontró una carta de Kenna y la abrió con la esperanza de que, después de leer sus palabras, se sentiría menos preocupado por ella y por su padre, percibiría que sus vidas estaban muy muy lejos de las muertes de los centinelas del acantilado y del plan del Tejedor... aunque en realidad sabía que en absoluto estaban a salvo.

Querido Skar (y Pícaro):

Me pediste noticias de mi vida, así que ahí van. Llevo un tiempo chateando por internet, es una especie de grupo de ayuda para gente como yo, gente que no ha logrado convertirse en jinete y no es capaz de, bueno, no es capaz de hacerse del todo a la idea de que las cosas hayan salido así. No quiero que te sientas mal, porque no es culpa tuya. Pero a veces me siento como si viviera en blanco y negro en vez de en color. No puedo evitar ver unicornios por todas partes. No puedo evitar soñar con ellos. Y el problema es que ahora, cuando papá tiene un día bueno, lo único de lo que de verdad quiere hablar es de ti y de Suerte del Pícaro. Y algunos días me encanta hablar de eso, pero otros días, bueno, pues no...

La tristeza y la culpa inundaron el pecho de Skandar y sintió que se ahogaba. Había estado tan ensimismado en la búsqueda de la guarida del espíritu que apenas le había escrito a Kenna. Desde los establos, una palpitación interrogativa daba golpecitos en el vínculo: era el modo que tenía Pícaro de preguntarle qué pasaba. Pero mientras se dirigía hacia la muralla antes del entrenamiento, lo único en lo que Skandar fue capaz de pensar era en que Kenna podría haber estado predestinada para un unicornio, podría incluso estar en ese momento entrenándose como pichón en el Nidal; en que si la hubieran reconocido como diestra en espíritu, automáticamente habría reprobado el examen de Cría; en lo cruel que era permitir que los unicornios de espíritu nacieran salvajes y murieran para siempre; y en que todo aquello era culpa del Tejedor.

Delante del establo de Pícaro había una figura oscura.

Skandar se acercó sigilosamente, con el corazón latiéndole desbocado hasta que percibió la figura con claridad.

—¡Jamie! —exclamó Skandar a modo de bienvenida—. ¿Está todo bien?

Pero en ese momento vio a Suerte del Pícaro. Y casi no lo reconoció. Sobre el pecho del unicornio se ceñía a la perfección un peto negro y brillante, unas espinilleras de metal le envolvían las patas desde las rodillas hasta el principio de las pezuñas, una cota de malla le protegía el vientre y un casquete metálico le cubría las orejas. Era idéntico a los unicornios con armadura de la Copa del Caos.

Pícaro lo saludó relinchando. Skandar pensó que parecía muy satisfecho de sí mismo.

Jamie lo miraba de reojo, a la espera de su reacción.

—Todo es resistente a los elementos. Cualquier guarnicionero que te diga que una armadura puede ser totalmente a prueba de elementos miente.

—¡Está increíble!

—Sí, pero ¿increíble en el buen sentido de la palabra? —A Jamie le temblaba la voz.

Skandar no había caído en cuenta de lo estresante que era todo aquello para el aprendiz de herrero.

—En el buen sentido —lo tranquilizó.

Como de costumbre, Skandar comprobó que la mancha de Pícaro seguía tapada con betún para pezuñas. De repente se desanimó. Allí, en el establo, el aspecto de Suerte del Pícaro era el de un campeón, pero ¿tenía alguna posibilidad de ganar una carrera si no le permitían usar como es debido su elemento aliado?

La armadura del muchacho también le quedaba como un guante. La flexibilidad de la cota de malla de los brazos y las piernas le confería libertad de movimientos, y el peto no era demasiado pesado y podía llevar la chamarra azul debajo, para ocultar su mutación, con espacio suficiente para respirar.

Salieron juntos de la muralla serpenteando entre los altos troncos del Nidal, sorteando las raíces más grandes: Skandar a un lado de Pícaro, tintineando con su armadura, y Jamie al otro, sosteniéndole el casco con visera.

—¿Viste aquellos gigantescos unicornios de hielo en la Fiesta del Agua? —preguntó Jamie, aunque con voz más apesadumbrada de lo habitual.

—No pude ir... demasiado lío con el entrenamiento —mintió Skandar.

Se habían pasado todo el día que había durado la fiesta delante del pizarrón de Mitchell.

—Vaya, pues te lo perdiste. Yo fui con mi amiga Claire y... —Jamie de repente se detuvo, incapaz de acabar la frase.

—¿Jamie? ¿Qué ocurre? ¿Qué te pasa?

—Pues que ella, bueno, el Tejedor se la llevó —respondió Jamie muy triste—. Todavía no puedo creer que yo no oyera nada. Vivimos en la misma casa del árbol con los demás aprendices de herrero de mi herrería. Su habitación está justo al lado de la mía... y no oí ni una mosca. Cuando reaccioné, se oyó la sirena de la estampida y corrí a su habitación. No estaba allí. Salí corriendo y ahí fuera estaba la marca blanca, en la pared de nuestra casa del árbol. La marca del Tejedor.

—Cuánto lo siento —murmuró Skandar.

El aprendiz suspiró.

—Lo más raro es que fue casi como si ella supiera que algo iba a suceder. Si hasta me dio un regalo la noche anterior: un unicornio de hierro que ella misma había hecho en la herrería. Como si estuviera despidiéndose o algo así. Supongo que no fue más que una casualidad.

Skandar sabía exactamente lo que Mitchell diría: «No creo en las casualidades». ¿Primero su primo y ahora alguien de la casa del árbol de Jamie? Daba la impresión de que el Tejedor se acercaba cada vez más.

—Y no podemos borrar la marca de la casa, no se quita. Lo hemos probado todo. Lo único en lo que pienso cuando la veo es: «¿y si yo soy el siguiente?». Eso es lo que todo el mundo piensa ahora mismo.

—Siento mucho lo de tu amiga.

Le puso la mano en el hombro a Jamie.

—Yo también —dijo él, y luego cambió de tema—. ¿No vas a quitarte esa bufanda? Puede que no te entre con la armadura.

—Ah, pues...

Skandar vaciló. Sabía que era una tontería, pero se había acostumbrado a llevarla porque creía que le daba buena suerte. Y últimamente necesitaba toda la buena suerte del mundo.

—A ver, si de verdad quieres dejártela, supongo que podrías remetértela por debajo. —Jamie tomó un extremo de la bufanda para palpar el grosor con los dedos—. ¿De dónde la sacaste? ¿Es de Cuatropuntos?

—Era de mi madre —respondió en voz baja.

—Hum. —Jamie frunció el ceño—. Es curioso. Eres del Continente, ¿verdad? Esta bufanda parece hecha en la Isla.

—Pues yo diría que es imposible —murmuró Skandar jugueteando con la etiqueta con su nombre que Kenna le había cosido.

—Bueno, da igual —dijo Jamie—. Tengo que irme. Quiero agarrar buen sitio.

—¿Para qué? —preguntó mientras el herrero lo impulsaba para montarlo en Pícaro, que ya era demasiado alto para poder subirse en él sin ayuda.

—¡Para qué va a ser, para las batallas aéreas! ¿Para qué creías que te ponías la armadura? ¿Para un desfile de moda?

En cuanto el unicornio aterrizó en el altiplano de los cascarones, a Skandar se le llenó el estómago de mariposas al ver a todos los demás ejemplares con sus armaduras. Eran idénticos a los que llevaba toda la vida viendo en televisión. Roja estaba espectacular con su armadura color óxido. Halcón daba auténtico miedo: su armadura incluía un casco de metal con un agujero del que sobresalía el cuerno. La armadura plateada de Puñal reflejaba con tanta intensidad los rayos de sol primaverales que a Skandar le dolieron los ojos al mirarla.

Los unicornios no estaban recluidos en uno de los cuatro campos de entrenamiento elementales como de costumbre. Los dos grupos de entrenamiento, los cuarenta y tres cascarones en total, pululaban por el altiplano cubierto de pasto y sus ráfagas de elementos tapaban las vistas del Nidal con restos de magia. En el centro de todo se amontonaban los cuatro monitores a lomos de sus unicornios.

Skandar sintió un ataque de nervios brutal al descubrir los asientos que había en un extremo del terreno del elemento tierra, como una réplica en miniatura de las gradas del estadio de la Copa del Caos. Algunos de los cascarones de la Isla saludaban y gritaban en esa dirección. Se preguntó si las familias de Flo o de Mitchell estarían allí, y de repente sintió que con las mariposas se mezclaba una pizca de tristeza. Ojalá Kenna y su padre pudieran verlo con su armadura y sonreír orgullosos, como las demás familias isleñas que había allí sentadas bajo el sol primaveral. Para verlos tendría que esperar hasta la Prueba de los Principiantes.

Al pasar por su lado encima de Pícaro, Skandar divisó a Joby, que contemplaba el altiplano con los ojos azules, la mirada perdida y el ceño profundamente fruncido. Los demás isleños habían dejado un montón de asientos libres a su alrededor. Saltaba a la vista que las sospechas que despertaban los jinetes sin unicornio no se limitaban al Nidal.

Pícaro relinchaba inquieto y las puntas de sus alas daban sacudidas echando chispas. Con la armadura lo notaba más pesado y peligroso, y la cota de malla que le cubría el vientre tintineaba al chocar con sus botas negras. Skandar dio una vuelta sobre el sitio con su unicornio para intentar mantenerlo bajo control. Y mientras observaba a la monitora O'Sullivan clavar cerca del campo de entrenamiento de aire un cartel donde se leía SALIDA, se fijó en el vínculo azul brillante que se extendía hasta Avemarina Celeste, en el extremo opuesto del altiplano. Skandar parpadeó. Y luego cerró la mano en un puño para obligar al elemento espíritu a que lo abandonara. Tenía que concentrarse. Tenía que luchar contra él.

La monitora Saylor, la del elemento aire, tocó el silbato para animar a los jinetes a formar una fila. Skandar estaba tan distraído mirando a los unicornios con los que no solía entrenarse que apenas le dio tiempo a meter a Pícaro en vereda antes de que la monitora volviera a tocar el silbato para pedir silencio.

—¡Hoy empezaremos con las batallas aéreas! —les gritó cabalgando de un lado a otro de la fila a lomos de Pesadilla de la Brisa Boreal.

Era, por mucho, la monitora más joven y la más glamurosa, con unos rizos color miel que rebotaban y un manto amarillo bordado con espirales de aire. Su voz siempre era suave y serena, aunque cuando se irritaba las venas de los brazos y el cuello chisporroteaban y crepitaban como rayos en zigzag. Estaba empleando su voz más tranquila, lo que por algún motivo ponía a Skandar todavía más nervioso.

—En los últimos meses hemos estado enseñándoles técnicas de ataque y de defensa con los elementos... todo con el fin de prepararlos para las batallas aéreas. En la Prueba de los Principiantes, ser capaz de ganar una batalla puede significar que permanezcan en el Nidal o que, por el contrario, tengan que abandonarlo como nómadas. No pueden confiarse por volar rápido; tienen que ser capaces de emplear la magia de los elementos para asegurar y mejorar su posición.

—Pssst.

Roja apareció a la altura del hombro derecho de Pícaro. Los ojos de Mitchell le brillaban de la emoción, lo que a Skandar le resultó muy extraño. Su compañero odiaba las sorpresas más que cualquier otra cosa, y tener que pelear entre ellos era la peor y la más inoportuna hasta el momento.

—¿Viste que vino mi padre a verme? —soltó Mitchell—. No puedo creer que de verdad se haya tomado la molestia de venir desde la cárcel. Para ver mi primera batalla aérea. Seguro que el Nidal les ha escrito a las familias de la Isla. Y vino. ¡A verme! ¿Puedes creerlo? ¡Mira!

Skandar jamás lo había visto tan entusiasmado, ni siquiera cuando Amber había acabado con el pudín en la cara. Siguió la dirección que indicaba el brazo extendido de su amigo hasta ver a Ira Henderson con su trenza en cascada. Por la expresión de su rostro, aquello no le hacía ninguna gracia; era la misma cara que Mitchell ponía cuando Bobby lo molestaba.

—¿Te importa hablar un poco más bajo? —dijo Flo con voz temblorosa montada en Puñal—. Creo que podrían meterse en problemas si siguen hablando, y, de verdad, tengo que oír lo que dicen las monitoras.

Mitchell masculló una disculpa; Bobby puso los ojos en blanco.

—Combatirán por parejas —explicaba ahora la monitora O'Sullivan con una voz más severa que la de la monitora

Saylor—. Las normas son... —Hizo una pausa—. Bueno, en realidad no hay normas. Pueden emplear cualquier combinación de elementos, pero yo les aconsejaría usar su elemento aliado siempre que les sea posible. Gana el primero en llegar a la meta.

—Tienen cara de preocupados. —Al reírse, las llamas que envolvían las orejas del monitor Anderson se avivaron—. Pero tranquilos. ¡Será divertidísimo!

—¿«Divertidísimo»? —susurró Mariam cerca de ellos, con los ojos cafés llenos de miedo—. ¿Y si me toca luchar contra Flo y Puñal de Plata?

Skandar notó que el alma se le caía a los pies. ¿De verdad iban a hacer aquello? ¿Y si Pícaro lo tiraba al suelo en pleno vuelo? ¿Y si perdía tan clamorosamente la batalla aérea que los monitores decidían declararlo nómada de inmediato? Se sintió aún peor al ver que llegaban los sanadores... con camillas.

Y en ese momento, mientras la monitora Saylor leía las parejas en voz alta, las cosas se pusieron todavía más feas.

—Skandar Smith combatirá contra Amber Fairfax.

—Hay otros cuarenta y un cascarones más —gimió Skandar—, pero por supuesto me tenía que tocar ella.

Bobby y Albert combatieron primero. Skandar se fijó en que al pobre Albert le temblaban las manos incluso antes de que sonara el silbato. Por un instante dio gusto ver a Aurora del Águila, con su cola blanca ondeando al viento, hasta que... *¡bum!*, Bobby conjuró un tornado en la palma de la mano y lo lanzó a su rival a través del aire. Aquella fuerza, que casi le arranca las alas a Águila, la lanzó salvajemente fuera de la pista. Skandar vio que Albert trataba con desesperación de levantar un escudo de agua.

—¿Crees que Bobby va a electrificar el escudo? —preguntó Flo preocupada mientras el agua rielaba con gracia en el aire.

Pero, en vez de eso, el tornado empapó a Albert con su propia magia y lanzó a Águila hacia arriba, alejándola aún más de la meta. Bobby aterrizó con Halcón, que siguió galopando hasta la línea de meta. Casi de inmediato, el viento amainó de nuevo y Albert, avergonzado, cruzó trotando el altiplano a lomos de Águila.

—¡Así se hace! —gritaron Skandar y Flo a Bobby mientras regresaba a su cuarteto a lomos de Halcón.

Bobby se encogió de hombros.

—Ya, ya, bueno; estaba claro que iba a ganar. Felicítenme cuando gane la Prueba de los Principiantes.

Otras parejas estaban más igualadas. Sarika y Alastair libraron una feroz batalla en el aire rodeándose el uno al otro en mitad del recorrido.

—¡Vamos, Sarika! —la animaba Skandar—. ¡Vamos!

El fuego estalló en el aire y, de repente, vieron a Buscacrepúsculos caer en espiral, con Alastair agarrado al cuello de la unicornio. Aterrizaron torpemente y Alastair acabó tirado en el suelo. Sarika aterrizó con Enigma Ecuatorial justo antes de la meta, cuya línea cruzó al galope, con las uñas en llamas de su mutación danzando al viento.

Flo soltó un grito ahogado.

—Miren el ala de Buscacrepúsculos.

Seguía ardiendo.

—Creo que Alastair está sangrando — dijo Skandar.

Enigma Ecuatorial salivaba e intentaba regresar al lugar donde Alastair había caído. Buscacrepúsculos protegía a su jinete, del que no se separaba, mientras otros unicornios olfateaban el aire y gruñían con avidez. Justo a tiempo, los sanadores llegaron en grupo sobre el terreno y, sin perder un segundo, se llevaron a un Alastair lívido en una camilla.

—¡Amber Fairfax y Skandar Smith! —gritó la monitora O'Sullivan.

—Usa el elemento fuego — le aconsejó Mitchell—. Por estadística le sacarás ventaja.

—Hazlo lo mejor que puedas —lo animó Flo.

Bobby sonrió.

—¡Tú puedes!

En la línea de salida, Ladrona Torbellino gruñó y piafó. Pícaro enseñó los dientes e intentó morderla, dándole una sacudida a Skandar. Los bordes de los petos de los unicornios se rozaron, sus alas chocaron.

—Vas a caer, diestro en espíritu —masculló Amber.

—Lo que voy a hacer es subir. —Skandar rechinó los dientes.

Cuando sonó el silbato, Pícaro se alzó en el aire más alto y más rápido que Ladrona, agitando las alas con furia a cada lado de las piernas de Skandar. Éste se preparó para hacer frente a las corrientes de aire, tratando de acostumbrarse al nuevo peso de su armadura. Como llevaba semanas intentándolo, se imaginó los elementos fuego y espíritu luchando codo con codo, con el rojo y el blanco entremezclándose en su mente. Pero ya no quedaba tiempo. Debajo de él, en el aire, la palma de Amber resplandeció de un oscuro verde bosque y unas rocas afiladas salieron disparadas hacia Pícaro, como cientos de misiles diminutos. Al muchacho aquello lo tomó totalmente por sorpresa. Esperaba que Amber usara el aire, su elemento aliado, pero en su lugar se había decidido por la tierra.

Pícaro rugió para desafiarla y Skandar sintió la fuerza del elemento espíritu más potente que nunca, más potente incluso que cuando había mutado. Era como si un globo se expandiera dentro de su pecho, como si el poder del elemento creciera desde el centro del propio vínculo.

—¡Pícaro! —lo advirtió.

—Veo que sigues con la bufanda de mamita puesta.

Amber había seguido el ascenso de sus misiles, pero Pícaro los había esquivado todos y la rabia que Skandar había estado conteniendo se desbordó y salió a flote.

—¿Cómo puedes vivir así? ¿Cómo puedes ir por ahí diciendo que tu padre está muerto cuando no lo está?

—¡Es diestro en espíritu! —gritó Amber con frialdad—. Preferiría que estuviera muerto.

De su palma salieron volando más misiles rocosos.

Skandar entrevió un resplandor blanco mientras le contestaba a gritos entre las sacudidas de alas de Pícaro.

—¡Cómo te atreves a decir eso! No sabes lo que es que uno de tus padres esté muerto. Ni siquiera tienes la posibilidad de decir que lo preferirías. ¡No tienes ni idea de lo que hablas!

Apuntó con Pícaro hacia abajo, intentando superar a Amber y sus rocas, pero ella lo persiguió por el aire, con su mutación de estrella centelleándole en la frente.

—¿No sabes qué hacer sin tu mamita, pequeño diestro en espíritu? ¿Querrías que ella...?

Skandar perdió el control. El elemento espíritu era de repente lo único que sentía en el vínculo, en el mundo. Estaba dentro de su cabeza, bajo su piel, en el aire que respiraba. El espíritu olía distinto de los demás elementos; su magia de canela dulce le bailaba en la lengua. De la conexión mágica que lo unía con Pícaro se oía un runrún de reconocimiento. «Rínde-

te. Ríndete. Éste es el elemento para el que estás destinado.»
Y Skandar vio, más nítida que nunca, una línea amarilla tré-
mula y brillante que iba desde el corazón de Amber, con la palma todavía resplandeciendo en verde, hasta el centro del pecho
de Ladrona.

Como por instinto, Skandar extendió su propia palma. Pícaro chilló de entusiasmo y el corazón del chico dio un brinco
cuando las emociones del unicornio chocaron con las suyas.
Por un instante fugaz no le importó que los vieran, no pensó
en las advertencias de Joby. Sabía qué hacer. Por primera vez
sabía exactamente cómo usar su magia. Una bola de algo brillante salió de su palma y envolvió la cuerda amarilla que se
proyectaba desde el corazón de Amber. Ella no lo vio venir. Su
palma dejó de resplandecer en verde y los misiles de tierra se
precipitaron desde el cielo.

En la mente de Skandar flotaban las palabras del Libro
del Espíritu: «Pese a no ser especialmente fuerte en el ataque,
posee unas capacidades de defensa incomparables si se les
compara con los otros cuatro tipos de elemento». ¿Se refería a
eso? ¿Tenía la capacidad de detener la magia dentro del vínculo de un jinete rival?

Amber gritó desconcertada y Skandar se dio cuenta de lo
que había hecho, de lo que había arriesgado. Tenía que usar
otro elemento, tenía que hacer que pareciera que estaba com-
batiendo como todos los demás.

Horrorizado, conjuró el elemento fuego lo más rápido que
pudo, pero algo había cambiado. La magia apareció con facilidad, aunque seguía sintiendo, y también oliendo, el elemento
espíritu. Pícaro bramó y de su boca estalló una bola de fuego
tras otra.

Amber recobró la compostura y cambió a agua, y disparó
una serie de chorros seguidos. Los ojos se le inundaron de pánico al darse cuenta de que no eran lo bastante fuertes para
resistirse a la tormenta de fuego de Pícaro. Ahora Skandar
también lanzaba llamas desde la palma de la mano. En ese
instante, de repente, Amber señaló a Pícaro y gritó de miedo.

El muchacho bajó la vista. El cuello de Pícaro había empezado a arder debajo de su armadura y el fuego se le extendía
con rapidez hacia los costados. Las crines y las colas solían des-
pedir chispas de elementos, pero no el cuerpo entero. Aquello no

era normal. Aquello no ocurría. En ese momento, las palabras del Libro del Espíritu que no había comprendido cobraron sentido de repente: «Los unicornios aliados con el espíritu tienen la capacidad de transformarse y adquirir la apariencia de los propios elementos». Pero no podía dejar que Pícaro se convirtiera en llamas. Incluso a la altura a la que estaban, todo el mundo lo vería: todo el mundo entendería lo que aquello significaba...

—¡Pícaro! ¡Tranquilo, muchacho! —le gritó Skandar.

El unicornio bramó y lanzó a Ladrona otra bola de fuego. El escudo de agua de Amber apareció demasiado tarde y no le quedó otra que virar bruscamente. Skandar aprovechó la oportunidad para recoger las riendas de Pícaro y volar lo más rápido posible hacia la meta. Pícaro tocó tierra y cruzó la meta segundos antes que Ladrona Torbellino.

—¡Desmonten! —exclamó la monitora O'Sullivan.

Por debajo del peto, a Skandar le latía el corazón muy deprisa. ¿Lo había visto? ¿Lo había visto alguien más?

—Enhorabuena, Skandar. Ganaste esta batalla.

El cuerpo se le aflojó del alivio: si lo hubiera visto utilizar el elemento espíritu, estaba convencido de que no lo habría felicitado.

—En otra ocasión será, Amber. Tienes que practicar un poco ese escudo de agua, ¿no crees?

Ella agachó la cabeza.

—Dense la mano, por favor —les ordenó O'Sullivan.

Amber apenas tocó la mano de Skandar antes de marcharse indignada y airada. Estaba seguro de que sabía perfectamente lo que había ocurrido en el aire.

—Para ser diestro en agua, tu ataque con fuego fue fortísimo —observó la monitora—. Ahí arriba parecías aliado con del fuego.

Skandar se jaló nervioso la manga de la chamarra azul. La monitora O'Sullivan no dijo nada más.

—¡Venciste a Amber! Fue casi tan increíble como tu mítico lanzamiento de pudín. —Bobby y Halcón lo esperaban cerca de las gradas. Flo daba pequeñas vueltas en círculo con Puñal para mantenerlo bajo control—. Puede que incluso te merezcas un bocadillo de emergencia.

—Cómo crees, tampoco fue para tanto —repuso rápidamente—. Puedes ahorrarte el bocadillo.

—Como quieras. Por cierto, ¿desde cuándo eres tan bueno con el fuego? ¿Has estado entrenando a escondidas? ¡Pudiste haberme invitado!

—¡Baja la voz! —suplicó Skandar—. Luego te cuento.

Bobby lo miró y frunció el ceño, pero no insistió.

—Mitchell va a combatir contra una chica diestra en agua que se llama Niamh, del otro grupo de entrenamiento. Y ésa es Nadanieves. —Bobby señaló a una unicornio de color blanco que estaba en la línea de salida—. Más le vale ganar. De lo contrario, no va a dejar de molestarnos con el tema.

—Hasta su padre vino a verlo.

—No, ya no está. Se fue hace un cuarto de hora.

—¿Ya?

—Sí. Antes de tu batalla aérea con Amber.

Sonó el silbato y Delicia de la Noche Roja salió disparado hacia el cielo. Pero a Skandar y a Bobby los distrajo enseguida una conversación a gritos detrás de las gradas.

—Diste pena, Amber, muchísima. Me sorprendería que tan siquiera te dejaran entrar en la guarida del aire el año que viene. La Colmena es para jinetes de verdad.

A Skandar se le pusieron los pelos de punta por la maldad con la que hablaba aquella mujer. En el colegio, Owen también solía decirle que daba pena.

—Pero, mami, Skandar no respetó las normas, ha...

—Lo único que oigo son excusas —resonó la voz—. En mi primera batalla aérea tardé diez segundos en cruzar la línea. —Luego, en voz muy baja, añadió—: Al final va a resultar que te pareces más de lo que pensaba a tu repugnante padre diestro en espíritu.

Bobby se estremeció al oír aquellas duras palabras.

—Lo siento, mami. Trabajaré en mis transiciones entre elementos. Me esforzaré más, te lo prometo.

La mujer resopló.

—Más te vale. O seré yo misma quien sugiera que te declaren nómada.

Skandar oyó a Amber contener un sollozo.

—Vámonos —susurró.

Y, junto con sus unicornios cansados tras la batalla, se alejaron lo más rápido que pudieron.

—Supongo que eso explica por qué Amber es una bravucona —aventuró Bobby en cuanto ya no podían oírlos.

A Skandar le costaba asimilarlo.

—Sí, y apuesto a que tampoco fue idea suya fingir que su padre había muerto en un ataque de unicornios salvajes.

No podía creer que sintiera lástima nada más y nada menos que por Amber.

Justo en ese momento una unicornio de color rojo llegó al galope hasta ellos. Skandar se dio cuenta de que era Delicia de la Noche Roja, no sólo porque Pícaro chilló de felicidad al ver a su amiga, sino porque iba echándose pedos alegremente entre zancada y zancada.

—¿Lo vio mi padre? ¡Gané! —Cuando Mitchell se quitó el casco, el sudor le goteaba por la frente; luego se secó los lentes—. Derribé a Niamh con una enorme bola de fuego; era casi fuego arrasador. ¡Voy a buscarlo!

Skandar y Bobby se miraron con gesto de culpabilidad. No sólo el padre de Mitchell se había marchado antes de su batalla aérea, sino que ellos tampoco la habían visto.

—Eeeh... —empezó a decir Skandar.

Hasta que Bobby salió al paso.

—Mitchell, tu padre no vio tu batalla. Es que... tuvo que marcharse a una reunión del Consejo de los Siete. Por una especie de emergencia en la cárcel.

Mitchell puso cara triste.

—¿No... no se quedó para verme?

Por su voz, Skandar dedujo que Mitchell estaba tragándose las lágrimas.

Bobby negó con la cabeza y Skandar trató de aparentar que no era la primera vez que oía hablar de una emergencia en la cárcel.

—Pero sí dijo que la armadura de Roja era increíble —aportó Bobby—. Digo, no tanto como la de Halcón, claro está, pero sí como la de un unicornio de la Copa del Caos.

La mirada de Mitchell pareció un poco menos desesperada.

—¿Eso dijo?

Bobby asintió y un Mitchell más contento se dirigió al pabellón para lavar a Roja.

—Fue muy amable de tu parte, ¿sabes? —murmuró Skandar a Bobby.

Ella se encogió de hombros enroscando entre los dedos los mechones grises de las crines de Halcón.

—Que alguien te falle, sobre todo si son tus padres, es lo peor que te puede pasar. —Bobby dudó—. Durante siglos mis padres no aceptaron que mis ataques de pánico fueran de verdad. Pensaban que lo hacía para llamar la atención.

—¿Y todavía lo piensan? —preguntó él con timidez.

Bobby negó con la cabeza.

—No, no. Les costó, pero al final lo entendieron; aunque creo que a Mitchell y a su padre todavía les quedan muchos más ríos por nadar antes de que las cosas fluyan entre ellos.

Skandar soltó una carcajada sonora.

—¡Ay, Bobby, otra vez no! ¿«Muchos más ríos por nadar»? Ésa no van a creérsela ni los isleños.

—Pues en realidad se la enseñé a Mabel la semana pasada, cuando no paraba de dar la lata con que los isleños mutaban antes que los continentales, y luego fue y se la enseñó a todos sus amigos. —Bobby no cabía en sí de gozo.

Un rato más tarde, Bobby, Skandar y Mitchell esperaban montados en sus unicornios a que comenzara la batalla de la última pareja: Flo y Puñal contra Meiyi y Rosal Silvestre Mimado.

—¡Vamos, Meiyi! —gritó Amber cuando pasó por su lado. Y a continuación se volteó hacia ellos con una sonrisa empalagosa—. Puede que su amiga sea una jinete plateada, pero salta a la vista que le tiene mucho miedo hasta a su propia sombra. No se merece a Puñal de Plata... No me sorprendería que se hubieran confundido de huevo y le hubieran dado uno que no le correspondía.

—¡Las cosas no funcionan así! —gritó Mitchell a media voz en cuanto ella ya no pudo oírlo.

—Vuelve a ser la misma de siempre —murmuró Skandar a Bobby, pero ella no le prestaba atención, sino que miraba cómo Flo intentaba con torpeza ponerse el casco junto a la línea de salida cubierta de pasto.

—Parece que está a punto de vomitar —observó Bobby.

Ni siquiera con su brillante armadura plateada había forma alguna de disimular la expresión de puro terror en la cara de Flo.

—Me pregunto si se atreverían a declarar nómada a una plateada —reflexionó Mitchell.

—¡Mitchell! —Skandar se volteó hacia él, indignado—. ¡No digas eso! ¡Le va a ir bien!

Pero no tenían de qué preocuparse. En cuanto la monitora O'Sullivan tocó el silbato, Puñal de Plata despegó como una bala sacándole un segundo de ventaja a Rosal Silvestre Mimado. Con aquello bastó. Flo hizo virar bruscamente a Puñal en el aire, con la palma de un verde resplandeciente, y antes de que Rosal tuviera tiempo de despegar las patas traseras del suelo, un montón de denso lodo acompañado de una abundante ráfaga de arena la aplastó. Con su rival aturdida, medio cegada por la arena y clavada en el suelo, Flo creó una barrera de tierra que rodeó a Rosal y a Meiyi, y los encerró en una prisión de lodo de la que eran incapaces de despegar. Satisfecha, Flo hizo girar a su unicornio plateado en el aire y, como una nube de plata cegadora, cruzó la línea de meta.

Los espectadores estallaron en vítores con más entusiasmo que en ninguna de las demás batallas aéreas. La única persona que no lo hizo fue Bobby, con su oscuro ceño muy fruncido.

—No me gusta ni un poco esta nueva conexión entre Flo y Puñal, y llevo viéndola desde que él la salvó de la estampida. Si siguen así, jamás lograré vencerlos en la Prueba de los Principiantes.

—¿Skandar? —El monitor Worsham se presentó delante de los tres amigos. Miraba al chico y parecía furioso—. ¿Podemos hablar?

El monitor los condujo a él y a Pícaro hasta el pabellón azul del agua. Joby tenía un aspecto pésimo, incluso atormentado, como si llevara días sin dormir.

—¿A qué jugabas usando el elemento espíritu en una batalla aérea? ¡Hay miembros del Consejo entre el público! ¿Y si se hubieran dado cuenta de que la magia de la tierra de Amber se extinguía en el vínculo? Te libraste porque estabas peleando a mucha altura, pero aun así... ¡fue una imprudencia total!

Skandar trató de explicárselo.

—No lo hice adrede. Encontré un modo de dejar que el elemento espíritu entrara en el vínculo para que Pícaro no se volviera loco. Lo que pasó es que se me fue de las manos, eso es todo. Pero al final funcionó... Noté que los elementos cooperaban entre...

—¡El final no es suficiente, Skandar! Salta a la vista que no estás lo bastante preparado para combinarlos, ¡así que tienes que seguir bloqueándolo! —Joby parecía fuera de sus casillas, escupía saliva por todas partes y al mismo tiempo se esforzaba por no alzar la voz.

—Es difícil, ¿de acuerdo? ¡Tú no lo entiendes! —Skandar notaba que estaba perdiendo los estribos—. Tú nunca has tenido que ocultar el elemento espíritu. Tú nunca has tenido que impedirle a tu unicornio que lo usara. No es tan fácil como bloquearlo y punto. Pícaro sabe que está aliado con el espíritu... Si no paro de bloquear el elemento espíritu, va a perder la cabeza, se va a volver loco. Es mejor esto.

—El Círculo de Plata, la comodoro del Caos, el Consejo... Si se enteran, todos te van a querer muerto. Skandar, por favor. Tienes que entenderlo.

Tenía la impresión de que Joby estaba a punto de golpearlo o de echarse a llorar, y no sabía por cuál de las dos decidirse.

—Y lo entiendo —repuso él empujando a Pícaro para alejarlo de Joby—. Entiendo que estés demasiado asustado para arriesgarte a ayudarme. En tus manos está, pero tarde o temprano acabaré entrando en la guarida del espíritu...

—¿Cómo sabes siquiera que existe la guarida? —preguntó Joby, incrédulo—. ¡Entrar en ella es una insensatez total! Está justo en medio del claro del Nidal. ¡Te descubrirán! ¡Te verán! Estás arriesgándolo todo. ¿Y para qué?

—Yo no puedo vivir como tú —respondió Skandar con tristeza—. No puedo pasar el resto de mi vida fingiendo ser algo que no soy. Y no voy a ocultarme en el Nidal sin hacer nada si tengo la posibilidad de detener lo que sea que esté tramando el Tejedor.

Mientras se alejaba montando a Pícaro, Skandar de repente cayó en cuenta de lo que Joby le había dicho: «Está justo en medio del claro del Nidal». Milagrosamente, por fin, sabía con exactitud dónde se encontraba la guarida del espíritu.

Tenía tantas ganas de regresar junto a sus amigos para darles la buena noticia que no se volteó para mirar a Joby. Así que no vio cómo la expresión en el rostro del diestro en espíritu pasaba de la desolación a la determinación.

17

La guarida del espíritu

Llegó el día en que se celebraban las eliminatorias para la Copa del Caos. Para todos los demás habitantes del Nidal, era el día en que verían las pruebas que decidirían qué jinetes y unicornios participarían en la Copa del Caos de ese año. Los cascarones tenían muchísimas ganas de verlas, ya que para ellos suponía un respiro en medio de todas las preocupaciones por la Prueba de los Principiantes, que tendría lugar al cabo de pocas semanas. Sin embargo, dado que en el Nidal no quedaría ni un alma, era el día que el cuarteto de Skandar había escogido para buscar la guarida del espíritu.

Por desgracia, daba la impresión de que, a Mitchell, perderse las eliminatorias estaba costándole más trabajo del que se había imaginado. Cuando las campanas del Nidal sonaron para que diera comienzo la jornada, él ya llevaba un rato despierto en su hamaca, mirando con melancolía el techo de la casa del árbol. Suspiró teatralmente.

—¿Sabes? Casi prefiero las eliminatorias a la propia Copa del Caos; hay muchísimas más cosas que ver.

Skandar se levantó para evitarlo y se topó con Bobby en lo más alto del tronco. Estaba justo del mismo humor de perros.

—¡No puedo creer que vayamos a perdernos las mismísimas eliminatorias de la mismísima Copa del Caos! —se lamentó—. ¿Y si Joby se equivocó? ¿Y si la guarida del espíritu ni siquiera está aquí?

—No hace falta que me acompañes —dijo Skandar, igual que le había dicho a Mitchell en su habitación—. Puedo buscarla yo solo... Me las arreglaré.

—No digas tonterías —repuso Bobby.

Y se dio media vuelta para mirar por la ventana con rabia a Sarika, Niamh y Lawrence, que cruzaban un puente cercano con la cara pintada del color de sus respectivos jinetes favoritos. Siguió mirándolos con el ceño fruncido mientras añadía:

—No puedes hacerlo tú solo, Skandar. Pero si apenas eres capaz de vestirte. ¿Te peinaste esta mañana? Tienes los pelos tiesos... pareces un científico loco.

Flo bajó todavía con la piyama puesta, parecía que acabara de empezar el peor día de su vida, así que se quitó de en medio y fue a ver a Pícaro. Por lo menos él no se quejaría de que no podría ver las eliminatorias. Mientras el unicornio intentaba morderle el talón del zapato, el muchacho aprovechó el momento de tranquilidad para añadir unas líneas a su última carta a Kenna. Llevaba un tiempo perturbado por algo que Jamie había dicho.

P. D.: Kenn, ¿qué sabes de la bufanda que me diste? Jamie, el herrero de Pícaro, me dijo que parecía hecha en la Isla. ¿Puede que papá sepa de dónde la sacó mamá? Si lo agarras de buen humor en algún momento, ¿podrías preguntarle?

Antes de mediodía el Nidal ya estaba más desierto que nunca, Skandar nunca lo había visto así. No soportaba tener que esperar ni un segundo más. Los miembros del cuarteto cruzaron juntos la red de puentes colgantes y luego descendieron a ras de suelo. A la sombra de un árbol, en el límite del claro, Skandar habló, manteniendo la voz muy baja:

—Creo que deberíamos empezar por el centro y seguir de ahí hacia fuera.

Flo dio un brinco cuando un pájaro voló sobre las cabezas de los chicos.

—Estoy harta de tanto planear —se quejó Bobby—. ¿No podemos empezar y ya?

—Eres la típica diestra en aire —criticó Mitchell chasqueando la lengua—. Totalmente impredecible.

—A la de tres corremos hasta la Gran Brecha lo más rápido que podamos y nos ponemos a buscar el tocón —dijo Skandar—. A la de una, a la de dos, ¡y a la de tres!

Salieron disparados hasta el centro del claro y empezaron a peinar el lugar donde se cruzaban las cuatro grietas que recorrían el terreno. Skandar se puso de rodillas y, con los dedos, revisó el pasto primaveral, pero lo que encontraba era sobre todo tierra y alguna que otra lombriz.

Sus nudillos golpearon contra algo duro. Emocionado, Skandar tanteó el pasto alrededor y siguió su forma circular. Se trataba de un tocón muy bajo rodeado de largas briznas de pasto y cubierto de plantas trepadoras.

—¡Creo que encontré algo! —Llamó al resto, que también rastreaban los alrededores a cuatro patas.

Mitchell y Bobby se acercaron corriendo, Flo los siguió arrastrando los pies.

—Pues sí, está claro que es el tocón de un árbol —confirmó Mitchell palpando también el pasto.

—Odio ponerme pesimista... —dijo Bobby con las manos en las caderas—, pero ¿y si no es más que el tocón de un árbol?

Sin embargo, la palma de Skandar se había topado con algo tallado en la parte superior del tocón. Apartó el pasto. El corazón le latió desbocado al reconocer una señal en la madera: cuatro círculos entrelazados.

—Creo que es esto —susurró, casi sin creerlo, y se echó hacia atrás para enseñarles la marca a los demás—. ¡Éste es el símbolo del Libro del Espíritu!

—¿Estás seguro de que quieres entrar? —preguntó Mitchell—. ¿De verdad confiamos en Agatha?

—Podría ser peligroso —añadió Flo.

Skandar los miró desde el suelo con el ceño fruncido.

—Precisamente por eso hemos hecho todo esto. Precisamente por eso nos perdimos las eliminatorias...

—Podrías acabar descubriendo que el elemento espíritu es de verdad tan malvado como todo el mundo dice —argumentó

Bobby— y tal vez no nos dé ninguna pista para derrotar al Tejedor. Tal vez acabes sintiéndote todavía peor.

—¡No tienen ni idea de lo que es! Ninguno de ustedes —estalló Skandar—. Hasta Joby me hace sentir que ser diestro en espíritu es algo sucio, algo de lo que avergonzarse, como si debieran prohibirme entrar en el Nidal pese a estar vinculado con un unicornio. Tengo a mi familia lejísimos, en el Continente, y ni siquiera llegué a conocer a mi madre. Lo único que quiero es encontrar mi sitio, aunque sea sólo durante unos minutos, tener la oportunidad de averiguar cómo podría usar mi elemento para hacer el bien. Pero si ya no les parece bien, no tienen por qué venir. —Cuando acabó de hablar, su respiración se había vuelto pesada.

Mitchell le dio unas torpes palmaditas en la espalda.

—Iremos contigo. Pero, para que te quede claro, es evidente que tu sitio está en nuestro cuarteto.

Bobby levantó las cejas.

—Qué emotivo, Mitchell, no te queda.

—Es así y punto. Aunque, claro, si lo declaran nómada, eso ya es otro cantar...

Bobby agitó la mano delante de la cara de Mitchell.

—Shhh, no lo estropees.

Flo cerró los ojos, respiró hondo y le hizo una señal con la cabeza a Skandar.

En su primer intento, colocó la herida de Cría sobre el símbolo que había en la madera. Nada. Examinó los bordes del tocón con la yema de los dedos, tratando de descubrir si había alguna abertura. No la había. Mientras intentaba adivinar cómo podría funcionar la entrada, sin pensarlo, siguió los trazos circulares del símbolo, como si estuviera dibujándolos.

Un gran crujido de madera se propagó por el claro y unos oxidados tiradores metálicos brotaron del tocón.

—¡Agárrense! —gritó Skandar al resto.

Justo a tiempo, el cuarteto se apretujó en un grupo encima de la base de pasto, que se sumergió en la oscuridad. Los cuatro gritaron con todas sus fuerzas, como si fueran en una montaña rusa. A Skandar el estómago se le bajó a los pies y las mejillas le temblaron como la gelatina por la velocidad a la que se desplomaban hacia el abismo.

Después de un minuto entero de caída libre a través de la oscuridad, el tocón se detuvo abruptamente y Skandar se bajó de él tambaleándose y tosiendo una mezcla de polvo y tierra. Cuando el tocón regresó entre crujidos a la superficie, abrió los ojos. Aunque aquel lugar era tan oscuro que no notó la diferencia.

—¡Creo que voy a vomitar! —Los gemidos de Mitchell se oyeron todavía más fuertes que el gimoteo de Flo.

El eco de un fósforo encendiéndose resonó en medio de la más absoluta negrura. Un repentino destello de luz iluminó el rostro de Bobby.

—Serían unos exploradores pésimos —vaticinó ella con tono petulante acercándose al soporte de una antorcha en la pared.

La mecha prendió y la luz inundó la caverna abovedada.

—¡Mira que no traer cerillos a una aventura como ésta! Bola de aficionados.

Hacía tiempo, el mármol negro de aquella sala circular debió de ser bonito. Pero ya no lo era. Hasta el último rincón estaba pintarrajeado con pintura blanca sin orden alguno: palabras, diagramas y tachones cubrían las paredes, el suelo y hasta la vitrina de los trofeos. En algunas zonas la letra se hacía tan puntiaguda e ilegible que parecía trazada por un niño pequeño con un trozo de gis.

Skandar se volteó hacia sus amigos, con los ojos muy abiertos por el miedo y la confusión.

—No creo que éste fuera su aspecto normal —dijo con una voz ronca cada vez más cargada de culpa—. Miren... —Señaló una estantería de libros vacía—. Supongo que quien haya hecho esto también robó todos los libros.

—Está claro quién lo hizo —intervino Mitchell enigmáticamente señalando la pared que tenían justo delante.

Skandar sólo tardó un segundo en descifrar la palabra pintada en la pared. ¿Cómo era posible que no la hubiera visto antes?

TEJEDOR, TEJEDOR, TEJEDOR, apretujada entre los diagramas y las retahílas de palabras ininteligibles de color blanco.

—Esto no me gusta nada de nada —susurró Flo—. ¿Y si el Tejedor vuelve justo ahora? ¿Y si existe otra forma de entrar?

—No digas tonterías —le espetó Bobby, aunque en su voz también había miedo.

Skandar examinaba las paredes.

—La pintura parece antigua —afirmó lentamente—. Digo, antiquísima. Miren... está descarapelándose.

—¿Creen que es una advertencia? —preguntó Mitchell con voz temblorosa.

Pero Skandar estaba concentrado en una secuencia de diagramas y apenas lo oyó. El primero representaba a una persona que tendía la mano para tocar el cuello de un unicornio, con una palabra garabateada en lo alto: Buscar. En el segundo diagrama, al lado de ellos había dibujada otra persona, de cuya palma salía una luz que los envolvía para formar unas líneas que conectaban al unicornio con el corazón de la primera persona. Por encima de ellos se leía la palabra Tejer. En el tercer diagrama, la primera persona iba montada sobre el unicornio, con la palma extendida, y en ella aparecía escrita la palabra Vincular.

—Creo que sé por qué el Tejedor ha estado raptando a personas. —Su voz sonó hueca al retumbar en las paredes de mármol.

—¿Cómo? —repuso Mitchell bruscamente—. ¿Qué viste?

Los tres se acercaron corriendo para mirar los tres diagramas.

—No lo entiendo —continuó—. No son más que figuras de palo y

Skandar no había entrado en demasiados detalles sobre cómo había empleado el elemento espíritu contra Amber y Ladrona Torbellino. Nunca les había explicado cómo, con su magia del espíritu, había extinguido el elemento tierra que Amber había empleado para atacarlo, cómo su poder había apresado su brillante vínculo amarillo. Le preocupaba lo que podrían pensar.

Pero en ese momento decidió explicárselo. Les contó lo que creía que veía en los diagramas. La primera persona era alguien que no era jinete. La segunda era el Tejedor, con la capacidad de ver los vínculos. El unicornio era salvaje, con un cuerno transparente que lo delataba. El Tejedor estaba, como su propio nombre indicaba, tejiendo el alma humana con la del unicornio. El Tejedor estaba imitando el vínculo.

—Jamie mencionó unos experimentos —expuso Skandar con tono grave—. Me contó que corría el rumor de que el Tejedor estaba experimentando con personas que no eran jinetes. ¡Y es esto! ¡Esto es lo que el Tejedor está haciendo con ellos! Lo hizo con un unicornio salvaje, luego con Escarcha de la Nueva Era y el siguiente paso debe de ser con otras personas, con otros unicornios.

—Intentando averiguar cómo funciona el vínculo —murmuró Mitchell medio para sus adentros—. ¿Vinculando a no jinetes con unicornios salvajes? ¿Crees que es lo que le pasó a Alfie? ¿O a la amiga de Jamie? ¿Es acaso posible? Nunca he leído...

—Pero ¿por qué iba el Tejedor a dibujar su malvado plan en las paredes? —lo interrumpió Bobby—. ¿No les parece una idiotez? Aunque, bueno, si el Tejedor es el padre de Amber, supongo que no me sorprende...

Flo calló a Bobby, como si lo preocupara que el Tejedor pudiera estar escuchándolos.

—¡A ver, hablamos del Tejedor! —exclamó Mitchell con voz áspera jalándose el pelo negro por la frustración—. Nadie sabe ya a ciencia cierta ni siquiera si el Tejedor es un humano, ¡no me sorprende que no haya habido un proceso lógico de toma de decisiones!

Flo seguía con la mirada puesta en los dibujos cuando habló.

—Creo que tienes razón, Skar. Ésa debe de ser la razón por la que el Tejedor quería quedarse con Escarcha de la Nueva Era. ¿El unicornio más poderoso del mundo? Sería mucho más fácil controlar su magia que la de un unicornio salvaje. A lo mejor el Tejedor pensó que así aceleraría estos experimentos. A lo mejor Escarcha de la Nueva Era ya lo ha ayudado a hacer... esto. —Y con un gesto Flo señaló la pared.

—Pero ¿por qué? ¿Por qué querría el Tejedor hacer esto? —insistió Mitchell.

—¿No es evidente? —Por una vez, Bobby parecía asustada de verdad. Se le pusieron de punta todas las plumas grises de los brazos—. Simon está formando un ejército.

—¡No llames «Simon» al Tejedor! —se opuso Mitchell con vehemencia—. ¡Esa teoría no está confirmada!

—El Continente —dijo Skandar con el corazón latiéndole muy deprisa—. ¿Cómo es que no lo vi antes? El Tejedor no sólo quiere atacar el Continente. Piénsenlo: si conduce a su ejército hasta allí, los continentales podrían vincularse con unicornios salvajes. ¡Hablo de gente como mi hermana! Con un ejército de unicornios salvajes así de grande, el Tejedor podría conquistar el Continente y la Isla.

La imagen del Tejedor apuntando a la cámara en la Copa del Caos le acudió a la cabeza, a fogonazos. ¿Qué había dicho Agatha? «Aquello no fue por casualidad. Aquello fue una amenaza.»

—No, no, ¡no nos emocionemos demasiado! —protestó Mitchell—. A ver; entonces el Tejedor está matando a los centinelas del acantilado... y eso se ve mal.

—¡No sólo se ve mal! Es malo —farfulló Skandar—. El Tejedor está preparando...

—Pero por ahora él sólo ha raptado a un puñado de personas —repuso Mitchell con convicción—. Aunque el experimento haya funcionado en personas como... —tragó saliva— mi primo, es imposible que ya sean suficientes para penetrar en el Continente... con los centinelas, el Círculo de Plata y los jinetes de la Copa del Caos listos para detenerlos.

—Y con todos los jinetes que estamos en el Nidal —añadió Bobby con vehemencia.

Pero a pesar de sus rostros valientes, Skandar sintió que el alma se le caía a los pies. Se suponía que iban a visitar la guarida del espíritu para averiguar cómo podían ayudar; para demostrarles a sus amigos que en su momento los diestros en espíritu habían sido idénticos a los aliados con otros elementos; para enseñarles que él podía hacer algo bueno con el elemento espíritu. Pero, como siempre, estaban de nuevo justo dónde habían comenzado: el Tejedor lo empleaba para hacer el mal.

—Tenemos que recurrir a Joby —apuntó Flo con firmeza—. ¿Creen que querrá ayudarnos si sabe que el Tejedor está reclutando un ejército? ¡No puede hacer como si nada! Si el Tejedor es diestro en espíritu y capaz de crear todos esos vínculos falsos, ¿existirá un modo de que Skandar le dé la vuelta a las cosas? ¿Podrá Joby, por una vez, ayudarnos de verdad?

Skandar tardó un instante en averiguar cómo regresar a la superficie. Donde antes había estado el tocón, un tronco de árbol se elevaba hacia la penumbra. Esa vez fue Flo quien encontró el símbolo del espíritu en la corteza. En cuanto Skandar recorrió el dibujo de los círculos, el tronco empezó a descender entre crujidos hasta adquirir una vez más el aspecto de un tocón. Los chicos del cuarteto se agarraron con fuerza a los asideros mientras una fuerza los propulsaba de nuevo hasta la superficie del claro.

Por suerte, el Nidal seguía desierto. Bobby, en modo aventurero total, declaró que no tenía sentido dejar para el día siguiente lo que podían hacer en aquel momento, y que deberían ir sin perder tiempo a ver al monitor Worsham. Pero Skandar estaba preocupado. Joby no se había puesto precisamente contento al enterarse de que estaba buscando la guarida del espíritu. Esperaba que el diestro en espíritu lo comprendiera. De aquello dependía no sólo lo que les sucedería a Skandar y a Pícaro, sino también la seguridad tanto de la Isla como del Continente. De aquello dependía que el Tejedor fuera o no capaz de crear un ejército.

En cuestión de minutos, Skandar estaba golpeando la puerta de Joby.

—¿Monitor Worsham? —llamó—. ¿Estás ahí? ¡Soy Skandar! Tengo que preguntarte...

La puerta se abrió sola.

—¿Joby? —llamó de nuevo—. ¿Estás ahí?

—Skar, no deberíamos entrar si... —le advirtió Flo.

Pero Skandar ya estaba dentro de la sala de estar con sus pufs y sus alfombras.

—¿Y si está durmiendo? —le susurró Flo a Bobby mientras subía por los peldaños metálicos del tronco del árbol.

—¡Aquí no hay nadie! —gritó Bobby segundos más tarde desde arriba.

Skandar descubrió una puerta algo entreabierta que comunicaba con la principal zona de día. De no haber visto la rendija, podría simplemente haber pensado que era parte del muro de metal.

Skandar jaló para abrirla de par en par y que entrara la luz del resto de la casa.

—¿Joby? ¿Estás bien? ¿Estás ahí?

Bobby, Mitchell y Flo se habían acercado hasta el umbral. No había rastro de Joby por ninguna parte. Lo único que había en aquella habitación diminuta era una mesa con un mapa desplegado sobre ella.

Mitchell dio un paso en dirección al mapa.

—¿De dónde es esto?

Bobby se echó a reír al acercarse también a la mesa, seguida a poca distancia por Flo y Skandar.

—Me encanta saber cosas que tú no sabes, Mitch. Es por esa arruguita que te sale en la frente, cuando la veo ya sé que he...

—Es el Continente. —Skandar interrumpió a Bobby para que no siguiera torturando a Mitchell.

—¡Terremotos y tsunamis! —musitó Flo, y tomó dos cilindros de papel enrollado—. Y aquí hay montones de mapas más. ¿Creen que Joby los dibujó todos?

—Supongo que sí.

Skandar desenrolló otro mapa y un papelito cayó al suelo. Parecía un panfleto. Lo recogió y le dio la vuelta. Llevaba un símbolo. Estaba seguro de haberlo visto antes. Se quedó varios segundos con la mirada fija en el papel, tratando de recordar, hasta que de repente... ¡eso era! El símbolo con un arco y un círculo que había visto intercambiar a dos isleños en la Fiesta del Fuego.

—¡Eh, miren esto!

Entonces oyeron que la puerta de la casa del árbol se abría.

¡Rápido! —gritó Flo.

Y salieron corriendo de la diminuta habitación.

Skandar se guardó el panfleto en el bolsillo de la chamarra.

De repente, la sala de estar estaba llena, pero seguía sin haber rastro de Joby.

—¡Torpedos y tornados! —exclamó Dorian Manning.

El presidente del Criadero y líder del Círculo de Plata iba acompañado por los monitores de los cuatro elementos, que parecían igual de sorprendidos de ver al cuarteto que ellos de ver a los adultos.

Mitchell fue el primero en reaccionar tras la sorpresa.

—Estamos buscando al monitor Worsham —declaró.

Skandar percibió en su voz un dejo de desdén, como antes de que fueran amigos.

—¿Cómo es que no estan en las eliminatorias con todos los demás? —preguntó la monitora Saylor mientras escrutaba el rostro de Bobby; su voz transmitía tranquilidad, pero sus venas crepitaban y echaban chispas bajo la piel.

—Hemos...

—¡Todo esto es totalmente inadmisible! ¡Tal vez sepan algo! ¡Tal vez estén implicados! —bramó Dorian Manning.

—O —intervino la monitora O'Sullivan, que parecía estar haciendo un esfuerzo por no poner en blanco los ojos de re-molino— tal vez puedan decirnos si han visto algo que pueda ayudarnos a encontrar a Joby Worsham. Me tiene preocupada, ha estado muy raro últimamente.

—¿Joby desapareció? —preguntó Skandar.

Dorian Manning lo atajó:

—¡Creo que todos sabemos a dónde fue, Persephone!

—No lo creo, Dorian —repuso con frialdad la monitora O'Sullivan.

—Ningún signo de fuga, ningún signo de forcejeo, ningu-na marca... —con un gesto de la mano, Dorian abarcó toda la casa— y un diestro en espíritu desaparece del lugar que tie-ne prohibido abandonar. Creo que podemos imaginarnos con facilidad a dónde, o debería decir hacia quién, huyó. Siempre dije que deberíamos haberlo encerrado junto al resto. Y ahora miren lo que está ocurriendo... Los centinelas, todas esas desa-pariciones... ¡Nos enfrentamos a una crisis peor que la de los Veinticuatro Caídos!

—¿Cree que Joby fue a ver al Tejedor por voluntad propia? —preguntó Skandar.

Mitchell le dio un fuerte pisotón en el pie.

—¡Ajá! ¡Pues resulta que sí que saben cosas! —gritó Do-rian Manning con aire triunfal.

Flo dio un paso hacia Dorian Manning, su halo de cabellos plateados reflejaba la luz que entraba por la ventana de la casa del árbol.

—Presidente Manning —dijo Flo con voz suave—, es culpa mía que no estemos en las eliminatorias. Me quedé dormida y no quise arriesgarme a sacar a Puñal sola ahora que el Tejedor está tan activo. Mis compañeros del cuarte-to se quedaron conmigo. Nos enteramos de que el monitor

Worsham también estaba aquí, así que Skandar y Bobby vinieron a hacerle unas preguntas sobre, eeeh, la Isla. —Flo apenas hizo pausas entre las palabras. Tragó saliva y respiró hondo.

—A mí me parece una explicación razonable, ¿no cree, presidente Manning?

El monitor Anderson les sonrió con las llamas bailándole encima de las orejas.

La monitora O'Sullivan echó al cuarteto antes de que Dorian Manning pudiera objetar nada:

—Vamos, váyanse todos, largo. —No obstante, cuando salían por la puerta, les murmuró—: ¿No creen que al menos podrían intentar no llamar tanto la atención? Primero lo de la Fiesta del Fuego ¿y ahora esto?

—Sí, monitora —contestaron todos poniendo cara de inocentes.

Se dieron la vuelta para marcharse. Pero, al hacerlo, Mitchell gritó de miedo.

En menos de un segundo, la monitora O'Sullivan llegaba de nuevo junto al umbral, con Dorian Manning y los demás monitores pisándole los talones.

—¿Qué pasa?

El numeroso grupo se congregó delante de la casa del árbol de Joby y clavó la mirada en la gruesa raya blanca que recorría su pared de metal.

—Ya ves, Dorian —dijo entre dientes la monitora O'Sullivan—. Lo capturaron, igual que al resto.

En cuanto estuvieron a salvo en la casa del árbol, Skandar empezó a hablar mientras cerraba la puerta.

—Creo que el presidente Manning tiene razón. No creo que el Tejedor haya secuestrado a Joby.

—Pues claro que fue el Tejedor. —Mitchell se dejó caer en el puf rojo—. Vimos la prueba. La marca blanca estaba justo a un lado de su casa del árbol.

—Pero miren esto.

Skandar se sacó del bolsillo el panfleto que se había llevado de casa de Joby. Debajo del extraño símbolo, se leía:

¿TE LLEVASTE UNA DESILUSIÓN
EN LA PUERTA DEL CRIADERO?

¿HAS SOÑADO CON TENER UN UNI-
CORNIO PERO TE HAN DICHO
QUE NO ES TU DESTINO?

¿TU UNICORNIO MURIÓ
Y TE QUEDASTE SOLO
Y DESAMPARADO?

¿CONSIDERAS INJUSTO QUE QUIENES
TIENEN UN UNICORNIO VINCULADO
OSTENTEN TODO EL PODER?

Queremos ayudarte.

Queremos abrir el Criadero para todos.

Queremos garantizar que todas las personas
sientan la magia del vínculo.

*PORQUE TODO EL MUNDO MERECE UN UNICORNIO
Y TODO UNICORNIO MERECE UN JINETE.*

ÚNETE A NOSOTROS.

En ese momento, Skandar cayó en cuenta de lo que significaba el símbolo que había visto en la Fiesta del Fuego. El terror resonó en su voz mientras se lo explicaba al resto: era el arco del montículo del Criadero, con el círculo de la puerta del Criadero debajo. Y la puerta estaba forzada, agrietada de arriba abajo por una línea dentada blanca.

Al panfleto le habían arrancado la parte de abajo, por lo que era imposible saber a quién se refería ese «nosotros» o con quién había que ponerse en contacto si querías unirte a ellos.

Mitchell le arrebató a Skandar el folleto de las manos y lo leyó de nuevo.

—Es que, si se paran a pensar —prosiguió Skandar con prudencia—, la primera vez que le pregunté a Joby por el plan de Tejedor, ya sabía lo bastante como para decirme que los diestros en espíritu podrían detenerlo. Y sabía dónde estaba la guarida del espíritu, así que a lo mejor también ha visto los dibujos en las paredes, los diagramas de los vínculos tejidos. Y luego lo de este panfleto... Apuesto a que el Tejedor está detrás de todo. Creo que Joby estaba harto de no poder salir del Nidal. Creo que quería lo que el Tejedor ofrece. Creo que quería...

—Ser jinete otra vez —dijo Flo acabando la frase con ojos tristes.

—Y Jamie me contó que su amiga Claire parecía saber que el Tejedor iría por ella. Dijo que la noche que desapareció casi se había despedido de él.

—Así que, a lo mejor —prosiguió Flo—, a lo mejor las rayas blancas no sirven para señalar a las víctimas. A lo mejor son una invitación. A lo mejor son la forma de avisar al Tejedor de que quieren que las capture.

Mitchell levantó la vista del panfleto, una lágrima le resbalaba por la mejilla.

—Yo era muy pequeño cuando Alfie intentó abrir la puerta del Criadero, pero lo recuerdo... Recuerdo lo mal que se lo tomó. Lo que más deseaba del mundo era ser jinete de unicornios y de repente todo se acabó. No me escribe desde que empezamos el entrenamiento. A lo mejor a mi primo le dieron uno de esos panfletos y quiso tener la oportunidad de vincularse con un unicornio.

—Pero ¡un unicornio salvaje! —gritó Bobby—. ¿Quién demonios iba a querer eso?

—No sabes lo que es que te quiten el vínculo, tener que vivir sin tu unicornio —dijo Skandar con tono sombrío—. Ninguno de nosotros lo sabe. Pero Joby sí, y casi no podía soportarlo.

—Esos mapas del Continente que Joby tenía... —intervino de repente Mitchell— eran muy detallados.

—Esto me da mala espina —respondió Bobby con los ojos como platos—. Joby es un auténtico fan del Continente, es lo único a lo que se ha dedicado en la última década. Apuesto a que sabe todo lo que Simon necesita: sitios tranquilos donde aterrizar con los unicornios salvajes para que nadie los detecte, la población de las ciudades, castillos que se pueden tomar como bastiones... ese tipo de cosas. —La voz le temblaba.

La ventana de la casa del árbol se iluminó con un destello de luz verde, como para darle la razón a Bobby. Otro centinela muerto. Mitchell ni siquiera se molestó en decirle a Bobby que no llamara «Simon» al Tejedor.

En la incómoda pausa que siguió, Skandar recordó la mirada maníaca de Joby después de las primeras batallas aéreas de los cascarones. Su rostro reflejaba la expresión de alguien atormentado por una decisión. Lo que al final había decidido era que no podía dejar pasar la oportunidad de volver a tener un vínculo. Un vínculo que sólo el Tejedor podía ofrecerle, aunque el precio que pagar fuera el Continente.

—Esta noche dormiré en los establos —anunció Skandar—. No pienso dejar allí solo a Pícaro.

Los demás coincidieron con él y, después de tomar las mantas de sus hamacas, se marcharon para pasar la noche con sus unicornios.

Sin embargo, Skandar no se fue a dormir. No podía parar de dibujar las figuras que había visto en las paredes de la guarida del espíritu. «Buscar. Tejer. Vincular.» Se le agotaba el tiempo. El Tejedor tenía a Joby. Y Joby sabía que Skandar era diestro en espíritu.

¿Había tenido miedo Joby de ayudar a Skandar? ¿O lo que lo asustaba era que el chico supiera demasiado?

Porque aunque Skandar supiera que el Tejedor estaba vinculando a personas con unicornios salvajes, de lo que no tenía ni idea era de cómo detenerlo.

18

El Árbol del Triunfo

Las siguientes semanas pasaron en un abrir y cerrar de ojos. La Prueba de los Principiantes se acercaba peligrosamente y Skandar estaba a punto de estallar. Las pesadillas en las que el ejército de unicornios salvajes del Tejedor llegaba volando al Continente no lo dejaban pegar ojo por la noche, y en todas las sesiones de entrenamiento se sentía como si caminara por la cuerda floja: al mismo tiempo que intentaba reprimir el elemento espíritu para que no fuera visible, tenía que dejarlo entrar en el vínculo lo bastante para que Pícaro no lo tirara al suelo. Los vínculos entre los demás jinetes y unicornios, rojos, azules, verdes y amarillos, brillaban a su alrededor mientras entrenaban para la competencia, pero él tenía que fingir que no los veía.

Tampoco ayudaba que los cascarones empezaran a separarse en grupos según su elemento antes y después de las sesiones de entrenamiento. Los diestros en fuego debatían sobre los nuevos ataques con fuego que habían probado; los diestros en tierra, sobre cómo mejorar sus resultados; los diestros en aire repasaban una y otra vez la efectividad de sus escudos de rayos. Skandar intentó unirse a los diestros en agua, pero fue en vano. En vez de eso, se retiraba solo a los establos, sintiendo hirientes punzadas de envidia, para repasar una y otra vez sus bocetos de los diagramas del Tejedor.

No era de extrañar que, dadas todas sus distracciones, siguiera perdiendo las batallas aéreas, no sólo contra Flo,

Bobby y Mitchell, sino contra todos los demás cascarones; y en las carreras de prácticas casi siempre acababa entre los cinco últimos. No hacía falta que nadie le dijera que, si las cosas seguían así, lo echarían del Nidal antes de que acabara el año. Y, en aquel momento, la idea de tener a todo un estadio pendiente de él durante la Prueba de los Principiantes, con Kenna y su padre entre el público, lo aterrorizaba.

Aunque no era el único que estaba agobiado. La mayoría de los cascarones pasaba las horas en las cuatro bibliotecas elementales leyendo sobre técnicas de ataque, de defensa o sobre cualquier otra cosa que pudiera servirles para no acabar entre los cinco últimos en la Prueba de los Principiantes. A veces llegaban a los golpes por conseguir algunos de los libros más raros, y también había lágrimas cuando perdían o ganaban las batallas aéreas. Cuando llegó el día de la Fiesta del Aire, a principios de mayo, los cascarones estaban tan concentrados en estudiar y entrenar que a ninguno de ellos le pasó por la cabeza asistir.

Amber se comportaba con más crueldad que nunca, sobre todo con Mitchell, y aprovechaba la menor oportunidad para criticar su magia. Por su parte, él estaba siendo durísimo consigo mismo. Cada vez que perdía una batalla aérea o acababa en un puesto bajo en una carrera de prácticas se obsesionaba y daba vueltas a sus errores durante horas.

—No pasa nada por equivocarse de vez en cuando —le dijo Flo un día, después de que él y Roja perdieran una batalla aérea especialmente despiadada contra Romily y Estrella de Medianoche, que estaban aliados con el aire.

—Debería haber recurrido más rápido a mi ataque con lanzallamas. Me salió fatal. —Mitchell propinó una patada a un puf—. ¡Y todavía no he mutado! ¡Los únicos que aún no hemos mutado somos Albert y yo!

—No pasa nada, Mitchell. —Flo intentó tranquilizarlo de nuevo.

—Sí pasa —repuso él con brusquedad—. Sobre todo cuando eres el hijo de Ira Henderson.

Unas semanas más tarde, la atmósfera del Nidal se volvió todavía más deprimente cuando a Albert, que tenía que luchar por no caerse de su unicornio en casi todas las carreras, lo declararon nómada. Pese a que le dijo a todo el mundo que era un alivio no tener que competir en la Prueba de los Principiantes, cuando llegó el momento de marcharse del Nidal y de que despedazaran su insignia de fuego, Skandar fue incapaz de bajar para despedirse de él. No quería que aquellas imágenes permanecieran en su memoria: Albert cabalgando por última vez encima de Aurora del Águila bajo las hojas elementales de la entrada del Nidal; el reparto de los pedazos de su insignia entre el resto de los miembros de su cuarteto incompleto; el fragmento de llama dorada centelleando en el tronco del Árbol de los Nómadas. Pero por mucho que Skandar intentara evitarlo, llegado el momento, el martilleo llegó hasta sus oídos. Los breves y nítidos golpecitos del metal contra el metal parecieron resonar toda la noche.

Y entonces, antes de que pudieran darse cuenta, ya no quedaron más sesiones de entrenamiento que se interpusieran entre los cascarones y la carrera que decidiría si seguían o no en el Nidal. Los unicornios, a quienes les habían dado el día libre, se quedaron dormitando en sus establos; los propios jinetes sólo tenían un asunto pendiente en la agenda.

A las tres en punto, Skandar, Bobby, Flo y Mitchell se reunieron en el claro con los demás cascarones y esperaron a que llegara la monitora Saylor. Mientras observaba a todos los jinetes a los que conocía, Skandar pensó en la Prueba de los Principiantes, al día siguiente. Competirían delante de toda la Isla, delante de sus familias, para no perder su lugar en el Nidal. Ese día, todos juntos, no eran más que cascarones; al día siguiente serían rivales.

La monitora de aire llegó montando a su unicornio gris, Pesadilla de la Brisa Boreal, y, con elegancia, les indicó con un gesto que la siguieran entre los árboles.

—¿A dónde vamos? —protestó Bobby chocando con una ramita—. Tengo que repasar mis tácticas. ¿No puede llevarnos a dar una vuelta por el Nidal en otro momento? No sé, por ejemplo, ¿después de la competencia más importante de nuestra vida?

—No podría estar más de acuerdo —dijo Mitchell.

Y Skandar casi se tropezó con una raíz. Que Bobby y Mitchell estuvieran de acuerdo era algo tan poco frecuente como que Amber hiciera un cumplido.

—Espero que no nos lleve al Árbol de los Nómadas —murmuró Skandar a Flo.

Lo último que necesitaba era que le recordaran que al día siguiente tenía muchas posibilidades de que lo echaran.

—Creo que es en la dirección contraria —repuso Flo mirando la muralla que había cerca—. El Árbol de los Nómadas está en el cuadrante del agua, pero éste es el del aire... Mira las plantas.

Flo tenía razón. Al otro lado de la muralla crecían botones de oro y girasoles de un intenso amarillo junto con altos pastos susurrantes y dientes de león cuyas suaves y sedosas semillas la leve brisa esparcía por el aire. Mientras Skandar miraba, dos centinelas de máscaras plateadas pasaron con sus unicornios por encima de la muralla.

La monitora Saylor detuvo a Pesadilla de la Brisa Boreal al pie de un grueso tronco de árbol y les dedicó una sonrisa tranquilizadora.

—Les prometo que hoy no habrá pruebas. Pero la víspera de la Prueba de los Principiantes es tradición traer a los cascarones hasta aquí para que visiten este árbol, conocido como el Árbol del Triunfo, con la esperanza de que los inspire para que en la competencia de mañana den su mejor esfuerzo. ¿Qué cuarteto quiere subir primero?

La mano de Bobby salió disparada hacia arriba.

Mitchell suspiró.

—Sí es la típica diestra en aire...

—¡Fantástico! —gritó la monitora Saylor, y su unicornio relinchó a la vez.

Mientras el cuarteto se acercaba al pie del árbol, Skandar se dio cuenta de que, a diferencia de muchos de los demás árboles del Nidal, no tenía ninguna escalera por la que trepar. En su lugar, tallados en el tronco, había unos peldaños de madera que lo rodeaban en espiral, como una escalinata.

—Conforme suban —les informó la monitora Saylor—, verán unas placas metálicas clavadas en el tronco. En ellas podrán leer el nombre de los ganadores de todas las Pruebas de los Principiantes desde que el primer jinete fundó el Nidal. Cuando lleguen arriba del todo, atrévanse a soñar: atrévanse a soñar que su nombre será el siguiente.

Se oyeron suaves murmullos entre el resto de los cascarones y Skandar empezó a ponerse nervioso mientras seguía a Bobby y a Flo. No esperaba ganar la Prueba de los Principiantes, pero todo aquel discurso no estaba ayudándolo precisamente a olvidar que al día siguiente a esa misma hora todo habría acabado.

Cada pocos pasos se paraba a leer las sencillas placas metálicas. Pero, a medida que subían, fue dándose cuenta de que algunas las habían arrancado. No muy lejos de la copa, Skandar se detuvo junto a un hueco y se volteó hacia Mitchell.

—¿Sabes por qué faltan algunas de las placas? —preguntó Skandar incapaz de reprimir la curiosidad.

De repente, Mitchell pareció incómodo.

—Bueno, me imagino que serían de diestros en espíritu.

Skandar parpadeó.

—¿Me estás diciendo que han... borrado a todos los diestros en espíritu que ganaron la Prueba de los Principiantes? Pero eso es... Eso es tan... —A Skandar le costó encontrar una palabra lo bastante negativa— injusto.

Era injusto que a todos los diestros en espíritu los culparan por los crímenes del Tejedor. Era injusto que hubieran asesinado a todos los unicornios de espíritu y los hubieran separado de sus jinetes para siempre arrancándoles el vínculo. Era injusto que allá fuera hubiera personas, en el Continente y en la Isla, que habrían podido abrir la puerta del Criadero si les hubieran dado la oportunidad, y cuyos unicornios habían sido abandonados para seguir muriendo eternamente. Era injusto que los logros de los diestros en espíritu se hubieran borrado de la historia sin más. Todo eso se le vino a la cabeza de repente: lo terrible y cruel de todo aquello.

—Lo siento, Skandar —dijo Mitchell.

Pero él estaba señalando el hueco que tenía más cerca.

—¿De quién podría haber sido éste? ¿Lo sabes? ¿Recuerdas el nombre de algún diestro en espíritu?

Por algún motivo le pareció importante recordar a alguien, quien fuera, que hubiera sido diestro en su mismo elemento y hubiera triunfado, en especial ese día, la víspera de su propia Prueba de los Principiantes.

—Pues, veamos, a juzgar por el puesto que ocupa en el árbol, supongo que podría haber sido de Erika Everhart.

—¿Quién es Erika Everhart? —preguntó Bobby en voz alta deteniéndose en el peldaño más alto del tronco para darse la vuelta.

—¡Todo el mundo sabe quién fue Erika Everhart! —exclamó Flo medio riéndose desde el peldaño por encima de Skandar. Aunque, ante la expresión furiosa del rostro de Bobby, se apresuró a añadir—: Todo el mundo la quería. Fue la jinete más joven de todos los tiempos en ganar la Copa del Caos. La ganó dos veces y luego, qué tragedia, la tercera vez, bueno, a su unicornio hembra, Equinoccio de la Luna de Sangre, la mataron... Probablemente otro diestro en espíritu.

—¿Era algo habitual? —preguntó Bobby.

—No, la verdad —respondió Flo—. Ocurrió antes de que naciéramos, pero mis padres me contaron que la tercera Copa del Caos de Everhart fue una de las más sucias que han visto. Los jinetes se enzarzaban en una batalla aérea tras otra y mataron a Luna de Sangre.

—¿Erika Everhart? —murmuró Skandar.

—Sí, Skandar, ¡no te quedes atrás! —lo apremió Bobby con impaciencia.

El chico recorrió con el dedo la marca que la placa había dejado en el tronco y por fin lo recordó.

—¡Sabía que el nombre me parecía familiar! —exclamó—. Lo vi en el Criadero. En el Túnel de los Vivos.

—Es imposible —repuso Mitchell.

—No puede ser —dijo Flo al mismo tiempo.

—¿Por qué? —preguntaron Bobby y Skandar a la vez.

—Porque Erika Everhart está muerta, Skar —explicó Flo en voz baja—. Después de que mataran a Luna de Sangre, no pudo soportarlo más y se...

—Lanzó por los Acantilados Espejo —añadió Mitchell sin rodeos—. Por lo visto no podía vivir de la pena.

—Y en el Túnel de los Vivos sólo aparecen los jinetes que siguen vivos —explicó Flo.

—Pero si yo vi su nombre, ¡estoy seguro!

—Si está viva... —empezó a decir Mitchell.

—¡Es que está viva! —gritó Skandar.

La voz de la monitora Saylor les llegó flotando desde abajo.

—¿Qué ocurre ahí arriba? ¡Ya es hora de que suban los demás, por favor!

Mitchell no se inmutó, estaba muy serio.

—Si Erika Everhart está viva, está claro que era una diestra en espíritu de un talento excepcional, puede que la mejor que haya habido jamás. Si Erika Everhart está viva, entonces es muy pero que muy probable que ella... que ella sea el Tejedor.

Bobby frunció el ceño.

—Pero entonces Simon...

¡Bum! ¡Bum! ¡Bum! ¡Bum!

Confusión. Gritos. Espirales de humo de colores por todas partes.

El cuarteto descendió como pudo de lo alto de la escalinata hasta el puente colgante más próximo. Skandar agarró la mano que encontró más cerca. La de Mitchell. Mitchell agarró la mano de Bobby. Bobby agarró la de Flo.

—¿Estamos todos bien? —A Skandar le temblaba la voz.

Costaba ver a través de todo aquel humo, pero acababan de alcanzar la plataforma más cercana cuando...

¡Bum! ¡Bum! ¡Bum! ¡Bum!

Las bengalas de los centinelas caídos llenaron el cielo por encima de las murallas del Nidal con los colores entremezclándose como las hojas del árbol de la entrada.

—¡¿Qué ocurre?! —gritó Flo.

—¡No lo sé! —gritó Skandar mientras otros jinetes se llamaban unos a otros desde las pasarelas.

—Son los centinelas del Nidal —dijo Mitchell tosiendo por el humo—. Estoy seguro. Pero no creo que quien esté detrás de esto sea sólo el Tejedor: hubo explosiones por todas partes. Al mismo tiempo.

A Skandar se le escapó un grito ahogado.

—¿Quieres decir que piensas que el Tejedor vino con un ejército?

Justo en ese momento les llegó la voz de la monitora O'Sullivan, a pesar de las explosiones.

—¡Monitores! ¡Vigilen los establos!

—¡Yo me voy con Halcón! —gritó Bobby—. ¡No voy a quedarme aquí mientras los soldados del Tejedor se la llevan!

A Skandar se le cortó la respiración. «Pícaro.» Se lanzaron por la escalera más cercana y corrieron hacia la puerta occidental de la muralla... pero había un unicornio cortándoles el paso.

—¿Qué hacen aquí abajo? —La monitora O'Sullivan iba montada en su unicornio hembra, Avemarina Celeste—. Vuelvan a su casa del árbol. El Nidal es seguro.

—Entonces, ¿por qué están vigilando los establos? —preguntó Bobby con un tono un poco maleducado.

—No eres quién para cuestionarme, Roberta. Lo hacemos por precaución hasta estar seguros de que ha pasado la amenaza. A los centinelas del Nidal ya los han sustituido.

—¡La amenaza no pasará! —repuso Skandar incapaz de soportar la tranquilidad de la monitora O'Sullivan—. La amenaza no pasará hasta que capturen al Tejedor. ¿No lo entiendes?

Los ojos azules de la monitora O'Sullivan se arremolinaron peligrosamente.

—Skandar, eres un cascarón. Lo mejor que puedes hacer ahora mismo es volver a tu casa del árbol y dormir un poco. La Prueba de los Principiantes es mañana.

—Erika Everhart —dijo Mitchell en un intento desesperado—. Creemos que Erika Everhart podría ser el Tejedor.

—¿De qué estás hablando? —le espetó la monitora O'Sullivan—. Erika Everhart murió hace años. Hasta aquí llegaron. Les aconsejo que se marchen de aquí antes de que los declare nómadas ahora mismo.

—Ya saben lo que esto significa —dijo Skandar en cuanto entraron en la casa del árbol. Los demás se derrumbaron en sus pufs, pero él no podía quedarse quieto.

—Es lo que sospechábamos —dijo Mitchell dándose la vuelta para sacar libros del estante más bajo que había detrás de él—. El Tejedor está formando un ejército y sus soldados están ahora mismo atacando a los centinelas.

—Pero ¿por qué iba Simon a atacar el Nidal para luego marcharse sin más? —preguntó Bobby.

—Roberta, ¡basta ya con lo de Simon! —gritó Mitchell.

—No creo que ése fuera el plan —murmuró Flo—. Creo que el Tejedor venía en busca de nuestros unicornios. Los monitores estaban vigilando los establos, ¿no? —Se estremeció.

—¿Para qué? ¿Para matarlos? ¿Para vincularlos? —preguntó Bobby con las plumas de los brazos de punta.

—Necesitamos pruebas —declaró Mitchell inmerso en su pila de libros—. Necesitamos pruebas de que Erika Everhart está viva. Con ellas quizá podríamos ir a contárselo a Aspen.

Está claro que necesita algo más que sospechas: ni siquiera creyó lo que los diestros en espíritu decían sobre Simon Fairfax.

—Pero ¿no creen que Skandar debería tener cuidado? —preguntó Flo—. Si deja ver que es diestro en espíritu...

—Lo borrarán igual que a los jinetes de esas placas desaparecidas —dijo Bobby con voz funesta.

—Todavía no necesitamos que Skandar haga nada —dijo Mitchell—. Primero tenemos que saber con seguridad que Everhart es el Tejedor.

—Odio ser la sensata del grupo —intervino Bobby—. Pero ¿cómo vamos a encontrar a Erika Everhart? Si ha conseguido desaparecer durante todo este tiempo, está claro que es la reina del escondite.

—Y mañana es la Prueba de los Principiantes —apuntó Flo nerviosa—. ¿No deberíamos esperar hasta después de...?

—Supongo que primero deberíamos preparar un plan.

Skandar los escuchó y sintió cómo enfurecía, cómo afloraban sus preocupaciones por todo: desde por la posibilidad de que el Tejedor raptara a Kenna hasta por que a Pícaro lo capturara el soldado de un unicornio salvaje.

—¡Basta ya! —explotó—. Si no hacemos algo ahora mismo, el Tejedor seguirá matando centinelas, seguirá secuestrando personas y seguirá formando su ejército. Ah, y además, ¡no olviden que estamos hablando de un ejército de unicornios salvajes que puede volar hasta el Continente, que está desprotegido! Y allí el Tejedor puede vincular a mi familia, a la familia de Bobby, a todo el Continente, ¡con unicornios salvajes! ¡Y matar a cualquier persona que se interponga en su camino! ¡No podemos seguir perdiendo el tiempo! ¡No podemos quedarnos esperando a que otros hagan algo!

—El Tejedor no es responsabilidad tuya, Skar —dijo Flo en voz baja—. ¡No es culpa tuya!

—¡No! —Skandar siguió gritando sin importarle que Flo se estremeciera—. Pero significa que toda mi familia elemental está muerta o en la cárcel. Soy el único que puede hacer algo. Soy el único que ve los vínculos y tal vez sea capaz de comprender lo que el Tejedor ha hecho... ¡e incluso anularlo! Pero lo único que estoy haciendo es esperar sentado en una casa del árbol a que ocurra el desastre. Mitchell tiene razón: si Erika Everhart es, no el Tejedor, sino la Tejedora, necesitamos pruebas para que Aspen nos crea. Pero no podemos esperar hasta después de la Prueba de los Principiantes... las necesitamos ya.

Skandar respiraba pesadamente. No sabía si parecía valiente, arrogante o imbécil sin más... Ya no le importaba.

—¡Fuego infernal! ¿Quieres calmarte? —Mitchell levantó las manos en el aire—. Ya lo entendimos.

Flo se levantó de repente de su puf.

—No puedo creer que de verdad esté proponiendo esto, pero a lo mejor hay un modo de saber con certeza si Erika está viva o muerta.

—¿Cómo? —preguntó Skandar.

Pero Flo estaba mirando a Mitchell. Tragó saliva.

—El cementerio.

—¡Sí! —gritó Mitchell, y también se puso de pie—. ¡Equinoccio de la Luna de Sangre!

—Isleños, ¿podría alguno de ustedes explicarnos de qué va todo este asunto, por favor? —farfulló Bobby—. ¡Odio que hagan esto!

—Sabemos dónde está enterrado el unicornio hembra de Erika Everhart —explicó Flo, los ojos le brillaban—. Si queremos encontrar a Erika, a lo mejor allí hay alguna pista.

—¿En un cementerio? —Skandar se olvidó de estar enojado por un instante—. ¿Mirando la inscripción de alguna lápida o algo así?

Pero Flo ya estaba negando con la cabeza.

—Es un tipo de cementerio muy especial. Ya lo verás.

19

El cementerio

En el Nidal todavía reinaba el caos cuando, antes de que amaneciera, el cuarteto se escabulló a escondidas hacia el cementerio. Tras un vuelo breve, Pícaro, Roja, Halcón y Puñal aterrizaron en el confín de un bosque, y el cuarteto se abrió paso entre los árboles. Puñal iba a la cabeza, siempre le gustaba ser el líder del grupo, aunque a Flo no tanto.

—El año que viene, ¿podríamos, por favor, tener un poco menos de... todo esto?

Con un gesto, Bobby abarcó los alrededores. Las alas de Halcón chisporrotearon por una corriente eléctrica reflejando la frustración de su jinete.

—Creía que te gustaba el dramatismo, que conmigo todo era más interesante —bromeó Skandar, aunque su estómago no paraba de dar vueltas y vueltas por los nervios.

Tenía todas las esperanzas puestas en que el cementerio pudiera ofrecerles algo... lo que fuera. El ataque a los centinelas del Nidal lo había conmocionado. Daba la sensación de que el Tejedor siempre iba dos pasos por delante.

—Por muy interesante que sea, no quiero que me arrolle un ejército de unicornios salvajes —dijo Mitchell sin rodeos antes de volver a consultar un mapa.

Al cabo de un rato, el bosque fue haciéndose menos denso y se acercaron a una sencilla cancela de madera.

—Ya llegamos —susurraron Mitchell y Flo a la par.

Bobby desmontó para abrir el cerrojo, pero, al pasar por detrás de Delicia de la Noche Roja, el unicornio se echó un sonoro pedo, coceó con una pezuña en llamas y le prendió fuego.

Bobby tosió.

—Este unicornio tiene un problema. ¡Estamos en un cementerio! Un poco de respeto, por favor.

Roja eructó en su dirección y una burbuja de humo explotó en el aire.

Mitchell se limitó a encogerse de hombros: hacía tiempo que había dejado de intentar controlar los malos modales de Roja.

A Skandar lo decepcionó un poco que no hubiera una entrada más impresionante. El cementerio del Continente donde estaba enterrada su madre tenía una intrincada verja de hierro forjado. Uno de sus primeros recuerdos era de Kenna mostrándole las rosas y los pájaros de metal enroscados entre los barrotes.

Pero allí no había tumbas de ningún tipo, sólo árboles. Centenares, quizá miles de ellos, separados a distinta distancia unos de otros. O al menos Skandar creyó que eran árboles.

Algunos tenían el tronco recubierto de plantas acuáticas que parecían más propias de un lago que de un árbol, con algas en vez de hojas, y flores rosas y naranjas que recordaban a anémonas marinas y que la brisa mecía de manera inquietante.

Otros tenían hojas de rojos intensos y naranjas encendidos, con ramas que apuntaban directamente hacia arriba, como si fueran llamas. Skandar habría jurado que, al pasar junto a ellos encima de Pícaro, había olido a humo. Otros tenían hojas de un dorado amarillento que se doblaban por la brisa con mucha más facilidad que las de sus vecinos, dibujando sombras que giraban bajo las ramas y chisporroteaban al chocar entre sí, como si fueran eléctricas. Y también había otros con enormes raíces que trepaban desde el subsuelo y ramas repletas de una fauna que debería haber vivido bajo tierra: gusanos, ratones de campo, conejos. Skandar avistó incluso a un topo que sacaba la cabeza por una abertura en uno de los troncos.

Puñal y Pícaro avanzaban muy en silencio; Skandar pensó que comprendían lo que era aquel lugar.

—Es por los elementos, ¿verdad? ¿Como las murallas del Nidal? —le preguntó a Flo.

Ésta asintió.

—Cuando un unicornio muere, lo entierran aquí.

—¿Debajo de un árbol de su elemento? —conjeturó Skandar.

Pero Flo negó con la cabeza.

—No, no exactamente. Cuando se entierra a un unicornio, la Isla entrega algo a cambio: un árbol que represente el elemento en el que era diestro. En el lugar donde reposa un unicornio, crece un árbol. —Sonrió—. Es algo bonito, ¿verdad?

—¿También entierran aquí a los jinetes?

—Claro, claro. El árbol crece encima de los dos.

—Me alegro —dijo Skandar y, a pesar de que estuvieran hablando de la muerte, sintió alivio—. No querría que Pícaro estuviera solo. Y yo no querría que me enterraran en ninguna otra parte.

—Pero ¿cómo han permitido que la gente pintarrajee grafitis en los árboles? No es muy respetuoso, ¿no? —opinó Bobby detrás de ellos.

Mitchell suspiró.

—¿Es que siempre esperas lo peor de todo el mundo?

—Mira quién va a hablar. Acuérdate de lo que dijiste de Skandar y de Pícaro cuando los conociste. Creo que tus palabras exactas fueron: «Ese unicornio es un peligro, ¡ese tipo, Skandar, es un peligro!».

Mitchell la miró boquiabierto.

—Pero ¿cómo te acuerdas de eso?

—Me acuerdo de todo.

—No importa —intervino Flo tratando de cambiar de tema—, es la tradición, Bobby. Cuando un unicornio y un jinete mueren, en la Isla es costumbre que sus familiares y seres queridos graben los nombres en la corteza de su árbol cuando ya haya crecido, por lo general el día del primer aniversario de su muerte. La idea es que los vivos los protejan en el lugar donde descansan para siempre.

—¿Y si al unicornio lo matan antes? ¿Como le ocurrió a Joby con Fantasma del Invierno? ¿O a Erika con Equinoccio de la Luna de Sangre? —preguntó Skandar.

—Bueno —Flo se mordió el labio—, se sabe que hay jinetes que graban su propio nombre en el árbol, junto con el de sus familiares y amigos. Eso es lo que esperamos que haya ocurrido con Luna de Sangre. Es una posibilidad muy remota, pero esperamos que... —Flo le lanzó una mirada a Mitchell— si Erika sigue viva, tal vez haya dejado una pista... un mensaje.

Bobby y Skandar iban callados, tratando de comprender el patrón que seguían las inscripciones en la corteza de los árboles al pasar junto a ellos. El muchacho empezó a detectar ciertas similitudes: en lo alto del tronco solían aparecer el nombre del unicornio y el de su jinete; luego, debajo, venían sus logros y los nombres de sus seres queridos, cada uno con una caligrafía distinta, como si cada uno de ellos hubiera grabado su parte por su cuenta. A Skandar le gustó aquella idea: en el momento en que el nombre del jinete desaparecía del Túnel de los Vivos, sus seres queridos volvían a inscribirlo en la corteza del árbol.

—¿Puede saberse cómo vamos a encontrar a Equinoccio de la Luna de Sangre? —preguntó Bobby cuando ya llevaban recorrido un buen trecho dentro del cementerio.

—Los árboles están ordenados por año de fallecimiento —respondió Mitchell bruscamente consultando su mapa de nuevo—. El árbol de Luna de Sangre debería estar... Ah. —Se detuvo en mitad de una hilera—. ¡Aquí está!

A Skandar no le había hecho falta que Mitchell lo señalara. Era el primer árbol de espíritu que veía en el cementerio y la alianza con su elemento era inconfundible. Las ramas, las hojas, las raíces y hasta el tronco eran de un blanco brillante, reluciente, y suaves como el marfil. Skandar sintió que el árbol lo atraía, algo parecido a su vínculo con Pícaro. Quería estar cerca de él. Sentía que el árbol era como su casa.

—Es la primera vez que veo un árbol de espíritu —dijo Flo, maravillada.

Skandar se bajó de Pícaro, que al instante agachó la cabeza para mordisquear el pasto, con las alas plegadas y el cuerno negro resplandeciendo bajo el sol de la tarde. Notó vagamente que los demás saltaban de sus unicornios detrás de él, pero estaba demasiado concentrado en la lectura de las palabras que había sobre el tronco como para esperarlos.

EQUINOCCIO DE LA LUNA
DE SANGRE
—MUERTA EN BATALLA—
COPA DEL CAOS, JUNIO DE 2006

GANADORA DE LA COPA
DEL CAOS 2005

GANADORA DE LA COPA
DEL CAOS 2004

ERIKA EVERHART
—MUERTA—
ACANTILADOS ESPEJO,
AGOSTO DE 2006

GANADORA DE LA COPA
DEL CAOS 2005

GANADORA DE LA COPA
DEL CAOS 2004

Skandar lanzó los brazos al aire.

—¡Pues entonces eso es todo! Está muerta. Supongo que lo del Túnel de los Vivos era un error.

—Skandar...

—¿Y ahora qué hacemos? Otro callejón sin salida. Vaya suerte...

—¡Skandar! —gritó Mitchell ahuyentando los pájaros que estaban posados en las ramas del árbol blanco.

—¿Qué? —contestó él también gritando.

Creía que no sería capaz de soportar la desilusión.

—Tu nombre está en el árbol.

—¿Qué?

—Tu nombre está en el árbol.

—¿Qué?

—Tu-nombre-está-en-este-árbol-de-espíritu. —Mitchell pronunció las palabras muy despacio señalando la parte inferior del tronco.

Skandar se arrodilló para mirar más de cerca. Mitchell tenía razón.

SKANDAR

Ver escrito su propio nombre ya era de por sí raro, pero los dedos le temblaron al seguir el trazo de los dos nombres que había encima del suyo.

BERTIE

Y después:

KENNA

—¿Tu hermana no se llama Kenna? —preguntó Flo con delicadeza.

Skandar asintió sin comprender. Sin comprender nada de nada. ¿Existía una remota, remotísima posibilidad de que alguien de la Isla hubiera grabado su nombre en aquel árbol? ¿Para qué? ¿Era una broma? Pero sólo su cuarteto sabía el nombre de su hermana, ¿y el de su padre? Creía que jamás había pronunciado su nombre en voz alta en la Isla. Y la mayoría de la gente lo llamaba «Robert»; sólo la madre de Skandar lo había llamado «Bertie».

Extendió la mano para apoyarse en el tronco blanco y no perder el equilibrio.

La voz de Mitchell se oyó muy lejana.

—Nadie de la familia de Skandar podría haber grabado su nombre en este árbol... porque son continentales, ¿verdad? Y él nació en 2009, pero aquí dice que Everhart murió en 2006, por lo que ella tampoco pudo grabar el nombre de Skandar y de Kenna. A menos que Erika Everhart no se tirara de los Acantilados Espejo. En cuyo caso, ella es...

—Mitchell, ¿podrías dejar de intentar resolver enigmas al menos un segundo de tu vida? —le espetó Bobby—. Esto significa más que el hecho de que Everhart siga viva. Skandar, ¿podría significar que Erika sea familia tuya? ¿Que sea... que sea tu madre?

—Imposible. Mi madre se llamaba... —Skandar vaciló—. A menos que...

—¿A menos que...? —murmuró Flo.

—¿La vio alguien tirarse por los Acantilados Espejo? Erika podría haber fingido su muerte —susurró Bobby.

—Y luego otra vez en el Continente. —La voz de Mitchell era firme.

Skandar negaba con la cabeza.

—Mi madre murió justo después de que yo naciera. Pero si ésta es su letra, si el Túnel no miente, entonces...

Skandar clavó la mirada en el nombre de Kenna, escrito en el tronco. Y acto seguido agarró la punta de la bufanda de su madre al recordar algo. Al recordar algo que no podía creer que hubiera olvidado. La cinta con su nombre que Kenna le había cosido a la bufanda flotó ante sus ojos. Jamás se había parado a pensar en el segundo nombre de Kenna. Pero ahí estaba, claro como el agua: «Kenna E. Smith.» «E» de «Erika».

Su madre había ocultado su nombre en un lugar seguro, en el nombre de su hermana... y resultaba que al final no se llamaba Rosemary.

La atracción que el árbol de espíritu ejercía en el pecho de Skandar se intensificó y fue como si al mundo le hubieran bajado el volumen. Los pájaros, el viento que hacía susurrar las hojas, los unicornios; todo se había silenciado, como si contuviera la respiración.

—Nunca murió en el Continente —afirmó Skandar con voz ronca—. Lo que significa que Erika Everhart fingió su muerte... dos veces. La primera en la Isla, simulando saltar desde los Acantilados Espejo, y la segunda en el Continente, justo después de que yo naciera. Lo que significa que no es la Tejedora... sino mi madre.

—¿Estás bien? —preguntó Flo sosteniendo la mano por encima del hombro de Skandar pero sin tocarlo.

—¡Pues claro que no! —explotó Bobby—. Acaba de enterarse de que su madre está viva y es isleña. No sé si me explico, ¡es demasiado para una sola tarde!

—¿Pueden...? —A Skandar estaba costándole mantener la calma—. ¿Pueden dejarme aquí a solas con Pícaro un minuto? Sólo necesito... un minuto.

Lo dejaron solo. A él le daba igual a dónde fueran. Las lágrimas calientes le cayeron con rapidez por las mejillas. Empezó a tiritar de un modo incontrolable. Suerte del Pícaro le apoyó la cabeza en el hombro, haciendo ruiditos secos, y él le puso la mano sobre su suave nariz. Dejaron de lado la lucha por el elemento espíritu y, a través del vínculo, Pícaro le envió a Skandar oleadas de amor que le inundaron el corazón de un cariño que de ningún otro modo habría podido encontrar en sí mismo.

Sus emociones eran un caos total. No sabía si estaba feliz o triste o simplemente confundido. Había ido al cementerio en busca de respuestas, pero lo único que tenía eran más preguntas. ¿Era Erika de verdad su madre? Si lo era, ¿por qué los había abandonado a él y a Kenna? Y, para empezar, ¿por qué se había ido de la Isla? ¿Era así como Agatha había conocido a su madre? ¿Porque ella también era diestra en espíritu? ¡Había sido comodoro! ¿Lo había sabido su padre todo este tiempo? Pese a la calurosa tarde de verano, sintió escalofríos. Su padre siempre había dicho que a su madre le encantaba la Copa del Caos... aunque sólo había visto la primera que televisaron. ¿Quizá había sido eso? Quizá el ver de nuevo a los unicornios la había empujado a abandonar a Kenna, a abandonarlo a él.

Skandar se limpió con energía las lágrimas de las mejillas y Pícaro bufó poniéndose derecho. Reprimió los sollozos; no había tiempo para eso. Tenía que encontrarla, eso era lo único que importaba. ¿Se alegraría ella de verlo? ¿Estaría orgullosa de que ahora fuera jinete? La esperanza comenzó a brotarle en el pecho. ¿A quién le importaba la Prueba de los Principiantes al día siguiente o convertirse en nómada? ¿A quién le importaba incluso detener al Tejedor? Había otras personas que podían preocuparse de eso. Su padre volvería a ser feliz. A lo mejor Kenna podía ir a vivir a la Isla. Su madre estaba viva. Había sido una de las mejores jinetes jamás vistas... y era diestra en espíritu. Igual que él. Ya no estaba solo y lo único que le importaba en aquel momento era encontrarla.

Cuando Flo y Bobby regresaron, Skandar ya había decidido que volvería a la cárcel de diestros en espíritu. Aunque hubieran trasladado a Agatha, los demás quizá sabrían dónde se escondía Erika Everhart. Esta vez les diría quién era. Esta vez les diría que era su hijo.

Bobby carraspeó cuando Halcón se acercó a Pícaro.

—Hum, ¿alguien sabe qué mosca le picó a Mitchell? Está raro. Bueno, más raro que de costumbre.

Mitchell estaba sentado a la sombra de un árbol de fuego, con Roja montando guardia junto a él, como para protegerlo; su pelaje rojo se fundía con las hojas en lo alto. Cuando Skandar se acercó encima de Pícaro, vio que, detrás de los lentes, Mitchell tenía los ojos café oscuro hinchadísimos, la camiseta negra arrugada y el pelo tieso y muy despeinado.

—Mitchell, ¿qué pasa? —preguntó Flo con voz suave.

Se bajó de Puñal y fue a arrodillarse a su lado. Pero Mitchell miraba fijamente, con ojos saltones, a Skandar, que observaba a su amigo desde arriba con una sensación de vacío en el estómago.

—Cuéntamelo —le ordenó casi molesto.

En ese momento no tenía tiempo para otra de las crisis de su compañero. Debía volver a la cárcel esa misma noche.

Mitchell tragó saliva, se levantó y empezó a dar vueltas entrando y saliendo de la sombra del árbol.

—He estado echando un vistazo a otros árboles de unicornios del cementerio —les contó con voz monótona—. No sé cómo, acabé paseando por la arboleda donde enterraron a los Veinticuatro Caídos.

Señaló a un punto impreciso detrás de él.

—¿Los veinticuatro unicornios a los que el Tejedor asesinó? ¿El mismo día?

Skandar no tenía ni idea de a dónde quería ir a parar Mitchell ni de por qué actuaba de un modo tan extraño.

—En las eliminatorias del 2007, sí. —A Mitchell le faltaba el aliento—. Sabía lo que estaba mirando porque las fechas de las muertes coincidían y, además, claro, sus jinetes no estaban enterrados junto a ellos. Pero me fijé en otra cosa... en algo de lo que nunca me había dado cuenta.

—¿Qué? —preguntó Skandar con impaciencia.

—Todos esos unicornios que murieron en distintas eliminatorias en 2007, todos compitieron en la misma Copa del Caos en 2006. Eso dice en sus árboles. ¿No se dan cuenta? La Copa del Caos de 2006 fue la carrera en la que mataron a Equinoccio de la Luna de Sangre. Ella era la unicornio número veinticinco de su Copa del Caos. Y Erika era la jinete número veinticinco.

—No lo... —Saltaba a la vista que Flo tampoco estaba entendiéndolo.

—¡Mitchell! —estalló Bobby—. ¡Al grano, por favor! ¡Si no quieres que te suelte a Halcón!

—¿No creen que es raro que el Tejedor matara a todos los unicornios de la misma Copa del Caos? —A Mitchell le temblaban las manos.

—A lo mejor es una casualidad —sugirió Flo.

—No creo en las casualidades —repuso sonando un poco más como el Mitchell de siempre—. A esos unicornios en concreto el Tejedor los tenía fichados desde la Copa del año anterior. Y quiso que sus jinetes sufrieran el martirio de perder el vínculo.

—¿Qué es lo que estás diciendo? —preguntó Skandar despacio.

—Lo que estoy diciendo es que no creo que lo de los Veinticuatro Caídos fuera un acto de violencia sin más. Lo que estoy diciendo... —Mitchell tragó saliva— es que fue la venganza por la muerte de Equinoccio de la Luna de Sangre. Que Erika Everhart quiso que esos jinetes sintieran el mismo dolor que ella había sentido.

Dio la impresión de que a Flo le hubieran dado una bofetada con el elemento aire.

—Todo el mundo creyó que Erika Everhart había muerto meses antes del asesinato de los Veinticuatro Caídos, por lo que... ¡nunca nadie habría sospechado de ella!

—Exacto —dijo Mitchell con tono grave pasándose la mano por el pelo—. Incluso los diestros en espíritu que están en la cárcel deben de pensar que está muerta. Por eso sospechan de Simon Fairfax: creen que es el único diestro en espíritu que está libre.

—Pero si Everhart es la responsable del asesinato de los Veinticuatro Caídos, entonces eso quiere decir que ella es el... —Bobby frunció el ceño—. ¿Estás diciendo que está claro que ella es el...?

—No el Tejedor, sino la Tejedora. —Mitchell acabó la frase.

Skandar sintió que una furia ardiente se desataba en su interior, como si un monstruo le zarandeara las entrañas con las manos llenas de lava. Pícaro chilló alarmado y Skandar se bajó de él.

—¡Todos se han vuelto locos! No puede ser la Tejedora... El Tejedor es repulsivo, un bicho raro. ¡Erika es mi madre!

—Skar...

Flo intentó agarrarlo del brazo, pero él se lo impidió dando un jalón.

—Todas esas presuposiciones —le espetó Skandar a Mitchell— las has hecho sólo para que ella parezca el Tejedor. ¿No podría ser que el Tejedor quisiera deshacerse de los unicornios más fuertes? ¿Y que por eso los Veinticuatro Caídos hubieran participado en la Copa del Caos del año anterior? ¿No te ha pasado por la cabeza?

—No estoy diciendo que yo tenga razón —se apresuró a decir Mitchell—. Pero la cuestión, amigo, es que tenemos que preguntarnos por qué tu madre fingió su propia muerte.

—Dos veces —intervino Bobby—. Es muuuuuuy sospechoso.

Skandar enfrentó a Bobby.

—Llevas meses llamando «Simon» al Tejedor. ¿Por qué de repente te pones de parte de Mitchell?

La chica levantó las manos en el aire.

—¡Vamos, Skandar!

—No estás pensando con la cabeza —murmuró Mitchell.

—¡Pues claro que no! —bramó.

—La única razón por la que vinimos a este cementerio fue para averiguar si Erika Everhart estaba viva. Y tú mismo has aceptado que si al final resultaba estar viva, ¡era casi seguro que Erika fuera el Tejedor!

Iracundo, Skandar se volteó contra Mitchell.

—Cuando hayas acabado de acusar a mi madre, necesito que me ayudes a entrar en la cárcel. A lo mejor los diestros en espíritu la conocían. A lo mejor pueden ayudarme a encontrarla. Y estoy seguro de que ella nos dará una explicación perfectamente lógica para todo esto. —A Skandar le costaba respirar y el eco de su voz resonaba en los troncos que había cerca.

—¡Lo que no quiero es que vayas en busca de Everhart y acabes enfrentándote cara a cara con la Tejedora! —exclamó Mitchell con voz áspera—. Es demasiado peligroso. Todavía no sabemos...

—¡Deja de decir que mi madre es la Tejedora!

—Escúchame bien, Skandar. —A pesar de la tristeza, Mitchell habló con voz firme—. Si sospechamos de Simon Fairfax es porque era un diestro en espíritu al que nunca habían apresado. ¿Por qué Erika Everhart se merece un trato especial?

—¡Sospechamos de Fairfax porque Amber nos mintió diciendo que estaba muerto! ¡Porque es lo que me dijeron los diestros en espíritu!

—¡Erika Everhart mintió sobre su muerte, Skandar! Como dice Bobby, fingir tu propia muerte es muy sospechoso. ¡Y dos veces!

Por las mejillas de Mitchell rodaron lágrimas de frustración.

Skandar se quedó mirándolo sin dar crédito.

—No todos los diestros en espíritu son malvados, Mitchell, ¿recuerdas? ¿O también vas a incluirme a mí en tu lista de sospechosos? Estamos hablando de mi madre. ¡Mi madre! La que llevo toda la vida pensando que estaba muerta. ¡Está viva! Y después de todo este tiempo, ¿esperas que me quede aquí tranquilo y acepte sin más que me digas que es una asesina en serie?

—Si Erika Everhart es tu madre, hay una probabilidad muy alta de que también sea la Tejedora. Lo único que digo es que...

Skandar se tambaleó al dar un paso atrás hacia Pícaro.

—La Prueba de los Principiantes es mañana... No tenemos tiempo para esto. ¿Flo? ¿Bobby? Vámonos. Seguro que encontramos la forma de entrar en la cárcel esta noche. Mitchell se mantiene al margen, ¡igual que antes!

Mitchell dio un brinco, como si Skandar le hubiera dado una cachetada, pero éste ni siquiera se sintió culpable. Lo único que sentía era una rabia incandescente, su cabeza era un avispero y no paraba de pensar en que Mitchell intentaba estropearle el hecho de que tuviera una madre que, después de todo aquel tiempo, estaba viva.

—Skar, no estoy segura —dijo Flo mientras el chico echaba una pierna por encima de Pícaro—. Los prisioneros ni siquiera saben que Erika está viva. No creo que puedan ayudarnos. Es que... ¿Y si Mitchell tiene razón? Que Erika sea tu madre no descarta que sea también la Tejedora.

—¡Perfecto! —gritó Skandar—. Ponte de su parte. ¡Me da igual! ¡Vámonos, Pícaro!

Apretó con los pies los costados del unicornio y fue como si el animal tuviera las mismas ganas que su jinete de dejar atrás a Mitchell y a los demás.

—¡Skandar, espera! —lo llamó a gritos el resto del cuarteto, pero él estaba demasiado enojado para escucharlos.

Con sólo unas cuantas zancadas, las alas de Pícaro se extendieron y alzaron el vuelo alejándose, con los colores de los árboles elementales del cementerio volviéndose borrosos a sus pies. Cuando ya iban bien alto, Skandar soltó un bramido de frustración y Pícaro lo imitó mientras volaban cada vez más rápido hacia el Nidal, compitiendo con la puesta de sol.

Al día siguiente, Kenna estaría allí, en la Isla, para asistir como espectadora a la Prueba de los Principiantes. Tal vez, si Skandar entraba en la cárcel esa noche, cuando todo estuviera ya muy oscuro, después de la carrera su hermana y él podrían buscar juntos a Erika. Podría devolverle la bufanda a su madre y decirle que la habían mantenido a salvo todo aquel tiempo. Su bufanda hecha en la Isla.

En cuanto Skandar tocó tierra delante del árbol de entrada del Nidal, percibió en el aire el silbido de las alas de otro unicornio y luego los pies de otra persona golpeando el suelo detrás de él. Volvió la cabeza para mirar...

—¿Bobby?

Fue derrapando hasta detenerse.

—Si quieres ir a la cárcel, iré contigo. Aunque no lo hago por ti, que conste. Sino por la aventura —dijo la chica jadeando—. Pero no iremos hasta después de que yo haya ganado la Prueba de los Principiantes mañana. Ése es el trato.

—No es ella, Bobby. Mi madre no es la Tejedora. No lo es. ¡No lo es! ¡Te digo que no lo es!

Skandar arrancó varios puñados de algas de la muralla de agua que tenía delante y gritó aquellas palabras una y otra vez a las copas de los árboles del Nidal. Se le quebraba la voz y el corazón se le partía también, porque Mitchell era su amigo, pero estaba equivocado e intentaba echarlo todo a perder. Skandar acababa de recuperar a su madre... no pensaba perderla de nuevo.

Un instante después, Bobby estaba abrazándolo; y olía a pan fresco y a la chispa cítrica de la magia del aire. Cuando el cuerpo de Skandar se estremeció por los sollozos, ella lo estrechó con más fuerza. Era como si la caja en la que había guardado todos sus sentimientos junto con las cosas viejas de su madre se hubiera vaciado de repente. Una oleada de frustración, esperanza y miedo batió contra él igual que el mar contra la playa de Margate en el momento en que el dolor, el amor y la rabia ocuparon el espacio que siempre habían necesitado.

20

La Prueba de los Principiantes

Skandar se despertó un poco atontado con el ruido de los jinetes abriendo los pestillos de sus establos y de los unicornios relinchando para saludarlos. Una enorme gota de saliva fue a parar a su mejilla y, aún medio dormido, se dio cuenta de que Suerte del Pícaro estaba mordisqueándole un mechón de pelo, por suerte todavía unido a su cabeza. Sólo llevaba un tenis puesto y vio que el otro lo había destrozado el unicornio en el transcurso de la noche... Se había salido con la suya.

—¿Qué haces ahí? —La voz de Jamie llegó hasta sus oídos.

El herrero cerró la puerta del establo de un portazo y Skandar hizo una mueca de dolor. Le dolía la cabeza por el llanto y la falta de sueño. ¿Lo había llevado Bobby hasta el establo de Pícaro? Ni siquiera se acordaba. ¿Y a qué hora había sido eso? Se incorporó de repente, como un resorte. Su madre. Tenía que encontrarla.

Pero el aprendiz de herrero se interponía en su camino hasta la puerta del establo, le cortaba el paso con la armadura de Pícaro.

—¿A dónde crees que vas? —le preguntó—. Ayúdame a ponerle todo esto, anda.

Skandar se frotó los ojos.

—No puedo, Jamie. Tengo que ir a un sitio.

El otro arqueó las cejas.

—¿A un sitio que no es la Prueba de los Principiantes?

La Prueba de los Principiantes. Skandar se había olvidado por completo.

—Ay. No. Entonces supongo que no... —divagó.

Jamie lo agarró del hombro y lo zarandeó.

—¡Despierta, Skandar! No eres el único que se la juega hoy. Si te declaran nómada, ya no tendré a nadie a quien hacerle la armadura. No quiero pasar el resto de mis días quitando abolladuras de ollas. No me falles. No le falles a Pícaro. No te falles a ti mismo. —La expresión de Jamie era feroz.

En la cabeza de Skandar empezó a armarse un plan nuevo. Participaría en la Prueba de los Principiantes. De todas formas, Bobby le había dicho que no lo ayudaría hasta después de la competencia. Era probable que perdiera, pero se esforzaría al máximo porque Kenna y su padre iban a verlo, y luego se marcharían todos juntos a buscar a su madre. Que lo declararan nómada le daba igual, siempre y cuando la encontraran. Skandar asintió.

—Así me gusta —dijo el herrero, y a continuación le lanzó una cubeta de agua a la cabeza.

Jamie los acompañó hasta el estadio caminando al lado de Pícaro. La Prueba de los Principiantes era una versión acortada a cinco kilómetros de la Copa del Caos y Skandar había decidido caminar con Pícaro hasta la pista para no malgastar la energía del unicornio volando. Para calmar los nervios, se inclinó hacia delante y comprobó que la mancha del animal seguía tapada. Intentó no mirar a los miles de isleños que habían acudido a presenciar la prueba. Se preguntó si las familias continentales habrían llegado ya en los helicópteros. ¿Se habrían sentado Kenna y su padre en las gradas? Se le revolvió el estómago. Ellos aún no lo sabían. No sabían que su madre estaba viva.

—Toma tu casco —dijo Jamie mientras se acercaba a la línea de salida—. Y, a propósito, si te fríen es porque esa bufanda es inflamable, no porque mi armadura sea defectuosa. ¡Por lo menos escóndela para que no se vea!

Skandar se la metió por debajo del peto de la armadura.

—Otra cosa, no es por meterte presión ni nada de eso, pero me encantaría que mi familia de bardos viera lo bien que me va como herrero para que así dejen de obligarme a aprender canciones por si tengo que cambiar de oficio, ¿de acuerdo?

Skandar hizo una mueca.

—De acuerdo.

Jamie se protegió los ojos del sol para levantar la vista hacia el chico.

—Sé que todavía no nos conocemos mucho y no sé muy bien qué es lo que te pasa hoy, pero puede esperar. Durante los próximos treinta minutos de tu vida, sea lo que sea, puede esperar... ¿Me oyes? Tienes agallas, ¿lo recuerdas? ¡Por eso te elegí! Te va a ir bien. Tengo fe en mi armadura y tengo fe en ti.

Mientras Jamie se alejaba a paso rápido, Skandar se preguntó qué diría el herrero si supiera que un diestro en espíritu llevaba puesta su creación.

Al acercarse al principio del recorrido sintió que los nervios y la emoción de Pícaro hacían vibrar el vínculo. El unicornio no dejaba de bufar echando chispas, con la cabeza y el cuerno bien erguidos, mientras contemplaba la pista, las carpas de curación mecidas por la brisa y la gran muchedumbre congregada a ambos lados de las cuerdas.

Skandar trató de relajarse mientras otros cascarones empezaban a obligar a sus unicornios a avanzar hacia la línea de salida. Sus monitores les habían explicado mil veces cómo funcionaba todo aquello: en esa competencia no había vueltas; era una línea recta que atravesaba el estadio; cualquier combinación de elementos estaba permitida en las batallas aéreas; una caída y estabas eliminado, y había que aterrizar antes de cruzar la línea de meta. El muchacho sentía mariposas cada vez que se imaginaba a Pícaro descendiendo en picada hasta el famoso estadio. ¿Cabía la posibilidad de que su unicornio se comportara y no acabaran entre los cinco últimos? ¡Kenna y su padre estarían viéndolo! ¿Era posible que su madre también estuviera viéndolo a escondidas, henchida de orgullo? Sólo de pensarlo a Skandar se le cortó la respiración, como si Jamie le hubiera apretado el peto de la armadura un poco más de la cuenta.

Alentó a Pícaro para que se uniera al grupo de cuarenta y un cascarones. Aquello ya era un campo de batalla. Una maraña de alas chispeantes, crines en llamas y colas que caían como fuentes, todas revueltas, demasiado juntas, mientras los cascos explotaban y removían la tierra que pisaban. Nada que ver con las sesiones de entrenamiento, ni siquiera cuando habían ensayado la carrera. Los unicornios sabían que ese día era distinto. El aire apestaba a sudor y a magia.

De repente, Antigua Luz Estelar les cortó el paso hasta la línea de salida, escupiéndole a Pícaro cristales de hielo a la cara. Pícaro piafó con fuerza en el suelo y la electricidad chispeó alrededor de la parte baja de las espinilleras de Skandar.

—¡Perdón! —gritó Mariam.

Y Antigua Luz Estelar volvió a girar sobre el sitio, con los ojos echándole humo.

Con el rabillo del ojo, Skandar distinguió a Delicia de la Noche Roja empinándose y eructando llamas al cielo, y a Mitchell agarrándose a su crin y rechinando los dientes. «Se lo tiene merecido», pensó en un nuevo arrebato de rabia.

Por fin se abrió un hueco en la línea de salida. Skandar animó a Pícaro a encajarse entre Puñal de Plata y Valor de la Reina, pero su unicornio no paraba de intentar retroceder para abandonar la fila y alejarse de los demás. No podía culparlo, aquello era un caos.

—¡¿Estás bien?! —le gritó Flo desde lejos mientras del lomo plateado de Puñal salían espirales de humo.

Skandar no respondió. Flo se había puesto de parte de Mitchell.

Valor de la Reina se encabritó al lado de Pícaro, que en respuesta echó la cabeza hacia atrás con violencia.

—¡Cuidado! —gritó Gabriel apartando bruscamente de la línea a Valor para esquivar el cuerno de Pícaro.

—¡Oye! ¡Tú por aquí! —gritó Bobby con el casco puesto mientras Halcón le arrebataba el sitio a Valor.

En comparación con los demás unicornios que lo rodeaban, Halcón parecía inquietantemente serena.

Los bramidos y chillidos de los animales se hicieron todavía más fuertes. El aire estaba tan cargado de magia que costaba respirar. El estómago de Skandar daba volteretas hacia atrás, las manos le temblaban sobre las riendas. Bajo su cuerpo, notaba que Pícaro estaba descontrolado, que cambiaba el peso constantemente de una pezuña a otra y que las puntas de las alas se prendían primero con chispas eléctricas y luego con llamas, y vuelta a empezar. Las emociones de ambos se arremolinaban —el miedo, el entusiasmo, la furia y los nervios—, y ya no estaba seguro de a quién pertenecía cada una.

Skandar tenía a Flo y a Bobby tan cerca, una a cada lado, que las rodilleras de sus armaduras se rozaban.

—¡Diez segundos! —gritó una voz oficial por megafonía.

Skandar, desesperado, intentaba recordar la estrategia que tenía pensada para la carrera cuando, de repente, sonó el silbato. Se oyó un chirrido y un fuerte golpe en el momento en que se alzó la línea de salida. Jamás había visto a Pícaro moverse tan rápido. Alzó el vuelo al cabo de tres zancadas desplegando las alas con una fuerte sacudida. Skandar sujetó las riendas con fuerza y hundió los puños en la crin negra del unicornio.

Recorrieron volando la pista en dirección a la marca flotante que señalizaba el primer kilómetro. Pícaro iba en el grupo intermedio. A la cabeza, Flo y Puñal se habían enzarzado en una batalla con Mabel y Lamento Marítimo. No muy atrás Bobby y Halcón ganaban velocidad surcando el aire. Skandar distinguió a Lawrence y a Capitán Veneno, que descendían hacia el suelo en espiral, con Roja elevándose justo por encima de ellos y la mano de Mitchell resplandeciendo en rojo. Se oyó un chillido y una explosión detrás de Skandar —no estaba seguro de si provenía de un unicornio o de un jinete— seguidos de un destello brillante. A continuación vieron a Buscacrepúsculos cayendo a tropiezos por el aire y la palma de Alastair resplandeciendo en azul junto al hombro derecho de Pícaro.

La palma de Skandar resplandeció en verde, pero el esfuerzo por controlar el elemento espíritu hizo que su escudo de arena fuera demasiado lento, y Alastair le lanzó un chorro de agua lateral, directo a su hombro. Mientras Pícaro perdía velocidad y se quedaba rezagado, Buscacrepúsculos arrojó agua con espuma por las alas y las olas surcaron el aire retrasando aún más a Pícaro. Lo único que Skandar podía hacer era obligar a su unicornio a ascender, para así esquivar la ráfaga de Buscacrepúsculos y el olor salado de la magia del agua que le taponaba la nariz. Desde arriba, Pícaro chilló con fuerza al otro animal cuando le tomó la delantera. Sabía que habían perdido una distancia muy valiosa y se moría de ganas de usar el elemento espíritu. Skandar notaba que la palma de la mano le palpitaba, como si su unicornio tratara de forzar el elemento para que apareciera en ella.

—¡No! —gritó Skandar.

Y Pícaro bramó en respuesta. Se empinó en el aire, las pezuñas se le iluminaron del blanco del elemento espíritu y detuvo el vuelo por completo. Los adelantaron más unicornios.

—Pícaro, por favor, ¡no lo hagas! ¡No con toda esta gente mirando! ¡Nos matarán!

Pero Skandar sentía la rabia de su compañero vibrar en el vínculo y en su corazón. El unicornio iba a ganar la carrera y ya no le importaba lo que su jinete quisiera.

—Vaya, vaya, ¡esto va a ser superdivertido!

Ladrona Torbellino se había girado hacia Pícaro en el aire. Amber parecía enajenada, enseñaba los dientes y la estrella de su mutación le electrizaba la frente; y, de pronto, de su palma se elevó un tornado que avanzó directo hacia Skandar.

Éste intentó conjurar algún elemento, cualquiera que fuese legal, pero Pícaro los bloqueó todos. Intentó que su unicornio descendiera volando para sortear el ataque, pero éste se encabritó y relinchó, y sacudió la cabeza de un lado a otro. Para no caerse, al muchacho no le quedó otra que abrazarse al cuello imparable de su montura y esperar a que el tornado de Amber los arrastrara.

Entonces, como de la nada, apareció Delicia de la Noche Roja. Hasta ese momento Mitchell y Roja habían ido muy por delante de ellos, pero por alguna razón la unicornio retrocedía ahora a toda velocidad hacia Pícaro.

—¡Amber! —bramó Mitchell.

Y ella se volteó de golpe encima de Ladrona. Ni siquiera había oído llegar a Roja por detrás.

—¿De verdad quieres luchar conmigo, Mitchellito? —se mofó ella, y levantó la palma de la mano para atacar.

Pero el otro fue más rápido. De su palma explotó un chorro de fuego que golpeó a Ladrona en el costado y, al mismo tiempo, Roja eructó unas bolas de fuego que impregnaron el aire del olor a humo de la magia. El agua era el elemento más débil de Amber y no le dio tiempo a conjurar un escudo. Ladrona perdió velocidad y se agachó para huir de las llamas.

El tornado de Amber pasó rozando la pezuña izquierda de Pícaro y luego se desvió en dirección contraria cuando ella perdió el control. En una milésima de segundo, Mitchell pasó al elemento tierra y lanzó una descarga de rocas hacia abajo, que impactaron en la cola del tornado de Amber y salieron despedidas hacia Ladrona. La joven abrió los ojos de par en par por el susto: no se había esperado que usaran su propia magia en su contra. Las escarpadas rocas persiguieron a Ladrona Torbellino hasta tocar tierra.

—¡Eso es por... bueno, por todo! —le gritó Mitchell desde arriba.

—¡¿Se puede saber qué haces?! —gritó Skandar.

Roja batía las alas al lado de Pícaro. A su alrededor las batallas aéreas causaban estragos y los restos y la magia pasaban volando.

Mitchell tenía la cara llena de ceniza y tierra.

—¡Asegurarme de que no te declaren nómada!

—Pero ¡si ibas a la cabeza! —gritó Skandar sin dar crédito. Sabía lo importante que era para él impresionar a su padre—. Conmigo irás más lento, ¡vamos, vete sin mí!

Nada de eso.

Mitchell le arrebató las riendas de Pícaro y las pasó por encima del cuerno del unicornio negro. Pícaro dio un chillido en medio de la confusión batiendo las alas furiosamente.

—Yo me preocupo por ti y tú te preocupas por mí, ¿recuerdas? Además, Roja jamás me lo perdonaría si perdiera a Pícaro.

Skandar no podía ni imaginarse cuánto le había costado a Mitchell, que siempre se ceñía al plan y le encantaban las reglas y le gustaba hacerlo todo en el orden correcto, dar media vuelta y recorrer volando la pista en dirección contraria.

—Ya los tengo —dijo Mitchell sujetando las riendas de su amigo—. No intentes hacer magia... Yo los protejo. Limítate a seguir a Roja ¡y a volar lo más rápido que puedas!

Roja relinchó de forma apremiante a su amigo y Pícaro bramó en respuesta. Skandar no sabía qué se habían dicho, pero su unicornio por fin empezó a avanzar volando con rapidez. Esquivaron el peñasco volador de Zac, bajaron en picada para sortear la ráfaga de fuego de Niamh, sobrevolaron unas espirales eléctricas que se retorcían en el aire y siguieron adelante. Roja y Pícaro chillaron a la vez tras superar la marca flotante del último kilómetro: sabían que la meta estaba a la vista.

Justo cuando Mitchell disparaba múltiples bolas de llamas a Kobi y Príncipe de Hielo, la sombra de un unicornio encapotó el cielo por encima de sus cabezas.

—¡Mitchell! —gritó Skandar entre el batir de alas de sus unicornios.

—¡Me agarras un poco ocupado! —gritó éste mientras lanzaba una última ráfaga a Príncipe de Hielo.

El escudo de agua de Kobi rieló, tembló y luego desapareció chorreando del cielo, dejando vía libre a Roja y Pícaro para que avanzaran.

—¡Más me vale mutar después de esto! —gritó Mitchell a Skandar —. ¿Qué me estabas di...? —Pero la pregunta de Mitchell se quedó incompleta cuando también él vio al unicornio más poderoso del mundo descender en picada hacia el estadio.

Escarcha de la Nueva Era.

—¡No veo a dónde fue! —gritó Skandar horrorizado.

El aire estaba tan cargado de humo y de restos que el unicornio gris había desaparecido por completo.

El público prorrumpió en vítores cuando los cascarones empezaron a cruzar la línea de llegada.

—¡Tenemos que aterrizar! —gritó Mitchell cuando el estadio apareció ante ellos.

Descendieron en picada sobre un mar de rostros vueltos hacia arriba, con los cuernos de Pícaro y Roja apuntando a la arena. Pícaro gruñó cuando sus cascos tocaron tierra, a pocos metros de la línea de llegada. Mitchell le lanzó a Skandar las riendas de Pícaro y los dos chicos espolearon a sus unicornios con todas sus fuerzas para que recorrieran el tramo final de la pista. La multitud los aclamó cuando primero Mitchell y luego Skandar pasaron al galope bajo el arco. Éste no tenía ni idea de si había acabado entre los cinco últimos o no. Nadie gritaba, no percibían ninguna señal de pánico. ¿Se habían imaginado a Escarcha de la Nueva Era?

Pero entonces Skandar vio a Flo.

Se bajó de un salto de Pícaro, se deshizo del casco y, agachándose al otro lado de la línea de llegada, corrió hacia Flo, que intentaba hacerse oír en medio de los vítores de la multitud ajena a todo. Skandar tuvo la sensación de que ya había vivido aquello antes. Estaba de nuevo en Margate, viendo la Copa del Caos, y su padre decía «Pasa algo», el humo se disipaba, la oscuridad desaparecía... La sensación de que nada volvería a ser lo mismo.

El tiempo volaba, se ralentizaba, se detenía mientras oía los sollozos de Flo.

—¡El Tejedor! —Las lágrimas le rodaron por las mejillas—. ¡El Tejedor se llevó a Puñal de Plata!

Skandar se arrodilló junto a ella y deseó estar paseando sobre las líneas de falla otra vez, deseó que Flo estuviera simplemente fingiendo. Pero el terror en sus ojos no dejaba lugar a dudas. Ahora estaba muy claro por qué habían atacado el Nidal. El Tejedor no buscaba un unicornio cualquiera, buscaba uno plateado.

Bobby y Mitchell llegaron hasta ellos y se arrancaron los cascos, y los cuatro jinetes se agacharon en un corrillo olvidando sus disputas previas. Mitchell empezó a susurrarles un plan, decidido a conseguir la ayuda de los monitores, los centinelas o incluso de su padre si hacía falta. Pero Skandar sabía que no había tiempo. La forma más rápida de encontrar a Puñal era mediante el elemento espíritu, y eso significaba que nadie más podía participar.

Skandar se montó en Pícaro y Flo se encaramó a él como pudo para sentarse delante. La palma de Skandar resplandeció dentro del bolsillo con toda la potencia del elemento espíritu y el vínculo de Flo —de un reluciente verde oscuro característico del elemento tierra— brilló desde su corazón como un reflector. En medio de las ovaciones de la multitud, los unicornios exhaustos pululaban por la pista, los sanadores atendían a los heridos y los jinetes se abrazaban. Así que cuando el cuarteto salió en estampida del recinto de los jinetes nadie se fijó en ellos.

Recorrieron al galope los confines de Cuatropuntos, con miedo a volar por si así los avistaban desde abajo. Los cascos de sus unicornios patearon con gran estruendo calles, senderos y después el suelo del bosque hasta llegar al confín más remoto de la Tierra Salvaje. Los brazos de Skandar rodeaban con fuerza la cintura de Flo y el frío de su cota de malla rozaba la mutación del chico mientras Pícaro avanzaba con estrépito. No hablaron de lo que supondría que el Tejedor se vinculara con un unicornio plateado. No hacía falta.

Concentrado en seguir el vínculo de Flo, Skandar apenas se percató de lo distinta que era la Tierra Salvaje. Si Cuatropuntos y el Nidal eran exuberantes y saludables, la Tierra Salvaje era árida y yerma. Grupos de árboles sin hojas salpicaban una llanura abrasada por la magia elemental. El suelo estaba agrietado y polvoriento, con poco más que una brizna de pasto a la vista. A Skandar le recordaba a las imágenes que había visto de la extinción de los dinosaurios; tal vez algunos de los unicornios salvajes fueran igual de viejos.

—¿Falta mucho? —La voz de Bobby sonó ahogada.

Al principio Skandar pensó que simplemente estaba tiritando. El viento era glacial y ni siquiera las plumas de los brazos de Bobby lo repelían. Pero entonces Skandar la miró de reojo. Iba doblada sobre el lomo de Halcón, con una mano en el pecho y un ruido estentóreo en la garganta mientras se afanaba por tomar aire.

Skandar agarró una de las riendas de Halcón para que aminorara el paso.

—¿Por qué nos paramos? —quiso saber Flo.

—¡¿Qué pasa?! —gritó Mitchell.

Y Roja relinchó cuando la frenó en seco.

Skandar no les hizo caso y guio a Pícaro para que diera la vuelta y quedara ala con ala con Halcón.

—Respira, Bobby —le ordenó—. Respira y se te pasará. Concéntrate en Halcón. Concéntrate en el vínculo.

La respiración de Bobby resonó en el silencio de la Tierra Salvaje. Halcón volteó la cabeza gris y miró fijamente a su jinete dedicándole unos ruiditos graves y sordos para tranquilizarla.

—Te necesitamos, Bobby. Puedes hacerlo —la animó Skandar.

Cada una de esas palabras era cierta. Si querían tener alguna posibilidad de recuperar a Puñal de Plata, debían luchar juntos.

—¿Qué le pasa? ¿Está...?

Skandar negó con la cabeza hacia Flo. Mitchell, por una vez, se quedó callado.

La respiración de Bobby se transformó en un silbido y la jinete al fin logró erguirse. Con el fleco pegado a la frente por el sudor, fue tomando largas bocanadas de aire hasta calmarse.

—¿Estás bien? —comprobó Skandar—. ¿Puedes seguir?

Bobby asintió temblando un poco.

—Ni los unicornios salvajes pudieron detenerme.

Justo en ese momento un chillido muy agudo se abrió paso por la llanura.

—¡Es Puñal! —gritó Flo—. ¡Vamos!

Pícaro, Halcón y Roja también parecieron reconocer el chillido del unicornio y empezaron a responderle.

Los gritos de Puñal provenían de una pequeña colina que había más adelante. No era más que tierra seca y polvo, ni rastro de pasto, aunque un grupo de árboles desnudos coronaba la cima. Y el vínculo de Flo llegaba brillando hasta ella.

—¿Skandar? —preguntó Mitchell—. ¿Ése es el lugar? Y ahora, ¿cuál es el plan? ¿Cómo vamos a...?

—Mitchell, ¡no hay tiempo! —saltó Bobby con la voz un poco ronca—. Entramos. Tomamos a Puñal de Plata. Nos vamos. Y ya. ¡Ése es el plan!

Skandar tuvo que darle la razón a Bobby, porque aunque también hubiera preferido tener algún tipo de plan, por mucho que quisiera, no se le ocurría ninguno. Las ideas le daban vueltas y más vueltas en la cabeza: se enfrentaba cara a cara con el Tejedor; el Tejedor atacaba el Continente con un unicornio plateado; Kenna gritaba, su padre corría. Erika Everhart. ¿Y si era cierto? No sabía decir qué le daba más miedo.

Otro chillido resonó a través de la Tierra Salvaje.

—¡Vamos! —gritó Flo.

Y, como si comprendiera su desesperación, Pícaro galopó hasta la cima de la colina, con Roja y Halcón detrás, abriéndose paso entre los árboles.

Lo primero que vio Skandar fue a Puñal de Plata, el vínculo verde brillante que iba desde su pecho hasta el de su amiga. El unicornio llamaba la atención en cualquier parte, pero aún más entre aquella maleza anodina. Unas gruesas enredaderas le ceñían el estómago, el cuello y hasta la cabeza, y lo amarraban entre dos árboles. Parecía pálido y somnoliento en comparación con su habitual carácter enérgico. ¿Era ya tarde?

En ese instante los ojos oscuros de Puñal se fijaron en Flo y el unicornio se volvió loco, bramando, gritando y dando tirones de sus ataduras. La jinete se lanzó al suelo desde el lomo de Pícaro y salió disparada hacia él, con su pelo negro y plateado flotando al viento. Pero antes de que pudiera llegar hasta Puñal, antes de que siquiera pudiera tender la mano para tocarlo, los árboles se convirtieron en un hervidero de unicornios salvajes. Unicornios salvajes y jinetes.

—¡Flo! —Skandar, Mitchell y Bobby gritaron a la vez cuando uno de los desconocidos se bajó de su montura, agarró a su amiga por la cintura y la alejó a rastras de su unicornio.

Skandar trató desesperadamente de pensar en un modo de ayudarla, pero su mente no dejaba de hacer cortocircuito, como solía hacer en el colegio cuando era incapaz de pensar en algo que responder. Miró de un lado a otro entre los árboles. Acarició el cuello de Pícaro para intentar tranquilizarlo, para intentar pensar, pero los unicornios salvajes los cercaban cada vez más y el fuerte hedor nauseabundo de su carne pútrida impregnaba el aire.

Mitchell estudiaba los rostros; era evidente que buscaba a su primo entre ellos. Cuando Skandar empezó a hacer lo mismo, reconoció a uno de los jinetes, a pesar de la franja blanca que le ocultaba los rasgos.

—¡Joby! ¡Monitor Worsham, soy yo! —gritó mientras las criaturas en descomposición se movían para tapar todos los huecos que quedaban entre los árboles.

Joby llevaba casi todo el pelo fuera de la coleta y le caía largo y lacio por la cara. El símbolo del panfleto, la puerta del Criadero agrietada, aparecía garabateado en la manga de su chamarra. Sus ojos echaron un vistazo rápido al muchacho; eran de un azul intenso que contrastaba con la mancha blanca de la pintura de la cara, pero en ellos no había ningún calor.

—¿Cómo pudiste hacer esto? —gimió Flo mientras dos de los jinetes le jalaban los brazos para intentar acallarla—. ¿Por qué ibas a querer ayudar al Tejedor a llevarse a Puñal cuando sabes lo que se siente al perder un unicornio? ¿Cómo pudiste hacer tanto daño a otra persona... a mí? —La última palabra se le atragantó.

—Ya no siento ningún dolor. Ahora tengo un unicornio —respondió Joby con frialdad; nada quedaba ya del Joby de siempre—. Un nuevo vínculo. Un socio más potente.

El unicornio salvaje en el que iba montado bufó y de su nariz salió despedida una viscosa baba verde. Al parpadear con un enorme ojo inyectado en sangre, Skandar se fijó en que una costilla le sobresalía de un costado y tenía gusanos hurgándole en la piel ensangrentada.

—¡Ayúdanos, por favor! —exclamó Skandar—. Si el Tejedor tiene un unicornio plateado, ¡ninguno de nosotros, ni isleños ni continentales, ninguno podrá hacer nada!

Pero parecía que Joby no escuchaba. Contemplaba con adoración al unicornio salvaje sobre el que iba montado, como si fuese la criatura más valiosa del mundo entero. Y Skandar supo con certeza que Joby jamás los ayudaría. Estaban solos.

El muchacho estaba tan ocupado perdiendo los estribos que tardó un instante en reconocer a Escarcha de la Nueva Era, que acababa de unirse al círculo de unicornios salvajes.

—¡Bienvenido, diestro en espíritu! —bramó una voz áspera.

El Tejedor, envuelto en un manto negro, levantó un dedo largo y huesudo que apuntó directamente al corazón de Skandar.

21

El Tejedor

—¿Cómo sabes lo que soy? —preguntó Skandar, sorprenden-
temente tranquilo.

—Tu vínculo... te delata.

La voz del Tejedor pareció quebrarse, como las hojas secas
al ser pisadas, cuando las palabras salieron de aquel inquietante rostro oculto por la pintura blanca desde la coronilla
hasta la punta de la barbilla.

—Igual que lo hizo mi soldado del Nidal. —Con un gesto de
su largo brazo, el Tejedor señaló a Joby—. Dijo que ayudarías a
tu amiga y que hoy me llevaría no sólo un unicornio plateado
sino también uno de espíritu.

Se oyeron murmullos de risas procedentes de los jinetes
del círculo.

Al oírlos, Skandar apartó la vista del Tejedor con rabia.
Incapaz de obligarse a mirar de nuevo al monitor, estudió los
demás rostros pintados de blanco. Se preguntó cuál de ellos
sería Claire, la amiga de Jamie; Alfie, el primo de Mitchell; la
sanadora; la dueña de la taberna; la tendera...

—¿Buscas entre mis soldados a alguien a quien podrías
reconocer? Lástima que muchos sean tan débiles. Es difícil
sobrevivir al proceso de tejido. Tejer dos almas siempre es...
arriesgado.

El Tejedor suspiró y, por algún motivo, ese sonido resultó
más perturbador que la voz que lo acompañaba. Como un es-

tertor. ¿Se escondía Simon Fairfax, el padre de Amber, detrás de la pintura?

—Aunque cada vez me sale mejor. Te lo enseñaré.

El Tejedor se dirigió hacia los árboles, que susurraron a medida que más y más unicornios salvajes se unían al círculo, cada uno con su correspondiente jinete manchado de blanco. Los unicornios salvajes apestaban a pescado podrido, a pan enmohecido, a muerte. Su respiración borboteaba como si sus pulmones estuvieran encharcados de agua... o de sangre.

—Qué providencial que traigas al resto de tu cuarteto, diestro en espíritu. Una diestra en aire... —Bobby gruñó en un tono tan bajo que podría haber sido Halcón— y también un diestro en fuego. Así, junto con Puñal de Plata y Escarcha de la Nueva Era, ya tengo un juego completo de elementos.

—¡Ni se te ocurra acercarte a ellos, Erika! —A Mitchell le tembló la voz, pero consiguió pronunciar las palabras.

Skandar quiso callarle la boca. No era su madre, era...

El Tejedor arqueó su largo cuello al tiempo que sus dos párpados, cubiertos de pintura blanca reseca, pestañearon dos veces ante Mitchell.

—Hacía muchísimo tiempo que nadie me llamaba así.

«No, por favor, no. Por favor, que no sea cierto.»

Skandar deseó más que nada en el mundo no haber oído aquellas palabras, poder volver a creer que su madre era alguien amable, alguien de quien podía estar orgulloso. Sintió que la bufanda que llevaba puesta, que llevaba puesta para devolvérsela a ella, de repente lo asfixiaba.

Por un momento fugaz recordó el contenido de la caja de zapatos que guardaban en casa. ¿Cómo era posible que la persona a la que su padre había amado, que le había dejado un marcapáginas, un pasador para el pelo y un llavero del vivero, también fuera esa ladrona, esa asesina? Erika Everhart había asesinado a veinticuatro unicornios antes de llegar al Continente, antes incluso de convertirse en su madre. A Skandar le tembló todo el cuerpo. Cuando las imágenes de una madre cariñosa se esfumaron como el humo que salía del lomo de un unicornio y se vieron reemplazadas por ella, por Erika Everhart... por la Tejedora, lo único que impidió que su corazón estallara en pedazos fue el vínculo, del que Pícaro jalaba con fuerza.

Mitchell habló de nuevo:

—Entréganos a Puñal de Plata y a Flo, o le diremos a todo el mundo quién eres. Déjanos marchar y nosotros te dejaremos en paz.

La risa ronca de la Tejedora interrumpió la flagrante mentira.

—¿De verdad crees que dejaré que se vayan? ¿Después de haberme amenazado? ¿Después de decirme que conoces mi nombre de pila? Tejeré las almas de sus unicornios con la mía, pero ustedes cuatro no vivirán para contarlo. —La pintura de la boca de la Tejedora se agrietó al retorcer los labios para sonreír—. Imaginen todas las almas desesperadas que ahora puedo tejer a unicornios salvajes. Son muchos quienes desean unirse a un unicornio, pero la puerta del Criadero sigue cruelmente cerrada para ellos. Ni uno solo de los soldados que ven aquí vino a mí contra su voluntad. No los capturé, vinieron a mí por su propio pie. Y ahora, con el poder de un unicornio plateado, mi leal ejército crecerá mucho más de lo que siempre soñé.

Los soldados de la Tejedora la acompañaron en sus gritos de entusiasmo y, al ver sus miradas y expresiones vacías, Skandar se preguntó si tenían otra opción que no fuera seguir luchando de su lado.

—¡Eso es, eso es! —musitó la Tejedora—. Derribaremos hasta el último centinela. Ahora mismo las defensas de la Isla están como poco débiles, llevo meses poniéndolas a prueba. El Continente será mío. La Isla será mía. Nada me detendrá.

—Por favor. —La voz de Skandar era poco más que un susurro—. No eres tú... no puede ser.

Las emociones se estrellaban contra él como ataques con olas, pero se aferraba a una única idea, una luz brillante llena de esperanza. Erika había grabado su nombre en el árbol de Luna de Sangre después de marcharse del Continente. Aquello tenía que significar algo. Lo único que pasaba era que su madre aún no lo había reconocido, y era normal, la última vez que lo había visto él no era más que un bebé. Pero si le decía quién era, tal vez la convencería. Tal vez él pudiera hacerle ver que no tenía por qué ser la Tejedora. Podía ser simplemente Erika Everhart. Podía ser simplemente su madre.

De forma casi involuntaria, Skandar empujó a Pícaro hacia Escarcha de la Nueva Era. Pícaro luchó contra el peligro, bufando y enseñando los dientes, extendiendo las alas de golpe para parecer lo más grande posible frente a la gigantesca sombra del unicornio gris.

—Tienes que detener esto —dijo Skandar con voz entrecortada—. Mírame, por favor —suplicó—. ¿No ves quién soy? ¿No me reconoces?

—Eres un diestro en espíritu recién salido del Criadero. Y no te necesito.

Skandar notó que los unicornios salvajes iban acorralándolos poco a poco: las viejas rodillas de huesos astillados y las pezuñas putrefactas golpeaban el duro suelo.

—Joby no te ha dicho mi nombre, ¿verdad? —Skandar le lanzó una mirada a su antiguo monitor—. No pensó que fuera importante. No lo sabía.

—¿Qué me importa a mí tu nombre? —repuso la Tejedora con voz áspera—. Dentro de unos minutos estarás muerto y tu nombre será insignificante.

Skandar notó las lágrimas de desesperación resbalándole por la cara. Las dejó caer. Si ella comprendiera quién era él, ¿no pararía? Si el agujero en el corazón de su madre fuera al menos igual de grande que el que ella había dejado en el suyo, eso seguro que cambiaría las cosas.

Respiró hondo. El día de la Copa del Caos de hacía casi un año su padre le había contado una historia. La historia de una promesa hecha a un bebé, sellada con una suavísima caricia en la palma de la mano.

—Soy yo, mamá. —A Skandar le tembló la voz—. Mira. —Con un gesto señaló a Pícaro—. Me prometiste un unicornio... y aquí lo tienes. Me convertí en jinete, tal como tú querías.

La Tejedora pestañeó y la pintura blanca de sus párpados exageró el movimiento.

Skandar apenas podía hablar por las lágrimas, pero logró pronunciar seis palabras más.

—Me llamo Skandar Smith. —Se desenrolló del cuello la bufanda negra y se la tendió por encima del ala de Pícaro—. Y soy...

—Mi hijo —dijo Erika Everhart, y la luz del reconocimiento por fin se encendió en sus ojos embrujados.

Silencio. Incluso los unicornios se quedaron quietos.

—¿De verdad han pasado trece años? ¿Cómo... Cómo has...? Aaah. —Al caer en cuenta, aquel sonido le abrió la boca como un bostezo—. A-ga-tha —pronunció muy despacio cada sílaba del nombre de la Esbirra, deleitándose, como si las paladeara—. Mi hermanita. —Erika tendió la mano hacia la de Skandar y le arrebató la bufanda negra con avidez—. Debí habérmelo imaginado. Me regaló esta bufanda justo antes de entrar en el Criadero.

—¿Hermanita? —Skandar pestañeó entre sus silenciosas lágrimas—. ¿Agatha es tu hermana? ¿La Esbirra?

Recordó que su padre había visto algo familiar en Agatha, casi como si la hubiera reconocido. Y a Agatha suplicándole: «Por favor, no mates al Tejedor».

—¿Tu hermana... mi tía... me trajo a la Isla?

—Igual que a mí me llevó al Continente. —Los ojos de Erika mostraron una expresión ausente mientras, con ternura, se colocaba la bufanda alrededor del largo cuello—. Después de que Luna de Sangre... después de que los veinticuatro... tuve que esconderme. Tuve que huir. Cuando toqué fondo en el Continente, le escribí... antes. Le pedí que se asegurara de que mis hijos llegaran a ser jinetes. Debí habérmelo imaginado. Agatha Everhart siempre cumple sus promesas. Debí habérselo impedido. ¿Agatha también trajo a Kenna? —Erika miró detrás de Skandar, como si su hija pudiera estar allí de pie.

Algo de aquello hizo que el muchacho se enfureciera con ella. ¿No se alegraba de verlo? Daba la impresión de que la bufanda le importaba más que él, de que le importaba más dónde estaba Kenna que el hecho de que él estuviera allí delante de ella. De repente todo eran preguntas.

—Pero ¿por qué no volviste tú por nosotros? ¿Por qué Agatha y no tú? ¿Y qué pasa con papá? Nos abandonaste; ¡me abandonaste! ¿Por qué? ¿Por qué lo hiciste? —La voz se le quebró en la última palabra.

—La Isla me reclamaba. Había cosas que tenía que hacer. Planes que tenía que poner en marcha.

Con un gesto Erika señaló a los soldados.

—¿Qué? —estalló Skandar—. ¿Y eso era más importante que yo? ¿Más importante que Kenna y que papá?

—Eres un niño. Todavía no entiendes estas cosas. Pero las entenderás.

El chico negó con violencia con la cabeza. Estaba tan enojado que se había olvidado por completo del temor que le infundía la jinete de Escarcha de la Nueva Era. Se había pasado toda la vida extrañando a su madre, toda su infancia deseando que resucitara. Y ahora que la tenía delante parecía que él no le importaba lo más mínimo. Ni siquiera daba la impresión de que se arrepintiera.

—Tú tienes la culpa de que Kenna no esté aquí —le espetó Skandar tratando de provocarla—. Los diestros en espíritu tienen prohibido hasta intentar abrir la puerta del Criadero, y apuesto a que Kenna también lo es. Por tu culpa jamás criará al unicornio que tenía predestinado para ella. ¡Jamás podrá venir a casa!

—Hijo mío. —Erika Everhart abrió los brazos de par en par—. Hablas de unicornios predestinados, pero el destino no debería intervenir en si una persona llega o no a ser jinete de unicornios. Mira a mis soldados. Les he dado unicornios porque lo deseaban, no porque hayan abierto una vieja y pesada puerta. Cuando volemos hasta el Continente, le tejeré a tu hermana un vínculo con el unicornio salvaje que ella elija. Fairfax escogió su nuevo unicornio, ¿verdad? —Erika señaló con la cabeza a uno de los jinetes de unicornios salvajes. Simon Fairfax tenía los ojos de su hija—. Eres sangre de mi sangre, mi familia, mi hijo. Únete a mí, Skandar. Juntos podemos prometerle un unicornio a todo el mundo, y maldito sea el destino.

Por una milésima de segundo, Skandar se lo planteó. La deslumbrante idea surtió efecto: encontrar su sitio junto a su madre; ofrecer a Kenna el unicornio que deseaba con toda el alma; averiguar quién era él de verdad; volver a encajar la pieza que faltaba en el rompecabezas de su corazón, tejer a su familia para unirla y que de nuevo estuviera completa.

—Únete a mí —lo apremió Erika Everhart—. Como hijo mío me serás fiel y me ayudarás a formar mi ejército. Emplearás el elemento espíritu junto a mí. Vincularemos a los continentales con unicornios salvajes, a tu hermana también, y a tu padre. Nada podrá detenernos. Nuestro ejército de parias se plegará a nuestra voluntad. Dominaremos el Nidal, la Isla, el Continente. Sí. Juntos seremos más fuertes. Ahora lo veo claro.

Pero Skandar vio otra cosa. Vio la Isla arrasada, el Criadero a oscuras y vacío, su enorme puerta rajada en dos. Vio el sufrimiento de los unicornios salvajes grabado en rostros humanos: la mortalidad y la inmortalidad entretejidas para vivir en una desoladora discordia. Vio a Kenna y a su padre rodeados de muerte y destrucción. Se vio a sí mismo con todo el poder del mundo, y aquello le dio escalofríos. La imagen radiante de su familia reunida, todos viviendo juntos en la Isla, se hizo pedazos.

Y la verdad de todo aquello se desplegó ante él como si en lo más profundo de su ser siempre lo hubiera sabido. Se había pasado la vida entera deseando tener una madre que le dijera quién era. Pero ahora que la tenía delante pidiéndole que tomara esa decisión, se dio cuenta de que no le hacía ninguna falta. Skandar sabía perfectamente quién era. Era valiente. Leal. Buena persona. No le gustaba lastimar a la gente. A veces tenía miedo, pero eso lo hacía más atrevido. Era diestro en espíritu, pero también era el Skandar Smith de Margate, el que quería a su hermana y a su padre, aunque a veces querer a su padre no fuera fácil. No necesitaba saber si Agatha lo había llevado a la Isla para hacer el bien o el mal, porque podía elegir el bien. Era una persona de bien. Jamás se uniría a la Tejedora... aunque hubiera resultado ser su madre.

La Tejedora ordenó a Escarcha de la Nueva Era que se acercara a Pícaro y Skandar se fijó en que el cuerpo de su madre, por cómo se movía, como si fuera vapor bajo su manto negro, no parecía del todo humano. Sus ávidos ojos oscuros lo contemplaban absortos. Al chico le recordaron al unicornio salvaje que había visto su primer día en la Isla: la enorme tristeza reflejada en ellos, como si buscara dentro de sí algo que hubiera perdido.

—Siento que Equinoccio de la Luna de Sangre muriera, de verdad lo siento. —Skandar habló con ternura—. No puedo imaginarme el dolor. Pero ¡fue un accidente! Y llevas desde entonces castigando a esta Isla por esa tragedia.

—La muerte de Luna de Sangre no fue un accidente.

—Jamás podrás reemplazarla —insistió Skandar—. Por muchos unicornios vinculados que robes. Por muchos unicornios salvajes que encadenes a personas que anhelan ser jinetes. Por muy poderosa que llegues a ser. La verdad es, Erika, que jamás podrás recuperar a Luna de Sangre. No puedes. Y tu unicornio hembra jamás habría querido para ti esta vida. Se habría sentido muy decepcionada... tanto como yo.

—No sabes lo que dices —masculló la Tejedora—. El Nidal, el Consejo, el Círculo de Plata... te han lavado el cerebro. Fíjate la rapidez con la que reclutaron a mi hermana como Esbirra para que se pusiera en contra de los diestros en espíritu, para que los apartara del Criadero igual que a todos a quienes consideran indignos de un unicornio. Quieren vetarnos el acceso al Criadero a todos, a todos los que no tenemos un vínculo perfecto. Mis soldados son la prueba de que las cosas no tienen por qué ser así.

—Tus soldados sólo obedecen tus órdenes.

Skandar lo había adivinado en cuanto se había detenido a mirar el rostro de Joby. Tal vez su monitor había deseado un unicornio más de lo que él deseaba hacer las cosas bien, pero jamás habría entregado a Puñal de Plata a la Tejedora. No si no hubiera otras cosas en juego.

—Cuando los tejes, también los atas a ti, ¿verdad? Quieren lo que tú quieras. Te obedecen sin dudarlo.

—Son felices. Tienen los unicornios que les prometí. Y yo estoy aquí para liderarlos y para emplear el elemento espíritu libremente. ¿No es eso lo que tú también buscas, Skandar? ¿La libertad?

Él negó con la cabeza.

—¡Lo que tú tienes no es libertad! Lo único que te importa es el poder y la venganza. Pero has olvidado que hay cosas más importantes. Jamás me uniré a ti.

Una luz se apagó en los ojos de la Tejedora. El cambio en ella fue imperceptible, repentino... y mortífero. Por primera vez desde que le había revelado su identidad, Skandar sintió miedo de ella.

—Estás cometiendo un error —le espetó—. No hay nada más importante que el poder. ¡Nada! Pero no puedo perder el tiempo intentando hacer que lo comprendas. ¡Todavía no eres digno de cabalgar a mi lado!

—¡Jamás cabalgaré a tu lado! —repuso Skandar, medio gritando y medio llorando.

La Tejedora levantó un dedo alargado.

—¡Capturen a los unicornios! ¡Los quiero vivos! —exclamó gritando.

El caos. Los jinetes de la franja blanca empezaron a acorralar a Pícaro, Halcón y Roja. Bobby gritó encolerizada y al lado de Puñal de Plata un rayo impactó en un árbol que explotó y despidió astillas por todas partes. Mitchell lanzó bolas de fuego a la Tejedora y a Escarcha de la Nueva Era mientras se escabullían tras un parapeto de unicornios salvajes. Skandar vio un destello negro y plateado cuando Flo se las ingenió para zafarse del soldado que la sujetaba y, de un salto, se montó en Puñal de Plata. Con la palma resplandeciendo de rojo, hizo arder las enredaderas que sujetaban al unicornio plateado, que bramó victorioso.

—¡Seguimos rodeados!

Skandar oyó que Bobby gritaba por encima de los alaridos de los unicornios salvajes mientras Flo se reunía con Halcón, Roja y Pícaro en medio de los árboles.

—No pueden atacar —les advirtió Mitchell—. No pueden arriesgarse a matarnos aún... No si ella quiere nuestros unicornios.

Pero Skandar apenas lo oía. Su palma resplandecía de blanco por el elemento espíritu y miraba, concentradísimo, a los unicornios salvajes y a sus jinetes. Veía los cordones blancos que los unían, pero eran distintos de los vínculos de sus amigos. No parecían tan perfectos ni tan estables. Daba la impresión de que podían deshilacharse en cualquier momento.

Agatha tenía razón: sólo un diestro en espíritu podía detener el plan de la Tejedora.

Pese a las lágrimas que seguían rodándole por la cara, de algún modo Skandar lo vio todo con claridad. Tenía que proteger a sus amigos. Tenía que proteger a su unicornio.

—¡¿Pueden disparar magia elemental a los unicornios salvajes?! —gritó Skandar a su cuarteto—. No apunten a ellos. Sólo necesito distraer su atención. Creo que Pícaro y yo podemos hacer algo.

Sus amigos asintieron, primero a él y luego entre ellos, con las palmas encendidas por la magia del fuego, el aire y la tierra. Los ataques con elementos se mezclaron con las embestidas de los unicornios salvajes y el aire no tardó en impregnarse del hedor.

—¿Estás listo para intentarlo? —susurró Skandar a su unicornio mientras permitía que su palma resplandeciera de blanco.

El olor del elemento natural de Skandar le penetró en la nariz: canela y cuero, pero también una acidez como de vinagre. Extendió la mano con la luz blanca, dirigiendo con cuidado sus ramificaciones hacia el cordón brillante que unía al unicornio salvaje y al jinete que tenía más cerca. En cuanto la luz envolvió aquel vínculo inestable, los dedos de Skandar se mecieron en el aire como si tocara un instrumento invisible. Y cuando el vínculo se enganchó, movió la muñeca de un lado a otro como si dibujara. Pícaro siguió quieto, concentrado igual que su jinete, mientras atraían uno a uno los falsos vínculos y los deshacían. Skandar nunca se había sentido tan conectado con su unicornio; nunca habían trabajado juntos tan a la par, con su magia en total armonía.

Sentía que deshacer los vínculos era lo correcto, lo natural, y percibía que Pícaro lo entendía. Las conexiones tejidas no opusieron resistencia, casi como si los vínculos supieran que jamás deberían haber sido creados. Uno a uno los unicornios salvajes fueron serenándose y desplomándose en el suelo. Sus jinetes parpadearon sorprendidos, levantando la vista como si despertaran de un sueño largo e intermitente.

—¡¿Qué les pasa?! —gritó la Tejedora mientras veía que un unicornio salvaje tras otro iba cayendo a su alrededor—. ¡Levántense! —vociferó a sus soldados—. ¡Levántense, se los ordeno!

Y sus ojos fueron a posarse en Skandar, que acababa de deshacer el último vínculo, el de Joby y su unicornio salvaje. Los dos cayeron al suelo, vivos pero inmóviles.

—¡Diestro en espíritu! —exclamó la Tejedora.

Y con la potencia adulta plenamente desarrollada de Escarcha de la Nueva Era partió a todo galope hacia Suerte del Pícaro.

Skandar se quedó paralizado. De repente lo único en lo que podía pensar era en que no tenía escapatoria. La Tejedora iba por Pícaro, la Tejedora destruiría su vínculo y era su madre quien iba a hacerles aquello, no había nada peor en el mundo. Él era demasiado lento, ella era demasiado rápida.

Pero en ese instante Puñal de Plata se encabritó entre Pícaro y Escarcha. Piafó en el aire con las pezuñas y de ellas salieron despedidas rocas en llamas, lo que obligó a Escarcha a retroceder.

—¡Cómo te atreves a arrebatarme a Puñal de Plata! —Flo parecía una auténtica jinete intrépida del Caos; la autoridad de su voz resonó como una campana del Nidal.

Sorprendida, la Tejedora se agazapó, pegándose al cuello de Escarcha de la Nueva Era en el momento en que una roca le pasó rozando la mejilla.

Los ojos rojos de Puñal de Plata centellearon y el unicornio bramó y escupió fuego hacia el cielo. Por primera vez, Skandar comprendió realmente el poder que tenían los unicornios plateados, la aterradora combinación de majestuosidad y fuerza. En ese momento, con otro grito de ira, la palma de Flo resplandeció de un intenso verde y conjuró un escudo de grueso cristal entre Escarcha y el resto de su cuarteto.

—¡Skar! —gritó Flo con el brazo temblándole por el esfuerzo—. ¡Vamos! No sé cuánto tiempo más podré mantener esto... ¿Su vínculo...? ¿Puedes romperlo?

—¡Vuelve aquí! —le gritó Skandar mientras la Tejedora disparaba llamas al escudo—. Es peligroso. ¿Y si le da a Puñal?

—De verdad, Flo, ¡vaya momento para volverte intrépida, caray! —gritó Bobby.

—Es un plateado, ¿recuerdas? —respondió ella con la palma en plena efervescencia de magia de la tierra—. La Tejedora no puede matarlo con el espíritu.

—¡No! —vociferó Skandar—. Pero ¡puede usar los demás elementos para matarte a ti!

Crac. Una grieta recorrió la superficie del escudo de cristal de Flo.

—No quiero apresurarlos. —A Mitchell le temblaba la voz—. Pero ese escudo no va a resistir para siempre...

—¡Vamos, vamos, Skandar! —ordenó Bobby propinándole un golpecito en la rodilla con las riendas.

Skandar reaccionó y se puso manos a la obra. Penetró con el elemento espíritu a través de las grietas del escudo de Flo buscando a tientas el vínculo entre la Tejedora y Escarcha de la Nueva Era. Al principio no lo había visto: era muy fino y estaba tejido de mala manera alrededor de otro vínculo azul brillante, así que Skandar pensó que sería fácil.

—¡Aaah!

Skandar sintió un doloroso desgarro cerca del corazón. No podía ver el vínculo que lo unía con Pícaro, pero sí notaba que la Tejedora intentaba separarlos.

Suerte del Pícaro chilló desconcertado y asustado. Luego se encabritó, alto y despacio, dando coces en dirección a Escarcha de la Nueva Era. El unicornio negro bramó con un sonido que Skandar jamás le había oído, similar al grito de un unicornio salvaje. Y a través del escudo cada vez más agrietado de Flo, detrás de la figura envuelta de Erika Everhart, Skandar vio que los unicornios salvajes empezaban a levantarse del suelo.

La Tejedora debió de percibir que algo iba mal, porque volteó la cabeza para mirar. La fuerza con la que la magia de su elemento espíritu se aferraba al vínculo de Skandar disminuyó. Los unicornios salvajes rodeaban a Escarcha de la Nueva Era como buitres, con la baba chorreándoles por el hocico y sus fantasmales cuernos transparentes en la penumbra.

—¡Ya no tienes control alguno sobre ellos! —vociferó Skandar a través del escudo—. Creías que eran tus soldados, pero no lo son. Los unicornios salvajes nacen libres, más libres que ninguno de nosotros.

La Tejedora gruñó cuando los unicornios salvajes dieron varios pasos más.

—Intentaste ser más lista que ellos —continuó Skandar, que de algún modo sentía una conexión con los unicornios salvajes, comprendía cuánto habían sufrido con la Tejedora—. Intentaste darles unos jinetes para los que nunca estuvieron predestinados. Y eso jamás habría funcionado. Son inmortales. Mueren para siempre mientras que nosotros morimos en un instante. Conocen la verdad en lo más profundo de su ser... ¡jamás te han pertenecido!

Los unicornios salvajes rugieron a la vez. La palma de la Tejedora resplandeció en azul para defenderse con la magia del agua. Pero Skandar no le permitiría que les hiciera a los unicornios salvajes más daño del que ya les había hecho.

—¡Suelta el escudo! —gritó Skandar a Flo, y el cristal se hizo añicos.

La palma del chico resplandeció en un intenso blanco y lanzó un puñetazo directamente al corazón de la Tejedora. El túnel de luz encerró su vínculo con Escarcha de la Nueva Era dentro de un deslumbrante capullo de magia del espíritu y luego se astilló y se hizo más fino. Pero Skandar no era lo bastante fuerte para romperlo del todo.

Bobby fue la primera en reaccionar. Su magia del aire amarilla se sumó al túnel de espíritu blanco. Luego la inyección verde de magia de la tierra de Flo y la roja del fuego de

Mitchell chocaron con los otros tres filamentos, y sus colores se trenzaron al unirse al blanco de la energía de Skandar, que notó cómo el vínculo de la Tejedora se aflojaba.

—¡Socorro! —gritó Skandar a los unicornios salvajes con la esperanza desesperada de que lo comprendieran.

Con la esperanza de que, si lo comprendían, él y sus amigos saldrían vivos de aquello. Con la esperanza de que su vínculo con Pícaro sobreviviera. Y muy en el fondo también guardaba la remota esperanza de que quizá, sólo quizá, si derrotaba a la Tejedora, su madre ocuparía su lugar.

La tierra tembló y el aire se impregnó de magia cruda: no la refinada magia elemental de los unicornios vinculados, no las típicas ráfagas dispersas de los unicornios salvajes, sino la de los cinco elementos combinados en impulsos de energía primaria, explosiones de color, olores y formas que Skandar jamás había visto. Era el tipo de magia que llevaba existiendo mucho más tiempo del que ningún humano podía imaginar. Bramaron a la vez y su magia se sumó al ataque del cuarteto a la Tejedora.

El vínculo entre la Tejedora y Escarcha de la Nueva Era se rompió. El unicornio gris rugió encolerizado, se encabritó sobre las patas traseras y se deshizo de la Tejedora lanzándola. Los unicornios salvajes empezaron a llamarse entre ellos con sus extraños gritos evocadores e inquietantes mientras Halcón, Roja, Pícaro y Puñal se les sumaban.

Un unicornio salvaje se acercó a Skandar y a Pícaro. Era el más grande de todos, pero por el aspecto de su piel, en avanzado estado de descomposición, y su cuerpo esquelético también era uno de los más ancianos de la colina. Skandar se preguntó cuánto tiempo llevaría vivo, cuánto tiempo llevaría muriéndose. Sus ojos rojos y hundidos se clavaron en los del muchacho y emitió un sonido grave y sordo.

—Gracias —susurró Skandar.

El unicornio salvaje dio media vuelta y se llevó su rebaño dejando atrás a la Tejedora, tirada en el suelo, y a sus antiguos jinetes, escondidos entre los árboles y los arbustos; y juntos bajaron la colina para unirse al resto de los unicornios salvajes que habitaban la Tierra Salvaje.

La Tejedora despertó y se recostó de lado. El manto negro le colgaba del hombro, la pintura blanca de la cara se le había medio borrado. La bufanda negra yacía en el suelo, no muy lejos, como una serpiente muerta. Parecía ajada y exhausta. Debajo de todo aquello, no obstante, Skandar entrevió un rostro que un día pudo parecerse al de Kenna.

Se acercó a ella tímidamente. Atreviéndose a esperar ver algo distinto en sus ojos. Una ganadora de dos Copas del Caos. Una comodoro. Una madre.

—¿Ma... Mamá?

Fueron varias las cosas que ocurrieron a la vez. El aire se llenó de gritos, de llamadas de auxilio, mientras la Tejedora agarraba la bufanda negra y emitía un silbido agudísimo. De entre los árboles y con gran estrépito aparecieron numerosos centinelas montando unicornios. Aspen McGrath iba sentada detrás de uno de ellos, con el pelo rojo ondeándole en la cara.

En medio de toda aquella confusión, Skandar no tuvo tiempo de reaccionar cuando un unicornio salvaje que no había visto hasta entonces apareció con gran revuelo en el bosque y la Tejedora se montó en él de un salto; un hilo brillante conectaba sus corazones. Skandar trató de adivinar el color de su vínculo, pero fue imposible decidirse por uno mientras se extendía entre ellos. La Tejedora se había vinculado con más de un unicornio; podía prescindir incluso de Escarcha de la Nueva Era.

—¡Por ahí! —gritó Aspen mientras se alejaba entre los árboles—. ¡Síganlos! ¡Era el Tejedor!

—¡Está huyendo! —gritó Flo.

Skandar permaneció callado. Se había quedado sin palabras. Sin lágrimas. La rabia, la desilusión y el dolor habían desaparecido. Mientras observaba a la Tejedora alejarse al galope, lo único que sintió fue tristeza.

Algunos centinelas se quedaron para proteger a la comodoro mientras que otros persiguieron a la Tejedora, que se adentraba ya en la Tierra Salvaje. Skandar tenía el presentimiento de que no la atraparían. No esa vez.

—¿Puede alguno de ustedes, jóvenes jinetes, decirme...? —Aspen McGrath se detuvo a mitad de la frase cuando vio a Escarcha de la Nueva Era dirigirse al trote hacia ella.

Se derrumbó en el suelo y se aferró a una de sus patas.

—No puedo creerlo. Eres tú de verdad. Yo... —A Aspen se le quebró la voz entre sollozos.

Volteó la palma hacia arriba. Se la frotó. La cerró en un puño, abrió la mano de nuevo. Una arruga profunda se le dibujó en la frente.

—No lo entiendo. Está aquí, pero mi magia ha desaparecido. Mira, ni siquiera puedo conjurar el elemento agua con el vínculo.

En realidad no estaba dirigiéndose a Skandar, pero de todas formas fue él quien habló porque creía saber la respuesta:

—La Tejedora estaba vinculada con Escarcha de la Nueva Era. Lo único que ella hizo... —Skandar lo iba deduciendo todo conforme hablaba— fue tejer su propio vínculo sobre el tuyo, pero creo que debe de haber afectado a tu magia.

—Pero, entonces, ¿Escarcha ya no está vinculado con la Tejedora?

—No. —Skandar negó con la cabeza—. Yo... nosotros... —señaló a sus amigos con un gesto— de algún modo logramos romper el vínculo.

Aspen los miró a todos uno a uno sin dejar de fruncir el ceño.

—No lo entiendo. Siento el vínculo, pero no puedo... Miren. —Les mostró la palma de nuevo—. Nada. —Suspiró tocándose uno de los hombros mutados en hielo como si aquello pudiera acercarla a su unicornio—. Estamos juntos, eso es lo más importante. Está vivo. —Se sorbió la nariz—. Aunque nuestro vínculo se haya roto.

Skandar sabía lo que tenía que hacer. No podía dejar así a Aspen y a Escarcha de la Nueva Era. No si podía evitarlo, y había comprendido que podía en cuanto Aspen entró en el claro. Su vínculo seguía allí, de corazón a corazón, pese a su aspecto desgastado y frágil. Tenía que ayudarlos, aunque significara perderlo todo.

—Creo que puedo reparar su vínculo —dijo Skandar en voz muy baja.

Oyó que Mitchell inspiraba bruscamente y vio a Flo llevarse la mano a la boca. Sabían lo que estaba haciendo: sabían lo mucho que arriesgaba.

—¿Cómo vas a poder? —Aspen se enojó—. ¿Quién eres tú? ¿Un cascarón? No puedes, claro que no. Básicamente es imposible que lo que cuentas, que rompieron el vínculo del Tejedor, sea cierto. Sólo para verlo habría hecho falta...

—Un diestro en espíritu. —Skandar acabó la frase y se levantó la manga de la chamarra azul para mostrar su mutación.

Aspen dio un paso atrás acercándose a Escarcha de la Nueva Era. Los centinelas se pusieron tensos, listos para atacar.

—¿Cómo? ¿Tú? ¿Cómo lograste siquiera entrar en el Criadero?

—Eso da igual —respondió Skandar con firmeza—. Ahora estamos aquí y podemos ayudarte. Es lo único que importa.

—¿Por qué ibas a arriesgarte así? ¿Por qué querrías ayudarme? —preguntó Aspen recelosa.

—Eso, ¿por qué? —musitó Bobby entre dientes.

—Porque yo no soy la Tejedora. —Skandar sonrió a Aspen con tristeza—. Y ése es el error que has cometido desde el principio con los diestros en espíritu. Crees que todos somos iguales que ella, pero no lo somos. Quiero ayudarte porque es lo correcto. Porque tú y Escarcha de la Nueva Era están hechos el uno para el otro.

—Supongo que querrás algo a cambio —dedujo Aspen con perspicacia, acercándose a Pícaro y cruzando los brazos.

Skandar vaciló. No se le había ocurrido que podría negociar con ella.

—Pues lo primero que quiero —habló lentamente, pensando mucho qué decir— es que liberes a todos los diestros en espíritu.

—No puedo...

—Sí puedes. Puedes porque ahora sabemos quién es la Tejedora.

Aspen frunció el ceño.

—¿Quién?

—Erika Everhart.

—Está muerta.

—No lo está —intervino Mitchell—. Y podemos demostrarlo.

—Los unicornios de espíritu están muertos gracias al Círculo de Plata y a la Esbirra, a quien chantajearon —explicó Skandar, en cuya voz quedó patente el asco que sentía—; pero devuélveles la libertad a los jinetes. Es lo menos que puedes hacer. Aunque tendrás que detener a Simon Fairfax, que anda por ahí. Apuesto a que lleva años colaborando con la Tejedora.

Skandar señaló al padre de Amber, que seguía inconsciente en el suelo.

—No podré liberar a la Esbirra —le advirtió Aspen—. El Círculo de Plata jamás lo consentirá. Hay mucha historia detrás de eso. Y su unicornio de espíritu sigue vivo.

Skandar se quedó en silencio, pero al fin asintió. Aún no sabía muy bien qué pensar de Agatha, pero no estaba dispuesto a arriesgar la libertad del resto de los diestros en espíritu por ella.

—¿Qué más? —preguntó Aspen, y la arruga de la frente se le hizo más profunda.

—Empieza a permitir que los diestros en espíritu accedan al Criadero.

—Nada de eso.

Skandar se había esperado la respuesta, pero pensó que valía la pena intentarlo. Por eso intentó otra cosa.

—Permíteme formarme como diestro en espíritu, y quiero que todo el mundo lo sepa. Si al acabar mi formación nadie ha sufrido ningún daño, permite que los diestros en espíritu intenten abrir la puerta, como antes. Devuelve el elemento espíritu al Nidal.

Aspen suspiró.

—En teoría puedo acceder a eso, pero mi mandato como comodoro está a punto de acabar. ¿Cómo esperas que convenza a los demás?

—Conviértelo en una ley de la Isla. Todavía estás a tiempo. Aún queda una semana para la Copa del Caos. Y nunca se sabe, puede que vuelvas a ganarla.

Skandar vio que Aspen se incomodaba. Sabía que aquello haría que mucha gente se pusiera en su contra. Pero no era asunto suyo. Quería entrenarse con el elemento espíritu.

—Entonces, ¿trato hecho? Los diestros en espíritu quedan libres y a mí se me permite entrenar abiertamente con el elemento espíritu, además de con los otros cuatro.

Aspen asintió a regañadientes.

—Sólo si consigues reparar nuestro vínculo. Si no, no hay trato.

La comodoro se subió a lomos de Escarcha de la Nueva Era y Skandar conjuró el elemento espíritu en la palma de la mano con la misma facilidad con la que respiraba. Concentró su atención en la conexión entre el alma humana y la del unicornio: deshilachada, dañada, pero en lo esencial intacta. La brillante magia del espíritu de Skandar danzó junto al vínculo de color azul apagado, resucitándolo y reparándolo de un extremo a otro. La luz blanca fue brillando cada vez más hasta que la colina entera de la Tejedora se iluminó gracias a ella. Tal vez incluso hubiera sido visible desde el Nidal, como una nueva estrella que nacía para iluminar la Tierra Salvaje, hasta entonces vaciada de color.

El rostro de Aspen McGrath acabó bañado en lágrimas cuando, una vez más, su vínculo resplandeció de un azul intenso y la luz del elemento agua le llenó la palma. Skandar imaginó cómo debía de sentirse: como si estuviera de nuevo en el Criadero, con el vínculo recién forjado en torno a su corazón.

A diferencia de la Tejedora, a Skandar no le había hecho falta ningún truco. No le había hecho falta tejer las almas para reparar el vínculo.

Dos almas predestinadas jamás pueden separarse del todo.

22

Hogar

Skandar, Bobby, Flo y Mitchell declinaron la oferta de Aspen: que un centinela los acompañara hasta el Nidal. En vez de eso, despegaron desde la colina cubierta de árboles y, montando a Pícaro, Halcón, Puñal y Roja, sobrevolaron el terreno resquebrajado de la Tierra Salvaje aliviados por dejarlo atrás cuando el suelo bajo sus pies se volvió verde y exuberante de nuevo.

Aterrizaron en Cuatropuntos para postergar su regreso al Nidal un poco más. Después de todo, Skandar se moría de ganas de ver a su padre y a Kenna, pero también era agradable, aunque fuera sólo unos minutos, no hablar sobre lo que había ocurrido, ni sobre lo que casi había ocurrido, en el bosque de la Tejedora. Todos sabían que al cabo de poco tendrían que dar explicaciones, en cuanto Aspen hubiera averiguado cómo vender como algo positivo la noticia sobre el diestro en espíritu.

Cuando llegaron al estadio desierto, la única señal de que allí se había celebrado la Prueba de los Principiantes era una serie de huellas de cascos en la arena y el pizarrón con los resultados escritos con gis. Skandar ni siquiera se había parado a pensar si lo habrían declarado nómada o no. Hasta ese momento no le había parecido importante; primero había tenido que lidiar con que su madre estuviera viva, con que hubieran capturado a Puñal de Plata y con el enfrentamiento con la Tejedora.

Sin embargo, en ese instante no quería por nada del mundo mirar al pizarrón. No quería que lo declararan nómada ni que destrozaran su insignia, pero lo que menos quería era tener que abandonar su cuarteto. Los miró a la cara mientras levantaban la vista hacia el pizarrón y entornaban los ojos subidos a los unicornios, bajo la luz de la última hora de la tarde. Flo los tenía medio abiertos, parecía que ella tampoco quería mirar al pizarrón. Bobby esbozaba una sonrisa que le jalaba la comisura de los labios. Los ojos de Mitchell, en cambio, se movían de un lado a otro como si estuviera memorizando todos los nombres y los puestos.

Skandar sintió un arrebato de amor por sus amigos, que enseguida se vio superado por el miedo: ambos sentimientos competían por el primer puesto en su pecho. Si tenía que marcharse del Nidal, no sería lo mismo. Ellos habían sido los primeros, los únicos amigos que había tenido, y seguirían con su vida sin él. Al año siguiente aprenderían a conjurar armas, charlarían sobre sus respectivas guaridas, compararían monturas, se reirían de los pedos explosivos que Roja soltara en los momentos más inoportunos y seguirían rechazando los bocadillos de emergencia de Bobby mientras intercambiaban teorías sobre de dónde sacaba el pan.

Habría días difíciles en los que perderían las batallas aéreas, y otros celebrarían sus victorias y abrazarían a Halcón, a Roja o a Puñal. Era probable que se olvidaran por completo de aquel solitario diestro en espíritu que ni siquiera había logrado superar su año como cascarón, aquel que les había causado todos aquellos dolores de cabeza. Skandar sintió una punzada de inquietud procedente de Pícaro: los sentimientos entre ambos fluían ahora con mucha más facilidad; era casi como si pudieran hablar entre ellos a través del vínculo.

Pero no sirvió de mucho. Esa vez no. Skandar bajó la vista a la crin de Pícaro, no quería mirar hacia arriba. No se sentía preparado. No después de todo lo que había ocurrido. Lo que había sucedido en la colina le volvió a la memoria. La Tejedora cabalgando directo hacia él. Erika Everhart tratando de arrancarle el vínculo. La bufanda de su madre en el suelo. No era capaz de asimilar nada más.

—No te preocupes, Skar. Puedes mirar. No pasa nada.

Skandar confiaba en Flo. Así que miró.

Roberta Bruna e Ira del Halcón aparecían arriba de todo, en el primer puesto. Florence Shekoni y Puñal de Plata eran los quintos, ¡debían de haber cruzado la línea justo antes de que la Tejedora se lanzara en picada! Mitchell Henderson y Delicia de la Noche Roja eran los decimosegundos. Y Skandar Smith y Suerte del Pícaro ocupaban un seguro decimotercer puesto. Una explosión de alivio recorrió el cuerpo de Skandar y las lágrimas le humedecieron las mejillas por segunda vez aquella tarde.

—Les dije que me llamaran Bobby —protestó la joven—. Ya estuvo bueno con lo de Roberta.

Mitchell le dio un codazo a Skandar.

—Uno detrás de otro. ¡Mira!

Skandar se secó las lágrimas.

—Tendrías que haber quedado en un puesto mucho más alto. Prácticamente me arrastraste para cruzar la línea, y eso que ayer me porté fatal con Flo y contigo. Por cierto, gracias.

Skandar esbozó una sonrisa llorosa pero amplia.

Mitchell se ruborizó un poco.

—¿Para qué están los amigos?

—A ver, yo soy su amiga, pero tampoco iba a demostrárselo dejando de ganar —se burló Bobby.

Mitchell se echó a reír.

—No puedo creer que de verdad hayas ganado la Prueba de los Principiantes. Después de pasarte todo el año diciendo que ibas a ganarla... vas y la ganas de verdad.

—Eres única, Bobby —dijo Flo entre risas.

—Desde luego —musitó Mitchell.

Pero Bobby no dijo nada. Miraba fijamente a Mitchell.

Éste frunció el ceño.

—¿Qué?

—Doy por hecho que sabes que tienes el pelo ardiendo —dijo Bobby sin rodeos.

—Aunque sólo sea por hoy, Bobby, ¿no podemos tener la fiesta en paz? —se quejó Mitchell sin oponer resistencia—. Ganaste la Prueba de los Principiantes y acabamos de derrotar a la Tejedora. En serio, ¿qué más quieres?

Flo también lo había visto.

—No, ¡es que de verdad tienes el pelo ardiendo! Mutaste, Mitchell!

Hasta ese momento el pelo de Mitchell había sido totalmente oscuro, pero de pronto daba la impresión de que la mitad de los mechones estuvieran en llamas.

—La verdad es que te queda... —empezó a decir Skandar.

—Bastante... ¿increíble? —Bobby acabó la frase subiendo el tono por la incredulidad.

—¡¿Que me queda increíble?! —gritó Mitchell—. ¿Bobby Bruna piensa que me queda genial?

—Ya, déjalo —dijo Bobby cuando la señaló a ella.

—¿Lo oíste, Skandar? Soy genial. Soy increíble. Por fin muté ¡y es fantástico!

—Ya nunca va a dejar de dar la lata con esto, ¿verdad? —musitó Bobby a Skandar, que negó con la cabeza y sonrió cuando Roja volteó el cuerno para mirar a su jinete y ver de qué se trataba todo aquel alboroto.

—Ah —añadió Mitchell sin aliento— ¿y puedo decir sólo una cosa más?

—No —respondió Bobby.

Mitchell no le hizo caso.

—¿Puedo decir que en realidad tenía toda la razón respecto a Skandar desde el principio?

—¿A qué te refieres? —preguntó Flo dándole palmaditas a Puñal en el cuello.

El unicornio plateado y su jinete parecían más unidos que nunca. A Skandar de repente le vino a la cabeza la imagen de Flo interponiéndose entre sus amigos y la Tejedora: era sin duda el gesto más valiente que había visto.

—Bueno, pues que dije que Skandar era muy peligroso e ilegal, y que podría matarnos a todos mientras dormíamos. ¡Y ahora resulta que en realidad es el hijo de la Tejedora y que la hermana de la propia Tejedora fue quien lo trajo a la Isla!

—¡Mitchell! —gritó Flo—. ¿De verdad vas a ponerte ahora en plan «te lo dije»?

Bobby negó con la cabeza.

—Ya estamos oootra vez con lo mismo.

Pero a Skandar no le importó. Lo más mínimo. Sabía que en los días y semanas que estaban por llegar lloraría y se enfurecería y se moriría de pena por Rosemary Smith, a quien había abandonado, junto con una bufanda, en la Tierra Salvaje. Pero por el momento, mientras cabalgaba con su unicornio negro bajo el sol de la Isla junto a sus amigos, podía sobrellevar el hecho de no haber encontrado la madre que buscaba, porque tal vez, pensó, acababa de encontrarse a sí mismo.

Una hora más tarde, Skandar esperaba delante de una carpa blanca en una de las zonas de entrenamiento fuera del Nidal. Pícaro estaba amarrado a un árbol cercano, compartiendo los restos de un conejo con Roja, y las familias de los cascarones ya estaban dentro hablando, riendo y brindando.

Skandar no cabía en sí de la emoción por ver a Kenna y a su padre. Pero también estaba nervioso. No sabía qué decirles de Erika Everhart. A Kenna no le había mencionado ni una palabra sobre el Tejedor en ninguna de sus cartas y tampoco había aludido siquiera al elemento espíritu, pues sabía que la Oficina de Enlace con los Jinetes solía leerlas.

De haber sido él quien se hubiera quedado en casa y Kenna quien hubiera ido a la Isla, ¿habría querido saber que su madre llevaba viva todo aquel tiempo? ¿Habría querido saberlo a pesar de que hubiera resultado ser una villana? ¿Y su padre?

—¡Gracias por esperar, chico espíritu!

Bobby apareció justo cuando intentaba reunir el valor para cruzar la entrada.

—Lo siento —farfulló Skandar.

—¿Estás de mal humor? —preguntó ella con impaciencia.

—Sólo nervioso.

Echó un vistazo a través de la entrada intentando encontrar la cabeza de pelo castaño de Kenna o la cara de su padre.

—¿Por ver a tu hermana y a tu padre?

—Ajá.

—¿Ya decidiste si les vas a contar...?

—No.

Bobby puso los ojos en blanco y se alisó las plumas de los brazos.

—Pues entonces acabemos con todo esto cuanto antes.

Acto seguido, y sin miramientos, propinó a Skandar un empujón para que entrara en la carpa.

—Enhorabuena, Skandar. Un decimotercer puesto no está nada mal. —La monitora O'Sullivan lo interceptó mientras él daba un tímido paso para entrar—. Sobre todo teniendo en cuenta que llevas todo el año fingiendo ser diestro en agua. —Arqueó una ceja plateada.

Skandar miró a su alrededor aterrorizado.

—¿Cómo lo sabes? ¿Lo sabe todo el mundo?

—Todavía no lo saben todos. Aspen sólo se lo contó a los monitores. —O'Sullivan le lanzó una sonrisa, algo poco habitual en ella—. Y a Dorian Manning. Me temo que el líder del Círculo de Plata está en pie de guerra. No le hace ninguna gracia que te entrenes como diestro en espíritu. Hay hasta quien dice que echa chispas. Así que, si te cruzas con él, no olvides llevar esto puesto en un lugar bien visible.

Dejó caer un objeto frío de metal en la palma de la mano de Skandar, igual que después del Paseo.

La insignia estaba formada por cuatro círculos dorados entrelazados.

—¿Es la...? —susurró Skandar.

—La insignia de los diestros en espíritu. —La monitora O'Sullivan le sonrió abiertamente—. Aunque también serás un diestro en agua honorario, por supuesto.

—¿Quién lo dice?

—Yo —respondió ella y, por increíble que fuera, le guiñó un ojo—. A los diestros en espíritu siempre les corrieron por las venas el valor y la temeridad, uno junto al otro... Y con la valentía que demostraste contra la Tejedora siempre habrá un lugar para ti en el Pozo.

Skandar se llevó la mano a la insignia de agua de su chamarra azul.

—Tal vez podrías llevar las dos. Una en cada solapa. Eso sacaría de quicio a Dorian —dijo ella regodeándose mientras se alejaba.

—¡Skandar! ¡Papá! ¡Papá, mira! ¡Es Skandar!

Kenna salió disparada entre la multitud y casi lanzó una bandeja de bebidas por los aires al pasar, con su padre pisándole los talones.

Kenna le echó los brazos al cuello a su hermano y rompió a llorar. Y luego, antes de que Skandar supiera qué ocurría, su padre los apretujó a los dos en un abrazo mientras todos lloraban. Todo el estrés de aquel año —por ser diestro en espíritu, por temer por su vida y la de Pícaro, por la traición de Joby, por tener que enfrentarse a la Prueba de los Principiantes, por luchar contra la Tejedora, por descubrir que ésta era su madre—se desbordó para inundarlo. No de palabras, sino de enormes y desgarradores sollozos.

—¡Eh, eh, hijo!

Su padre le echó con delicadeza la cabeza hacia atrás para poder verle la cara. Le secó las lágrimas, algo que Skandar sólo recordaba que hubiera hecho su hermana.

—No hace falta llorar, ¿eh? ¡Quedaste en decimotercer lugar! Lo vimos todo. ¡Estuviste increíble! Cómo te aliaste con esa unicornio de color rojo...

Y ya no hubo quien lo parara en su análisis de la Prueba de los Principiantes. Por un instante, fue como si estuvieran otra vez en la sala de estar de Margate viendo la Copa del Caos en la televisión, disfrutando de tener un padre a quien le importaban las cosas, aunque sólo fuera un día al año.

Kenna captó la atención de Skandar mientras su padre hablaba, sonriéndole de soslayo y agarrándole la mano. Cuando éste acabó con todo lo que tenía que decir, anunció que iba por otra copa y dejó a Skandar y a Kenna para que hablaran a solas.

—¿Cómo van las cosas en casa? ¿Con papá? —preguntó él rápidamente aprovechando la oportunidad.

—Bueno, el dinero que nos dan por que seas jinete ayuda un montón. Y, además, ¡papá acaba de encontrar trabajo!

—¿Qué?

—¡Ya, ya! Y hasta le pagan bien y todo. Hemos estado pensando en irnos de Sunset Heights y a lo mejor alquilar una casita cerca del paseo marítimo o algo por el estilo.

—¡Guau! —exclamó Skandar—. Es...

—De acuerdo, y ahora cuéntamelo todo sobre Suerte del Pícaro. Todo. ¿Puedo conocerlo? ¿Podemos visitar los establos? ¿Puedes enseñarme tu magia? ¿Puedes presentarme a Nina Kazama? ¡¿Puedes creer que es del Continente y se clasificó para la Copa del Caos?! ¿Podemos...?

La explosión de peticiones de Kenna hizo que Skandar se preguntara si ella y su padre de verdad estaban tan bien como le había dado a entender, pero lo dejó pasar.

Al echar un vistazo por la carpa, extrañó las caras de los jinetes que no habían superado la Prueba de los Principiantes. Cuatro de ellos habían formado parte del otro grupo de entrenamiento, por lo que Skandar tampoco los había conocido demasiado bien, pero era extraño no ver a Lawrence allí.

Costaba creer que él y Capitán Veneno ahora fueran nómadas y, al igual que Albert y Aurora del Águila, jamás fueran a regresar al Nidal. Intentó no pensar en que, si Mitchell no hubiera sacrificado su puesto en la carrera, a él y a Pícaro podría haberles ocurrido lo mismo.

Durante el par de horas que siguieron, Skandar se la pasó mejor que nunca con su familia. Charlaron sin parar. Conoció a los padres de Bobby y a toda la familia de Flo, incluido su hermano gemelo, Ebb. Cuando Skandar le presentó a su padre a Flo, Mitchell y Bobby, éste les preguntó a los tres en qué puesto habían quedado en la Prueba de los Principiantes y no paró de repetir que Skandar había quedado decimotercero, como si ellos no hubieran participado con él en la carrera.

Cuando el cuarteto fue en busca de un poco más de pay, Mitchell suspiró.

—Ojalá mi padre estuviera tan orgulloso de mí como los suyos. No cree que el decimosegundo sea muy buen lugar; él quedó octavo en su Prueba de los Principiantes. Por lo visto, los miembros de la familia Henderson deberían hacerlo mejor. —Agachó la cabeza.

—Creo que ya va siendo hora de que te olvides del ogro de tu padre, Mitchell —declaró Flo tomando otra bebida—. Lo que tuviste que pasar por culpa de la Tejedora te hace diez veces mejor jincte que él, así que ya puede... ya puede... ¡ya puede ir cerrando el pico, la verdad!

Bobby se atragantó con el pay y a Mitchell lo tomó tan de sorpresa que, después de eso, pareció mucho más contento.

Skandar estaba pasándosela tan bien que se olvidó por completo de Erika Everhart justo hasta el momento en que se llevó fuera a Kenna para que conociera a Suerte del Pícaro.

El unicornio se mostró más cariñoso con ella de lo que jamás había sido con ninguna otra persona. Dejó que Kenna le acariciara el cuello, le hiciera trenzas en la crin e incluso le pasara la mano por el ala.

—¿Quieres probar a montarlo? —preguntó titubeando Skandar al cabo de unos minutos.

A Kenna se le iluminó la cara.

—¿Puedo volar en él?

Skandar se echó a reír. Era de esperar que su hermana quisiera hacer la cosa más peligrosa. No estaba del todo seguro de que estuviera permitido, pero era incapaz de decirle que no a Kenna. Y, de algún modo, sabía que Pícaro cuidaría de ella.

El unicornio bufó y echó chispas cuando Skandar subió a Kenna junto a él. Ella insistió en sentarse delante.

—Así puedo hacer como que tú no estás.

—¡Qué detalle! —dijo Skandar rodeando con los brazos a su hermana, para sujetarla, cuando Pícaro empezó a alejarse de la carpa extendiendo y desplegando las alas, listo para volar.

Kenna dio gritos de alegría y entusiasmo cuando las pezuñas del unicornio negro dejaron atrás la tierra firme. Skandar sonreía tanto que las mejillas le dolieron al elevarse muy por encima de los troncos acorazados del Nidal. Hizo memoria y retrocedió en el tiempo hasta antes de que Kenna reprobara su examen de Cría, hasta la época en que los dos soñaban con toda una vida emprendiendo juntos el vuelo a lomos de unicornios ávidos de batallas.

Con el viento silbando a su paso, Skandar intentó explicarle qué era el vínculo: cómo sentía siempre la presencia de Pícaro incluso cuando estaban separados; cómo aprendían a comunicarse escuchando los sentimientos del otro; cómo podían animarse mutuamente cuando estaban tristes. Sin embargo, Kenna estaba demasiado distraída para escucharlo; se agazapó sobre el lomo de Pícaro con las manos enredadas en su crin, adaptando el equilibrio a las sacudidas de las alas. A Skandar se le hizo un nudo en la garganta: era una jinete nata.

Después de que Pícaro aterrizara, a Skandar lo dejó helado ver que Kenna desmontaba con lágrimas en los ojos.

—¿Existe alguna posibilidad, Skar? —masculló—. ¿Existe alguna posibilidad de que todavía quede un unicornio para mí en el Criadero? ¿Esperando? A lo mejor se equivocaron. A lo mejor yo también tendría que haber intentado abrir la puerta. ¡Tú ni siquiera hiciste el examen de Cría! Sé que en las cartas no puedes contarme mucho, pero ahora mismo nadie puede oírnos. Tiene que haber secretos; tiene que haber más.

En ese momento, Skandar quiso abrazarla, contárselo todo. Sobre su madre, sobre el elemento espíritu. Pero saber la verdad ¿no empeoraría las cosas? No había garantías de que Kenna hubiera estado predestinada para un unicornio, aunque seguramente se sentiría más engañada, como si se hubiera perdido un futuro que ya nunca podría tener. Skandar no sabía si podía hacerle aquello. Así que, en vez de eso, dijo:

—Lo siento, Kenn. No funciona así. Aunque hubiera existido un unicornio para ti, se habría criado salvaje. Ya es tarde. No tendría nada que ver con Pícaro. No querrías ni acercarte a él.

—Claro que sí. —Dejó escapar un sollozo que removía las entrañas—. Me daría igual que fuera salvaje —añadió más serena—. Si fuera mío, lo querría.

—Créeme... —Skandar la atrajo con un abrazo— de verdad que no lo querrías.

El resto de la tarde pasó rapidísimo, demasiado. Cuando se dieron cuenta, Skandar estaba abrazando a su padre y a Kenna en la cima cubierta de pasto de los Acantilados Espejo antes de que se subieran al helicóptero que los devolvería al Continente. El muchacho aspiró el olor de su familia y supo que ése era el momento. Si tenía pensado cambiar de opinión y contárselo, ésa sería su última oportunidad hasta un año después.

—Qué orgulloso estoy de ti, Skandar —dijo su padre apartándose—. Sigue entrenando a ese Suerte del Pícaro. ¡Puede que un día incluso ganen! ¡Siempre lo dije, que lo llevabas dentro!

Se despidió de él con la mano y desapareció dentro del helicóptero.

Y Skandar supo que no podía hablarles de Erika Everhart. No podía ponerles la vida patas arriba. Era un secreto que tendría que guardarse para él solo. Por el momento.

Está mucho mejor, ¿lo ves? —A Kenna volvían a brillarle los ojos por las lágrimas—. Vamos bien, no te preocupes.

—Ojalá pudiera irme con ustedes —dijo Skandar sin soltarle la mano.

Su hermana negó con la cabeza con tristeza.

—No, nada de eso. Tu sitio está aquí, Skar. Ésta es tu casa. Creo que en realidad siempre lo supiste, ¿verdad?

«También es la tuya —quiso decirle él—. Es nuestra casa.»

Pero no lo hizo. Lo único que dijo fue:

—Te quiero, Kenn.

—Yo también te quiero, Skar.

En ese momento le soltó la mano y corrió hasta la escalera del helicóptero, con el viento revolviéndole el pelo castaño por la cara, y luego desapareció de su vista mientras las hélices giraban cada vez más rápido.

Skandar se alejó a toda velocidad por la cima del acantilado. El aparato despedía por todas partes tierra y restos, que se le metían en la nariz, en el pelo, en los ojos. Casi no veía por dónde iba. Hasta que de repente:

—¡Ay!

—¿Bobby?

—¿Skandar?

Mientras los helicópteros se elevaban sobre sus cabezas y se alejaban mar adentro, el polvo fue disipándose y Skandar se quedó contemplando el cielo vacío, con Bobby de pie a su lado, con la mano apoyada en la cadera.

Debió de notarle en la cara cómo se sentía, porque le pasó la mano por encima del hombro y le dijo:

—¿Nos vamos?

Skandar desconfió de su propia voz. Así que, en vez de hablar, se limitó a asentir y a seguir a Bobby, que lo llevó de vuelta hacia el sonido de los unicornios sanguinarios.

Agradecimientos

Es mucho lo que les debo a muchísimas personas.

En primer lugar, a quienes me apoyaron antes incluso de que estos feroces unicornios salieran del cascarón. A mi fantástica madre, Helen, que me mostró lo que es ser fuerte e independiente, y me enseñó a perseguir mis sueños ¡y a pasarla bien mientras tanto! A mi hermano Alex, por animarme siempre y hacerme reír sin cuestionar ni una sola vez por qué escribía historias sobre unicornios sanguinarios. A mi hermano Hugo, por todos los años que intercambiamos libros y cuentos de literatura fantástica: gracias por pasar las noches leyendo el primer borrador de éste y por inspirarme para seguir adelante.

A Sharon, Sean y Ollie, que acabaron con muchos más unicornios en su vida de los que esperaban. Muchísimas gracias por acogerme como parte de su familia y por animarme incondicionalmente a escribir. Y a Hannah, mi aliada amante de los libros.

A Claire, cuya reacción llena de alegría ante la idea de Skandar mientras se la esbozaba delante de un café en Margate fue un faro de luz tan brillante como el elemento espíritu. A Anna, Sarah, Elli y Charlotte, que han sido mi cuarteto de amor y entusiasmo desde mis primeras tentativas de escribir algo. A Ruth, que ha seguido animándonos a Skandar y a mí de forma totalmente desinteresada en los buenos momentos y también en los malos. A Aisha, que desde el primer momento ha compartido conmigo su experiencia como autora y un día me ayudó a visualizar la mía. A Barney, cuyo libro fue mi fuente de inspiración para retomar el sueño de escribir que había abandonado. A Abi, Gavin, Jess, Will y Mark, que me han apoyado durante mi tempestuosa década de veinteañera.

Si mis agentes fueran jinetes, ganarían todas las batallas aéreas. A Sam Copeland, por hacer realidad todos mis sueños de unicornios y por pelear siempre por mí. Y a Michelle Kroes, por hacer que mi vida parezca un cuento de hadas en el que mis feroces criaturas un día surcarán volando nuestras pantallas; y a Peter Kang, Drew Reed y Jake Bauman, por creer en esta historia lo bastante como para hacer que eso suceda.

Unas gracias como un Nidal a todo el fantástico equipo de estrellas de Simon & Schuster que ha ayudado a este libro a emprender el vuelo. Y en especial a Rachel Denwood, por el apoyo incondicional y entusiasta que ha demostrado a Skandar; a mis editoras, en Reino Unido, Ali Dougal, y en Estados Unidos, Kendra Levin, que se enamoraron de esta historia desde el principio y han llevado a cabo una extraordinaria labor para sacar lo mejor de ella. A Deeba Zargarpur y Lowri Ribbons, que han ayudado a estos unicornios a volar mucho más alto de lo que yo jamás hubiera soñado, incluso en momentos en que el mundo al otro lado de nuestras ventanas era bastante aterrador.

A Laura Hough y Dani Wilson, que comparten mi pasión por que Skandar llegue al mayor número de lectores posible. A Ian Lamb, por la increíble energía creativa que ha dedicado a compartir estos unicornios con el mundo. Al equipo de diseño de Simon & Schuster, y también a Tom Sanderson, Sorrel Packham y Two Dots Illustration Studio, por asegurarse de que la cubierta y el aspecto de este libro reflejaran el mundo que vive en mi imaginación. A Sarah Macmillan y Eve Wersocki Morris, que han anunciado estos letales unicornios a los cuatro vientos. Al maravilloso equipo de derechos de autor, que le han encontrado a Skandar los mejores nuevos hogares posibles. Y a mis editores y traductores de todo el mundo, gracias por creer en mí y hacer realidad esta historia en su propia lengua. Y a mis correctores y editores de mesa: han logrado que estas palabras ardan con la misma intensidad que la magia del fuego.

A la comunidad de la literatura infantil y juvenil, que me ha acogido con los brazos abiertos, en especial a Aisling Fowler y Ṭọlá Okogwu, por animarme durante todo el proceso y compartir conmigo su propio recorrido como autoras antes incluso de conocernos en persona. Y a los profesores y colegas escritores de mi máster en escritura creativa, que me brindaron la confianza que necesitaba para seguir escribiendo y continúan haciéndolo. Al Selwyn College de Cambridge, donde siempre me sentiré como en casa. A Charlie Worsham, que canta mis canciones del alma; no llegué a «dejar el trabajo para largarme a Bonnaroo», pero a punto estuve. Y a las bibliotecas del condado de Kent, que hicieron posible que una niña que jamás podría haberse permitido todos los libros de literatura fantástica que quería pudiera descubrir la magia de la lectura.

Y, por último, a mi marido, Joseph, que me ayudó a encontrar mi lugar en el mundo como narradora de historias y, de paso, a mí misma: y así fue como nació *Skandar y el ladrón del unicornio*. Esta historia no existiría sin él.

Skandar y el ladrón del unicornio de A. F. Steadman
se terminó de imprimir en junio de 2022
en los talleres de
Litográfica Ingramex S.A. de C.V.,
Centeno 162-1, Col. Granjas Esmeralda, C.P. 09810,
Ciudad de México.